TE ESPERO EN LA ÚLTIMA ESQUINA DEL OTOÑO

Casilda Sánchez Varela

Te espero en la última esquina del otoño

ESPASA

ESPASA

© Casilda Sánchez Varela, 2017
© Espasa Libros S. L. U., 2017

Preimpresión: Safekat, S. L.

Primera edición, marzo 2017
Segunda edición, mayo 2017

Depósito Legal: 2.859-2017
ISBN: 978-84-670-4519-2

Espasa, en su deseo de mejorar sus publicaciones, agradecerá cualquier
sugerencia que los lectores hagan al departamento editorial por correo
electrónico: sugerencias@espasa.es

www.espasa.com
www.planetadeloslibros.com
Impreso en España/ *Printed in Spain*
Impresión: Unigraf, S. L.
El papel utilizado para la impresión de este libro es cien por cien
libre de cloro y está calificado como **papel ecológico.**

Espasa Libros, S. L. U.
Avda. Diagonal, 662-664
08034 Barcelona

A mi madre, mi ideología.

ÍNDICE

AGRADECIMIENTOS

A mis editoras, Ana Rosa y Olga, por esta oportunidad. Por aquella primera comida que lo cambió todo. Por entenderme, respetar mis tiempos y darme seguridad. Por convertiros en la obligación que necesitaba para sentarme de una vez a escribir.

A mi amiga Violeta. Por tantos y tantos mensajes de aliento en mis mañanas de soledad. Por acompañarme, intuirme y ser pañuelo de lágrimas. Por ilusionarte conmigo sin derrumbarte conmigo. Por tu lección de generosidad. Por aquellas primeras y valiosísimas correcciones en los márgenes y el *selfie* el día que terminaste de leer. Por ser el mejor filtro de lo interesante y por esos *Cooltural Plans* que renuevan una y otra vez mi curiosidad. Por Cádiz. Por tu conciencia social, tu conciencia cultural y, sobre todo, tu conciencia de amistad. A Igor Gayarre, por Kavara. A mi familia política, por no ser política. Malo, lo que me dijiste aquella tarde en el jardín de tu casa viene siempre conmigo.

A mi cococha, única compañera en tierra de hombres. Por tus sabios consejos camino del colegio. Por la «promoción» del libro. Por tu valentía, tu sentido de la responsabilidad, tu risa de cabeza hacia atrás y esa voz desgarrada con la que recorres lo desconocido.

A Pipe Construyelegos, que quería llamar a este libro «Los diamantes que cuelgan» y que me ha ayudado a «adornarlo». Porque cuando me coges la mano y me la acaricias con el pulgar, se me olvida todo lo demás.

A Juanito, por acompañarme en este viaje desde dentro y desde fuera. Por tus ojos asombrados, los hoyos en la risa y esos muslos de Algeciras que tanto me alivia apretar.

A mi hermana Chia, presente en todas las fotos de mi vida. Por esas conversaciones en la oscuridad de la infancia en las que construimos nuestro mundo aparte y un lenguaje común que no entiende nadie más. Por las bombas de oxígeno, por ser la otra madre de mis hijos y por esa Luzía que es luz. Por ser la persona que mejor escucha en el mundo y a la que más serenidad da escuchar. Por predicar con tus silencios y recordarnos cada día que lo importante de verdad es ser buena gente.

A Curro, hermano y primer hijo. Por las observaciones en rojo, la idea del jorobado y haber abierto el camino del valor. Por dejarme jugar con tus sueños en aquel documental que nos cambió la vida. Por tu cara cuando abría la puerta del estudio como el Tiranosaurio Rex, por tu cara cuando te contaba que me visitaban de noche los superhéroes, por *Dawson crece*, tus amigos y los coches rotos. Por esos ojos siempre puros. Por ser el espejo en el que más seguridad me da mirarme.

A mi padre. Por esa voz que me llega desde la otra orilla cuando dudo, me resigno o creo que no soy capaz. «Sigue; paso a paso; no pienses en nada más; que te guste a ti; vuélvete loca, es la única manera». No hay día que no te piense, que no mire tu foto, que no te lo agradezca todo.

A mi madre, estrella de nuestro Oriente. Del de todos nosotros. Por tu risa, tu ingenio, tu sabiduría y tu solidez moral. Por las conversaciones matutinas entre café, ladridos e imaginación. Por tus cartas a Suiza. Por esa novela inacabada. Por equilibrar como nadie crítica y fe, nostalgia e ilusión, sombras y luz. Por resituarnos cuando estamos a la deriva, por mantenerlo todo unido, por hacernos fuertes. Porque no es que nos dieras la vida, es que nos diste tu vida.

A Alejandro, que es el último porque es el primero. Y porque son infinitos los porqués. Por confiar en mí y estar dispuesto a reajustar nuestro mundo para que esto fuera posible. Por tus vueltas por el salón analizando obsesivo un capítulo y esas reflexiones en voz alta que admiro y anoto en voz baja. Por hacer de las nueve de la noche la tierra prometida. Por arrancarme del sofá cuando me envicio de la soledad. Por la mirada de ciervo, por hacerme reír, por poder con todo, por los cocidos de enero y porque contigo nada malo puede pasar. Por la contraportada. Porque eres mi testigo, mi coautor y mi enemigo a la altura. Porque estás en cada párrafo. Del libro y de mi memoria.

A todas las personas, ellas saben quiénes son, que han cedido su singularidad y magnetismo a algunos de los personajes de esta novela.

LOS MUERTOS FELICES

A Cora, por ponerlo todo en duda.

Félix Santamaría era un joven sin inclinaciones artísticas de ningún tipo; sin embargo, de un tiempo a esa parte, percibía lo leve con la misma turbación que los poetas. Días atrás, mientras leía una novela en el balcón de su habitación, una ráfaga de viento sacudió tan fuerte los árboles de la Residencia que cien mil hojas distintas crujieron al unísono en un murmullo de extrañeza. Le tembló algo en la garganta, se le erizó el corazón y, de no ser por su arraigado sentido del decoro, hubiera arrancado a llorar.

«Menos mal que aquí no sopla una brizna de aire. Lo que me faltaba ahora es montar un numerito delante del médico», pensó con la mirada detenida en el otro lado del ventanal.

Por fortuna para el joven, el jardín del Samatorio era demasiado estático para agitar cualquier sensibilidad. De hecho, creaba el efecto contrario. Extrañeza. Había algo inquietante en la inmovilidad de aquellos castaños, en su alienación militar, en la luz blanca y sin claroscuros que enjuagaba sus ramas.

«Esta luz está dirigida —pensó el muchacho con la seguridad de quien lleva quince años dedicándose a iluminar—. Apostaría a que tienen un Generador Periférico en el tejado», se dijo, recreando en su cabeza el complejo engranaje de espejos, paneles de aluminio y pantallas blancas que, colocados de manera estratégica, usaban muchos edificios para conducir la luz del sol hacia espacios ciegos o como en ese caso, parcelas al norte y condenadas a la perpetuidad de la sombra.

En la Isla se le daba mucha importancia a la luz natural. Se daba mucha importancia, de hecho, a todo lo que ayudara a la felicidad. Eso explicaba que se redirigiera también el amor.

En la recepción, donde un rato antes le había recibido una rubia fosforescente, la claridad llegaba a ser cegadora.

—Tiene usted que esperar un rato, señor Santamaría —le había dicho—. Ya sabe, en primavera estamos siempre desbordados.

Unos minutos después, tras una conversación telefónica en la que la enfermera se limitó a asentir varias veces con un mecánico «ajá», lo acompañó a la sala de espera donde aguardaba en aquellos momentos.

Salvo dos butacas, una alfombra de yute y un ventilador último modelo, no había nada más en la habitación. Ni una mesa, ni un cuadro, ni siquiera un bolígrafo. Nada con lo que distraer el tiempo de espera. Pero a Félix, imbuido de esa mansedumbre que sobreviene a los enfermos con la cercanía del especialista, no le importó esperar.

Perdió la vista entre los castaños y agradeció la soledad. Hacía poco había leído en algún sitio que en otros lugares del mundo los enfermos esperaban en una sala común al doctor. No es que él fuera especialmente celoso de su intimidad, pero le pareció innecesario que los pacientes se vieran obligados a sufrir en público la angustia previa al diagnóstico, que la incertidumbre de los más enfermos se viera profanada por el cuchicheo fútil de los que estaban mejor. En su Isla la soledad era un derecho natural.

Después de casi quince minutos de espera, la puerta corredera se abrió silenciosa hasta integrarse del todo en la pared, y un tipo alto, con unas arrugas impecables en las comisuras de los ojos y boca de haber besado mucho, cruzó el umbral. Mientras avanzaba hacia la butaca vacía con paso seguro, lo miró entornando un poco los ojos como en una primera evaluación. Ya había vuelto a su gesto natural cuando Félix terminó de ponerse en pie.

—Doctor Poderós, encantado —dijo tendiendo una mano eficiente y seca.

Tomó asiento, cruzó las piernas de un modo un tanto femenino y abrió una libreta con anillas.

—Veamos, señor... —el doctor Poderós alargó los puntos suspensivos hasta dar con la información que buscaba— Santamaría. Leo aquí que es la primera vez que nos visita.

A continuación alzó la vista hacia él con una sonrisa que pedía explicaciones. «Si ella lo viera, le gustaría», pensó Félix con una punzada en las tripas.

—Sí —contestó seco.

—Iluminador, ¿eh? —señaló con aprobación el médico—. Bonito oficio. Y muy necesario.

Siguió leyendo su historial:

—Treinta y tres años. Soltero. Ningún enamoramiento previo... —Volvió a mirar a Félix. Tan torturado debió notarle que, cambiando el tono a uno mucho más cercano, exclamó—: ¡Cambie usted esa cara, hombre! Llevo toda la vida tratando con esto y puedo asegurarle que no es más que chapa y pintura.

—¿Sí? —dijo Félix escéptico—. Me alegra escucharlo.

—No es verdad.

—¿Cómo?

—Que no le alegra.

Félix se irguió en la silla y miró al doctor entre sorprendido y admirado. Alentado por su comprensión, echó el cuerpo hacia delante buscando la intimidad de la confesión.

—No sé. Puede que tenga usted razón. A lo mejor no me quiero curar. Por un lado estoy harto. De no dormir, de no comer, de no disfrutar nada que no tenga que ver con ella... A mí me gustaba mucho mi vida, doctor. No es que tuviera nada de especial, pero me gustaba. Y ahora todo me da igual, nada que no sea Lili, sí, se llama Lili, me interesa lo más mínimo. Pero lo peor no es eso, lo peor es la sensación de vivir sin aire, de que me ahogo, de que o me mata la angustia o me matará la felicidad. Y sin embargo, como bien decía usted, no quiero que esto acabe. ¡Me siento tan vivo!

—Claro que se siente vivo. Es la trampa de todos los estados alterados de conciencia... Hacen que cualquier cosa fuera de ellos parezca desteñida.

De vuelta al tono aséptico le pidió que le resumiera brevemente la historia. Félix, que era más de frases cortas que de largas narraciones, lo pensó un rato.

—No sé muy bien qué decirle, la verdad. Sucedió así, sin más. Conozco a Lili desde los quince años y nunca me había despertado otra cosa que cariño y admiración. Una profunda admiración. Es de una inteligencia que da miedo. Tendría usted que conocerla. Es capaz de simplificar las ideas más complicadas en una sola frase. Incluso en un chascarrillo. Como si las grandes verdades fueran moscas que pudieran derribarse a manotazos. Y no solo eso. Lee la mente de los demás. Se lo juro. A veces...

—Cíñase a la historia, por favor —interrumpió el doctor con una sonrisa fugaz.

Un poco cohibido, Félix siguió hablando:

—Una noche, hace cosa de dos meses, soñé con ella. No recuerdo bien el sueño, solo imágenes sueltas, pero lo esencial es que hacíamos el amor. Por la mañana no me acordaba de nada, pero me desperté eufórico. Dichoso de vivir. A mediodía Lili me llamó para tomar un café y fue al oír su voz cuando lo recordé todo: la gozosa sensación de su cuerpo tibio debajo del mío, de su piel caliente... Desde entonces no pienso en otra cosa.

—¿Sabe ella algo?

—No, hombre, no —respondió Félix orgulloso de sí mismo por primera vez en la conversación—. No he perdido el control hasta ese punto.

—Estupendo. En estos casos, todo lo que diga podrá ser utilizado en su contra —dijo el doctor Poderós riéndose demasiado de su chiste y acomodándose mejor en la butaca.

Cuando hubo terminado de celebrar su ingenio, se puso en pie, se quitó las gafas y limpió los cristales con la manga de la bata. Se acercó al ventanal como en busca de inspiración y desde allí, sin mirar a su paciente, empezó a hablar. Había en su discurso una mezcla de hastío y sentido del deber.

—Señor Santamaría, vamos a jugar. Trate de imaginar su futuro si diera rienda suelta a lo que siente, si fuera usted un inconsciente y se dejara llevar...

—Uff, yo qué sé —dudó Félix rascándose la cabeza. La imaginación no era su fuerte.

—Déjeme ayudarle entonces. Durante los próximos meses, seis, nueve, once quizás, vivirán ustedes una especie de catatonia intelectual. De los dos hemisferios de su cerebro solo funcionará el de la emoción: pellizcos, suspiros, subidas, bajadas, miedos, éxtasis infantil... Un caprichoso brincar del alma, esplendoroso, totalitario y a todas luces insostenible en el tiempo. Hay gente a la que le gusta ese estado, a mí solo imaginarlo me crea una terrible ansiedad. Empujados por esa rueda de molino se irán a vivir juntos y aunque la cosa se calmará, disfrutarán inmensamente con

17

la sensación de comunidad recién estrenada y el muestrario de las primeras veces: la primera vez que se monta una estantería, que se hace un pescado al horno, que se vuelve a casa después de un viaje, que se tiene un hijo… El catálogo no tarda mucho en agotarse, la ilusión aguanta un poco más.

»A los tres o cuatro años, dependerá de la química que generen ustedes, del número de hijos que tengan, etc., llegará el hastío del cuerpo. No es nada malo. Todo va perdiendo valor desde el momento en que nos pertenece. Esto es así desde que somos niños, ¿o no recuerda el poco caso que le hizo a partir del tercer día al camión de bomberos que con tanta ilusión esperó? Sucede además, esto es incluso más importante que lo anterior, que los cuerpos con los que convivimos se van diluyendo en la niebla de la costumbre hasta que llega un momento en el que ya no se ven. No es algo que suceda solo con la pareja. Pasa también con los padres, con los hijos, con los hermanos…

»El problema es que un día se cruzará en la calle con una mujer a la que sí ve, y sentirá unos deseos irrefrenables de acostarse con ella. Y no me refiero a un revoloteo leve o un pensamiento inconcluso como había sentido durante ese período de euforia del amor; no, hablo de una clase de impulso tan feroz que podría llevarle a usted a cualquier cosa si no fuese porque dura solo un segundo o dos.

»Esto que le cuento no es lo malo, es solo la antesala de lo verdaderamente malo: el cansancio del alma. Aquí intervienen ciertas patologías como la tendencia al sadismo o al masoquismo, por ejemplo, que hacen más difícil la exactitud en el tiempo. En un mejor escenario, hablamos de siete u ocho años. Entonces, todo lo que le enamoró empezará a desenamorarle. Donde un día vio llaneza verá después grosería; donde vio feminidad, intrascendencia; allí donde intuyó misterio no encontrará más que un inmenso vacío o, en el mejor de los casos, un manojo de complejos. Esa frialdad que en su momento le pareció atractiva no bastará pasados los años para colmar sus necesidades de afecto o de vanidad, llámelo como quiera. Y sucederá exactamente lo mismo si lo que le enamoró fue la calidez. Terminará por resultarle indigesta hasta el vómito.

»En fin, sea como sea, llegará un día dentro de no tanto como cree en el que al despertarse por la mañana lo único que querrá será poderse tirar un pedo en la cama sin testigos y no sentirse obligado a hablar. Sobre todo, a pedir perdón. Porque las mujeres, en general, acaban envueltas en una especie de silencio huraño que uno al principio no sabe y después no quiere ya desentrañar pero que obliga, una y otra vez, a disculparse. Por haber llegado tarde la noche anterior, por haber olvidado un cumpleaños, por trabajar demasiado, por estar ausente, por no hablar, por haber sido seco con su madre o su amiga del alma... Un catálogo de diez o doce pecados que como los mandamientos se resumen en un solo: usted ya no la mira como al principio.

»Y contra eso, amigo, créame, no hay absolutamente nada que hacer. La carne que hoy le parece apetitosa, ¿cómo ha dicho usted?, tibia y caliente, pasará a ser, antes de que quiera darse cuenta, una carne reblandecida y rencorosa. Su cuerpo le parecerá aburrido. Sus olores, sus gestos y sus manías, que irán creciendo con la edad, porque cuanto más viejos somos más necesitamos aferrarnos a las pequeñas cosas que nos dan seguridad, insoportables. Ella lo notará, y cada día se irá sintiendo más defraudada y más vieja —las mujeres se sienten viejas mucho antes de serlo—, y más prisionera de una realidad que les atrapa porque, aunque sin gustarle, es su mejor realidad. Los silencios, hasta entonces cómplices, se irán haciendo acusadores. Hablarán durante la cena de cosas que no den mucho de sí, buscando solo rellenar el silencio. ¿Qué tal el día?, Llamó tu madre, ¿has hablado con ella?, ¿Cuánto cobra el fontanero? Conversaciones vacías a las que se agarrarán como a una escoba con la que ir barriendo las ruinas de su matrimonio hasta debajo del sofá.

Hizo entonces un punto y aparte. Manejaba perfectamente el ritmo de la conversación.

—Y la gran pregunta es —dijo abriendo los brazos como si pudiera abarcar con un solo gesto todo aquel universo de desengaño que acababa de describir—: todo esto, ¿para qué?

Después dejó caer las manos de modo teatral y un silencio absoluto inundó la habitación.

—¿Se lo sabe de memoria? —preguntó Félix por decir algo.

—Hasta la última coma —sonrió el médico.

Transcurrido el silencio de rigor, el doctor Poderós volvió a hablar, esta vez con un tono menos emotivo.

—Dicho esto, voy a darle una serie de indicaciones para que salga usted cuanto antes de esta engañosa situación.

Félix asintió expectante, agradecido, aliviado. El doctor había conseguido crear la sensación de que todo se solucionaría con facilidad.

—En primer lugar debe usted tener relaciones sexuales con ella cuanto antes. Sin demoras. La espera aumenta mucho el deseo y le llevará a usted a confundirse aún más. Haga el amor con ella hasta hartarse, pero nada más que eso. Olvídese de las largas conversaciones en la penumbra que suceden a la pasión. Trate de no tener relación alguna con nada que agite su sensibilidad; evite la literatura, la pintura y, sobre todo, la buena música: estimula exactamente las mismas terminaciones nerviosas. ¿No tendrá usted vena artística?

—No, doctor, nada más lejos de mi naturaleza.

—Perfecto. Pues lo dicho. Practique la moderación sensorial, es importante: hay mucho de autosugestión en el sentimiento amoroso.

A continuación sacó una caja de pastillas del bolsillo de su bata.

—Si pasados tres meses no nota usted mejoría, tómese estas pastillas. Una al día durante dos meses. Bloquea temporalmente los neurotransmisores del sistema límbico del cerebro, el encargado de las emociones. Pero ya le digo, solo en última instancia y si la vía natural no funciona. Hay gente a la que le crea una terrible adicción no sentir nada.

Félix, que cuando estaba débil o aburrido se volvía hipocondríaco, decidió enseguida que no tomaría aquellas pastillas.

—Pero, amigo mío, nada de esto servirá si usted no está absolutamente convencido de que quiere olvidar. Cuando hay voluntad de hacerlo, es pan comido.

—¡Qué fácil lo ve usted todo, doctor! —exclamó entonces Félix Santamaría sin poder evitar un deje de protesta en la voz.

La noche anterior, en uno de esas borracheras de amor que asaltan de madrugada, había leído al poeta… «es tan corto el amor y tan largo el olvido». Le repitió la célebre cita al doctor.

—Los poetas son muy exagerados, viven de eso. Me ha dicho que tiene usted treinta y tres años, ¿no es así?

Y antes de que Félix hubiese terminado de asentir, volvió a ponerse de pie y caminó despacio hacia la puerta en una clara indicación de que el tiempo de la visita se estaba agotando. Una vez delante de esta, su sombra sobredimensionada y amenazante se proyectó en la pared blanca. A Félix le creó un extraño placer que hubiera algo en la habitación más grande que el doctor Poderós, aunque fuera su propia sombra. Tuvo que hacer un pequeño esfuerzo por volver a la conversación.

—Suponiendo que tenga memoria desde los cinco, hablamos de veintinueve años de recuerdos. Más de doscientas cincuenta mil horas de vi-

vencias, de paisajes imborrables, de mañanas en las que nada tenía senti-do y noches en las que todo era posible. Miles de momentos que juró guardar para siempre en su corazón. ¿De cuántos se acuerda? Si se fuera usted a morir ahora mismo, ¿qué sería su memoria capaz de rescatar? Diez, doce escenas quizás… En lo que respecta a una vida, prácticamente nada. —Con una última sonrisa, mezcla de resignación e impaciencia, concluyó—: Créeme, Félix, ¿no te importa que te tutee, verdad? Lo difícil no es olvidar. Lo difícil es no hacerlo.

El letargo de las tortugas

Conocí a Cora Moret dos veces. La primera fue casi un espejismo, pues hacía calor de desierto cuando se mudó al ático un verano cualquiera de mi niñez. La mañana transcurría lenta y acolchada; un abejorro daba cabezazos contra la ventana de la cocina; Josefa, la asistenta, cortaba tomates para un gazpacho y yo vagaba por el gran piso vacío sin terminar de posar mi atención. En ese letargo atmosférico, el estruendo que llegó desde la escalera de servicio impactó con desmesura. Corrí hasta la puerta y al salir al descansillo, a punto estuve de ser arrollada por dos porteadores que trataban de girar por el recodo del rellano una jaula más grande que yo.

—Venga, que ya con esto terminamos y os invito a una cervecita fría.

Una voz de mujer sobrevoló mi cabeza con cierta acústica celestial. Fue lo único fresco del día. Alcé la vista y allí, en ese descansillo achacoso de humedades y abandonos la vi por primera vez. Llevaba un moño medio deshecho y un vestido largo que barría el suelo. Cuando se acercó a la escalera a recibir a los transportistas, miles de motas de polvo alzaron el vuelo hasta el único rayo de sol del rellano creando un firmamento de vida ficticia en aquella diagonal. No sé si sería efecto del calor, de esa órbita poética o de que mi mente de niña detectó en ella algo sobrenatural, una especie de ángulo muerto entre el acá y el allá. El caso es que cuando Cora me miró y me sonrió, su rostro pareció deshacerse como una bola de helado bajo el sol. Fue algo brevísimo, quizás ni siquiera existió, pero arraigó en mi memoria con más fuerza que cualquier verdad.

Fue precisamente nuestra asistenta, Josefa Trinidad —el primero por su madre y el segundo por la Santísima— quien descubrió la identidad de la nueva vecina solo dos días después. Habíamos ido a dar de comer a las palomas a la plaza de Chamberí cuando al volver a casa, casi de noche, nos la encontramos de frente caminando también ella hacia el portal. Josefa entrecerró un segundo los ojos y acto seguido, como si algo le hubiera pinchado en el pie, se dio la vuelta y se puso a andar en dirección contraria arrastrándome de la mano.

—Ay, ay, ay, ay… ¡verás cuando se lo cuente a mi Juli! ¡No se lo va a creer!

—¿El qué?, ¿qué no se va a creer? —pregunté yo, intentando pararme y dar la vuelta.

—¿Tú sabes quién es esa señora, niña? —Y como esperando una reacción mía que nunca llegó, añadió con un susurro nada discreto—: ¡La mujer del escritor más famoso del mundo!

Josefa difundió la primicia con celeridad bélica y desde aquel día no se habló de otra cosa entre las muchachas del edificio: las noticias escaseaban en aquella casa señorial del barrio de Chamberí. Las cuatro familias que allí vivían pertenecían a ese microcosmos de «toda la vida» en el que los trapos sucios se lavan en la estricta intimidad de la alcoba, incluso en la estricta intimidad del silencio, así que Josefa y las demás llevaban años teniendo que alimentar sus cuchicheos con las migajas de la compostura. La llegada de una celebridad al ático era mucho más de lo que se hubieran atrevido a soñar.

En el ascensor, en el portal o en la cola del ultramarinos del final de la calle las excitadas mujeres alimentaban la leyenda con informaciones de dudosa veracidad:

—Me ha dicho Aquilino, el portero, que Montenegro ha venido ya por aquí más de una vez —decía una.

—Pues debe haber sido por la noche; por lo visto ella se pasa el día durmiendo… —contestaba la de más allá.

—Que va, está escondida porque un general del ejército del sah se ha obsesionado con ella y la busca día y noche.

Aún recuerdo su cacareo espantado en el portal el día que descubrieron para quién era la jaula dorada que yo había visto el día de la mudanza. Aquilino, a quien hasta entonces habían logrado sonsacar muy poco, pues le gustaba dárselas de portero discreto, les contó que era para un mono.

—¿Un mono? —gritó Josefa, llevándose las manos a la boca—. ¡Madre del amor hermoso, con la de enfermedades que traen esos bichos!

No solo en la periferia doméstica se convirtió la pareja en el gran tema de conversación. Abuelos, tíos, los padres de mis compañeras del colegio, la misma Bárbara —mi mejor amiga, tan ajena siempre a todo lo que sucedía fuera de los muros de su imaginación— e incluso varios de mis profesores me asaltaban de cuando en cuando con alguna pregunta indiscreta y arrebolada:

—¿Siguen juntos?…

—Me han dicho que él está viejísimo, ¿no?…

—¿Sabes si está escribiendo algo?…

Mamá, que era de esa clase de provincianas venidas a más que fingen no deslumbrarse con nada, no fue capaz en aquella ocasión de hacer que no le importaba. Que la mismísima Cora Moret, hija de la aristocracia más arraigada del país, amiga de los grandes intelectuales de su época, sofisticada, misteriosa y protagonista de una de las historias de amor que más habían dado que hablar en las últimas décadas, hubiese elegido para vivir la misma casa que ella era, en su escala de valores, lo más a lo que podía aspirar. Una legitimación absoluta de su gusto y posición social.

Tal fue su conmoción que la mañana después de descubrir quién era la vecina amaneció con unas décimas de fiebre; contratiempo que le obligó a guardar reposo, pero en absoluto a guardar silencio. Aún puedo oírla hablando por teléfono desde la cama, con los bucles rubios cayendo como querubines sobre la bata de seda de su ajuar y ese tono insoportable de haberlo hecho todo bien en la vida:

—No, hombre, no, es mayor, debe andar por los cincuenta… Pues ni idea, chica, pero creo que estuvo bastantes años en Irán, ¿no?… Yo te digo que él la dejó un poco chiflada… Bueno, pues lo que tienen los artistas… Y mira, que nos guste o no, no te puedes casar con alguien tan distinto.

Incluso papá, que era médico —uno de los más famosos de Madrid— y que como buen hombre de ciencias vagaba en silencios distintos, cayó en el embrujo de los Montenegro. Cuando no era él leyendo en voz alta un titular sobre el escritor en las páginas de cultura del periódico, era ella mandándonos callar porque en un programa de la tele un sociólogo de traje marrón aseguraba con ese apasionamiento un tanto ridículo de los que se especializan mucho en algo, que la gran obra de Montenegro, *Los muertos felices,* había supuesto un antes y un después en el modo de concebir la pareja. Según el intelectual, a quien se le amontonaba la saliva en la comisura de la boca como si tuviera una hormigonera en cada lado, la novela había tenido un impacto disruptivo en el *continuum* sentimental de las sociedades modernas, viniendo a sustituir la monogamia tradicional por una monogamia sucesiva en la que era habitual que una misma persona tuviera dos, tres y hasta cuatro parejas largas a lo largo de su vida.

—Desde que Montenegro describiera el amor romántico como una patología, el «para toda la vida» perdió cualquier carácter heroico, literario o deseable. Hoy por hoy no es más que una tradición residual de los católicos más recalcitrantes.

—Nosotros es que somos muy recalcitrantes —recuerdo que dijo mamá mirando a papá de un modo que no supe interpretar.

Si bien el común de los mortales mostraba una lógica inclinación por él, pues es de todos conocida la prodigiosa fuerza gravitatoria que los personajes célebres ejercen sobre los personajes leves, en esa minoría distinguida y excluyente a la que ella pertenecía, Chino daba bastante igual. En la clase social de Cora, los artistas eran criaturas circenses. Seres pintorescos dotados de un talento innegable, pero cuyas acrobacias se admiraban desde lejos, desde el palco de los *césares.* Muy apetecidos para compartir una anécdota, pero en ningún caso una vida.

El caso es que aunque todos ellos reconocían el inmenso genio de Montenegro y la magnitud de su obra, el personaje, en sí, no les generaba —salvo a unos pocos verdaderamente aficionados a la literatura— un especial interés. Preferían hablar de ella que después de todo era una de los suyos y que para su asombro e incomodidad había decidido vivir a la intemperie en lugar del bajo todopoderoso palio de la comunidad.

—Mi primo Tito era amigo de su hermano —contó un día Borja, un banquero de inversión que había sido paciente de papá—. Dice que cuando iban a estudiar a su casa la oían taconear sobre la mesa de la cocina.

—En la universidad era de las de puño en alto —cacareó su mujer, bajo esa media melena tan típica entre las señoras de su edad, que, por algún motivo que nunca entendí, se iban cortando el pelo a la misma altura que se les iba acortando la vida.

—A mí me han dicho que la muy tarada se ha convertido al islam —intervenía un ufano interiorista muy amigo de mamá y con una opinión muy elevada de sí mismo que nadie más compartía.

De todos los rumores, anécdotas e historias que se repetían una y otra vez durante aquellas veladas de luz anaranjada y copas de balón, las más interesantes las contaba Jerónimo Juny, un anciano con el traje siempre perfecto que había sido jefe de aduanas durante el protectorado español en Marruecos y que había tratado mucho a la familia de Cora durante lo que él llamaba «el limbo colonial».

—Vivían cerca de la plaza de España, en un palacio impresionante rodeado de palmeras en el que daban unas fiestas como de *Las mil y una noches*. Llenaban el suelo del patio de velas y pétalos de rosa, y nada más entrar, tres o cuatro camareros se apresuraban a ofrecerte *champagne*, dátiles o pasteles de pichón con azúcar. Hay una noche en concreto que se me quedó especialmente grabada. Era Navidad, y el *sheik*, como llamaban allí al padre de Cora, dio una gran cena en el salón del trono. A eso de la medianoche, cuando por fin terminamos de cenar, doce camareros entraron en el comedor con una coordinación digna de un *ballet* ruso. En cada una de sus bandejas había una especie de nidos de cigüeña, cada uno de un color, hechos con hebras de caramelo y de cuyas ramas sobresalían, discretas, seis o siete bengalas. Dentro de cada nido, una pirámide de bolas de helado del mismo tono simulaban los huevos. Cuando los camareros, todos vestidos de blanco y con *tarbush*, ese gorrito con borla típico marroquí, hubieron tomado posiciones alrededor de la mesa, uno de ellos hizo un gesto a los demás y encendieron al unísono las bengalas. Entonces, el nido con helado de limón estalló en un chisporroteo de luces amarillas; el de frambuesa, en rosas; del de hierbabuena, en verdes; y así cada uno de ellos.

Jerónimo, que aunque nos había contado aquella fiesta trescientas veces, siempre conseguía crear la misma expectación eléctrica entre los que escuchábamos, carraspeaba en ese momento para partir la historia en dos mitades simétricas. Daba un pequeño sorbo a su vasito de brandi, se aflojaba el nudo de la corbata y continuaba con la misma frase siempre:

—Pero para impactante lo que pasó después. Yo nunca había cenado al lado de *sheik*, pero aquella noche, no sé muy bien por qué, me sentaron a su izquierda. Era un hombre muy divertido, tenía la imaginación desbordante de la gente del sur, ese talento único para contar la anécdota más tonta con tanta gracia y tanto colorido que lo que cuenta pasa a ser mucho menos importante que cómo lo cuenta. Aquella noche, sin embargo, después de los postres se quedó como ensimismado. Le saqué el tema de la plaga de la langosta y del Atleti de Tetuán, que estaba a punto de subir a primera, pero no siguió mucho ninguno de los dos. De repente, sin venir a cuento me preguntó en voz baja: «¿Quieres ver cómo se le cae la bandeja a ese de ahí?», y señaló con la barbilla a uno de los camareros que retiraba los restos de la cena. Sin darme tiempo a contestar, cerró los ojos y apoyó la frente en sus manos entrecruzadas. Acto seguido, el estrépito de una bandeja estrellándose contra el suelo detuvo todas las conversaciones.

Al terminar el relato, Jerónimo pasaba su mirada acuosa por el público y se relamía. Nadie se creía del todo la historia, pero aun así, nos estremecía la intensidad de la escena.

El amigo de mis padres decía no haber visto mucho a Cora durante aquellos años. Él departía con el *sheik* en su despacho y su familia vivía en el edificio contiguo a la residencia oficial. Sin embargo, la recordaba con ternura, y cada vez que hablaba de ella se le velaba la vista con un membrana de nostalgia.

—Iba siempre de la mano de una *aña* vasca a la que miraba con devoción. Mise, creo que se llamaba. Era una niña dulce y obediente, con grandes tirabuzones y un algo desvalido en la expresión. Siempre me llamó la atención lo tristes que tenía los ojos, incluso cuando se reía. Parecía un cervatillo. Un día fui a ver a su padre para tratar no sé qué asunto y me la encontré sola en el patio con los ojos llenos de lágrimas. Me explicó que había pisado una hormiga sin querer y la había dejado coja. «¿Ves?, no puede andar.

¿Qué hago? Va a sufrir muchísimo, pero no soy capaz de matarla», sollozó. Cogí a la hormiga del suelo y le dije que no se preocupara, que la llevaría al hospital de animales a que la curaran. Desde entonces, siempre que me veía, me miraba con una gratitud con la que muy pocas veces me han vuelto a mirar.

Matilde Larrea, la vecina del segundo, también daba información de calidad. Había sido íntima amiga de la madre de Cora, Fernanda Uriarte, quien, según ella, hizo todo lo posible por oponerse a la relación de su hija con Montenegro hasta que se casó. Después, no volvió a hablar del asunto.

—¿Cómo era su madre? —preguntó un día mamá.

—Una mujer muy distinguida. Original, con un ingenio demoledor y cultísima. Estaba muy unida a su padre, un senador brillante, con muy buena facha y una memoria excepcional. La recuerdo desde muy pequeña yendo con él a las Cortes y a los debates de la Sociedad Comercial. También le acompañaba a las famosas tertulias del café Doré, en las que se reunían pintores, periodistas y escritores de la época. Le interesaban esa clase de cosas. Nunca la vi leyendo una novela romántica, como hacían el resto de las chicas de su época. Ella leía historia, filosofía, ensayo… Le atraía sobre todo el Siglo de las Luces. Cuando acabó el colegio se vino a vivir a Madrid para estudiar perito mercantil en la Escuela de Comercio. Vivía en casa de su tía Micaela, una excéntrica y multimillonaria solterona que cada domingo en misa hacía la misma confesión: «Padre, me confieso de que no hago nada y de que no tengo tiempo para hacer más». Viajó mucho con ella; recorrieron Francia en un Rolls, montaron en globo y hasta visitaron México.

—Suena bastante atípica, ¿no?, digo, para que sufriera tanto por lo de Montenegro… —intervino papá.

—Sí, pero era muy religiosa. Y Montenegro, no. Cuando se iban a casar le dijo a su hija: «Cora, no me opongo por la clase social, ni por su profesión… Pero la gran diferencia entre un matrimonio feliz y uno desgraciado es casi siempre Dios».

A pesar de lo mucho que había querido a su amiga, Matilde hablaba de Cora con ternura y protección, como acariciando a un gatito en el regazo. Observé ese mismo cariño en todos los que la habían conocido y querido de niña. Supongo que los más mayores, en ese soltar lastre hacia lo infinito, se habían desprendido de lo insustancial. Lo apropiado, la gente fina, el qué dirán... Como dijo un día Jerónimo, hablando de la soledad:

—Al final todo acababa diluido en ese rayo de sol que entra por la ventana las mañanas de invierno y te acaricia la mejilla cuando nadie te acaricia ya.

Los niños de verdad no sienten ningún entusiasmo especial por las celebridades. Primero porque no tienen noción de universalidad —la magnitud de su mundo se limita al perímetro del colegio— y segundo porque los talentos que valoran pertenecen al reino de lo imposible. ¿Qué importancia puede tener un violinista, aunque sea el mejor de su generación, frente a un tipo capaz de levantar un coche con la palma de la mano? Quiero decir con esto que la fascinación que me produjo Cora durante los años de infancia no tuvo nada que ver, como les sucedía a mis mayores, con la trascendencia del personaje.

Mi obsesión con ella, el que cada tarde saliera dos o tres veces al descansillo para ver si me la cruzaba, el que me atara siempre los zapatos en la cochera de casa —con una lentitud exasperante, a decir de Josefa— por si acaso ella entraba o salía; la cantidad de horas que pasé asomada a la ventana del *office* con la vista clavada en el vano de su cocina... no tuvo, como digo, nada que ver con que Cora fuese una leyenda. A mí lo que me sedujo de ella fue su halo de irrealidad. De todas las personas que conocí de niña, fue la única que habitaba esa frontera imprecisa entre la realidad y la fantasía. Nunca supe en calidad de qué. Si sería madrastra o princesa, mortal o eterna; si su mono removería un caldero de pócimas diabólicas o se descolgaría una noche hasta mi ventana para advertirme del futuro con un mensaje escrito en el lomo.

Dicen los psicólogos que los buenos y los malos de los cuentos sirven para ordenar las emociones de los niños, para que pongan cara a sus miedos y distribuyan binariamente su sistema moral. A mí Cora no me sirvió para nada de eso, pero me rescató de la soledad.

Desde que llegó al ático ya no me importaba tanto que papá y mamá salieran por las noches —casi todas—. Ya no me hacía un ovillo para guarecerme de la oscuridad mientras recreaba con horror el pasillo negro e infinito que separaba mi cuarto del de

Josefa. Ahora, cuando papá me apagaba la luz antes de irse, yo me quedaba flotando en una de esas ensoñaciones que tanto abrigan. Miraba atentamente al techo tratando de descifrar si los pasos, el arrastrar de sillas y la música de película antigua que sonaban arriba corresponderían a una fiesta de hadas o a un aquelarre.

A pesar de mis esfuerzos, vi muy poco a Cora a lo largo de aquellos años. De las que se recuerdan solo dos veces. La primera, una tarde de invierno que Bárbara vino a jugar a casa. Tendríamos diez u once años, y hacía unas cuantas semanas —no recuerdo ya cómo ni por qué— habíamos creado una agencia de señoritas. El negocio, que nada tenía que ver con la prostitución, pues por aquel entonces ni siquiera sabíamos lo que era el sexo, consistía en buscar compañía a hombres tristes y solos. Supongo que el hecho de que el padre de Bárbara se hubiese quedado viudo hacía unos años, influyó en la gestación de la idea.

Recortamos de las revistas decenas de fotos de mujeres y las pegamos en pequeñas cartulinas en las que anotamos las características y disponibilidad de cada una: «Kim, morena, ojos verdes, entrenadora de delfines. Se ríe mucho y tiene la voz ronca. Puede salir los miércoles y los sábados. Cristina, rubia de pelo largo. Siempre lleva los labios del mismo color que las uñas. Escucha más que habla, le gustan las carreras de coches y canta en la ducha».

Bárbara las guardaba todas en un maletín rosa que tenía un teléfono de juguete incorporado. Mantenía largas conversaciones en aquel locutorio de plástico mientras tomaba notas y ponía los ojos en blanco:

—No, Marta no puede hoy. Tiene que ir al dentista. ¿No le interesaría Laura? Es más seria, pero toca el piano genial.

Yo la escuchaba hipnotizada. Tras su frente, ancha y elocuente, se iban dibujando sus pensamientos como las sombras de un teatro chino.

Bárbara llegó al colegio en segundo de EGB. No estábamos en la misma clase, así que la vi por primera vez a la hora del recreo. Estaba agachada en el arenero del parque de los pequeños y miraba algo con fijeza. Con el pelo casi blanco cayendo muy liso sobre el babi de cuadros y concienzudamente quieta, parecía un montículo de nieve entre la polvareda del parque. Me acerqué a ella como una sonámbula y cuando estaba justo detrás, comprobé que lo que observaba con tanta atención era una avispa panza arriba.

—¿Está muerta? —pregunté.

—No, se lo está haciendo —contestó sin darse la vuelta—. Lo hacen mucho, no sé por qué. Se quedan completamente quietas y panza arriba; pero cuando te despistas han desaparecido. También lo hacen en la *pistina*. Se hacen las ahogadas, pero si las sacas del agua y les da un rato el sol, salen volando.

En ese momento se puso de pie, se sacudió las manos de arena y me miró con curiosidad. Sin retirarme la mirada, dijo pensativa:

—A lo mejor se mueren de verdad y luego resucitan, ¿no crees?

Un cosquilleo de emoción me recorrió el cuerpo. Después del amor, no hay chispazo más jubiloso que el que inaugura una amistad.

Bárbara fue la primera persona con la que pude ser yo de verdad. Hasta entonces me sentía perdida entre las niñas de mi edad. Mis compañeras de clase, las del Club de Campo o las hijas de las amigas de mamá, a las que insistía en encajarme, eran sin duda buenas, risueñas y ágiles. Encantadoramente tímidas o encantadoramente traviesas, tenían todas el alma tersa como un pañuelo recién planchado. La rara era yo, que me sentía torpe con la raqueta, la naturalidad y el humor, que en lugar de fantasear con princesas de melena espesa lo hacía con las cabezas calvas de las monjas del colegio y sus rezos nocturnos a la luz de un candil.

Por aquel entonces Bárbara aún no había vivido la tragedia que le marcaría para siempre, sin embargo, ya era distinta a cualquier otra persona que yo hubiera conocido. Sabía el lenguaje de los sordomudos, se reía como el villano de los dibujos animados, encontraba parecidos asombrosos entre la gente y le aburrían las puestas de sol:

—Son larguísimas —decía—. ¡Y siempre iguales!, no entiendo por qué a los mayores les gustan tanto.

Pero, sin duda, lo más significativo de ella era la intensidad de las relaciones que creaba. Desde muy pequeña conseguía atraer a su interlocutor hacia una intimidad excluyente y mágica en la que solo eran posibles la verdad o la risa. Nunca me sentí más entendida, ni más celebrada ni mejor versión de mí misma que con ella.

Hija de un mánager de artistas muy famoso y una azafata polaca del *Un, dos, tres*, a la que su padre había retirado, a mamá no le parecía en absoluto la amiga ideal. Sin embargo, dada mi poca facilidad en el asunto y puesto que al fin y al cabo mi colegio era garantía de cierta posición social, acabó aceptándola.

El viernes aquel que Bárbara vino a casa a jugar y en el que vimos a Cora en el portal, mamá y papá se habían ido a pasar el fin de semana a la finca de unos amigos suyos, así que convencí a mi amiga de que se quedara a dormir.

Acabábamos de terminar de cenar cuando Bárbara sugirió que bajásemos al portal a buscar unos cuantos folletos en los buzones para nuestra oficina de citas: darían credibilidad y un aspecto más serio al maletín rosa.

Estábamos las dos en la cochera, encaramadas al buzón de alguno de los vecinos y tratando de que Aquilino no nos viera cuando, sin ninguna clase de ruido previo, Cora apareció en la escalera de entrada. Me impresionó. Llevaba un caftán de terciopelo negro bordado en oro; el pelo, suelto y brillante, parecía el manto de una virgen de Jueves Santo; y sus pendientes, largos y dorados, sonaban mientras caminaba hacia nosotras como el cencerro de una oveja traído por el viento.

—¡Hola! —nos saludó sonriendo.

Bárbara le dijo lo guapa que estaba y le preguntó después por el mono.

—Se ha quedado planchando —contestó ella—. Le gusta mucho planchar.

No sé de qué más hablaron, solo recuerdo que antes de irse Cora lanzó una carcajada fresca de cabeza hacia atrás. Después agitó la mano y salió a la calle con el andar pulcro de quien se sabe admirado. Bárbara y yo nos quedamos paradas y en silencio hasta que Cora desapareció de nuestra vista subida a un taxi.

—¡Uffff!, parece que ha sido un fogonazo, ¿no?, ¡estoy hasta mareada! —dijo mi amiga cuando empezó a sentir frío.

He dicho antes que solo recuerdo haber visto a Cora dos veces a lo largo de esos años. En realidad fue una y media, pues no estoy del todo segura de que Cora fuera Cora la segunda vez que la vi. Era de noche, íbamos en coche, el semáforo duró muy poco y había bastante distancia entre nosotros y los cines Roxy. La Cora que creí ver estaba en la cola del cine con un señor de gorra gris y abrigo largo. Había en ella un abandono infantil, una vulnerabilidad entre feliz y suplicante que no encajaban con la mujer inmune que había dibujado en mi imaginación.

Pasaron los años y me hice mayor. Estudié Magisterio, me especialicé en Infantil y conseguí una plaza fija en un colegio católico del barrio de Prosperidad, la orilla bermeja, castiza y obrera de Príncipe de Vergara.

—Al lado del Auditorio —decía mamá tratando de darle algo de empaque a mi profesión, cuando alguien le preguntaba dónde trabajaba yo.

Recuerdo su furia de sien hinchada el día que anuncié en casa que quería ser profesora. Gritó que era una carrera de inútiles, me llamó conformista, cobarde e inadaptada.

—Como no te sabes relacionar con los mayores te tienes que relacionar con los niños.

Y en un último ataque en el que quiso involucrar a papá, me acusó también de desagradecida:

—Tu padre lleva trabajando veinte años como una bestia para darte la mejor educación y ¿así se lo devuelves?, ¿haciéndote profesora?

Finalmente, y en vista de su poco éxito se rindió, pero lo hizo a su manera, sumiéndose en un silencio entre victimista y conspirador que papá llamaba «el letargo de las tortugas».

Unos meses después de empezar a trabajar y con ese apremio de libertad que crean los primeros sueldos, alquilé un piso de esquina a cincuenta metros del colegio. Era un piso de abuelo con paredes de gotelé y unas ventanas tan viejas que de madrugada parecía que el camión de la basura te fuera a pasar por encima. A su favor tenía el precio, una bañera reciente y un balcón con jardineras que daba a un antiguo convento.

Después de decorarlo con mucho blanco y mucha luz tenue logré que tuviera cierto encanto. Por las noches ponía canciones tiernas en una cadena de música que me costó casi toda una paga extra, encendía algunas velas y me quedaba dormida en el sofá con una botella de tinto sin acabar en la mesa y el *Je t'aime*, de Serge Gainsbourg, haciéndome creer que todo era posible: el amor, las caricias, Montmartre…

Al principio de mi independencia, todavía en la veintena, me esforzaba por salir. Iba con Bárbara a alguno de esos antros de Malasaña en los que fumaban canutos y hablaban del vuelo de la mosca entre risas asfixiadas. Pero aquello no era para mí. Los manoseos en la escalera del garito, los pises entre dos coches, el reírse tanto, el quererse tanto, el olvidarse tanto. Como suele suceder en estos casos, yo tampoco era para eso.

—Pero *baaaaaby*, ¿qué te pasa? —me decía Bárbara cuando volvíamos en el metro a casa—. Eres la tía más lista que conozco, pero cuando estamos con otra gente pareces, no sé…

Elevaba la vista y poniendo cara de tonta del pueblo hacía un ruido muy característico de ella y que sin entenderse del todo se entendía a la perfección:

—Uri, uri.

Era imposible que se diera cuenta —tampoco lo hice yo, salvo de una manera lejana y furtiva—, de que, en cierto modo, mi inadaptación era una secuela de su éxito.

Mientras fuimos pequeñas no existieron jerarquías entre nosotras. Bárbara era luminosa, ocurrente y frágil. Yo era silenciosa, reflexiva y protectora. Dos ramas distintas por las que fue creciendo una misma enredadera. Como esos matrimonios longevos que, además de la logística, se reparten la identidad, fuimos delegando la una en la otra aquello que se nos daba peor: ella organizaba la vida social y yo la privada. Ella administraba la aventura y yo la prudencia. Ella era el llanto, yo el pañuelo; ella la risa y yo su eco. Ella había sufrido uno de esos dramas de los que nadie se atrevía a hablar y yo, solo la tan manida soledad.

Con el paso de los años el sol fue cambiando de posición y mi rama se quedó en sombra. Tomé conciencia de mi invisibilidad en una fiesta a la que nos invitaron en el Club de Campo cuando teníamos quince años. Vino con nosotras Sara, una chica de clase que se había empeñado en ser amiga de Bárbara. Nada más llegar conocimos a un grupo de chicos con los que estuvimos charlando un buen rato. Había uno, pelirrojo y huesudo, que me gustó enseguida. No era el más guapo de la pandilla, pero era el líder, el ocurrente, el del diente roto y los ojos pícaros; el sol en torno al que orbitaban el resto. Cuando se fue a pedir a la barra, dejó un incómodo silencio entre los demás. Volvió con dos copas en la mano: una era para él y otra que le ofreció a Bárbara.

—No. Gracias —declinó ella—. ¿Alicia, la quieres tú?

Me preguntó a mí, que me había quedado aislada unos centímetros detrás del pelirrojo.

—¿Alicia? —el chico miró a su alrededor con cara de absoluta extrañeza.

Noté en su parpadeo que no tenía ni la más remota idea de a quién se refería Bárbara. Duró un segundo. Enseguida reaccionó, se dio la vuelta y con gesto de «no puedo darte la mano porque no tengo ninguna libre», se presentó por segunda vez.

—Iván.

Todos sus amigos se echaron a reír celebrando el último despiste de su amigo el distraído. Seguramente no tuvo la importancia que yo le di, quizás fue todo un número para hacerse el gracioso o para insinuar de algún modo que solo tenía ojos para Bárbara. Sea como fuere, aquel parpadeo atónito me hizo tomar consciencia de mi invisibilidad.

Cuando entramos en la universidad, un par de años después, yo a estudiar Magisterio y Bárbara, Publicidad, podía haber tratado de inventarme una nueva identidad. Pero era demasiado tarde. La falta de luz me había vuelto frágil y quebradiza y ya con dieciocho años era una de esas mujeres discretas y eficaces que existen de puntillas y contemplan sonrientes la vida de los demás. De tanto hacer como que la suya no tiene importancia, un buen día deja de importar.

Afortunadamente, los treinta no tardaron en venir a rescatarme de esa vida nocturna y social que tan torpe me hacía sentir. La gente empezó a casarse o a cansarse, la noche dio paso al día, y por fin puede ocupar mi tiempo en lo que realmente me apetecía; ir a museos, tomar el aperitivo en una terraza, hacer yoga y apuntarme a un taller de escritura que me daba cierta seguridad, pues el profesor, Pablo Palomares, periodista, crítico literario y menos escéptico de lo que pretendía, me miraba a veces con curiosidad.

En contra de lo que pueda parecer, nunca me sentí menos sola que entonces. Los barrios hacen mucha compañía. El cortado de primera hora en el bar de abajo, el griterío de los colegios, la anciana que te pisa el pie con el carro de la compra, las bocinas, los trapicheos de la plaza, el de la carnicería que ya te conoce y te va preparando el solomillo de cerdo nada más verte llegar. La sensación, abrigada pero liviana, de ser uno más sin estar obligado a serlo.

Además, en el edificio —cinco plantas de jubilados— se turnaban para cuidarme con esa hospitalidad un tanto hosca de los que conocieron el hambre. Don Anselmo me bajaba todos los lunes un *tupper* con las sobras del cocido de su mujer que «lo hacía como nadie porque era gata de verdad». Narcisa, mi vecina de puerta, me invitaba muchas tardes a merendar café con buñuelos mientras me contaba las pequeñas historias de su pequeña vida. Hablaba solo de sus muertos —a los vivos los había condenado al olvido en un empecinado ojo por ojo— y de sus animales, en especial de Bolero, el caballo con el que pasó varios meses encerrada en un establo durante la batalla de Madrid y que años después, durante un desfile militar, se había salido de la fila al reconocerla entre la multitud.

Entre eso y el «Alicia, bonita, que hoy hay reunión de la comunidad, no se te vaya a olvidar», o el «Tienes que comer, hija mía, que te estás quedando en *na*» y los «¿Así de desabrigada vas a salir a la calle?» pasé esos nueve años en un mullido abandono que a punto estuvo de convencerme de que la soledad es el estado ideal.

Todos los domingos iba a comer a casa de mis padres. Solía ir andando. Cuando estaba lo bastante cerca, siempre a la misma altura de la calle, en la misma farola, levantaba la vista hacia el ático. Era un instinto, un viejo hábito, un acto reflejo que había mudado su eje de la esperanza a la nostalgia.

Durante una de esas comidas, hace ahora algo más dos años, mamá me contó, con un entusiasmo digno de compasión, que fulanita no sé qué, que a su vez era cuñada de otra fulanita no sé qué —esta última amiga suya— dirigía uno de los colegios más exclusivos de Madrid —el término exclusivo es de ella, no mío—. El caso es que podía mover unos hilos para conseguirme plaza allí.

—¡Es la oportunidad de tu vida! —exclamó al acabar—. En los privados pagan mucho más. Y además, el colegio está aquí al lado.

En un orden de intervenciones que percibí claramente orquestado, papá tomó entonces la palabra. Dijo que se estaban haciendo mayores, que la casa les quedaba grande, que cada vez iban a pasar más tiempo en Galicia; y, en resumen, que habían pensado en dividir el piso y sacar un pequeño apartamento al fondo para mí. No pude evitar pensar, con un deje de tristeza, que aquello era un premio de consolación.

Dudé mucho. Me había acostumbrado a mi piso blanco, a mis vecinos y, sobre todo, a los niños del colegio. La mayoría de mis estudiantes eran alumnos sin recursos a los que no era fácil sacar adelante; pero nada podía compararse a la gratificación que sentía cuando los más problemáticos, los más inquietos o los más desamparados reaccionaban al estímulo de aprender.

El curso anterior había tenido a un chico distraído y ceñudo que cuando llegó a mi clase, con ocho años, apenas sabía leer y escribir. Me pasé el año tratándole como si fuera el más listo de la clase, pues siempre he creído que una parte de lo que somos se erige sobre lo que creyeron los demás que seríamos; que el modo en que se nos percibe de niños es un magma que forma o deforma nuestro paisaje interior.

Miré a Guille esos meses con asombro, confianza y expectación, y en junio, el niño escribía y leía con soltura. El último día de curso me trajo una cajita con una pluma estilográfica que había sido de su abuelo y una nota de sus padres en la que habían escrito: «Gracias por hacerlo posible». Durante unos días, todo cobró sentido.

En el otro lado de la balanza estaba el hecho de que el futuro empezaba a resultarme claustrofóbico. De todo lo que dijo mamá en su furiosa diatriba contra los profesores, solo en una cosa tuvo razón: durante los años en los que la ambición es un estímulo, asfixia saber que la línea de partida y la de llegada son la misma línea. Me angustiaba pensar que el resto de mis días serían una repetición imperfecta de los anteriores. El mismo barrio, los mismos árboles, el mismo portal, la misma lluvia contra el mismo cristal, el mismo colegio… Variaciones melódicas de un mismo tema. Finalmente decidí irme. Fue entonces cuando conocí a Cora por segunda vez.

La primera Nochebuena que pasé en la nueva casa me desperté contenta. Me acurruqué bajo el edredón con la ingravidez de los días felices y pasé lista a todas las cosas que tenía a mi favor: una bañera antigua frente a un balcón, madrugadas sin basuras y la vivificante sensación de que el porvenir volvía a ser una incógnita. Puse música mientras me duchaba y desayuné café y tostadas en la mesa de roble que separaba la cocina del salón. Una niebla turbia e inquieta se apretaba contra los cristales de las ventanas como queriendo entrar. Disfruté un rato del aislamiento, de la sensación de que la noche nos había sepultado bajo un alud de vapor y el resto del mundo no era más que un ruido sordo. Mamá me había pedido que llevara el postre para la cena de Nochebuena, así que cuando hube lavado mi taza y ordenado la cama salí en busca de la tarta de zanahoria que había dejado encargada en un salón de té inglés de la calle Santa Engracia. Tenía canela. Y salsa de vainilla. Y culpa.

La calle había desaparecido bajo la bruma. Los coches, los semáforos y el cableado navideño no eran más que sombras fantasmagóricas que surgían de la nada al menguar la distancia. Empecé a bajar Almagro con vacilación, pero no había dado ni diez pasos cuando el ruido de un frenazo me detuvo en seco. Miré a la carretera y en medio de la calzada, a los pies de un coche, descubrí un bulto trágico respirando contra el asfalto. Llegué hasta allí al mismo tiempo que el conductor, un chico largo y nocturno que no conseguía arrancar a hablar. Me agaché junto a quien fuera que estaba en el suelo, le apoyé la mano en el hombro y pregunté:

—¿Me oye?, ¿se encuentra usted bien?

Cuando su cara surgió desorientada entre el vapor gris, pensé, durante una milésima de segundo, que era una ilusión. Que aquellos ojos verdes e inconfundibles eran una mala pasada de mi imaginación. O de la climatología.

—No sabe cómo lo siento, de verdad; estaba distraído…, y con esta niebla, ¡es que no se ve nada! —tartamudeó el muchacho—. ¿Qué puedo hacer, quiere que la lleve al hospital?

—No, no, estoy bien —dijo Cora agitando la mano con irritación—. Me he resbalado, pero no has llegado a darme. Nada, me encuentro estupendamente —insistió mientras se levantaba hincando una rodilla en el suelo y con la mano agarrada a mi brazo—.

De todas formas, ten más cuidadito la próxima vez —dijo cuando ya estuvo completamente de pie y la postura era lo suficientemente demócrata.

El chico se retiró caminando de espaldas y pidiendo disculpas con las manos.

—¡Alicia! —exclamó entonces con forzada ligereza—. Qué momento para reencontrarse, ¿no?

—¿De verdad estás bien, Cora? —pregunté sin saber muy bien cómo dirigirme a ella. La naturalidad es muy rígida cuando se trata con alguien con quien debiera haber más familiaridad de la que efectivamente hay.

Ella insistió en que sí y yo insistí en acompañarla hasta su casa.

No fue hasta que entramos en el ascensor de principios de siglo cuando pude contemplarla bien. Tenía las sienes más blancas y la curvatura triste del ojo plegada sobre sí misma en un redoble de expresión. Las arrugas le habían dado profundidad, incluso ese misticismo de los árboles centenarios. No pude evitar comparar aquel rostro proverbial con las caras estáticas, *apeponadas* e inverosímiles de las amigas de mi madre. «La belleza tiene mucho más que ver con el misterio que con la tersura», pensé.

—Estás impresionante, Cora —dije sin querer del todo haberlo dicho.

—¿Yo? —preguntó ella entre coqueta y asombrada, con ese algo de niña eterna de las mujeres antiguas—. ¡Qué va!, es por la caoba del ascensor, que favorece mucho.

Y después añadió riéndose:

—Tengo una amiga de mi edad que dice que cuando está en una fiesta y le mira un hombre se agarra el bolso porque cree que le va a robar la cartera.

Nos abrió la puerta una mujer latina, con cara de lista y el pelo teñido de algo que debió anunciarse como *blonde supreme* y había degenerado en amarillo verdoso. No sé si fue porque Cora estaba un poco pálida, o porque se apoyaba ligeramente en mí o porque habían desarrollado entre ellas esa intuición orgánica de los que conviven en el vacío, el caso es que nada más vernos se llevó alarmada las dos manos a la cara:

—¡Ay, señora Cora, se me descompuso usted! Déjeme traerle un *chin* de agua.

—Hombre, tanto como descomponerme… —contestó Cora con una ironía inútil, pues la chica ya había desaparecido por el recodo del pasillo en dirección a la cocina.

Cora me señaló con la barbilla el camino al salón. Seguía apoyada en mí y apretaba la boca con un gesto leve de dolor. Me vino a la cabeza un comentario que había hecho Jerónimo Juny, el amigo del padre de Cora, durante una de las cenas en casa:

—La auténtica aristocracia tiene dos distintivos que la diferencian de cualquier imitación: la austeridad en la queja y la generosidad en el agradecimiento.

—¿Te apetece un consomé? —preguntó tras sentarse con cierto esfuerzo en el desorbitado sofá de terciopelo negro que presidía la habitación—. Siempre tomo uno a media mañana. Mi abuela lo hacía y vivió hasta los cien años.

Tardé unos segundos en contestar. La casa de Cora forzaba al silencio. Desde donde yo estaba, el horizonte se extendía a otros dos salones corridos, todos con tanta vegetación que no pude evitar preguntarme si quedaría oxígeno suficiente para nosotras dos. La hiedra caía como lluvia verde de cestas colgadas del techo; las bromelias, las palmeras, los ficus y el limonero unían los tres espacios en un sinuoso y disparatado camino; los potos reptaban por aparadores y estanterías; y un arco iris de flores distintas emergía, como el conejo del mago, en jarrones, sombrereras antiguas, soperas de porcelana e incluso el lavabo de época que presidía la pared del fondo.

Era tal la exuberancia de aquel bosque entre molduras decimonónicas que costaba pasar de lo general a lo particular. En este decorado insólito, mezcla de teatro, selva y bazar, nada pegaba con nada, pero todo estaba en equilibrio. Las piezas se conectaban entre sí a través de un hilo invisible que tejía un bordado elocuente de la historia de su propietaria.

Espejos envejecidos, un gramófono, pufs, tapices bereberes que se extendían como un mosaico único por los tres salones, libros apilados en columnas retorcidas, un arpa que flotaba entre motas de polvo, el busto de un golfista de piedra suspendido en el aire y apuntando con el palo a una pelota invisible, títeres antiguos colgando a distinta altura entre las cestas de hiedra, butacas desordenadas, lámparas de araña y, en medio de todo ello, una claridad, un vacío templado que contenía el avance de lo excesivo. Tan mágico era el lugar, tan fuera del tiempo y del espacio, que costaba creer al acercarse a la ventana y mirar hacia abajo que lo que se arrastraba allí al fondo como un gusano furioso siguiera siendo Madrid.

La chica volvió con el agua y se la puso a Cora en una mesilla de estilo inglés que había junto al sofá.

—Gracias, Jackie —dijo después de darle un sorbo y con más color en las mejillas.

—¡Eres «una» fenómeno! Mira, ella es nuestra vecina, Alicia. ¿No la habías visto antes? Bueno, la verdad es que yo tampoco la he visto mucho. ¿Hay consomé hecho, no? ¿Le traerías un poco? Y otro para mí, por favor.

La mujer volvió a salir disparada. Las carnes desbordadas no entorpecían en absoluto su agilidad.

La conversación de Cora era desconcertante. Pensaba en voz alta, saltaba de una cosa a otra con una lógica singular y difícil de seguir, mezclaba franqueza y fantasía sin dar pistas con la cara y no tenía ninguna clase de reparo en meterte la mano en el corazón y ponerse a hurgar. La voz de Cora era la voz del subconsciente. Del suyo, del otro, del universal. Conseguía, en lo que dura un café, sacar a la luz todo lo que se oculta temeroso en los tugurios de la identidad.

Estoy segura de que hay gente a la que le resultaría incómodo ese grado de intensidad. O el «sígueme si puedes» cada vez que se ponía a hablar. Y lo era, sí; pero también enganchaba. Por un lado, porque Cora te hacía sentir profundamente querida y acompañada en los viajes hacia ti misma. Por otro, porque las únicas conversaciones que de verdad importan y de verdad perduran son aquellas en las que se pone el corazón en la mesa.

Me preguntó por mis padres —con un matiz de aburrimiento—, por mi vuelta a casa y por Josefa. Le conté que se había jubilado y ahora vivía con su hermana en Santa Pola. Yo le pregunté por el mono, y me dijo, con los ojos aún más tristes, que apareció muerto en su jaula poco después de que la asistenta portuguesa de los Cubillo se lo encontrase un día en el tocador de la señora probándose sus collares. Cora estaba convencida de que lo había envenenado algún vecino.

41

—¡Oj, qué tristeza! —dijo con la mirada perdida—. Los humanos tienen su propia alma, pero a los animales les prestas un pedazo de la tuya. Cuando un perro contempla a su dueño con esa mirada tan pura y tan rendida no es solo el perro quien mira; es el dueño mirándose a sí mismo. Por eso se queda uno tan vacío cuando se te muere un animal, porque se muere un poco de ti.

Jackie entró en ese momento con los consomés y Cora volvió en sí.

—¿Por qué no te has casado? —cambió de tema mientras cogía su taza.

—No sé —contesté con torpeza—. Mala suerte, timidez; una mezcla de cosas, supongo.

—¿Pero te hubiera gustado?

—Bueno, no es que soñara con eso de niña, pero…

—Pero nadie sueña con la soledad —terminó ella por mí.

Nos quedamos un rato en silencio pensando por separado.

—A lo mejor no tienes capacidad de enamorarte —sentenció Cora más para ella que para mí—. Hay gente que no tiene.

«¿Tenía Chino?», hubiera querido preguntar, pero me detuve en mi umbral de mujer discreta.

El día fue cayendo y con él, el vaho dulce de la afinidad; esa corriente ineludible que arrastra a dos personas que acaban de conocerse a querer conocerse más. De los parámetros que funcionan en esto me he preguntado muchas veces desde entonces. La afinidad no es semejanza —no podíamos ser más distintas ella y yo—. Ni se rige por las mismas leyes que la pasión o el amor, que pueden existir con independencia de la anterior. No. La afinidad es armonía. Es ese momento sublime de alivio y exaltación en el que el propio espíritu se reconoce en alguien más. La misma fuerza misteriosa que lleva a las hojas de un árbol a orillarse en el río unas aquí y otras allá. Corrientes, pesos, casualidad, las leyes de la atracción. Qué más da. La naturaleza se agrupa de modo natural y nosotros también lo hacemos en una clasificación metafísica que trasciende edades, sexos, patrias y oficios. Quizás no seamos más que astillas extraviadas de un mástil remoto. Piezas concomitantes, los codo con codo de un algo indefinible anterior al estallido del universo, pedazos de un mismo todo que fue verdad

millones de años, en esa eternidad previa a la eternidad que co-
nocemos.

Eran más de las seis de la tarde cuando caí en la cuenta de que
no había comprado la tarta para la cena, así que salí volando sin
mucha esperanza de encontrar nada abierto a esas horas. Antes de
cerrar la puerta creí escuchar a lo lejos el crujido de unos pasos. En
el gramófono antiguo sonaba *Puerta de Tierra*, de Albéniz.

A partir de aquel día y durante todo el año siguiente subí a verla
muchas, muchísimas tardes. A veces la encontraba cambiando
una planta de sitio para orientarla al sol; otras, filosofando con Jackie en la cocina sobre los pecados del hombre latino; y otras, no la
encontraba. Jackie, sin abrirme del todo la puerta, me decía que la
señora había salido a tal o cual cosa. Yo intuía que era mentira, sin
embargo, lo entendía: era su manera de hacerse respetar. En las relaciones entre viejos y jóvenes hay una asimetría implícita; como si
el viejo tuviera que estar agradecido porque el joven, ocupado e
independiente, le dedicase un rato de su valioso tiempo. Aunque
Cora estaba muy lejos de ser una viejecita encorvada y nostálgica
que necesitara alguien con quien charlar hasta la hora de la cena,
tenía especial cuidado con no establecer relaciones que, de salida,
la posicionaran por debajo en la vertical.

—Para tiempo valioso, el nuestro —dijo un día no recuerdo a
santo de qué—. La escasez aumenta muchísimo el valor de las cosas.

Debí habérselo dicho entonces; que ella estaba más allá de la
edad; que era otra cosa; un oráculo; un epígrafe de la historia; un
lugar al que peregrinar.

Durante las muchas horas que pasé en aquel jardín de claroscuros
que era su casa, Cora me fue contando su vida a pedazos; saltando de
aquí a allá y eligiendo las anécdotas con extraordinario sentido na-
rrativo. Era tal la voluptuosidad de su imaginación que, cuando
ella hablaba, yo veía. Y me emocionaba, y lloraba, y contenía la
respiración; y volvía a enamorarme del amor.

Probablemente no todo lo que me contó fuera verdad. Nunca
que narra uno su propia vida la verdad es del todo cierta: los pliegues de la memoria, sus ángulos muertos, las anécdotas que hicimos nuestras, pero que son de otros, el subconsciente cambiando

el curso de la historia para que creamos que no fuimos tan tontos, ni tan cobardes ni tan felices. A mí no me importaba la veracidad de sus recuerdos. Lo único importante es que ella era verdad. La mayor verdad que he conocido.

Para muchos resultará difícil entender que Cora, al margen de su innegable encanto, se convirtiera en alguien tan imprescindible para mí. Yo misma me he preguntado muchas veces por qué. Supongo que influyó el hecho de que mi madre no fuese un referente. No hubiera podido serlo. En todo aquel a quien se admira hay vestigios de uno mismo: la sublimación de un talento común, una sensibilidad afín, un deseo íntimo que el otro sí se atrevió a ejecutar… Nunca hubo nada de mi madre en mí. Ella es práctica, insistente y social; yo, nostálgica, escéptica y solitaria. A ella le impresiona el dinero, a mí me impresiona el dolor. De algún modo Cora vino a ocupar esa orfandad de puntos referenciales.

Por otro lado, estoy segura de que inconscientemente su vínculo con Montenegro también tuvo mucho que ver. Ningún libro de los que había leído en mi vida consiguió amaestrar a mis demonios como lo había hecho *Los muertos felices*. «A Cora, por ponerlo todo en duda», decía la dedicatoria de la novela. ¿Cómo no iba a deslumbrarme aquella mujer cuando, en la soledad de mis noches, había pasado el índice una y otra vez sobre la frase intentando tocarle el lomo a lo que palpitaba bajo las letras?

Pero lo que desde luego fue decisivo, lo que hizo que no hubiera para mí ningún lugar más necesario que su compañía, fue su luz. Al mirar atrás y ver las cosas con perspectiva me doy cuenta de que mi existencia desvaída cobraba color cuando estaba cerca de ella, de que su presencia me hacía nítida.

Dejo de escribir aquí. Al ahondar en esto, vuelve a dolerme su ausencia con el apremio de lo irreversible. Ojalá hubiera durado más. Ojalá aún siguiera arriba regando sus hortensias y esperando mi timbrazo para entonar juntas el himno de la vida; pero un sábado de diciembre, la mañana de Navidad, Cora desapareció.

Lo que voy aquí a contar es todo lo que sucedió hasta ese día. Del resto, nunca se supo nada. Cora Moret no volvió más.

Reflejo de luna

Madrid, mediados de los años sesenta

La estación de Atocha amanecía en un borboteo de puchero a medio calentar cuando un muchacho inclasificable cruzó sus puertas. Iba peinado con esmero de madre humilde y agarraba tan fuerte la maleta de cartón que los nudillos se le marcaban muy blancos en la mano marinera. Había algo insólito en su postura, en su manera de mirar el mundo desde lo alto de la escalinata, como si entre sus cuatro paredes convivieran un sabio milenario y un depredador. Anguloso, con reciedumbre de aire libre y esa avidez en las pupilas de los que vienen de fuera, no transmitía, sin embargo, la indecisión de los forasteros; como si sus dudas fueran tan hondas que no hubiera lugar para las ligeras.

Se acabó el cigarro sin prisa, lo pisó y bajó las escaleras de dos en dos hasta el andén en el que, a aquellas horas del alba, solo se escuchaban el crujido de las escobas y el caminar solitario de algún viajero impaciente.

El reloj que colgaba de una de las paredes de ladrillo de la estación marcaba las seis y cuarenta de la mañana. «Ofú, aún me quedan casi dos horas por delante hasta que salga el tren», pensó frotándose los ojos con las palmas de las manos. Le escocía el sueño. Había dormido poco y mal, con la espesura breve del alcohol. El día anterior había sido un mal día; uno de esos que prefiere uno no recordar, y antes de que llegara la hora de comer ya sabía, sin atisbo de duda ni remordimiento, que por la noche se iba a emborrachar.

45

A las nueve menos cuarto de una noche sin noche salió de casa de su primo Carlitos, en Lavapiés, a tomarse ya la primera. Como no conocía el barrio, entró en el primer sitio que le pareció; una taberna antigua, con barra estañada y una máquina registradora del siglo anterior. Se tomó dos vermús de grifo junto a un hombre sin dientes que le explicaba al camarero cómo limpiar las botas con una cáscara de plátano. Cuando salió de allí, media hora después, el calor había empezado a remitir. El crepúsculo agitaba el aire y a través de los postigos recién abiertos de las ventanas, el olor a carne friéndose llenaba de hambre las calles.

Mientras volvía a casa de su primo para recogerlo, pensó que por un lado le daba pena volverse tan pronto a Cádiz. Le gustaba esa ciudad y aquel barrio de freidurías, loteras y balcones nobles a los que, en esos momentos, algunos vecinos sacaban sus colchones para dormir a la intemperie los primeros calores del verano.

Recogió a Carlitos en la calle Avemaría y se fueron para el tablao en el que su primo, que era guitarrista, hacía dos pases los jueves por la noche. El sitio estaba lleno de gente de Cádiz, cantaores de la Viña, de Santa María, gitanos de Santiago… Después de la actuación, el dueño, un empresario de Valdepeñas muy aficionado al flamenco, les abrió un cuarto que tenía en el piso de abajo, les sacó unas cuantas botellas y allí se quedaron «de fiesta», tocando y cantando hasta el amanecer. Si Chino bebió más de la cuenta no fue solo para ahogar su desengaño. Fue también para estar a la altura del ambiente. No por la fiesta en sí, allí el vino y el compás hablaban por sí solos, no era un lenguaje forzado. Lo difícil era estar a la altura del ingenio, de la intención, de esa gracia que constituía una consigna de identificación para un tímido como él.

Así que cuando llegaron a casa de Carlitos, un cuartucho abrazado a un balcón de palomas, cayó desplomado en la estrechísima cama en la que tuvieron que dormir los dos: no había otra cosa en el cuarto más que una cómoda, un felpudo y aquel jergón. No supo calcular cuánto tiempo después se despertó. Dos horas, tres quizás. Abrió los ojos en el mismo instante en que, tras la ventana sucia, empezaba a deshacerse la noche. Cuando lo hizo, aturdido y empapado en sudor, su única alegría fue pensar que tenía un viaje de ocho horas por delante para dormir sin urgencias. Mientras se ponía el pantalón de un salto y metía cuidadoso sus cuentos en la maleta, solo soñaba con llegar al vagón, apoyar la cabeza en la ventana y olvidarse de Madrid y «todos sus muertos».

Pero el tren ni siquiera estaba en la vía cuando llegó al andén, así que con la irritación encajada en la mandíbula puso rumbo a la cantina. Se tomó un café solo, una tostada y se gastó el poco menudo que le quedaba en el bolsillo.

Chino Montenegro había ido a la capital porque Ricardo Valeta, compañero suyo de la escuela, le había insistido mucho. Su padre, director del diario local y muy bien relacionado, le había conseguido trabajo en una pequeña editorial de Madrid. Desde que entró, su amigo no había parado de machacarle con que quería presentarle a una editora catalana muy importante.

—Quillo, es Dios. Tienes que venir aquí a conocerla, que tú en persona ganas mucho —le había dicho en carnaval y en Semana Santa, y hacía tres semanas cuando le llamó por teléfono para contarle que la editora iba a estar en Madrid a principios de junio—. Es ahora o nunca —presionó.

Ricardo era el único amigo con el que Chino había hablado de verdad de escribir, de escribir en serio, para ganarse la vida. El resto se hubieran cachondeado de él. Como lo hacía su padre cada vez que le veía sacar la libreta del pantalón.

—Aaaay —suspiraba en una larga náusea que a Chino le cortaba el cuerpo—. ¿Y este niño? —le preguntaba al aire sacudiendo la cabeza despacio en ese diálogo de gestos amargos que mantenía a diario con su desventura—. Ahora se cree que es Pemán.

Pero él no podía dejar de escribir. Escribir le había salvado. A Chino le daba pánico volver a ser ese niño confuso y atolondrado que no conseguía dar caza a ni uno solo de los pensamientos que, como murciélagos en una cueva, alborotaban su cabeza. Él se esforzaba por concentrarse, por escuchar, por intentar detener aquel zumbido ensordecedor.

Su madre, a quien la maestra había mandado ya varios recados de que el niño no aprendía, le repetía cada mañana, cuando salía para la escuela:

—Chino, vida mía, tienes que prestar atención. Anda, hijo, hazlo por mí.

Él se pasaba todo el camino hasta el colegio repitiendo mentalmente la consigna: «Tengo que prestar atención, tengo que prestar atención». Cuando entraba en el aula y durante toda la lección, seguía con la misma cantinela en la cabeza: «Tengo que prestar atención, tengo que prestar atención». El caso es que cuando doña Teresita gritaba: «¡Chino!, ¿que cuánto son nueve por dos?», él solo sabía que tenía que prestar atención.

Sus compañeros fueron aprendiendo a sumar, a leer y a recitar los reyes godos. Sin embargo, él no conseguía retener nada. Tenía que leer las cosas hasta cinco veces para enterarse de algo; cuando le hacían una pregunta que exigía una respuesta rápida se bloqueaba, y si la maestra le sacaba al encerado a hacer cuentas, allí echaba la mañana. Así que, como les sucede a todos los niños que se intuyen distintos a los demás, se fue encerrando en sí mismo y empezó a contemplar el mundo desde la nítida mirilla de la clandestinidad.

Un día de otoño estaba él en el patio pequeño del recreo absorto en los remolinos que hacía el viento con las hojas cuando doña Teresita lo mandó llamar. Con la cara muy seria le dijo:

—Chino, hijo, yo no puedo estar todo el día matándome contigo. He pensado que ya no te voy a reñir más. Ni voy ni a mandarte tarea, ¡fíjate tú que bien! Solo te voy a pedir una cosa y me tienes que prometer que eso lo vas a hacer. Por la noche, antes de acostarte, me escribes en una cuartilla lo que hayas hecho por el día. Lo que tú te acuerdes, ¿vale?

Desde aquel día, cuando terminaban de cenar y su madre había recogido la mesa, Chino se sentaba en la mesa camilla del comedor con una cuartilla delante y un lapicero que afilaba una y otra vez para retrasar lo pendiente. No conseguía arrancar. Le distraía la sombra de su mano en el papel o la pelea que llegaba desde la calle. Se distraía incluso con la cal de la pared.

—Empieza por el principio, cuando te levantas por la mañana —le había dicho su madre el primer día cuando después de cuarenta minutos en blanco le dijo angustiado que no sabía qué poner.

Así que Chino escribió: «Hoy he desayunado lo mismo de siempre: pan con aceite. Luego mi madre me ha lavado la cara y me ha puesto colonia. Me he atado yo solo los cordones. Al ir a la escuela he visto un gato tuerto». Después de ese primer párrafo, que era todos los días el mismo, la desmemoria le vencía otra vez. Al final arrugaba el papel, lo tiraba a la basura y se iba a la cama furioso con la sensación de que lo justo se había conjurado contra él.

Quizás hubiera sido capaz de contar su vida en general. Contar que un día al llegar de la escuela se había encontrado a su madre llorando porque no había para comer, y que desde entonces, todas las tardes se volvía loco buscando la manera de conseguir un dinerito, lo que fuera, para que ella se pusiera contenta. Iba por las tiendas de ultramarinos pidiendo el cartón que les hubiera sobrado para llevarlo a vender a la cartonería de la calle Feduchy, vendía tebeos o se pasaba las tardes buscando restos de cobre y el plomo entre las cosas que la gente tiraba por la muralla del Campo del Sur. Si la cosa no se le daba bien, recogía colillas, sacaba el tabaco, lo metía en papel de liar y lo vendía en algún quiosco por «una gorda».

Hubiera podido contar que, cuando no estaba en aquellos trapicheos, o yendo al almacén a por un *mandao* o leyéndole un cuento a su hermana Manuela que estaba muy malita, hacía lo que todos los niños de esa Andalucía pobre, ocurrente y blanca. Jugaba a la pelota en la plaza con Periquito, el Monchi y los demás; hacían carreras por los bloques del Campo del Sur o se colaban en la catedral a jugar al escondite. Cuando les entraba el hambre después de jugar se acercaban al freidor de Marqués de Cádiz a ver si el gallego les daba un cartuchito de *mijitas* que le hubiera sobrado por ahí.

Hubiera podido contar que nada le gustaba más que sentarse en la muralla las noches de luna llena y ver al Titi pescar. El Titi, que era vecino suyo y tenía más o menos su edad, era esmirriado, bizco y el mejor pescador que Chino había visto jamás. Bajaba las escalerillas de las piedras del Campo del Sur hasta la rompiente, se ponía en el borde de la piedra y tiraba la caña al mar. Siempre que la levantaba traía una mojarra enganchada. Cuando había llenado la cesta, les sacaba los filetes con una navaja y tiraba el resto al agua. O no. Una noche muy oscura en la que el Titi se creía solo, Chino le vio comerse la cabeza entera de un *pescao*. Incluso los ojos.

Lo que Chino no hubiera contado nunca, por sentido de culpa o de lealtad, era que procuraba no llegar a la casa antes de que su padre se fuera al puerto a descargar. Le daba entre miedo y tristeza encontrárselo allí, tumbado en el sofá, con la camiseta azul de tirantes y la mirada perdida en todo lo que hubiera querido que fuese y no fue.

Pero el ejercicio no era ese. Lo que la maestra le había pedido era un diario y de lo que él se sentía incapaz era de escribir las cosas con un orden secuencial. Además, le angustiaba que doña Teresita se diera cuenta de la cantidad de espacios en blanco que había entre la salida del colegio y la vuelta a casa a cenar.

Una noche, mientras estaba sentado en la mesa con la mirada perdida en la pared, una fantasía le salió al paso. Se imaginó que un agujero se abría por la mitad, que él se levantaba de la silla y al asomarse a la oquedad descubría un túnel larguísimo que iba a parar al mar. Entrecerró los ojos como hacía siempre que se perdía dentro de sí; y empezó a escribir. Describió el olor a humedad del túnel, el traqueteo de las cucarachas que se le cruzaban entre los pies y habló de la mujer que había visto precipitarse al vacío desde un boquete de la calle. Contó también que después de un buen rato caminando por la oscuridad entró en una cueva muy húmeda y al alzar el candil descubrió doce esqueletos jugando a las cartas. Terminó la narración, que escribió sin levantar la mano del papel, con una huida llena de adjetivos. Cuando se disponía a regresar empezó a subir la marea y el agua le persiguió diabólica hasta el mismísimo borde de su pared.

Al día siguiente, doña Teresita no dio indicios de sospechar que la historia era mentira.

—Anda, ¿entraste ayer en las cuevas de María Moco? Tienes que tener mucho cuidadito, ¿eh?, que son muy peligrosas.

La maestra se hizo la tonta también cuando en sus escritos comenzaron a aparecer gladiadores, piratas y vaqueros. Al contrario, le animaba con entusiasmo e incluso le pidió que le llevara algún día a la «isla de los camaleones» en la que él se había inventado que tenía amarrado un barco.

Desde que Chino consiguió empezar a escribir comenzó también a atender. La escritura le obligaba a pasar de lo abstracto a lo concreto, de la idea a la palabra, y el solo hecho de tener que seguir un hilo argumental, aunque fuera inventado, logró que todos los ruidos dispersos de su cabeza pasaran a ordenarse en una misma frecuencia.

Al llegar las vacaciones, doña Teresita le dijo que le perdonaba la tarea durante el verano, sin embargo, él siguió con la rutina. Después de escribir se le quedaba el cuerpo fresco y limpio como una tarde de poniente. Para no enfadar a su padre, solía hacerlo a escondidas. Antes de la cena se iba al Campo del Sur, se sentaba en la muralla de piedra y alisaba los pliegues de su cabeza con la visión de ese cofre abierto que es Cádiz al atardecer. Escribía al menos una hora todos los días, casi siempre cuentos de aventuras, aunque a veces también fragmentos de realidad: historias que oía en los bares, en el puerto o viejas leyendas de la ciudad.

Una noche de verano, tendría él catorce o quince años y volvía a casa impactado aún por la voz de un gitano de su edad que había cantado esa noche en la Privadilla, cuando pasó, como tantas otras veces, delante del callejón del Duende. Contaba la leyenda que en aquella calle ceñida y crepuscular vivieron su pasión un capitán francés y una guapa gaditana en tiempos de la invasión. Después de ser descubiertos por un vecino que no tardó en correr la voz, los amantes fueron condenados a muerte por su traición. Desde entonces eran muchos los que aseguraban haber escuchado sus lamentos entre las líneas del viento.

Chino se quedó parado un rato tras la puerta enrejada del callejón. A él la historia de los amantes le daba igual. No los buscó entre las sombras, como hacían las chavalas románticas que se acercaban allí a mirar. A él a quien le interesaba era el duende. Siempre pensaba en la suerte que tenía de vivir allí. Solo, sin viento, con esa luz anaranjada que todo lo volvía bonito.

Mientras regresaba hacia su casa pensando en aquella calle, se le iban ocurriendo cosas que podría llevarle al duende para que fuera aún más feliz. Un cuenco con agua para que mojara allí los pies, una pelota de fútbol, un libro de aventuras y un amigo de verdad. Estaba subiendo las escaleras de su casa cuando todo aquello cristalizó en lo que él consideraría, al echar la vista atrás, su primera gran revelación: iba a escribir un libro de un mundo feliz para dárselo a su padre y que volviera a sonreír.

Pocos meses después de aquello, venía de escribir y paseaba sin rumbo cuando al pasar por la playa de la Victoria escuchó a Ricardo llamarlo desde la toalla. Bajó a la arena con él y después de charlar un rato Chino se fue a dar un baño con los últimos rayos del atardecer. Al volver, encontró a su amigo con la libreta abierta en el regazo y mirándolo como si lo viera por primera vez.

—Chino, esto es increíble. No es por darte coba, pero a mí esto me pone los pelos de punta. Y eso es lo importante, *picha*, emocionar. Eso no lo consigue todo el mundo.

Desde entonces, Ricardo se empeñó en proveer de recursos el talento de su amigo y desde que entró en la editorial removió cielo y tierra para conseguirle un encuentro. De modo que Chino se fue a Madrid con un montón de hojas bajo el brazo, un traje prestado y ese sonrojo que tiñe los sueños de quienes nunca tuvieron nada. La importantísima editora nunca acudió a la cita. «Se ha tenido que volver urgentemente a Barcelona, les ruega que la disculpen, pero no teníamos cómo localizarles» le dijo su secretaria a Ricardo cuando llamó desde una cabina después de casi dos horas esperando en un café con marquetería fina del barrio de Salamanca.

«Mil pesetas al carajo, con lo que cuesta juntarlas», pensó apoyado en la ventana de su vagón y *rebelao* otra vez por haber hecho el viaje en balde. Pero el trasiego de los andenes distrajo enseguida su atención. Mozos de equipajes con viseras de hule y uniforme azul plomo que corrían tras sus carretillas de dos ruedas, gorrillas de carrera; soldados que volvían de permiso, señoritas que subían a primera sus delicados tobillos de ave, lazarillos de medio pelo con la trampa en un ojo y la guardia civil en el otro, limpiabotas arrodillados, marineritos con legañas, viejas murmurando los rezos de los viajes largos, vendedoras de merengues, buñuelos o peinetas; curas, monjas y un buen puñado de recién llegados a la capital que se bajaban del Nocturno con cara de sueño y asombro. Chino observó todo aquello con la curiosidad urgente de quienes tienen más inteligencia de la que suelen poder gastar.

Tiró la colilla por la ventana con un depurado chasquido de índice y pulgar y mientras seguía la trayectoria del cigarrillo, su mirada se topó con un grupo curioso que se abría paso entre el gentío. Lo encabezaba una señora con sombrero, guantes y labios rojos que sonreía a la nada. Detrás de ella, otra mujer de más o menos la misma edad, con porte de extranjera y de eficaz, reñía a un chófer que cargaba, jadeante, una maleta de cuadros. Detrás de todos ellos, con las aletas de la nariz abiertas como un potro furioso, arrastraba los pies una chica a la que calculó más o menos su edad. Era morena, guapa y valiente.

Se llevó instintivamente la mano a la cabeza para ahuecarse el pelo fino.

La señora elegante se detuvo en mitad del andén y dándose media vuelta le dijo algo a la joven. Esta, ceñuda pero obediente, se acercó a darle a un beso. La mujer la empujó con delicadeza y el beso se quedó perdido en el vacío, sin destino ni razón.

Después, la señora esbozó una sonrisa corta y algo infantil y movió la mano de delante hacia atrás como tras los cristales de una carroza. Los otros dos acompañaron a la muchacha hasta la puerta del vagón desde el que él observaba la escena. La eficaz hizo entrega de lo que parecía el billete del tren, masculló algo y corrió con pasos cortos hasta donde estaba la primera mujer.

La joven hizo un gesto de querer coger la maleta ella misma, pero el chófer no le dejó. Un segundo después Chino los vio, de reojo, acercarse por el pasillo enmoquetado y detenerse precisamente en el compartimento en el que él había dejado sus cosas.

—Aquí está bien, Inocente, déjamela aquí.

No sin cierto esfuerzo, el hombre subió el bulto hasta el maletero de metal y, luego, poniéndose aún más rojo, dijo:

—Que tenga usted buen viaje, señorita.

Apoyó con timidez la mano en el hombro de la chica y añadió:

—No esté triste. Ya sabe que la señora... Bueno, eso, que la quiere a usted mucho.

Después, tras un silencio torpe, se marchó por el pasillo con ese andar tosco de los hombres buenos.

El jefe de estación dio entonces el primer toque de silbato. Quedaban cinco minutos para la salida del tren. Los acompañantes de la muchacha ya no estarían para entonces.

El pitido de la locomotora sonó mucho más entusiasta que las articulaciones del tren, que se pusieron en marcha con la misma dificultad que las rodillas de un viejo. Chaaaaaca, chaaaaca, chaa-aaca. Trenes en desuso, solares polvorientos con coches polvorientos, plataneros, fábricas de ladrillo rojo. Chaaaca, chaaaca, chaaaca. Casas destartaladas, margaritas a un lado, antenas torcidas, amapolas al otro. Chaca, chaca, chaca. Cada vez más rápido. El Madrid triunfador y esbelto al fondo contra la pobreza chata y árida de ese primer valle hacia el sur.

Cuando el ferrocarril hubo alcanzado su velocidad de crucero, Chino volvió al compartimento y se sentó frente a su única compañera de viaje, que en lugar de enfadada parecía ahora triste. Había sacado un libro del bolso y lo sostenía en el regazo sin leerlo, pues no le caía la mirada en la hoja, sino delante, cerca de una rodilla carnosa y con hoyuelos que asomaba en los confines de la falda. El bolso, abierto y muy lejos de su costado, vino a confirmar lo que él había pensado al notarle en los gestos la elegancia de los perros de raza: «Es una ricachona. Está claro». Sin embargo, había cosas en ella que despistaban: una melena brillante y espesa de flamenca antigua, o el balconcillo, que asomaba incontenible sobre la chaquetilla blanca.

A Chino le llamó la atención tanta voluptuosidad en una «niña bien». Desde chico había creído que la carne era cosa de pobres. De las amigas de su madre, que tenían los brazos como el tronco de un olivo viejo; de sus hijas, siempre recién paridas; de las vendedoras de la plaza o las putas del Pai Pai, todas ellas con carnes pletóricas y vociferantes.

En cambio, las señoritas que merendaban helados de nata en «los italianos» de la calle Ancha o hacían corrillos a la salida de la iglesia del Carmen los domingos por la mañana eran todo clavícula y piel clara.

—A mí esas mujeres no me gustan —decía Ricardo cuando pasaban cerca de ellas—. El pecado siempre fue de la carne, no del hueso.

En cuanto a apetitos, su amigo era más de barriada que de Alameda. Chino no podía estar más de acuerdo con aquella precisión, pero no dejaba de intrigarle que esas mujeres, que todos los días tendrían sus buenos molletes para desayunar, que cenaban en restaurantes con mantel y mandaban a sus cocineras al *mercao* con el primer rayo de sol, tuvieran ese aire de tísicas.

Su madre, de la que había heredado su profunda curiosidad por lo humano, decía que a ellas les gustaba estar así, que les parecía elegante.

—En época de mi abuela Lola tomaban agua y vinagre para parecer más blancas —contaba en voz baja, que era como contaba siempre las grandes cosas—. Se hacían sangrías y *to*. ¡Hay que estar *majarona* perdida! Pero, además, yo te digo que están mal hechos; ¿no ves que *na* más que se casan entre ellos?, y eso es como una casa, que si no ventilas se te llena de microbios. Cuando yo servía en *ca* doña Mercedes, allí solo se podía poner caldito, arroz blanco, un *pescaíto* a la plancha, esas cosas… *To* les caía mal al estómago, hijo. A ella y a las dos niñas. ¿Tú no te has *fijao* la de veces que se ponen la servilletita en la boca? Eso no es *pa* limpiarse, ¡qué va!, eso es *pa* que no se note los brutos que se pegan.

—Perdona, creo que se te ha caído un pañuelo.

La voz de la chica le sacó de su ensimismamiento.

—¡Ah, sí!, gracias —dijo él marcando las eses más de lo que solía.

Ella sonrió y se puso a mirar por la ventana.

—Qué feo es Madrid, ¿verdad? —declaró sin apartar la vista del paisaje—. No puedo entender que el primero que llegó a este secarral pensara, «pues mira, aquí me voy a quedar».

Chino se rio confuso.

—A mí me gusta, tiene personalidad —contravino con una expresión tímida que a Cora le creó ternura—. Y es acogedora para ser tan grande.

—¿Tú no eres de aquí, no?

—No, de Cádiz.

—¿De Cádiz, Cádiz?

—Sí.

La guapa habló un poco más, pero Chino no la escuchó. Un repentino malestar se le acababa de meter dentro, una noción de sí mismo tan nueva y sombría que hasta le mareó.

No era la primera vez que trataba con gente de dinero. Los padres de su amigo Ricardo, que se hacían la ropa en París y tenían una casa con mucha caoba y mucha plata antigua en la mejor zona de la Alameda, le habían invitado alguna vez a cenar. A pesar de lo distinto de aquel ambiente, nunca se sintió intimidado. Ni por la cantidad de cubiertos que ponían en la mesa, ni por la chica de Lebrija, con cofia y delantal, que les servía los platos con el pulso tembloroso ni por las palabras grandilocuentes del padre de Ricardo. Observaba, preguntaba y tomaba nota mental de todo lo que era ajeno a su realidad.

Cuando se encontraba en la calle con doña Mercedes, en cuya casa había servido muchos años su madre antes de ponerse a trabajar en el cementerio, hablaba con ella con el mismo respeto con el que se dirigía a cualquier mayor. Pero también con la misma naturalidad.

—¡Qué educado es tu hijo, Angelita! —le decía doña Mercedes a su orgullosa madre—. Parece inglés.

Como no tenía ni edad ni desdichas para haber reflexionado a fondo sobre las diferencias de clase, todas aquellas veces lo distinto le había parecido exótico, pero no necesariamente mejor. La diferencia entre ricos y pobres era para él una borrosa imagen mental, un mapa de carreteras en el que unos iban por un camino y los demás por otro. Los primeros con camisas de tela fina y los otros, de tergal.

Sin embargo, aquella mañana de junio, al verse a sí mismo a través de esa muchacha tan distinguida se sintió irreparablemente vulgar. No fue lo que quedaba a la vista —la camisa zurcida, la maleta de cartón o el pantalón demasiado estrecho— lo que más vergüenza le dio. Lo peor fue lo que no se veía. El boquete en el calcetín, el barreño en que hacían sus necesidades cuando el retrete común estaba ocupado por un vecino, los tacones indecentes contra los adoquines de su calle, el *güebos* que anotaba su madre en la lista de la compra, el desagüe de las duchas de la catedral y todo ese puñado de fragmentos sucios y vergonzantes de las vidas sin importancia.

Todavía agitado por la bochornosa visión de sí mismo, se quitó la chaqueta, la apoyó muy bien doblada entre el respaldo y el cristal y recostó allí la cabeza, que cada vez le pesaba más. Solo quería cerrar un rato los ojos, no dormirse. Le daba vergüenza ponerse a roncar o quedarse con la boca abierta y la babilla cayendo como le pasaba a su padre cuando se desplomaba en la poltrona de al lado de la ventana al terminar de comer. O sudar y que la chaqueta del traje, recién teñido, se pusiese a gotear. Pero entre lo poco que había dormido y el suave traqueteo del tren, le acabó venciendo el sueño.

Le despertaron sus propios ronquidos casi tres horas después. El compartimento estaba vacío y un rabioso sol de mediodía calentaba el banco de enfrente. Miró por la ventana desorientado aún y reconoció la estación de Alcázar de San Juan, en la que un puñado de viajeros aguardaba inquieto contra la azulejería de la estación. Los más rezagados guardaban deprisa los restos de filete en bolsas de papel; mientras que los más impacientes se abrían ya paso a empujones entre una caterva de niños de rodillas arañadas que habían ido a ver pasar el tren.

—¿No quieres nada de beber? —La guapa apareció de la nada dibujando su contorno ondulado en el vano de la puerta—. Acaban de pasar vendiendo agua.

Quería. Con la resaca y la siesta tenía la boca como corcho, pero no le quedaba una perra en el bolsillo.

—¡Qué va!, no tengo sed —contestó con ligereza.

Ella, que intuía con rigor, dijo:

—Bueno, yo voy a coger un poco por si nos apetece después.

Si él hubiera dicho la verdad, que tenía sed pero no dinero, ella no hubiera ido. O sí, pero a disgusto. Le enfadaban las peticiones veladas.

Volvió cinco minutos después con un cántaro cargado.

—Creo que la parada va para largo. Por lo visto la caja está muy caliente y hay que esperar a que se enfríe.

Dejó el cántaro en la mesa que había junto a la ventana, pero Chino no bebió.

—¿Te está gustando el libro? —preguntó señalando con la barbilla el ejemplar de bolsillo de *Madame Bovary* que ella había dejado abierto y boca abajo al lado del bolso.

—Muchísimo. Es increíble que un hombre sepa definir así el alma de una mujer.

Él sonrió y ella pensó que era la clase de guapo que se descubría despacio. Y se preguntó cómo era posible que siendo un chico dulce, diera un poco de miedo.

—No le hubieran caído *guantás* a la Bovary si llega a nacer en Cádiz —interrumpió Chino sus pensamientos.

Cora se rio con una carcajada de cabeza hacia atrás que le sacudió todo el cuerpo y que obligó a Chino a decir algo deprisa para que no se notara lo importante que se había sentido por hacerla reír. Se sorprendió a sí mismo añadiendo:

—A mí me gustaría ser escritor —lo dijo en voz baja, como avergonzado de su osadía—. He escrito ya algunas cosas.

—¿Y eres bueno?

—Regular —sonrió él con humildad. Pero también con la inmunidad de quien se cuestiona a sí mismo en voz alta.

—¿No tienes nada que me puedas leer?

Chino tenía todos los cuentos guardados en la maleta, pero se hubiera muerto antes que ponerse a leer allí sus tonterías. Además, el viaje a Madrid le había dejado muy mal sabor de boca. Tenía la sensación de que el destino, o el azar, o lo que fuera que manejase el hilo de los acontecimientos, le había dado un toque de atención. «Niño, que escribes *mu malamente*, ponte ya a trabajar».

—Qué va, los he dejado en Cádiz.

Ella hizo una mueca de desilusión y se ausentó en el silencio. Giró la vista hacia la ventana y sus pupilas verdes empezaron a moverse a la misma velocidad que el horizonte. Luego se volvió otra vez hacia él.

—Por cierto, me llamo Cora —dijo alargando la mano con una sonrisa muy exagerada—. Mucho gusto.

—Chino —se presentó él. La mano suave y pequeña de ella le hizo pensar en el cuello de un gorrión.

Cora regresó de nuevo hacia la ventana y él siguió su mirada. Fuera, el campo pasaba como pasa siempre: la simetría de los cultivos, la bravura de los olivos, la carne agrietada de la tierra añeja y el semblante impasible de todo lo eterno.

En cualquier otro momento la visión del paisaje le hubiera relajado, pero desde hacía un rato notaba un tirón en las tripas, como si una mano invisible tirara hacia arriba de lo que quiera que hubiese allá abajo. Era una sensación rara que no había tenido antes.

Salvo para lo que le gustaban, no le gustaban las mujeres. Le ponían nervioso. Hablaban mucho, se reían a destiempo y parecían siempre a la espera de algo indeterminado. Para su desgracia, él solía caerles bien, pues era tímido y educado, así que cada vez que alguna muchacha se les acoplaba era él quien acababa cargando con ella, riéndose cuando intuía que debía hacerlo y asintiendo comprensivo durante el resto del monólogo.

Se acordó de las gemelas Domínguez, que desde que se les había muerto el padre no se les despegaban. El Monchi se quería trajinar a una de ellas —ni él mismo sabía a cuál— y se las llevaba a todas partes. El colmo fue cuando el domingo anterior apareció con ellas y la otra amiga, la de los granos, a ver la película de vaqueros que ponían en la plaza de la Merced. Se pasaron toda la película hablando por lo bajo, riéndose de pamplinas y sin dejarle concentrarse; sobre todo la amiga, que como era la más tonta era la más dicharachera. Menos mal que le tocó al lado Periquito y por lo menos se había reído.

Se le escapó una sonrisa al acordarse de su amigo cuando después de una batalla en la película, en la que habían matado a dos mil indios lo menos, se levantó de la butaca con la espalda encorvada y el brazo delante de la cabeza y le dijo:

—Cúbreme, que voy al cuarto de baño.

Sin embargo, con aquella chavala estaba a gusto. Y al mismo tiempo no, pero quería seguir la conversación; que ella volviera a reírse, o escucharle contar las cosas como lo estaba haciendo ahora, sin esperar de él nada más que un pretexto para hilvanar sus pensamientos.

—Pues a mí me gusta bailar. Cuando era muy pequeña mi padre me compró un vestido de gitana. Por las noches, después de cenar me mandaba llamar al comedor y ponía *El sombrero de tres picos* o *El amor brujo*, y daba vueltas y vueltas hasta caer mareada.

Hizo una pausa, frunció el ceño y continuó de nuevo para sí misma.

—¿No has escrito nada sobre la muerte? Si yo fuera escritora no escribiría de otra cosa. Me obsesiona. Cuando vivía en Marruecos vi morirse a mucha gente. Había una niña que iba todas las tardes a la plaza que había delante de mi casa a jugar al pincho. Era la que mejor jugaba de todos. Una de esas tardes, mientras estaba sentada en un banco con sus amigas se le acercó un perro con rabia y la mordió. Creo que tuvo una muerte horrible. ¿Tú has visto a alguien morirse?

—A mi hermana chica.

A Cora le cruzó por la cara un nubarrón de vergüenza.

—Perdón —dijo mordiéndose el labio de abajo.

—Qué va, no pasa *na*, casi no me acuerdo de ella.

No era verdad. Todavía había noches en las que, en la claridad del presueño, se le aparecía en mayúsculas la mirada de su hermana. Tan dulce, tan pura, tan ausente. Nadie le dijo nunca a Manuela lo que tenía, pero ella debió intuirlo porque unos días después de que el doctor confirmara que no se podía hacer nada, su hermana se despertó una mañana con una mueca de terror en la cara. No preguntó, no dijo nada, pero avanzó hacia su destino con el miedo en la mirada.

Unos meses después, otra mañana cualquiera, Chino se dio cuenta, al llevarle el desayuno, de que el temor había desaparecido de sus ojos. También de que la Manuela de siempre ya no estaba. Cuando entró en el cuarto ella le miró confundida, como si le sorprendiera encontrárselo en aquel universo pálido en el que había empezado a entrar. Desde entonces, su hermana pequeña fue teniendo los ojos más y más grandes, pero también más tranquilos.

Unas cuantas madrugadas antes de que se muriera del todo, Chino fue a la habitación para ver si aún respiraba. Se levantaba a menudo de noche, angustiado con la idea de que pudiera morirse sola. Cuando entró en su cuarto, empezaba a despuntar el alba. La imagen de su hermana sentada junto a la ventana se le quedaría grabada para siempre. Acurrucada en la butaca, con el cuerpo inexistente bajo el camisón blanco, Manuela miraba al cielo como anunciando que ya llegaba. Chino pensó en aquel momento que su hermana había dejado de ser una niña y se había convertido en una mariposa blanca. De las que dan buena suerte y baten las alas contra las ventanas.

Manuela se murió agarrándole la mano. ¿Cómo no se iba a acordar de eso? Del momento exacto en que su cuerpo se aflojó y lo que fuera que hubiera allí dentro desapareció por la hendidura de su boca. «¿Cómo es posible? —se repetía con el mismo desconcierto con que busca el niño un agujero en el globo que se ha desinflado—. ¿Cómo es posible que hace un segundo estuviera y ya no?, ¿adónde se ha ido?, ¡no puede ser que se haya convertido en nada!».

Desde entonces, cuando al cerrar los ojos en la cama se reencontraba con su mirada, le pedía con todas sus fuerzas: «Hazme una señal, solo una. Que se abra una ventana, que se caiga el candil, lo que tú quieras. Solo una cosa para que pueda vivir tranquilo». Pero su hermana nunca hizo nada, así que Chino terminó concluyendo que de Manuela no quedaban más que los huesos y aquel recuerdo de luz blanca.

Antes de que la intensidad del momento fraguase en losa, Chino señaló de nuevo el libro, esta vez con la mano.

—Es verdad que escribe para volverse loco. Tiene una metáfora con los osos y las estrellas que es increíble. Le estuve dando vueltas no veas la de días.

Ella lo buscó en el libro, lo tenía subrayado, y lo leyó en voz alta despacio y con una dicción esforzada que a él no le dejó ir más allá del sonido de su voz:

«El encanto de la novedad, cayendo poco a poco como un vestido, dejaba al desnudo la eterna monotonía de la pasión que tiene siempre las mismas formas y el mismo lenguaje. Aquel hombre con tanta práctica no distinguía la diferencia de los sentimientos bajo la igualdad de las expresiones. Porque labios libertinos o venales le habían murmurado frases semejantes, no creía sino débilmente en el candor de las mismas; había que rebajar, pensaba él, los discursos exagerados que ocultan afectos mediocres; como si la plenitud del alma no se desbordara a veces por las metáforas más vacías, puesto que nadie puede jamás dar la exacta medida de sus necesidades, ni de sus conceptos, ni de sus dolores, y la palabra humana es como un caldero cascado en el que tocamos melodías para hacer bailar a los osos, cuando quisiéramos conmover a las estrellas».

—Mi padre también se murió —dijo Cora al terminar. Y cerró el libro.

Chino no se dio cuenta, como no se da cuenta nadie de cuál es el momento exacto en el que una semilla agarra a la tierra, pero fue ahí cuando Cora se le metió dentro. En ese preciso instante, con la voz aún niña subiéndole por la garganta de cisne, las manos pequeñas agarrando el libro con fuerza y los ojos verdes moviéndose entre la lectura y lo remoto. ¿Por qué ahí?, ¿por qué ella? El misterio del amor. La tecla incógnita. Un mecanismo que se activa tan impredecible y desconocido como el alumbramiento de un nuevo ser. Chino pensaría mucho en eso a lo largo de su vida. Haría numerosas reflexiones en sus libros acerca de qué era exactamente lo que desencadenaba el primer latido del amor. Un gesto que recuerda al de la madre, un latido animal, la colisión de dos hormonas que se reconocen entre un millón; unos ojos soñadores que prometen rescatarte de la soledad... Quizás solo fuera una ilusión, pensaba siempre al final. Un espejismo. Como si al ver el reflejo de la luna en el fondo del estanque, el que lo contempla creyera que esa circunferencia helada no es un pedazo de firmamento, si no una moneda de plata. Y que basta con meter el brazo para poder agarrarla.

Sea como fuere, Chino notó que en su cueva de murciélagos acababa de hacerse el silencio. Y supo con una claridad con la que no había sabido nada hasta entonces, que no podía volver a vivir con ruido. Fue en ese momento, a las dos y cincuenta y tres de la tarde de un mes de junio cualquiera, cuando se agachó hasta el cántaro y le dio un buche al agua. No porque tuviera más sed que antes, sino porque acababa de enamorarse por primera vez.

—Señores viajeros, una parada de veinte minutos.

El expreso hacía una parada larga allí para acoplar otra unidad y cambiar la máquina, y aunque siempre hablaban de veinte minutos, todo el mundo sabía que la espera solía dilatarse a cuarenta.

—Oye, estoy muerta de hambre, ¿tú no? ¡Qué rabia no haberme traído unos bocadillos! Me podrías acompañar a comer, anda... —pidió zalamera.

Chino llevaba las dos últimas horas de camino maldiciéndose por no haber guardado uno o dos duros para la vuelta en el tren. Mira que se lo había dicho veces su madre —«Lleva siempre algo de menudo encima, que nunca se sabe...»—. Entonces se acordó de una cosa que casi le hizo dar un salto del asiento. Justo antes de salir de casa, su madre le había metido cinco pesetas dentro de un calcetín. ¡Bendito «nunca se sabe»!

La cantina de la estación era un hervidero de humo, conversaciones a gritos y ese calor picante de sobremesa meridional. En la radio la voz del locutor dedicaba una canción a alguien en el día de su onomástica. Varios carteles de toros colgaban de la pared y un grupo de viejos con boinas y palillos entre los dientes hablaban de Belmonte, que hacía unos años se había pegado un tiro en el dormitorio de su cortijo después de haber ido a misa.

—Él llevaba ya mucho tiempo muerto, hombre —decía uno de ellos, con esa cara roja e hinchada de mucho tinto—. Se murió el mismo día que le cogió el toro a Joselito el Gallo.

La conversación se interrumpió cuando ellos pasaron delante y cinco pares de ojos se giraron a mirar a Cora. A Chino le dieron ganas de reventarlos a puñetazos uno por uno.

—¿Qué quieres? —preguntó brusco, sin poder evitar que se le notara la mala leche.

—Un bocadillo de mortadela, ¿y tú?

Temiendo que el duro no diera para otro bocadillo más, solo pidió una cerveza.

—Tengo el estómago del revés, con unos ardores…

Era la primera vez que Cora oía esa palabra y no pudo evitar un respingo al imaginar un estómago mucoso y sanguinolento arrasado por el fuego.

—Ardores es una palabra demasiado gráfica.

—¡Ah!, ¿sí? ¿Entonces cómo se dice? —preguntó él con una expresión a medio camino entre sonrisa y escupitajo.

—No sé. Acidez.

—No es lo mismo, la acidez sube y baja; los ardores, no.

—Bueno, pues no se dice nada.

Cora iba a añadir algo más, pero una pelea al otro lado de la barra había captado su atención y solo podía concentrarse en aislar el ruido para oír la bronca que aquella señora con cuerpo de codorniz le estaba pegando a su enorme y cabizbajo marido.

—¡Uy, uy, uy! —exclamó alarmista llevándose la mano a la boca—. ¡Le va a pegar!, ¡mira! —y le empujó en el hombro con la mano libre.

—¿Cómo me voy a dar la vuelta a escuchar? —la paró él entre fascinado y avergonzado por el descaro de ella—. ¡Y deja de mirar así que bastante mal rato está pasando ya el pobre hombre!

Pero ella seguía a lo suyo, sin escuchar.

—¿Qué habrá hecho? Acércate un poco que tú los tienes al lado.

Pero a Chino no le interesaba la pelea, si no los bocados pequeños y esforzados que ella le daba a su bocadillo, como si fuera un cachorro peleándose con un hueso demasiado grande.

—¿Quieres abrir más la boca, chiquilla?

—Es que no sé.

—¿Cómo no vas a saber?

—No, solo puedo abrirla hasta aquí —dijo haciendo un semi-círculo con los labios no más ancho que el canto de una naranja.

Él se rio a carcajadas. Cuando acabó y se encontró con la mirada de ella, encantada de haber resultado graciosa, le entraron unas ganas locas de darle un beso. Donde fuera. En la boca, en el cuello, en la sien. Se acordó con algo parecido a los celos de aquel beso al vacío que había lanzado ella cuando la vio por primera vez en la estación.

—¿La señora del sombrero era tu madre? —preguntó sin mirarla, removiendo con el palillo el plato de aceitunas que les habían puesto con la cerveza.

—Sí.

—¿No le gusta que le besen?

—No.

Cora no dijo más. Era difícil explicar los usos afectivos de su madre. Y de la madre de su madre, y de la madre de esta. Para todas ellas, la contención sentimental era una norma de educación tan interiorizada como no poner los codos encima de la mesa. Ese «se quiere pero no se toca» creaba una errónea sensación de frialdad entre quienes se querían tocándose.

Chino se dio cuenta de que Cora no estaba cómoda con la conversación, así que no preguntó más. Fue ella la que lo hizo.

—¿Tu madre te besa mucho?

—¡Qué va! —contestó él para no hacerle daño. Pero se acordó agradecido de cómo le cogía la cara cuando se iba a cualquier lado; y con la boca apretada del gusto se la iba llenando de besos entre suspiros y ayes: «Ay mi niño, qué bonito es y qué bueno, y lo que lo quiere su madre».

—A mí no me gustan los besos. Ni siquiera los de amor —dijo ella arrugando la cara—. ¿No te parecen asquerosas las lenguas? Además, yo no puedo respirar solo por la nariz. Me ahogo.

—¿Ya te han besado en la boca? —preguntó con el eco de su padre murmurando desde algún rincón: «Las ricas son todas muy putas».

—¿A ti que más te da? —contestó ella volviendo a ese sitio lejano al que salía volando cuando sus pies rozaban el barro de lo vulgar.

Con la segunda cerveza Chino se sintió lo suficientemente audaz para preguntarlo. Detrás de su sonrisa tímida y sus silencios asombrados había en él una fuerza que no se detenía ante nada. Era un río de agua clara con un caudal desbocado.

Lo preguntó sin darle importancia, pero lo preguntó.

—Entonces, ¿tienes novio?

Ella tardó en responder.

—No, solo admiradores —dijo al fin—. Pero ninguno me gusta mucho.

—¡Ah!, ¿sí? —fingiendo indiferencia—. ¿Y cómo te gustan los hombres?

—Con los ojos verdes y los dientes blancos.

—Yo tengo los dientes blancos —se precipitó Chino, arrepintiéndose antes de haber terminado la frase.

Cora sintió en la boca el regusto de la victoria. Y con él, esa mezcla de compasión y desprecio que se siente hacia los contrincantes fáciles.

—Venga, vámonos ya para dentro que vamos a perder el tren con tanto *roneo*.

Él se quedó cortado, pagó —por los pelos— y salió delante de ella sin mirar atrás.

El tren volaba por un tramo nuevo sin junturas tan silencioso y agradable que creaba la angustia anticipada de los goces breves. Cora, plegada sobre sí, dormía con la misma discreción que el traqueteo del tren, conforme su cuerpo en todo momento con la postura inicial. Solo algún escalofrío, como si en esa venteada frontera que es el sueño un dedo le recorriera la columna, rompía de vez en cuando su quietud.

Chino había sacado la libreta y escribía sin pausas el relato de una reina que encarnaba la contradicción. Kavara, así se llamaba la soberana, daba limosna a los pobres de su reino al mismo tiempo que les condenaba por serlo, adoraba pasear por su pueblo, pero lo hacía sobrevolándolo para no manchar de polvo la seda de sus faldas y solo disfrutó de los manjares que le servían en palacio durante la infancia y la vejez, que era cuando todos sus súbditos preferían no comer. Cuando Kavara murió, resucitó para contradecir su propia muerte, y al día siguiente volvió a morirse para negar su contradicción. Así varias veces hasta que un día ya no resucitó más.

Aquel relato de sobremesa apenas meditado sería incluido muchos años después en una antología con los cincuenta mejores cuentos de la literatura hispanoamericana de todos los tiempos.

Cuando llegaron a Utrera el sol empezaba a templarse con el silencio respetuoso del final del día. Ella se despertó sonrosada y sacó de su bolso un pañuelo y un frasco de colonia de cristal de botica. Mientras se refrescaba el cuello y las muñecas, Chino escondió con disimulo la libreta.

—¡Hola! —saludó después de su aseo como si no hubiera pasado nada. Había aprendido de su madre que si haces como que las cosas no existen, dejan de existir.

Chino ya no se acordaba muy bien de cómo reanudaron la conversación, pero conservó intacta muchos años la sensación de vértigo que vino después.

Los pensamientos fluían libres y apresurados; pues hablar era una forma de palparse la cara a tientas, de buscarse en el otro con esa urgencia de la adolescencia.

Aquel compartimento semivacío de sillones corridos se llenó con el olor de la vida recién abierta y avanzó hacia el sur a una velocidad distinta. Ajenos a todo lo que no fueran ellos dos; sus confidencias, sus dudas y sus risas; no repararon siquiera en el manto de lentitud y desenlace que la tarde iba tejiendo sobre sus cabezas.

Habló más ella que él. Cora le contó de Tetuán, donde se había criado. Describió los claroscuros violetas de los parques tetuaníes; las callejuelas umbrías de la medina y esas plazas de azulejos y algarabía en las que los niños jugaban a la pelota empapados en sudor mientras sus madres hacían tiempo en un corrillo hasta la hora de cenar.

—Como cualquier plaza española de un verano feliz —resumió Chino después de escucharla con mucha atención.

Cora le habló también de su burro Bartolo y del león Simbad, un regalo de Navidad de los hombres azules del desierto. Le dijo que Bruno, su hermano mayor, tenía las orejas de soplillo y que había sido siempre muy travieso.

—Pero luego es muy bueno —aclaró enseguida sintiéndose desleal—. La clase de bueno que no lo parece. ¿Sabes, no?

Se quedó pensando unos segundos y concluyó muy expresiva:

—La verdad es que prefiero eso; que parezca malo y no lo sea, que al revés.

Chino, deslumbrado con aquel mundo de colores, habló menos. En cualquier caso siempre había preferido escuchar. En parte por curioso y en parte porque le daba miedo aburrir. Cora, que era muy preguntona, consiguió, sin embargo, descubrir que su madre, Angelita, trabajaba de florista en el cementerio. Cuando murió su hija iba todos los días, lloviera, tronara o soplara cruel el levante, a ponerle un ramo en la tumba. La mujer que vendía las flores la miraba conmovida. Un día de invierno, caía una lluvia fina de esas que tarda en mojar, cuando al verla pasar hacia la puerta, le dijo:

—Mira, por qué no pasas a la caseta un ratito, así estás cerca de ella y no te mojas. Y de paso me echas una manita.

Fue así como su madre había dejado de servir a los vivos para servir a los muertos.

También habló de su padre, de la dureza de sus juicios y de ese silencio de desengaños que entraba con él por la puerta cuando volvía del puerto, donde descargaba de noche.

Le contó que a veces se sentía asfixiado por las tapias de su mundo.

—Incluso hablando —dijo con las sombras de la angustia cruzando por su frente ancha—. Hay palabras que leo y subrayo porque me gustan, porque explican las cosas mejor que ninguna otra. Pero no me atrevo a decirlas por miedo a que suenen demasiado grandes.

—A ver, dime palabras que te gusten mucho —pidió Cora—. A mí me gusta aljibe. Y sudario. Claustro también es preciosa.

—A mí me gustan las del mar. Marisma, barlovento, arqueo, baluma…

—¿Qué es baluma?

—El borde por el que se escapa el viento en las velas…

Ella le dio un mordisco pequeño a uno de los mostachones que había bajado a comprar en Utrera.

—¿Sabes cuáles son preciosas también? Las de la iglesia. Adviento, vía crucis, epifanía, cónclave, tabernáculo, versículo...

—¿Tú crees en Dios? —preguntó entonces Chino.

—Sí —contestó sin titubear.

Luego se quedó un momento pensativa. Por su mente pasó el colegio de monjas al que la llevó su madre en Madrid cuando cumplió catorce años, y se vio a sí misma repitiendo cada mañana: «Renuncio a Satanás, a sus obras y a sus pompas. Y me entrego a Jesucristo para llevar mi cruz detrás de él». También se vio expulsada de clase cuando después de que la madre Arroyo les hablara del ángel caído, se le ocurrió levantar la mano y preguntar quién tentó al demonio si el mal no existía antes de él.

Había, además del origen del mal, otras muchas cosas de la Biblia que Cora no terminaba de entender. El pecado original, por ejemplo. ¿Cómo podía un Padre crear pecadores a sus hijos y castigarles después por serlo? ¿Sería justo que un niño de dos años, inconsciente y desobediente por naturaleza, se cayera por una terraza sin verja después de que su madre le hubiese advertido que no saliera al balcón, que era peligroso?

A pesar de todo eso, Cora creía en Dios con la tenacidad de esas convicciones que no nacen de la razón. Además, le daba un miedo profundo no hacerlo; las llamas del infierno eran un final aterrador.

—¿Tú, no? —le pregunto a Chino.

—No. Ojalá.

Siguieron hablando y hablando, desnudándose cuando aún es fácil, cuando el alma no se ha cubierto con los pesados ropajes del artificio o la codicia. Y así, con el horizonte violáceo de Andalucía pasando por la ventana, los pueblos blancos sobre las colinas, las torres de las iglesias mayores y las estaciones vecinas, entraron en Cádiz y cruzaron esas dos aguas tan simbólicas de lo que sería luego su vida. Y es que en la identidad de cada uno no hay solo clima, también hay geografía.

Cuando bajaron del tren olía un poco a marisma y un poco a África. Se despidieron con mucha formalidad, pues fue poner los pies en el andén y que el hechizo se hiciera pedazos. Él le ayudó a bajar la maleta y un mozo de equipajes se la subió corriendo a un carrito.

—¿Quieres que te acompañe a algún *lao*? —preguntó Chino deseando que ella dijera que no.

—No, no te preocupes, me vienen a recoger.

Por el rabillo del ojo Chino vio a Periquito, que había ido a esperarle a la estación, acercándose hacia ellos. Se apresuró en el adiós. Le daba vergüenza que su amigo dijera algún *borderío* delante de aquella chica tan fina.

—Bueno, ya nos veremos por aquí, ¿no? —dijo atropellado.

—Supongo.

—¿Tú a qué playas vas?

—A Santa María; a veces a Cortadura.

Ella también debió de ver a alguien conocido, pues con súbita prisa le estrechó la mano y se despidió.

—Bueno, adiós, me tengo que ir. Me ha gustado mucho conocerte, se me ha hecho el viaje muy corto.

Después salió corriendo hacia el fondo de la estación y se perdió entre las sombras.

Periquito, que ya había llegado hasta él, le dio un cate en la cabeza:

—Qué carita traes tú de Madrid, ¿no?

—El Carlitos, que es un borracho. Anoche no había quien se lo llevara *pa* casa.

—Bueno y qué, ¿cómo es Madrid?, ¿impresiona?

—Tú sabes, un calor del carajo —masculló Chino tratando de localizar a Cora entre la masa de gente que salía ya hacia la calle. No la vio—. ¿Y qué? —dijo, prestando ya atención a Periquito—. ¿Por aquí algo nuevo?

—*Na*, lo mismo de siempre —respondió su amigo encogiéndose de hombros.

Caminaron un rato en silencio y, de pronto, Periquito preguntó:

—Oye, ¿y ese guayabo que se ha bajado contigo del tren?

Chino fingió no entender a qué se refería. Al final, como sin darle importancia, contestó:

—¡Ah, esa! *Na*. Una gachí que venía en el vagón conmigo.

—Una gachí que venía en el vagón conmigo —le copió Periquito con voz de falsete.

Ahora fue Chino quien le dio el cate a él.

—Chino tiene novia, Chino tiene novia… —empezó a canturrear Periquito alejándose un poco de su amigo y vigilando de reojo su reacción por si tenía que salir corriendo.

—¿Pues sabes lo que te digo? —dijo cuando cruzaban ya las puertas de la estación—, que me da a mí que esa gachí te va a buscar una ruina.

LOS FANTASMAS DEL ASCENSOR

Tardé muchos años en leer *Los muertos felices*. En casa había dos ejemplares; uno viejo subrayado por papá que olía a vainilla y hierba, y una edición cara que le regaló a mamá y que como nadie leyó, olió siempre a nueva. Durante la adolescencia los tuve a mano muchas veces. Pasé la mirada por su lomo cada vez que iba a la biblioteca del despacho a buscar un libro para sustituir al anterior. Alguna vez los ojeé, sobre todo el que tenía las notas en los márgenes; pero siempre acababa devolviéndolo a su sitio. La fascinación que Cora —y su marido, por extensión— me habían creado en la niñez se convirtió en un rechazo igual de absurdo al llegar la adolescencia. En plena búsqueda de mi identidad, los Montenegro resultaron ser una interferencia, una realidad incómoda que distraía de mí a los demás.

Un verano, tendría yo trece o catorce años, fui a pasar un fin de semana a casa de Bárbara. El sábado por la tarde su madre nos llevó a merendar a la piscina de sus primos. Estaba con ellos Julio, un compañero de clase del primo mayor que tenía unas pestañas larguísimas, las espaldas muy bien puestas y una actitud de absoluto desinterés hacia todo lo que no fueran los comentarios de su amigo. Quise gustarle. Vencí mi timidez diciendo algo que sonó más interesante en mi cabeza que en mi voz, e incluso me atreví a hacer un par de bromas. Él, ensimismado en una pelota de fútbol que se pasaba de un pie a otro, no me prestó la menor atención. Solo cuando Pablo, su amigo, le contó quiénes eran mis vecinos conseguí que me mirara. Con un asomo de interés en su aburrida cara preguntó:

—¿De verdad eres vecina de Chino Montenegro? ¡Mi padre lo va a flipar! Está todo el día hablando de él. Es muy plasta.

—Bueno, de él, no; de su mujer. O su exmujer, no sé.

—¡Ah! —contestó un poco desinflado—. ¿Y qué tal es?

¡Cómo odiaba aquella pregunta! Y tener que repetir lo mismo una y otra vez. «No sé», «la veo poco», «casi no sale», «es muy rara». Contesté lo que contestaba cuando quería impresionar y al mismo tiempo no seguir hablando del asunto. Cualquiera que colinde con una celebridad tiene ese tipo de respuestas estándar, al menos un par.

—Bien. Tiene un mono.

—¡Venga ya! ¿En su casa? ¿Tú lo has visto?

Estuve a punto de mentir, pero me dio miedo que se notara; así que opté por encoger los hombros con pretendida indiferencia.

—No. Nunca.

—¡Ah! —dijo desilusionado dándole una patada a la pelota que la lanzó hasta la otra esquina del jardín.

Aquella tarde volví a casa masticando autocompasión. Para el común de los mortales, los vecinos de arriba no eran más que meros figurantes de la trama, personajes sin importancia a los que solo les vinculaba una charla insustancial en el ascensor. A veces ni eso. A veces ni siquiera existían. Maldije al azar por haber colocado sobre nuestras cabezas aquel rótulo de neón que evidenciaba una y otra vez nuestra triste opacidad.

Fue al terminar la universidad, poco después de haber entrado a trabajar de profesora, cuando Cora recuperó su sitio en el pedestal. Una compañera recién divorciada estaba leyendo *Los muertos felices* y un día se lo dejó olvidado en la sala de profesores. Al verlo tan solo en aquella mesa, tan tentador y tan mío lo abrí por la primera hoja y ya no pude parar. Aquella novela me cambió la vida. La he leído cuatro veces desde entonces; hay párrafos enteros que podría recitar de memoria: «El amor, y hablo de ese sentimiento voraz y desgarrador del que hablan los poetas, no es un nenúfar que crezca en el manantial cristalino de nuestras virtudes. Todo lo contrario. Brota de nuestras aguas residuales, de ese vertedero de miedos, complejos y mezquindades al que apenas nos atrevemos a mirar. Es una roca en medio de todo eso a la que saltamos para salvarnos de nuestra propia pestilencia. No nos redime de nada, ni nos hace mejores personas. Es sencillamente un modo de sacar un rato los pies de la mierda».

Había leído antes muchas historias de gente que sufría por amor. Hombres y mujeres instalados en la desolación por la imposibilidad del otro, su enfriamiento o una traición. Pero nunca había escuchado a nadie condenar al amor *per se*, calificar su naturaleza de dañina y fraudulenta.

—No hay más que ver a un enamorado con la persona a la que quiere —dijo un día Chino en un programa de televisión—. Si uno ha conocido a esa persona en su estado natural, libre y autónomo, se dará cuenta de que el fervor amoroso lo transforma en la versión más pobre de sí mismo, la menos interesante, la más viciada. Y si no es así, si el sentimiento no ha hecho de él o ella una criatura devastada, ridículamente eufórica o ridículamente subyugada, se le tachará de frío o de farsante.

¿Cómo iba a dejarse la elección de algo tan importante como el compañero de vida en manos de un sentimiento que deformaba por completo a la persona que lo padecía? Elegir basándose en el amor era elegir engañado y engañando; eso era lo que planteaba Chino Montenegro en su revolucionario libro.

Cuando se publicó la novela el mundo titubeó. Una duda más que razonable sobrevoló el espíritu de la colectividad: si nos cargamos también el amor, ¿qué nos queda?, ¿dónde nos enjuagamos el alma?, ¿a qué recurrimos para sentirnos puros, elevados, trascendentales? La vacilación fue corta. Los sesentayochistas, deseosos de quitarse de encima todo lo que sonara a grillete, cortaron a su medida las tesis montenegrinas y empezaron a sacar pancartas contra la opresión del matrimonio y el conservadurismo sexual. Paradójicamente, su exaltación del amor libre fue la primera piedra del individualismo feroz que conquistó al mundo después, y que convirtió la pareja en objeto de consumo.

Sin embargo, no fueron los *hippies*, tan permeables a cualquier publicación transgresora, los que dieron al libro su verdadera fuerza. Quien le dio su dimensión universal, quien consiguió —aún consigue— que el libro pasara la despiadada prueba del tiempo y se convirtiera en un clásico fue la enorme y silenciosa masa de gente sola. Mujeres que no encontraron quien las amase, viudos errantes, jóvenes patológicamente introvertidos, primogénitos mutilados por unos padres totalitarios, muchachas intransitables por demasiado románticas o demasiado fuertes; paralizados, traumatizados, cobardes y un millón más de resignados —entre quienes me incluyo—, para quienes el amor fue una tierra prometida que nunca llegó. Todos nosotros encontramos en la novela de Montenegro el consuelo que necesitábamos, la sensación de que no era tanto lo que nos perdíamos. Pasamos de ser muertos a ser muertos felices. O casi.

La primera vez que le mencioné el libro a Cora me di cuenta, extrañada, de que le molestaba hablar de eso. Estábamos las dos en su tocador, una habitación pegada a su dormitorio con una luz de tarde quebradiza y húmeda como de un cuadro de Turner. El *boudoir* tenía las paredes forradas de un rosa oscuro contra el que se recortaban cientos de golondrinas verdes con las alas pegadas al cuerpo. La moqueta, de un rosa más azucarado, daba al conjunto un aspecto mullido que se cerraba visualmente con un tresillo francés recién tapizado y unos armarios de suelo a techo del mismo rosa que la moqueta y con ribete blanco. Junto a la puerta había un escritorio de madera taraceada sobre el que dormitaba una escribanía con tintero doble, bandeja para la pluma y lote de papel; todo en impecable desuso.

El cuarto no tenía nada que ver con el resto de la casa; era más un cuento inglés que un bazar oriental. Sin embargo, como también sucedía en los salones, los dormitorios e incluso el recibidor, parecía haberse quedado suspendido en el tiempo, en algún punto indeterminado entre la historia y la vida.

Cora estaba sentada frente a la pieza que daba nombre a la habitación, un tocador *art déco,* herencia de su madre, con un espejo redondo que había enmarcado con fotos de distintas épocas. Ella y su hermano Bruno en el jardín de Tetuán vestidos de moros y agarrando de una cuerda al burro Bartolo; ella con una amiga sosa delante de un lago que daba frío mirar; Chino caminando por una calle lluviosa y con el cigarro colgando de una media sonrisa; y otra más de ellos dos riéndose mucho y rodeados de amigos en lo que parecía el reservado de una discoteca.

—Ahí ya había publicado el libro, ¿no? —pregunté señalando la foto de Chino.

—No sé, creo que sí —dijo mirándose al espejo y sin prestarme atención.

Hacía tres meses de nuestro reencuentro. Durante ese tiempo habíamos hablado con más hondura de la que habla la gente tibia en toda una vida. Aun así, el tema de Chino seguía siendo un terreno minado. Cuando era ella la que decidía hablar de él, llameaba, se reía, volaba. Como si el solo hecho de conjurar su amor lograra hacerlo volver, sacarlo del sótano. Pero cuando era yo quien lo traía a colación se le ensombrecía la cara y se quedaba de un humor raro durante el resto de la tarde.

Concluí que era mejor que fuese ella quien eligiera cuándo hablar de Chino y cuándo no; sin embargo, la noche anterior había estado leyendo *Los muertos felices* y aún arrastraba ese sentido de propiedad que crea el arte cuando emociona.

—Supongo que tú lo leerías antes de que se publicara, ¿no? —pregunté con un tono que pretendía invocar intimidad.

Tardó en contestar. Seguía mirándose al espejo con atención, estirándose la piel de los ojos hacia la sien.

—A lo mejor me opero y me pongo así —dijo evaluando mi reacción a través del espejo—. Estoy harta de mi cara de pena. Parezco un cocker.

No dije nada. No quería desviar la conversación hacia allí, así que forcé el silencio para volver al punto de partida.

—Sí, claro que lo leí —dijo después de un rato—. El título se lo puse yo.

—Me imagino lo que te emocionaría la dedicatoria… —suspiré, infantil.

—La dedicatoria fue una cochinada —espetó ella poniéndose en pie y saliendo por la pequeña puerta que comunicaba con su dormitorio. Después de un silencio rígido sugirió desde allí—. ¿Te apetece jugar a las damas?

No me lo contó aquel día, me lo contó algunos meses después por iniciativa propia y cuando yo ya conocía lo suficiente la historia para no necesitar ninguna explicación.

Cuando Chino publicó la novela, Cora y él llevaban varios años viviendo juntos, pero no estaban casados. Alguna vez habían hablado del tema, aunque sin determinación; escabulléndose de lo apremiante con risas apresuradas y besos mordaza.

Cora sabía que su madre no aprobaba aquella relación. No porque hubiera dicho nada, sino precisamente por lo contrario, porque nunca había dicho absolutamente nada. Fernanda Uriarte tenía una inclinación natural a ignorar lo que le perturbaba, así que desde que supo del romance pretendió que no existía. Jamás preguntaba por él; y si su hija —con la que comía al menos una vez a la semana— le contaba cualquier cosa en la que Chino estuviera presente, hacía como que no había oído. Fernanda creía que las cosas que no se hablan dejan de existir. Una boda le hubiera forzado a sacar la cabeza de la tierra y enfrentar aquel destino, en su opinión, malogrado de antemano.

Cora, víctima de unos sentidos de culpa ancestrales, ávida del aplauso de su madre y en el fondo de su alma, contagiada de su inquietud, se encapsuló en el inmovilismo para no asfixiar la historia con los vapores de lo común. Además, en los ecos de su memoria se había quedado grabada una frase que de niña le decía siempre Mise, su *aña* vasca:

—Cuando no sepas lo que hacer lo ideal es no hacer nada.

Se acurrucó en esa semiclandestinidad y acabó por convencerse de que todo era más bonito así, entre sombras.

—El amor hay que envasarlo al vacío —le dijo un día a una de esas amigas antiguas que iban a visitarla a Lavapiés con las orejas en guardia y el bolso bien agarrado.

Chino, muy cómodo al principio sin interferencias familiares, empezó con el tiempo a considerar humillante aquella situación; pero como era orgulloso y no estaba dispuesto a tener que reivindicarse ante nadie, no dijo nada. Esperó, y la noche antes de que fueran a enviar su texto a imprenta incluyó la famosa dedicatoria. «A Cora, por ponerlo todo en duda». Fue un puñetazo en la mesa elegante y bien calculado, ¿qué legitimidad hubiera tenido ella para reprocharle semejante declaración de amor?

Cuando Cora abrió el primer ejemplar que envió la editorial tuvo que sentarse: como a un secuestrado al que acaban de poner en libertad, la luz la deslumbró. La cara de su madre, la de su padre, la de Mise y todos sus otros pepitos grillos empezaron a retorcerse en el aire; y en un presagio de lo que sería su vida a partir de entonces, el índice de un erizo le recorrió la columna. Efectivamente, desde el día en el que Chino alzó su bandera en la primera página del libro, lo que hasta entonces había sido un secreto a voces, pasó a ser un griterío. La relación dejó de ser solo de ellos, entró el oxígeno y con él la descomposición. Aunque Cora vio venir el desastre, no pudo, tal como Chino previó, hacer ni siquiera una mueca. La dichosa inmunidad del amor.

Aquel asunto no era el único que explicaba la animadversión de Cora hacia el *best seller* de su marido, exmarido o lo que fuese. Como detecté más tarde en el complicadísimo avance por su maleza afectiva, había otras cosas que pesaban incluso más que eso. Una de ellas era Lili, la protagonista femenina de *Los muertos felices*.

Fuimos muchos, legiones, los que después de leer la novela nos lanzamos a una búsqueda esquizofrénica de Chino Montenegro. No tanto por mitomanía como por intentar prolongar, como fuese, la estancia en su firmamento. Lo leímos todo sobre él; artículos, críticas, foros, anécdotas de otros autores en las que le mencionaban… Nos sabíamos de memoria las cuatro o cinco entrevistas que había concedido y las releíamos de cuando en cuando con esa mezcla de esmero, arrobo y codicia con la que se limpia un candelabro de herencia el día de abrillantar la plata.

Pero toda sangre era poca para la sed de nuestros colmillos; fundamentalmente, porque la vida de Chino había transcurrido —salvo un breve inciso posestallido— en penumbras de trastienda.

—No me escondo por estrategia, me escondo por pereza —había dicho en un importante dominical francés—. Pero si hubiera tenido que diseñar un modelo de venta de mis libros, habría hecho exactamente lo que hago. No hay nada más sugerente que el misterio.

Volviendo a Cora, solo hacer constar que para todos los fanáticos del libro, Cora y Lili eran la misma persona. Las coincidencias —siempre al servicio de los predispuestos— estaban por todas partes: las cuatro letras del nombre; los ojos verdes, los huesos de galgo…

Cuando conocí a Cora —todo lo que se la podía conocer—, entendí por qué se sentía tan molesta con esta identificación. El problema no era que Lili le hubiese usurpado su identidad; creo, aunque puedo equivocarme, que hubiera estado dispuesta a asumir un personaje ajeno si le hubiese gustado más que el propio. Después de todo, Lili era su pasaje a la gloria; uno de esos grandes personajes de la literatura que trascienden incluso a su autor. Pero a Cora no le gustaba Lili. O mejor dicho, no le gustaba la imagen que daba de ella.

—Él parece un pobrecito y ella una grandísima hija de puta —se le escapó en una ocasión.

Yo no estaba de acuerdo. Desconcertante, irrompible y con «aliento de luna helada», Lili era un personaje que, como ciertos vinos inolvidables, dejaba un gusto raro en la boca. A sangre seca. Durante la lectura del libro era imposible no sucumbir a su hechizo. No solo por lo escarpado de su personalidad —«Lili nunca hubiese debido llamarse Lili. Era demasiado extensa para un nombre tan fugaz», decía Félix Santamaría al definirla—, sino por la poderosa simbología que el autor había creado en torno a ella: el manglar donde vivía, la cabaña rodeada de árboles torcidos, el pelo en llamas, los peces linterna, la sexualidad hermética, sus silencios o las barcas que desaparecían sin dejar rastro en el mar de sus ventanas.

Era difícil empatizar con ella puesto que no creaba ternura, pero tampoco se podía dejar de mirarla. Mientras que Cora era uno de esos cielos con nubes intermitentes y claros gloriosos, Lili era el rumor de la tormenta. Era lo implacable acercándose y ese escalofrío agridulce de sentir la violencia del universo desde la tibieza de la cama.

Mientras se estaba inmerso en la historia, su presencia era tan abrumadora que no había distancia emocional para analizarla. Solo se la sentía. Pero desde el momento en que se terminaba la última página, su silueta empezaba a deformarse. Chino conseguía que el lector sintiese por ella lo mismo que sentiría por alguien que le hizo daño y al que por fin se ha empezado a olvidar. Esa era precisamente su fuerza como personaje; que no encarnaba una idea o un concepto moral: Lili era la experiencia dolorosa del amor.

Además, Chino había vertido sobre ella la que sin duda fuera una de sus ideas más controvertidas: la convicción de que en la naturaleza humana, particularmente en la femenina, había un algo maligno que se alimentaba de la bondad, la pureza y la entrega del otro. Un depredador de lo frágil. En una conversación entre Félix Santamaría y un veterano de guerra cínico y borracho, este último le confesaba a su amigo:

—He visto a muchos hombres matar, créeme, y puedo asegurarte que en casi todos había un destello de lástima antes del momento final. No he visto asomo de compasión en los ojos de una mujer que contempla a un hombre vencido. Sobre todo si ha sido ella el verdugo.

Esta mezquindad de ciertos espíritus femeninos —que solo afloraba en el amor romántico— procedía, según Chino, del rencor: «Son millones las mujeres que históricamente, se han definido a través del hombre que las elegía. Cuanto más importante él, más importantes ellas. Y al revés. Si su elector se quebraba por culpa de un amor desmedido, las arrastraba con él a la ruina: un embajador mediocre convierte en mediocre a la nación».

Lili expresaba sin miramientos esa repulsa instintiva a ser en exceso querida. Quedaba claro ya en el segundo capítulo, cuando un iluso Félix Santamaría se ponía el mundo por montera y decidía ir a la cabaña de su amiga a confesar la verdad.

El iluminador, imbuido de esa voluntad férrea con la que se encaran las grandes determinaciones, había conseguido mantenerse firme a su propósito durante las tres semanas posteriores a la visita al doctor. Siguió sus recomendaciones al pie de la letra: hizo una vida ordenada, se alejó de cualquier expresión artística que pudiera agitar su sensibilidad y se aplicó en el trabajo como nunca antes lo había hecho. Tenía la suerte, además, de que su oficio, como cualquier oficio artesanal, consumía el tiempo a gran velocidad.

Durante aquellos veintiún días, Félix se felicitó muchas veces por lo bien que iba olvidando y paseaba por la Isla como una libélula; exultante de levedad. Desgraciadamente, una noche de niebla violeta, tuvo otro sueño con ella; uno de esos tan físicos que son verdad. Se medio despertó al amanecer, y en esa tierra de nadie entre consciente y subconsciente decidió que tenía que contarle a Lili la verdad. Después de todo era su amiga; la más antigua, quizás.

La primera vez que la vio tenían los dos quince años y acababan de llegar al Erotival; el primero de los congresos *vitae* que la Isla organizaba con intención de preparar a la gente para lo que consideraban las tres grandes metamorfosis de la vida: el despertar sexual, el nacimiento de los hijos y la muerte. En el primero de estos encuentros los adolescentes se reunían en un refugio de montaña a escasos metros de un lago que las medusas habían vuelto impracticable. Durante ese tiempo, un equipo de especialistas multidisciplinares —psicólogos, filósofos, médicos o sacerdotes— trataban de instruir a los asistentes de manera integral. Había clases magistrales, sesiones de grupo, individuales, terapias de hipnosis y, finalmente, una evaluación privada para valorar el modo en que cada uno había asimilado la información.

Félix vio a Lili nada más llegar, cuando ella se bajó de un autobús contiguo con la trenza muy apretada y una sonrisa confusa. No hablaron mucho durante esos días, pero a Félix le provocó una gran curiosidad; sobre todo después de su intervención en la Danza Ritual del Fuego, a la que les tocó asistir juntos. Se trataba de una sesión nocturna en la que los chicos se reunían en torno a una hoguera y un guía les iba incitando a hablar. Antes de empezar, el gurú repartía a todos los del grupo una pequeña botella verde con Ambrosía del Cardenal, una bebida muy popular en la Isla que favorecía la confesión. Los chicos estaban familiarizados con ella, pues sus padres la bebían a veces al llegar a casa del trabajo. Se obligaban así a entablar conversaciones sustanciales con sus familias en lugar de tirarse a dormitar en el sofá.

Mientras que el brebaje terminaba de hacer efecto, el guía les explicaba que el tema de aquella noche iba a ser los equívocos sexuales: qué se podía esperar del sexo y qué no; qué inclinaciones no eran estrictamente sexuales, sino que remitían a un nudo emocional y, fundamentalmente, cómo distinguir el enganche sexual del amor.

Al principio, la reunión estuvo llena de rubores y risas por lo bajo; pero poco a poco la gente se fue soltando y poniendo sobre la mesa sus más oscuras pasiones: gallinas, troncos de árbol, abuelos centenarios o dolor. Pero en opinión de Félix, el relato más desconcertante fue el de la pelirroja de la trenza, que aseguró, con voz vacilante, que a ella le aburría el sexo.

—No sé, no me llama la atención —había dicho—. Cuando hace calor porque hacer calor, cuando hace frío porque hace frío… Supongo que a muchos les pareceré un bicho raro. ¡Me lo parezco yo a mí misma! Aunque por otro lado pienso que, quizás, estar más allá de los instintos sea una muestra de elevación espiritual.

El último día del congreso, Félix le pidió el número de teléfono. Quería ser su amigo, solo eso. Lo fueron durante muchos años.

La mañana que fue a declararse, mientras caminaba hacia la cabaña de su amiga por un camino lleno de fango, iba pensando, para armarse de valor, en todo lo que habían vivido juntos. Se acordó, sobre todo, de las veces que ella se había fingido en peligro para tomarle el pelo; como el día que fueron a nadar al río e hizo que se ahogaba en un remolino. Él se tiró a rescatarla con la ropa puesta. O aquella otra vez que al terminar de tomar un helado en la cantina del Guacamayo, Lili dijo que no podía moverse, que se le habían paralizado las piernas. Félix se metió debajo de la mesa, le hizo un masaje en los gemelos y otro en los pies. Nada. Cuando estaba a punto de llamar a una ambulancia, ella se puso de pie y se encaminó hacia la salida ahogándose de la risa.

Félix llegó a la cabaña antes de que hubiera prosperado el calor. Lili le invitó a un café y a un pedazo de tarta que acababa de sacar del horno. Se pusieron al día, bromearon sin energía y cuando Lili estaba de espaldas fregando los platos, Félix escupió un «me he enamorado de ti» que sonó a piedra atragantada. Ella no se dio la vuelta, pero se le puso la espalda rígida y empezó a secar los platos con una lentitud siniestra. Su reacción, que reproduzco literalmente a continuación, sintetiza su clara repulsa hacia el amor.

«—*¿Qué pretendes, conmoverme?* —*siseó inflamada cuando al fin se dio la vuelta*—. *A mí no me conmueve el amor y lo sabes mejor que nadie. No hay nada heroico, ni siquiera noble, en el hecho de sentirlo. Se siente y ya está. Como el hambre. Bueno, a lo mejor a ti te parece admirable tener el estómago vacío y querer llenarlo* —*dijo agitando los brazos en el aire como una muñeca averiada*—. *¿Sabes lo que de verdad hubiera sido admirable? Que te callaras. Que lidiaras tú solo con lo que sea que sientes y no me pasaras a mí la pelota. Pero que vengas aquí a vomitarlo para sentirte mejor…, ¡venga, hombre! No pretenderás encima oler a incienso y mirra.*

»*Lili caminó hacia la puerta de troncos con grandes zancadas, la abrió y, antes de salir, se dio la vuelta. Estaba blanca como la chaqueta de un almirante.*

»—*La verdad, la verdad…* —*dijo con voz de falsete*—. *A nadie le interesa la verdad, ni siquiera a los enfermos. Prefieren mil veces la esperanza.*

Y salió dando un portazo».

No terminaba en Lili la lista de cosas que distanciaban a Cora de *Los muertos felices*. Al margen de la repercusión que el éxito de la obra había tenido en su pareja —Chino dejó de ser de ella y pasó a ser del mundo—, había una última cosa que imposibilitaba su beneplácito: el sentido de culpabilidad.

Sus andamios morales chirriaban cada vez que era testigo de la repercusión del libro en el mundo. Ella no creía, como sostenían muchos intelectuales, que el abaratamiento del amor en las últimas décadas fuera solo culpa de *Los muertos felices*. A veces, cuando íbamos por la calle y veía a un grupo de chicas sentadas en las terrazas de los bares, mirando todas el teléfono y sin hablar entre ellas, decía:

—Ahí está el problema. No en que no se comuniquen, que a su modo, lo hacen, sino en que ya no hay momentos de vacío en sus cabezas. Antes, cuando estabas esperando a un amigo en la barra de un bar, pensabas. Cuando el semáforo estaba en rojo, pensabas; cuando tu madre te castigaba en la habitación, pensabas. Y era en esos entreactos de vida donde se gestaban los impulsos artísticos, las grandes ideas y también el amor. Los sentimientos necesitan de la reflexión para arraigar y no quedarse solo en un estremecimiento.

Creía de verdad en lo que decía; pero aun así, no terminaba de sacudirse de encima la sensación de que el libro había precipitado las cosas. Sí, muy probablemente la humanidad hubiera acabado llegando a la misma delgadez sentimental de no haber existido Chino; pero lo habría hecho a una velocidad distinta. Y quizás si los acontecimientos se hubiesen desarrollado a su ritmo natural, sin aquel detonador que fue el libro, la conciencia común se habría amoldado de otro modo a las circunstancias.

Estos escrúpulos corianos eran casi imperceptibles. Solo alguien que hubiera dedicado las horas que yo dediqué a descifrarla habría notado los levísimos sobresaltos que el asunto creaba en su yo atávico, en esas certidumbres que se graban en la carne blanda de la infancia como el hierro en los becerros.

Pero con la lógica, Cora no podía estar más de acuerdo con Chino. Incluso con la lógica moral. Lo que Chino había destruido con su novela no era el matrimonio, sino la idea de que este se fundara sobre el enamoramiento. Él creía en la pareja, fundamentalmente, porque creía en la familia más que en ninguna otra cosa. Exactamente igual que ella. Lo supe por el modo en que reaccionó cuando le conté que mi padre tenía una amante.

El 21 de marzo, lo recuerdo bien porque era el día de mi cumpleaños, invité a Cora al cine. Habían estrenado una película de Woody Allen, y a ella siempre le gustaba Woody Allen.

—Aunque solo sea por la decoración de sus casas y las canciones de los títulos de crédito —decía.

Salimos con tiempo y fuimos a tomar algo antes al café Comercial, que estaba tan lleno como de costumbre. Pero era un lleno despejado, de techos altos y espejos ahumados. Los camareros, con las chaquetillas blancas muy bien planchadas, sorteaban mesas y columnas con la rapidez simpática del madrileño antiguo. Paraban aquí y allá dejando vermús, descafeinados y una frase socarrona que los grupitos de abuelas celebraban con risas, codazos y escandalosas palmadas.

—¿Sabes cuándo te das cuenta de que eres vieja? —me preguntó Cora dándose la vuelta mientras íbamos hacia la mesa—. Cuando entras en un sitio y ya no te mira nadie. Hay un día en el que de repente te conviertes en invisible.

—Yo he debido de nacer vieja, entonces —dije forzando la risa.

Ella me miró con ternura.

—Todo lo importante es invisible.

Nos sentamos en la única mesa libre y estuvimos un rato largo en silencio; Cora observando curiosa las soledades contiguas y yo valorando hasta qué punto era traición contarle lo que me había pasado aquella mañana.

Mi padre me había invitado a comer a una taberna andaluza para celebrar mi cumpleaños. Comimos sin disciplina, bebimos cerveza y hablamos de nuestras pequeñas grandes cosas. Lo habitual. Él miró varias veces el teléfono, pero no le di importancia: vivía pendiente de sus pacientes. Después de pedir la cuenta, fue al baño. El móvil, que se le había quedado en la mesa junto a la taza vacía del café, se iluminó con un mensaje silencioso uno o dos minutos después de marcharse él. No sé muy bien por qué lo cogí. Porque estaba aburrida, porque a lo mejor era mamá, porque los hijos se sienten mucho más dueños de los padres que los padres de los hijos o, quizás, porque la intuición sí había empezado a atar cabos.

Solo leí las primeras líneas del WhatsApp —no quise abrirlo para no delatarme—, pero fue suficiente. No voy a reproducir el contenido porque me crea angustia escribirlo, pero era de una intimidad que no dejaba lugar a dudas.

Cuando salimos del restaurante me impactó la placidez exterior. La suavidad con la que se agitaban los plátanos, la familiaridad de las calles y la mentira escandalosa de que el mundo era el mismo que antes de comer.

Volvimos caminando a casa, yo en silencio y papá tarareando una vieja canción francesa. Hacía muchos, muchísimos años, que no era tan consciente de su presencia. Noté que se había dejado el pelo más largo y que volvía a oler a joven. Tuve la sensación de que ya no le conocía. El padre de mi infancia, el de los ojos de ilusión tras las gafas omniscientes, se había bajado en alguna parada entre mi adolescencia y la actualidad. Mareada de tristeza me acordé de él enseñándome a cazar grillos en el monte con una pajita. O buceando en ese mar inhóspito de la carretera de la Guardia mientras yo vigilaba, como un perro a su dueño, que su cabeza volviera a aparecer cada cierto tiempo entre el oleaje. Me acordé de los atardeceres infinitos buscando el rayo verde, los dos en una roca, él con sus sueños raros y yo con un helado.

Me acordé, sobre todo, de aquellas noches en las que no salían porque no terminaba de cuajar el plan o hacía un frío salvaje y se quedaban conmigo en casa. Mamá, nerviosa como una polilla en una lámpara, cenaba poco, preguntaba cosas por preguntar y a las nueve en punto me leía un cuento deprisa, batiendo las alas contra el cristal de la inmovilidad. Después, se iba a su cuarto.

Lo mejor de esas noches, lo mejor de mi infancia, quizás, era cuando después del cuento papá venía a apagarme la luz. Se tumbaba conmigo en silencio y me hacía dibujos en la espalda que yo tenía que adivinar: una araña, una barca, un pulmón. Casi nunca acertaba, aunque él aseguraba que sí. En esa mentira ritual, en esa intimidad oscura, en el silencio elocuente de sus ojos pardos fue donde mis sueños empezaron a dibujar su propia eternidad.

Pasé la tarde rebobinando los últimos meses en busca de alguna pista, algún comportamiento extraño, un viaje que no encajara... No encontré nada. El cambio más significativo era que había empezado a fumar tabaco de liar. Me pregunté si mamá se habría dado cuenta de algo. Me pregunté también si debería decírselo. Pero, sobre todo, me pregunté por qué. No concluí nada, pero esa voz que nos recorre a veces por dentro como un viento que viene de lejos me dijo algo muy concreto cuando estaba acabando el día: las grandes renuncias acaban en grandes revanchas.

Papá era un hombre introvertido y con un grandioso mundo interior que se había visto arrastrado por su mujer hacia una vida insustancial. Durante muchísimos años le siguió como un perrillo a todos esos eventos sociales a los que ella le obligaba a ir con su escandalizado «¿Pero cómo vamos a decirles que no?». Complaciente, ojeroso, agradecido; víctima de un sueño de la infancia que se acabó convirtiendo en cárcel.

Mi padre había resultado ser un triunfador: número dos del MIR, jefe de servicio de oncología de La Paz, creador de una cátedra en la Universidad Autónoma y articulista en *The New England Journal of Medicine*. Pero, para él, ninguno de sus logros podía compararse con el de haber conseguido a mi madre. Ella era, de todo aquello, con lo único que había soñado de niño.

Fue un chico tímido y despistado que no floreció hasta los veintitantos, cuando se quitó las gafas y se dejó crecer la barba. Hijo único y huérfano de madre, había sido educado por un hombre austero que, a pesar de intentarlo, nunca supo manejarse en el idioma de los afectos.

Ella era la guapa de la ciudad, la de las carcajadas triunfales, el padre rico, la madre del visón, las regatas, los amaneceres en el Club de Campo, el rubio poético y los huesos delicados. Más de una vez escuché contarle a sus amigas:

—Si a los quince años me llegan a decir que me iba a casar con él, me hubiera muerto de risa. —Pero después concluía, poniéndose seria—: El que de joven te parece un «sin sal» es el que te acaba haciendo feliz.

Me lo repetiría a mí una y mil veces llegado el momento.

Madrid difuminó la marcada geografía social de la ciudad de provincias resumiéndoles a lo mismo: dos estudiantes deslumbrados por la gran ciudad, eufóricos de libertad y con sensación de no pertenencia. Esa *terriña* que de niños los separaba, pasó a unirles aquí en una añorada cosmología de orillas atlánticas, verdes laderas y puntos suspensivos.

Quiso el destino, además, que la casa de la tía Clementina, donde vivía él, estuviera a solo dos manzanas de la residencia de estudiantes donde vivía ella, así que muchos días se encontraban camino a la facultad. Empezaron a quedar para ir juntos, a tomarse un café antes de entrar, a andar muy despacio en el camino de vuelta y a reírse todo el tiempo sin saber muy bien de qué. Se casaron antes de terminar la universidad.

El encantamiento empezó a perder lustre poco después de la boda. Mi padre acabó la carrera con honores y empezó a trabajar de residente en La Paz, donde hacía guardias sin parar. Ella, que llevaba en la sangre el fino gusto del norte, consiguió trabajo como estilista en una importante revista de decoración y empezó a hacer reportajes en las casas más elegantes de la ciudad.

—Tengo que encargarme de que todo esté perfecto para las fotos: la mesa bien puesta, flores bonitas, esas cosas —explicaba moviendo mucho las manos cuando alguien le preguntaba qué hacía exactamente una estilista de decoración.

No sabría decir si fue el contacto con el Madrid de toda la vida o si la maternidad provocó en ella una vuelta a los orígenes más violenta de lo habitual, supongo que las dos cosas. Lo cierto es que poco después de nacer yo, cayó en una especie de amaneramiento febril y caricaturesco del que nunca se recuperó. Con toda la virulencia de las aguas que derriban el dique, mi madre, que durante la universidad había moderado mucho sus delirios de niña bien de ciudad pequeña —incluso había fumado marihuana en alguna ocasión—, recibió la madurez con todas las miserias de los vecinos del poder.

—Hay que relacionarse siempre hacia arriba, Antón, parece mentira... —le repetía a mi padre en una discusión de meses sobre el colegio al que iría yo.

Hablaba de ricos y poderosos con una impostada mezcla de familiaridad, desdén y fervor; preguntaba con los ojos como platos si el título de fulanito era con grandeza o sin grandeza, repetía constantemente forrado, estupenda, fachón, ideal, casoplón y rojo. Se obsesionó con el orden, el dinero mayúsculo y el servicio doméstico; y en ese adelgazársele la frescura hasta lo desolador, se le adelgazó también la voz.

Pero mi padre había soñado con ella de joven; de modo que después de trabajar once horas al día —además de su trabajo en el hospital tenía consulta privada—, la seguía sin rechistar a la cena, obra de teatro o inauguración de turno a la que aunque «yo también estoy agotada», había que ir porque «no podemos decir otra vez que no». Eternamente agradecido porque aquella mujer, la más guapa de su ciudad, la del resplandor de princesa y las promesas de gloria lo hubiera elegido a él, se tomaba un café doble, cambiaba el traje de faena por el que ella le hubiera dejado extendido en la cama y se arrastraba con una sonrisa tímida y la barba a medio arreglar a esas reuniones en las que la mirada del interlocutor va y viene todo el tiempo de la puerta de entrada a la conversación. Durante muchísimos años; lo que él quería por encima de cualquier otra cosa, de su carrera, de mí, incluso de él, era hacerla feliz. Que no se arrepintiera.

—Mi padre tiene una amante —solté sin mirarla cuando el camarero nos hubo dejado la bebida en la mesa.

—¿Cómo? —exclamó ella llevándose la mano a la frente y con una expresión que no supe si ubicar en la incredulidad o en el regocijo.

Le conté la historia con la parquedad del que se siente desleal. Ella debió de notar mi incomodidad, pues no preguntó detalles. Cuando terminé de hablar se quedó mirando a la nada con fijeza y observé, que con el transcurrir de su silencio, la expresión le iba mudando de la indignación al desapego.

—Bueno, tampoco pasa nada —dijo al volver a mí.

—¿Cómo que no pasa nada?

—Cuando yo era pequeña, todos los amigos de mis padres tenían amantes. Amigas, se les llamaba entonces. Solían ser el contraste físico y humano de lo que tenían en casa. Si la señora era rubia y frágil, la amiga era morena e impetuosa. Si la esposa era práctica, la otra era medio artista. Las mujeres lo sabían y lo admitían. No solo eso, sino que llegué a escucharlas compitiendo entre ellas por cuál de sus maridos tenía la mejor querida. Y no es que fueran unas frívolas, te lo aseguro; pero todas sabían que aunque ellos lo pasaban mejor con las amigas, a ellas las querían más.

—Cora, eso era otra época —dije molesta con su manera de quitarle importancia a todo.

—Tu madre no es muy distinta de las mujeres de aquel entonces.

—¿A que tú no habrías aguantado una infidelidad? —pregunté con la intención de desmontar su argumento.

Ella soltó una carcajada en la que no había rastro de amargura.

—Todos, y créeme todos, aguantamos mucho más de lo que estamos dispuestos a contar. Hazme caso, déjalo estar. No obligues a ninguno de los dos a tomar una decisión que no querrían tomar. Tu madre se muere si tiene que separarse, y él no parece el tipo de hombre que abandona a su familia.

Poco después de aquello, un sábado lluvioso de abril, sucedió la primera de las muchas cosas inexplicables que sucedieron aquel año. Subí a casa de Cora poco después de las seis y me crucé con Jackie en el descansillo vestida de calle y cantando sin reservas.

—Qué animada, Jackie —saludé.

—Es sábado, señorita Alicia. ¡Y el cuerpo lo sabe! —dijo ella estallando en una carcajada que le agitó todo el cuerpo.

Después dio media vuelta, me abrió la puerta con su llave y se despidió.

—La señora Cora está en el salón —gritó mientras bajaba ya por la escalera.

Cora no estaba en el salón principal, sino en el del arpa; sentada en un orejero junto a la ventana y mirando a la pared de enfrente con una sonrisa incierta. En sus pupilas verdes se reflejaban las gotas del cristal. No me miró, pero debió de sentirme, porque empezó a pensar en voz alta cuando me detuve en el umbral.

—Qué vida tiene ese cuadro, ¿verdad? —preguntó refiriéndose a un pequeño lienzo en el que se veía a una familia jugando en la orilla de una playa. Sin darme tiempo a contestar siguió hablando—. ¿Sabes lo que estaba pensando? Que la vida, la de todos nosotros, es la pintura de unos cuantos años. Los de la infancia, los de la adolescencia, los del amor… El núcleo de la existencia se concentra en esa imagen detenida, en esos trazos. El resto del tiempo no hacemos más que volver a mirar ese cuadro. Recorrer con la nostalgia los colores que el tiempo ha vuelto desvaídos, o aquellos otros que permanecen tan húmedos y brillantes como el día que se pintaron.

Yo seguía en el umbral, paralizada por la intensidad de la escena. Cuando Cora por fin me miró, me sentí obligada a decir algo.

—La memoria funciona de una manera extraña, es verdad.

Fue una frase poco afinada; sin demasiada correspondencia con su disertación, pero fue lo primero que se me ocurrió.

Cora se levantó de la butaca en dirección a la cocina. La seguí, y mientras le ayudaba a colocar dos tazas en una bandeja y a poner en un plato unas cuantas de sus galletas inglesas, me preguntó:

—¿No te pasa que hay cosas de las que te acuerdas mucho y que en su momento no tuvieron ninguna importancia?

Aquella pregunta me dejó asombrada; con la sensación, una vez más, de que Cora podía leer las mentes. Durante las últimas semanas me había venido a la cabeza en varias ocasiones una muñeca que había tenido de niña y a la que papá había llamado Potasia, porque cuando le apretabas la tripa la boca le olía a plátano. Tenía una sonrisa extraña. Forzada. Como si presintiera una desgracia.

Un día glorioso de principios de agosto papá decidió hacer una excursión a Portugal. Metimos el coche en el transbordador y cruzamos el Miño despacio. Yo iba apoyada en la barandilla, hipnotizada con la senda de espuma que el barco iba abriendo a su paso; así que no sé muy bien cómo pasó. El caso es que Potasia se cayó por la borda. De pronto, ya no estaba. En su lugar, entre mi brazo y mi costado, no había más que un hueco aún caliente. La imagen de mi muñeca en el inmenso vacío del agua, arrastrada por la corriente hacia un destino de fango y descomposición me creó una angustia hasta entonces desconocida. Lloré toda la tarde y vomité después de cenar.

Cuando terminé de contar la historia y le dije a Cora que llevaba unos cuantos meses preguntándome por qué Potasia había vuelto a instalarse en mi cabeza, contestó con una expresión indescifrable:

—Esa muñeca te creó la primera náusea de levedad.

Volví a casa alrededor de las diez de la noche con una inquietud imprecisa que me entorpecía la respiración. Bebí agua del grifo y respiré hondo unas cuantas veces antes de empezar con mi lista de rutinas presueño. Llevé el vaso con agua a la mesilla y lo puse al lado de los tapones, cerré la persiana y las puertas de todos los armarios, quité los pelos que se habían quedado en el cepillo después de peinarme; me lavé los dientes dos veces y comprobé, con cierto histerismo, que la puerta estuviera bien cerrada.

—No son manías —me dijo un día Cora que hablamos del asunto—, son rituales, que no es igual. El ritual tiene algo de encuentro, aunque sea con uno mismo.

Cuarenta y cinco minutos después me metí en la cama, puse una serie en el ordenador y me fui quedando dormida.

Me desperté en mitad de la noche después de un mal sueño del que solo recuerdo la angustia. El ordenador se había quedado sin batería y la habitación estaba completamente a oscuras. No quise encender la luz para no condenar la noche, así que, a tientas, alargué la mano hasta la mesilla para ver la hora en el teléfono. Deseé que fuera tan pronto que pudiera volver a dormirme sin prisa; o tan tarde que pudiera dar la noche por concluida; pero eran las malditas tres de la mañana. El corazón de las tinieblas. El punto de no retorno entre el ayer y el mañana.

Una sensación desapacible me recorrió el cuerpo. Siempre he odiado el tramo que va de las tres a las cinco de la madrugada. Ya de niña tenía la sensación de que ahí, en ese par de horas, habitaban todos los demonios; los de fuera y los de dentro; que las maderas crujían más a esa hora y la oscuridad era más espesa. Una vez, en un programa de fenómenos paranormales que veía algunos domingos de madrugada, uno de los tertulianos aseguraba que en parapsicología se llamaba a las tres de la mañana el Tiempo Muerto. Contaba que eran muchas las personas que se despertaban sin ninguna razón a esa hora, presas de una inexplicable sensación de pánico. Otro de los invitados, médico, explicó que en ese tramo horario el sistema inmunológico se debilitaba y que eran muchos los enfermos y ancianos que morían en ese intervalo. Ninguno de ellos supo explicar la relación de aquello con el tres.

Me acurruqué bajo las sábanas con los ojos cerrados y traté de desviar el pánico con pensamientos prácticos, pero la densidad de lo negro me atosigaba con jadeos de bestia. Finalmente, decidí dejar de sufrir; encendí la luz, me puse la bata y salí al balcón a fumar.

La calle estaba desierta y el asfalto llovido había dejado un leve olor a cuarto cerrado.

Apoyada en la barandilla y fumando sin remordimiento —hacía ya un buen rato del último pitillo—, volví a darle vueltas al asunto del tres. Hacía ya tiempo que un pensamiento al respecto —inconcluso, más aleteo que reflexión— me rondaba la cabeza. Tenía la sensación de que el tres marcaba un punto de giro.

La única vez que había intentado dejar de fumar tardé tres semanas en empezar a respirar y tres meses en ser una persona normal. Mi amiga Betita, profesora del colegio, había estado verde todo el primer trimestre de embarazo. El día que se cumplió el tercer mes, fue el primero que no vomitó. Chino decía en *Los muertos felices* que la química del amor duraba tres años y que después de este tiempo el cuerpo volvía a su estado natural. Jesucristo resucitó al tercer día después de morir en el Calvario, donde había tres cruces y le clavaron tres clavos en cada mano.

Inmersa en aquel planteamiento tan fortuito como inquietante, cientos de tríadas empezaron a agolparse en mi cabeza. Al margen de la Biblia, donde el tres estaba por todas partes —las virtudes teológicas, los Reyes Magos, las negaciones de Pedro o la Santísima Trinidad—, me di cuenta de que había muchas culturas con tres divinidades —egipcios, hindúes, escandinavos y aztecas—. De que el tiempo se dividía en presente, pasado y futuro; el mundo, en tierra, mar y cielo; los reinos en animal, vegetal y mineral; y los cuerpos en sólido, líquido y gaseoso. Los ejemplos llegaban en oleadas, atropellándose unos a otros. Sujeto, verbo y predicado; los colores primarios; tesis, síntesis y antítesis; los poderes del Estado; las medallas olímpicas; neutrones, protones y electrones; los órdenes arquitectónicos; libertad, igualdad, fraternidad; principio, medio y fin; aire, agua y fuego. Tres, tres, tres. El universo era ese número.

Un coche cruzó la calle a gran velocidad sacándome de mi desvarío. Fue entonces cuando me di cuenta de que toda la manzana se había quedado a oscuras. Volví a mi habitación, busqué el teléfono a tientas, encendí la linterna y me cambié el camisón. No me gustaba el olor a tabaco en la ropa. Después, me tumbé en la cama a esperar, angustiada ahora con que se me fuera a estropear la comida de la nevera.

Fueron pasando los minutos. Salvo el motor solitario de algún coche, no se oía absolutamente nada, ni siquiera el zumbido tenaz de los electrodomésticos. El silencio era absoluto. Empezaban mis oídos a acostumbrarse a la quietud cuando un ruido sordo llegó desde la escalera de servicio. Me acerqué hasta allí y, con la cadena sin quitar, abrí todo lo que el cerrojo permitía. Los golpes, que me parecieron puñetazos, procedían del ascensor, detenido a medio camino entre mi piso y el de Cora.

—¡Hola! —grité con la voz descontrolada.

Los ruidos pararon en seco.

—¿Cora, Jaqueline? —volví a llamar, esta vez ya más dueña de mí.

Más silencio.

Me quedé allí quieta sin saber muy bien qué hacer. No habrían pasado ni dos minutos cuando, tan súbita siempre, volvió la electricidad. En ese mismo instante, el ascensor se puso en marcha y terminó de subir hasta el ático. No salió nadie, no hubo más ruidos, pero de algún modo que no sé explicar notaba que allí respiraba algo. Empezaba a dudar de que los golpes hubieran existido realmente cuando la vieja maquinaria del aparato volvió a ponerse en marcha y la caja empezó a bajar hasta perderse en el abismo. Miré el reloj. Antes no podía verlo porque estaba completamente a oscuras. Eran las tres y treinta y tres de la madrugada.

CON EL CORAZÓN EN LA MANO

Cádiz, tres semanas después del tren

A las siete y media de la mañana y después de mil vueltas inútiles en la cama, Cora dio definitivamente la noche por perdida. Se levantó, se dio un baño con espuma y se vistió muy decente. Si se daba un poco de prisa llegaría a misa de nueve. Le gustaba la iglesia a primera hora de la mañana. El suelo recién baldeado, la luz tierna por las ranuras del portalón, los borrachos arrepentidos. Además, le parecía que Dios era más accesible a esa hora. Más indulgente.

Bajó sin hacer ruido por las escaleras de atrás y entró en el comedor principal que, con la ventana del limonero abierta, olía aún a vapores de madrugada. En la gran mesa de caoba, donde podían cenar hasta veinte, solo había un servicio en la destronada cabecera, el suyo. Pensó en su madre y su liturgia mañanera entre sábanas de hilo, periódicos y tortitas de aceite. Pensó en su sonrisa infantil, en su seguridad, en su inteligencia singular y curiosa. Siempre fue su único referente afectivo, pero una madre con tanta personalidad nunca es del toda tuya.

Todavía no hacía calor cuando salió a la calle. El día era claro y silencioso, como un abrazo. El olor a jazmín blanco entreveraba el aire marinero de la ciudad y bajo un cielo más azul de lo normal tres mil años de historia se desperezaban en un bostezo salino de indolencia y sensualidad.

Atravesó la muralla de Puerta Tierra, frontera entre la ciudad antigua y la nueva, y bajó por la Cuesta de las Calesas hasta la estación.

Aunque tenía una iglesia detrás de casa, Cora prefería bajar al centro para oír misa. Cádiz tenía unas iglesias preciosas, barrocas o neoclásicas, en las que de fondo, como el mar en la caracola, se escuchaba un eco colonial: la cal y la humildad que trajeron de las Indias, las palmeras solitarias que se alzaban a sus puertas, el aire redondo que agitaba sus soportales. Fuera por lo que fuese, la sensación al entrar en cualquiera de ellas era que el Espíritu Santo acababa de llegar del otro lado del mar.

Cora solía cambiar, iba unos días a la iglesia del Carmen, custodiada por un enorme plátano oriental; otros a Santa Cruz, la catedral vieja y, sobre todo, a la de Santo Domingo, de donde cada Miércoles Santo salía la procesión de sus Cigarreras. Allí entraba y se sentaba en el último banco. Le gustaba oír los suspiros de las mujeres, ese jadeo respetuoso y místico sin sentido, pero habitual en casi todas las iglesias gaditanas; el derretirse de las velas al son de alguna súplica, las columnas retorcidas de mármol negro que sin saber por qué le recordaban a alguna planta amazónica.

Pero si iba tanto allí últimamente era porque la iglesia estaba en Santa María, el barrio más flamenco de Cádiz y donde había nacido Chino. Nada le conmovía ya tanto como los lugares que él quería.

Salvo por una joven de luto que miraba suplicante a la patrona, la iglesia estaba vacía. Cora se arrodilló, apoyó la frente en las manos y suspiró con violencia, como arrancándose una flema del corazón. No rezó, no pidió nada, solo se dejó mecer por las aguas de lo sagrado hasta que se le fueron calmando las glándulas. «Dichoso el momento», pensó anhelando la paz previa al encuentro en el tren.

Después de la última noche y de lo que estaba sufriendo al encarar la despedida, no tenía nada claro que el amor fuera un buen sitio.

Habían pasado casi tres semanas desde que volvió a ver a Chino después del tren. Los primeros días, acostumbrada como estaba a que los hombres y el azar se pusieran de su parte, salía de casa con la larga melena recién lavada, el escote muy moreno y esa indiferencia suya, entre mordaz y tierna, lista para desenvainar. Encaraba el reencuentro con la impaciencia del jugador invicto que acude a enfrentarse a un buen rival. Pero fue pasando el tiempo y él no apareció. Pasaron diecinueve crepúsculos inútiles por la rendija del mar y trescientas callejuelas con sus esquinas de desilusión. Pasó una luna llena, dos pretendientes de apellido ilustre, un novillero de éxito y un marino. Bailó boleros en el cortijo de los Rosales, soñó, rio por fuera e imploró por dentro. Pasaron las languideces de la esperanza y tanto pasó, que también pasó el interés. Fue entonces cuando quiso el destino que se volvieran a encontrar.

Una noche de principios de julio salió a cenar a El Anteojo con Juanito Muller, su amigo más de verdad. Se conocían desde niños, pues sus madres frecuentaban la misma burguesía victoriana y discreta del Cádiz de aquellos años. Carmen Castaneda, la madre de Juan, era un referente de elegancia en la sociedad de la época. Una tarde, en una reunión, dijo que llevar reloj era una cursilería y ningún elegante de la provincia se lo volvió a poner más.

A Cora la madre de su amigo siempre le creó una enorme fascinación. Con aquellos ojos verde pálido, la piel nevada y el pelo negro estirado, le parecía la mujer más guapa del mundo. Y puede que lo fuera. Se contaba en la ciudad que cuando era casi una chiquilla había ido con su hermana a una fiesta que dio en París Eugenia de Montijo; según sus más devotos, al entrar Carmen en el baile con un vestido escarlata y un mantón de Manila la multitud se quedó en silencio, en esa suspensión del tiempo que solo consiguen el pánico y la belleza.

En las largas tardes del verano las amigas hacían tertulias en sus casas palacio de la plaza de San Antonio o la calle Ancha. Solo el afortunado que cruzaba las puertas tenía acceso al verdadero esplendor de la alcurnia gaditana, que siempre presumió de discreción mercantilista, pero que tras la austeridad de sus fachadas escondía claustros mudéjares, salones de época y unos importantes jardines isabelinos.

Fue en aquellos encuentros, los más sofisticados y europeístas de la alta Andalucía de posguerra, donde Cora y Juan fraguaron su intimidad. Escuchaban a sus mayores hablar de Zuloaga, quien había usado el azul por primera vez en un retrato de Carmen; o de la colosal puesta en escena de la última representación de la Ópera de París, donde Carmen y su hermana Leoncia tenían un palco propio. No solían hablar de los demás, salvo para contar una extravagancia. Tampoco envidiaban, ni se quejaban ni se sentían nunca demasiado ofendidas. Las bajas pasiones eran precisamente eso, bajas.

Juan, huérfano de padre, creció como único hombre en esa atmósfera femenina e incorpórea en la que se valoraba más ser ameno que trabajador. Como no necesitaba el dinero, pues había heredado una pequeña fortuna, dedicó su juventud a cultivarse. Sabía del barroco español más que nadie en la ciudad, concretamente de la escuela sevillana, e iba a Roma al menos una vez al año, de donde volvía hablando del Palazzo Farnese o del cuadro de Inocencio X con los ojos velados. Solo había otra cosa que le humedeciese así la mirada: las mujeres sudamericanas.

Era distinto, original, furioso y tierno. Sabía destrozar con la palabra y enternecer luego con la comprensión. No pertenecía ni a una clase ni a un patrón. Podía odiarte y amarte con la misma facilidad con la que daba la vuelta a una farola en una vertiginosa pirueta. Usaba pajarita y era único leyendo en las fantasías ajenas.

La noche en la que habría de reencontrarse con Chino, Juan y Cora tomaron una caballa fresquísima, una botella de fino y estuvieron mucho rato hablando de María Luisa, la última novia de él, una niña de Sevilla sonriente y distinguida que le había desilusionado el día que la llevó a casa por segunda vez:

—Entró muy bien por la puerta de delante, pero no supo entrar por la de atrás.

Cuando terminaron de cenar fueron a tomar algo al Guacamayo, un aljibe rehabilitado cerca de la catedral. El local, una enorme cueva con bóvedas de cañón, debía su nombre al guacamayo que llevaba al hombro un contrabandista del siglo XIX que guardaba allí sus mercancías. Según la leyenda era el insolente pájaro quien ponía precio a las cosas. Su dueño actual, un famoso bodeguero, descubrió la cueva por casualidad cuando hacía obras en lo que hasta entonces había sido su local de desahogo. Encaló las paredes, llenó el sitio de candiles, ánforas y sillas de tijera negras, y convirtió la antigua guarida del bandolero en un rincón atípico, con cuadro flamenco, que reunía cada noche a lo más variado de la fauna gaditana.

Cora, que detrás del personaje escondía a una gran tímida, respiró hondo antes de entrar y cuando lo hizo buscó el modo de ir abriéndose paso sin llamar la atención.

Salvo por la distribución de las caras, el paisaje era idéntico al de cualquier otra noche. El humo desfigurando las mesas, la clientela eufórica de manzanillas, fino o cubalibres, una morena de barbilla alzada coqueteando en la barra con el camarero vestido de bandolero, y, desde el pequeño escenario de madera, los acordes ensimismados del guitarrista afinando el instrumento.

Justo delante del tablao, en la mejor mesa del sitio, estaba Cristóbal Cortés, uno de los guitarristas más famosos de la provincia. Solo y taciturno, encorvaba la espalda sobre su medio güisqui como queriendo meterse en el vaso. A Cora le extrañó verlo allí. El verano anterior, su mujer, una cordobesa tan prieta por fuera como suelta por dentro, empezó a coincidir, primero en la plaza y luego por los callejones, con un venezolano elegante y turbio que importaba gallos de pelea. El rumor no tardó en llegar a la familia de Cristóbal que, después de varias asambleas clandestinas, decidió que había que quitar de en medio al gachó. Una noche sin luna, dos primos del guitarrista fueron a casa del venezolano y le pegaron tres tiros. Al día siguiente, estaba Cristóbal tocando en un festival en Lebrija cuando la guardia civil interrumpió la actuación para llevárselo preso.

—¿No estaba en la cárcel? —le preguntó Cora a Juan.

—Habla más bajo, chiquilla —le riñó el otro—. No, lo soltaron ya hace un par de meses —susurró—. No hubo forma de demostrar que estuviera metido en eso. Además, el otro no llegó a morirse.

Dos mesas más allá, chorreando gamba por sus mofletes de molusco, estaba el marqués de Torregorda. Cuando el cantaor pasó a su lado, le agarró las faldas de la chaqueta con la mano sucia y agitando con la otra un billete de veinte duros le dijo:

—Toma, canta por fandangos.

La mirada entre aquellos dos hombres, incómoda y breve, resumió ese careo ancestral entre el que manda y el que obedece. Esa manera sesgada de percibirse uno al otro: el de arriba al de abajo como un medio animal, y el de abajo al de arriba como un medio hombre.

De pie contra la barra estaba Sherlyn —o Chochín, como era más conocida en Cádiz—, con la cara rojo perpetuo y ese entusiasmo infantil de los americanos de interior. Hacía cinco años su marido la había llevado a Rota para enseñarle el sitio donde había vivido antes de conocerla y presentarle a los compañeros de la Quinta Escuadrilla que seguían aún allí. Una noche fueron a cenar a la Venta de las Ánimas porque Sherlyn se había empeñado en comer tortillitas de camarones y les habían dicho que allí estaban las mejores. Bailaba esa noche Antonio Silva, un jerezano muy guapo, y como prometió el dueño del restaurante, «un fenómeno con los pies». Al final de la actuación, que ella siguió en silencio extasiado, se acercaron a felicitar al artista. Sherlyn no volvió a Wisconsin nunca más. Se esforzó mucho por aprender rápido el idioma, pues pensaba que la parquedad de Antonio era porque no se entendían. Sin embargo, cuando ya dominaba el español con perfecto acento gaditano, Antonio seguía sin hablar. Sherlyn contaba el problema a sus amigos como quien pide un remedio para la gripe, pues su madre le había dicho siempre que para durar había que hablar. Sin embargo, cada vez que veía a su amante clavar las botas en el escenario de madera, subir los brazos y convertirse en llama, Sherlyn concluía que le daba igual morirse en silencio.

—Cora, qué alegría de verte.

—Qué guapa *ere*, hija de mi vida; esa cara tuya no se puede *aguantá*.

—Tu hermano, ¿qué?, ¿anda ya por aquí?

—Yo *na*, recién *llegao* de Chiclana, que he ido con la familia a hacer un arroz y no veas la que ha caído. Arroz *cardoso* hemos *comío ar finá*.

Los amigos de Cora, en su mayoría gente del barrio, se fueron acercando a ella hasta formar un círculo a su alrededor.

—¿Te pido una cervecita? —le preguntó Sito, un amigo suyo que trabajaba en astilleros, se vestía como un marqués y por el día tenía una novia muy coqueta, Frasquita y, por la noche, un «amigo» banderillero y torturado con el que nunca se dejaba ver.

Cora, mirando algo con ahínco, no respondió siquiera la segunda vez. Toda su atención se había concentrado en la arista de un perfil que se asomaba tras una columna y le había parecido el chico del tren. Se movió un poco hacia atrás y un temblor le recorrió los tuétanos cuando corroboró que, efectivamente, era él.

No lo recordaba tan guapo, ni tan hombre. Estaba más moreno que el día que lo conoció, con la expresión más relajada y el pelo más rubio. Sonriente, se aguantaba la cara con la palma de la mano izquierda mientras que con la otra hacía compás con los nudillos sobre el tablero de la mesa. Alguien dijo algo que le hizo gracia, pues su mirada, distraída hasta entonces en una bulería que sonaba desde el magnetófono, pasó del ensimismamiento a una risa auténtica y quieta.

De pronto, sin que nada lo justificara, Chino se giró y la miró. Directamente, sin titubear, como si todo el rato hubiera sabido que ella estaba allí. Después de decirle algo al chico que tenía al lado, se levantó en dirección a la barra. Cuando estuvieron frente a frente, Cora le alargó la mano a modo de saludo y él, que era mucho más viejo a esa edad de lo que sería nunca después, se la fue a estrechar con decoro y seriedad. Cora, con ese instinto de juego tan propio de ella, escondió la mano detrás de la espalda dejándole solo con su absurda formalidad. Desde detrás de la columna, donde cuatro pares de ojos seguían la escena con atención, estalló una carcajada general. Él le lanzó una mirada envenenada.

—¿Tú qué eres, muy graciosa, no?

—Perdón. Era una broma.

Chino le clavó la mirada decidiendo si merecía la pena quedarse. Ella enroscó los párpados hacia abajo en una conmovedora mueca de soledad y lo convenció.

—Bueno, ¿qué?, ¿cómo te ha ido estos días?, ¿te han salido más admiradores?

—Dos —dijo ella—. Uno al que le olía el sobaco no veas y el otro, bujarrón.

Chino, reafirmado, se rio otra vez y empezó así un coqueteo ágil e inteligente con el que fueron desempolvando la afinidad inaudita del tren. Se metieron el uno con el otro, se rieron las gracias, se terminaron las frases y se buscaron la verdad en los silencios, en esa mirada que sin querer se vuelve seria hasta que se avergüenza y se va.

Comenzaron los acordes de la guitarra y cada uno volvió con desgana a su sitio.

—Ese es Chino Montenegro, ¿no? —le preguntó Juan a Cora cuando volvió.

Ella asintió en silencio.

—Leí el otro día una cosa suya en el *Diario* que me impactó. Escribe de escándalo. —Después de darle otro trago a su cubalibre, apuntilló—: Se parece un poco a Durero, ¿no?

—Pues no sé cómo era Durero.

A partir de aquel día se vieron casi a diario y siempre en grupo. Ricardo, el amigo culto de Chino, y Juan congeniaron enseguida, pues reforzaban uno en el otro esa imagen de ilustrados decimonónicos que los dos tenían de sí mismos. Las gemelas Domínguez se convirtieron en devotas alumnas de Cora, que les daba consejos migaja desde su mesa triunfal; y Periquito, muy estimulado porque «la de Madrid» le reía las bromas hasta la asfixia, se encargaba de darle a todo una manita de gracia. Tuvo tantos golpes aquel verano que Chino escribió un cuaderno con sus frases.

Hijo de un gallego asentador de pescado, tan alegre y entusiasta como él, y de una gaditana que hacía como nadie las papas con choco, Periquito era un chaval muy bien dotado para la felicidad. Andaba muy rápido, casi saltando, con los zapatos siempre muy limpios y la mirada de un zorro. Tenía mejor ojo que nadie para saber si el pescado estaba fresco, jugaba muy mal al fútbol y cuando no se estaba riendo estaba silbando por tangos. Pero lo más singular de él era sin duda su ingenio, ese sacarle punta a lo cotidiano por donde nadie lo espera, esa imaginación desbordante con la que se trata lo serio en los barrios del sur.

Entre semana iban a la playa por las tardes, casi siempre a la Victoria. Pero los sábados, si no hacía viento, cogían el autobús hasta Cortadura, una playa de dunas, abierta y solitaria al otro lado de las murallas de la ciudad. Llevaban bocadillos de tortilla, botellas de agua y melocotones de Conil, y se quedaban allí hasta que la brisa de la noche les erizaba la piel.

Mientras las chicas hablaban en las toallas, Currito daba largos y misteriosos paseos por las dunas de detrás. Los Castelares, como les llamaba Periquito, filosofaban debajo de una sombrilla y el resto, Monchi, Chino, Periquito y algún otro que solía variar se desfogaban de la adolescencia jugando a la pelota en la orilla, haciendo carreras hasta el Ventorrillo del Chato o midiendo sus fuerzas contra el mar. De un tiempo a esa parte y para desesperación de Cora, habían empezado a pescar.

El padre de Monchi, que pescaba todas las noches en el Puente, se había comprado una caña nueva y le había regalado la vieja a su hijo. Desde entonces, cuando llegaban a la playa por las mañanas y mientras las chicas extendían con cuidado sus toallas para que no les rozara la arena, ellos clavaban la caña en la orilla y se dedicaban a esperar.

—Esto en la cazuela no veas como está —decía Chino mirando de reojo a Cora cuando volvía de la orilla con algún pescado agarrado por la boca.

Le desconcertaban muchas cosas de ella: sus viajes de ida y vuelta de la frialdad al calor, el puerta con puerta de una ingenuidad que rozaba lo absurdo con una intuición casi profética, su capacidad de salirse de golpe de una conversación muy profunda, hacer un comentario ligero que refrescaba el ambiente y volver a lo abstracto como si nada.

Pero de ese singular ecosistema que era su personalidad, lo que más le costó entender a Chino fueron los vaivenes de sus juicios de valor. Con lo general, las grandes ideas y lo ajeno, Cora mantenía siempre una misma línea de pensamiento. Ahí, la lógica no entraba en conflicto con nada. El problema estaba en lo particular. En sus conclusiones respecto a la gente que le rodeaba: sus amigos, su madre, su hermano y, por supuesto, él. Cora te condenaba a las dos y cuarto y te absolvía a y veinte sin que en ese intervalo hubiera sucedido nada más que su mirada perdida. En un diálogo interno imposible de seguir, la voz de su razón se enfrentaba a la de sus miedos: su cabeza comprendía cosas que su estómago no. Pero más allá de esa moral temerosa que le reprendía, lo que de verdad abatía la lucidez de sus juicios era una necesidad enfermiza de ser querida.

En esa disputa entre defensor y fiscal que eran sus silencios, entraban también sus apetitos. Aunque se comía la carne y el pescado con regocijo prehistórico, se le saltaban las lágrimas con la muerte de cualquier animal. Incluso la de los insectos.

Cuando en la playa Chino se iba acercando a ellas con los dedos metidos en el buche de una mojarra, ella hacía un chasquido con la lengua que sonaba a descorche de bebida de gas y giraba la cabeza para no mirar.

—¡No puedo ver esto! —exclamaba tapándose los oídos para no escuchar los golpes del animal contra el cubo, sus saltos inútiles y desesperados tratando de entender dónde se le había quedado la vida.

—Pero no seas falsa —se burlaba Chino—, si no he visto a nadie comerse el pescado con más gusto que tú. ¡Se te caen los chorretones por el cuello y *to!*

Decía esto mientras la copiaba metiéndose trozos de algo imaginario en la boca con gesto de neandertal.

Salvo Elena, que era de una lealtad ciega y desatinada, todos se reían mucho con aquella imitación. La misma Cora, aunque esforzándose en la seriedad, percibía la burla como una declaración de intimidad y, de algún modo, aquel querer entre líneas estableció su tallaje en el amor. Cuando en los años venideros la quisieron con más lirismo, el sentimiento le apretaría en la piel como un zapato dos números menor.

Los días de levante deambulaban por el Cádiz viejo, orientado según el curso del sol y de los vientos. Había algo de eterno retorno al girar cualquier esquina y encontrarse otro suelo labrado, más flores en los balcones y el mismo sigilo alegre con campanarios al fondo. Hasta el perro que se asomaba curioso a la ventana parecía el mismo de la calle anterior. Las casas, muchas de ellas de antiguos comerciantes, se agolpaban casi idénticas en una estampa elocuente de piedra ostionera y portón entreabierto. Distribuidas casi siempre igual —la planta baja a almacenes, la primera a oficinas, la segunda a familia y la última al servicio doméstico— solo se distinguían por los mármoles de los portales, la decoración de sus cornisas o el rosa isabelino. Cuanto más de todo ello, más rico el que allí vivía.

Era en las casapuertas de estos edificios breves donde Cora, Chino y el resto de sus amigos echaban las mañanas de viento. Con un cartucho de bocas o de altramuces filosofaban, se reían, trazaban grandes destinos o jugaban al juego de la verdad.

—¿Si tuvieras que elegir a una de las chicas para amiga, otra para amante y otra para mujer, a cuál elegirías para qué? —preguntaba una gemela, por ejemplo.

O:

—Si estuvieran Chino, Periquito, Juan y Curro colgando de un precipicio y solo pudieras salvar a uno, ¿quién sería? —decía Monchi cuando le tocaba el turno a él.

Ninguno respondía la verdad.

De allí se iban a alguna de las plazas en las que desembocaba siempre todo. Las había exuberantes, con árboles centenarios y especies tropicales que tendían sombras moradas para juegos de balón; las había que ceñían su cuadratura blanca con palacios y farolas; las había del siglo xv y hasta había una con acueducto romano.

Pero lo que más les gustaba a Cora y Chino era dar paseos por la Viña, el antiguo barrio de pescadores. Aquí ya no había mármoles, ni miradores, ni efemérides, solo cal desconchada y una voz por alegrías desde una ventana invertebrada.

Haciendo como que no miraban, Cora y Chino pasaban junto a las dos vecinas viejas que, con bata y moño, arreglaban el mundo mientras baldeaban con cubos su pedazo de acera. O se daban codazos detrás del hombre que cada tarde, a las siete en punto, sacaba de paseo a un burro que era a la vez confidente.

Había en la gente de esa ciudad, atlántica y soñadora, una forma especial de dialogar con su propio destino. Con placidez, haciendo de la tragedia ironía, limando los cantos del ingenio hasta la ranura del buen gusto. Pero no solo era la gracia; era también la imaginación. El gaditano de a pie vive, como su propia ciudad, en un reino difuso entre lo remoto y lo vigente; ajeno al mañana, balanceándose entre la historia y las olas, y haciendo de lo improbable un traje a su medida. Pero su fantasía no es locura, es ganas de jugar, es esa inercia de los cubistas a descomponer la realidad cuando la realidad se tiene ya dominada.

El gaditano fantasea porque se sabe como nadie la lección, porque lleva mucha sangre distinta en sus venas, porque ha vivido la gloria y la derrota, porque lleva siglos hablando de todo y de nada en la esquina de las callejuelas o en la barra de un bar. Porque se sabe tan bien lo humano que necesita ir más allá.

A principios de agosto, Chino empezó a ir algunas noches a descargar con su padre al muelle y dejó de salir con ellos con la misma asiduidad. El tráfico de buques se había intensificado ese verano y se necesitaban hombres fuertes para bajar a tierra las mercancías, apilarlas y llevarlas después a las furgonetas de transporte que esperaban en la esquina del viento, entre el bar Lucero y la calle Plocia. El padre de Chino, que jugaba los martes a las cartas con el capataz encargado de elegir a los estibadores voluntarios que se habían apuntado en las listas, usó su influencia para que llamaran a Chino cada vez que hacía falta un equipo nuevo para vaciar una de las bodegas de los navíos que llegaban de Canarias, Inglaterra o Panamá.

Cora hizo como que no le importaba su ausencia, que no lo necesitaba para divertirse. Se esforzó tanto en aquello que en ciertos momentos su alegría rozaba la histeria. Pero la verdad era que las noches en las que Chino no estaba, su ausencia lo llenaba todo. Las ocurrencias de Periquito, los personajes típicos de la ciudad, las corrientes de jazmín e incluso el flamenco, con el que todo consigue olvidarse, perdieron encanto sin Chino mirándola con disimulo o rozándole sin querer la mano. Nada terminaba de ser del todo las noches que no podía rezagarse del resto y contarle una fantasía o una maldad. Sin escucharle reírse, asombrarse o entornar los ojos tras el humo del cigarro. Ya entonces, la vida se había convertido en una hogaza medio cruda que necesitaba de su lumbre para terminarse de hacer.

Algunas madrugadas, antes de irse para casa, se reunían a desayunar con él en el bar Lucero, enfrente de la zona franca. A esas horas, el bar estaba lleno de trabajadores del muelle. Capataces, estibadores o arrumbadores que jugaban al mus con un pepito de ternera y un café, o hacían trueque con la mercancía que les hubieran regalado los que llegaban en los barcos: mantequilla, zapatos, café…

A Cora se le ponía un nudo en el estómago, mitad orgullo mitad piedad, cuando notaba el temblor de las manos de Chino al agarrar el vaso de café. El trabajo en el puerto era duro. Sin contenedores ni grúas, los arrumbadores se pasaban la noche descargando a pulso cientos de sacos de tabaco, trigo o garbanzos de cincuenta o sesenta kilos.

Una de esas mañanas, Periquito, que igual que Cora echaba de menos a su amigo, le dijo:

—*Quillo*, ¿por qué no te esperas a que acabe el veranito *pa* ponerte a trabajar? Total, con la miseria que pagan en el muelle…

Chino levantó la cara del vaso y sin mirar a nadie en concreto, pero con una determinación impropia de su edad, contestó:

—Porque quiero tener algo que ofrecer.

No había pasado ni una semana desde entonces cuando una tarde, en la playa, Chino la invitó a cenar. Hizo el ofrecimiento sin darle importancia, señalando con la barbilla a un viejo en una roca que recogía con desgana el sedal.

—Me han dicho que han llegado esta mañana unas caballas de escándalo a la Viña. Podríamos ir esta noche a pegarnos un homenaje.

Cora se puso tan nerviosa que estuvo a punto de decir que no.

Pasó a recogerla a las nueve en punto de la noche en un Citroën prestado y oliendo mucho a colonia. A Cora le conmovió lo elegante que se había puesto: llevaba los zapatos tan limpios que parecían recién comprados.

Hicieron el trayecto en silencio, escuchando un casete de la Paquera y con las ventanillas bajadas. Cora sacó la cabeza fuera, cerró los ojos y se llenó los pulmones de mar. Pensó que nada le hacía sentir tan viva como el viento dándole en la cara. Chino aprovechó su abandono para mirarle de reojo las piernas.

Aparcaron junto a los dragos milenarios del hospital Mora y bajaron por una calle empedrada y oscura hasta Casa Manteca. La taberna no estaba tan llena como de costumbre, así que mientras Chino saludaba al dueño con el «*quillo*, qué», la palmada en el hombro y la broma de rigor, Cora aprovechó para mirar las fotos de cantaores, guitarristas y toreros que adornaban las paredes del local. Pensó en la fuerza que tenían aquellos rostros sobrios, dignos y anárquicos. En lo masculinos que eran. En lo blandos que resultaban los demás hombres en comparación.

Cuando salieron fuera con las cervezas heladas y los chicharrones en papel de estraza, un fuerte olor a marismas había empapado la noche.

—Va a saltar el levante —dijo Cora sintiéndose muy de Cádiz con aquel auspicio.

Él sonrió asintiendo, pero no dijo nada. Llevaba toda la noche muy callado y su mutismo, sólido y relajado, le daba un aire de invencibilidad. Los silencios de Chino, normalmente vagabundos, se volvieron vigilantes desde que conoció a Cora. Mientras con la mitad de sus instintos controlaba el ambiente —sombras, ruidos distancias o miradas—, con la otra mitad la estudiaba a ella. Sus gestos, el trasfondo de su risa, los porqués de cada frase, el movimiento de sus manos... Todo en Cora estaba lleno de pistas falsas. Había una tercera cosa a la que prestaba mucha atención en aquellos silencios alerta: a sí mismo.

—Uno no puede dejar de ser lo que es ni de sentir lo que siente, pero por lo menos que no te lo noten... —le decía siempre su padre.

Cora no se sentía en absoluto intimidada cuando él dejaba de hablar. Lo sabía partícipe, aunque no dijera nada. Chino se hacía presente con una sonrisa alentadora, con un «es verdad» lleno de admiración o con la incredulidad que le arrugaba la cara cuando le contaba uno de esos chismes que, aunque no lo reconociera, tan feliz le hacían.

—¿Sabes que el otro día echaron a Monchi de la playa porque tenía muchos palominos en el calzoncillo?

—¿Cómo le van a echar de la playa por eso, chiquilla? ¿Quién te lo ha contado?

—¡Ah! —contestó ella misteriosa.

Mientras él seguía con la escena en la cabeza de su pobre amigo humillado en las casetas de madera de la playa, ella ya había saltado a otra cosa.

—No veas la vergüenza que he pasado esta mañana. He tenido que ir de anticuarios con mamá y una amiga suya, y como Inocente no podía aparcar en la catedral, nos ha dejado en el Campo del Sur. ¡La que se ha *formao* cuando se han bajado las dos del coche con el sombrero y los guantes! Un cachondeo, una de codazos, los niños gritando «señora, que no ha *llegao* el carnaval». Lo peor es que mi madre creía que le estaban echando piropos, así que les iba saludando muy sonriente y diciéndome a mí: «Qué expresiva es la gente de Cádiz». ¡Qué apuro! —dijo mordiéndose el labio—, pero me enternece que una persona tan inteligente como ella tenga ese punto tan *naïf* —terminó con algo de nostalgia en la voz.

Chino pensó que nunca le había gustado tanto un olor como el olor de su ausencia.

Cenaron en la plaza del Tío de la Tiza, muy cerca de allí. Encuentro de tres calles de humilde señorío, era un ensanche empedrado, con letreros de oficios antiguos sobre las puertas y un mosaico de la Virgen de las Penas. Pidieron ortiguillas y una caballa con piriñaca. Cuando llegó el *pescao*, Chino le sirvió un pedazo a Cora y le quitó despacio las espinas. Lo hacía siempre para que ella no se atragantara.

—¿Qué?, ¿está fresca, no? —le gritó el camarero cuando pasó por delante con tres platos en cada brazo.

—Esto no vale *na*, hombre —contestó él con falsa seriedad.

—Vete *ar* carajo ya, con los zapatos de boticario, Chino.

Estaban a punto de terminar la segunda botella de barbadillo, cuando Cora dio un giro a lo íntimo.

Al principio del verano él le había contado de pasada que estaba empezando a escribir una novela. Ella quiso saber más, pero a Chino le costaba mucho hablar de eso. Por miedo a aburrir, porque le caía mal la gente que se daba importancia, porque tenía un padre que le llamaba *carajote* cuando se lo encontraba escribiendo, porque hablando no daba con la palabra precisa… El caso es que aquella vez había respondido con monosílabos y alguna broma que trataba de desmitificar el asunto.

—¿De qué trata tu libro? —preguntó ella sin darle opción a escabullirse.

Chino le explicó que trataba de un hombre, operario de unas bodegas de Jerez, que una mañana de domingo, limpiando una tinaja, cayó dentro y se ahogó.

—¿Por qué de domingo? —interrumpió Cora.

—Porque los domingos tienen una luz distinta. ¿No te has *fijao*? Como sobrenatural…

Chino siguió contando la historia. La viuda y los hijos del finado le lloraron de corazón, pues había sido un buen padre y un marido dócil y trabajador. Cuál no sería la sorpresa de la familia cuando al abrirse el testamento se enteraron de que en el ocaso de su juventud, Urbano —así se llamaba el muerto— había metido unos ahorros en una cooperativa de aceite de un vecino suyo que le pidió el favor. Con el paso de los años la cooperativa se convirtió en un próspero negocio y las participaciones de Urbano habían multiplicado por veinte su valor. Aunque lejos de poder llamarse ricos, la herencia les dejaba lo suficiente para vivir cómodamente el resto de sus días. La trama de la novela arrancaba realmente cuando varios meses después del trágico suceso, adjudicados ya los bienes, el padre regresaba de la muerte.

—Al principio la familia muy contenta —siguió contando—, una de abrazos, de llantos, de plegarias agradecidas… Hasta que una mañana les llama el notario y dice que hay que devolver todo el dinero. Ahí empieza la cosa a ponerse a fea. Y *na*, por ahí voy… —concluyó Chino, un poco cortado por lo largo del monólogo.

—Le puedes llamar *Papito quiero papita* —improvisó Cora para quitar intensidad.

Chino se rio mucho, pero cuando se le agotó la carcajada agitó la cabeza despacio y agarró el vaso de vino buscando apoyarse en algo.

—Me estoy volviendo loco —dijo con la mirada fija en la copa—. Creí que esto iba a ser más fácil, pero ¡qué va!

A Cora le hipnotizaba su manera de hablar: su mímica perfecta, aquella voz de andaluz pausado, de viejo hombre de mar.

—¿Qué es lo que más te cuesta?

—Hacer que lo difícil parezca fácil. Cuando empiezas a escribir algo así, la primera tentación es hacer virguerías con cada párrafo. Que se note hasta dónde eres capaz de llegar; pero luego, al releerlo te das cuenta de que la lectura no fluye, de que la forma entorpece el fondo. La técnica solo llega a dominarse de verdad cuando logras que desaparezca, cuando está ahí pero no se ve.

—Así que a la hora de escribir tienes bastante en cuenta al que te va a leer… —concluyó Cora.

Chino miró al infinito unos segundos meditando la respuesta. Él no escribía para nadie del mismo modo que no respiraba para nadie.

—Pienso en que se entienda, nada más. Creo que uno tiene que escribir lo que siente, ser honesto consigo mismo. Es la única manera de gustar.

Un silencio cómplice cayó sobre la mesa. Cora, que todo ese rato lo había escuchado con una atención que dedicaba a muy pocas cosas, buscó el respaldo de la silla y revolvió con el tenedor los restos de la piriñaca.

—Vas a ser muy famoso —dijo al fin. Lo creía de verdad.

Él sonrió agradecido, miró al plato y luego de nuevo a ella. Desnudándose por última vez aquella noche, confesó:

—¿Sabes lo que de verdad, de verdad, me gustaría? Que hubiera que estudiarme en la escuela.

En el camino de vuelta hacia el coche, Chino le cogió la mano. Era la primera vez que lo hacía y Cora tardó unos segundos en relajarse. Después, todo desapareció. El ruido de sus pasos contra los adoquines, el azafrán de las farolas y el sudor caliente del mar. Desapareció el mundo entero, salvo ese cuadrante de piel que él acarició concentrado, o distraído. ¿No es acaso lo mismo?

En ese corto trayecto entre la cena y la despedida, sus cuerpos dejaron de ser dos universos distintos. Ya no eran ella y él, sino un trasvase de existencia entrando y saliendo por la carne abierta de sus manos, por esa rendija hacia el alma que es la piel acariciada.

Ninguno de los dos dijo nada, hubiera sido perder, pero con cada ir y venir de aquel pulgar conciso, instintivo y valiente, Cora terminó de subir las persianas de la niñez.

Eran casi las tres de la madrugada cuando se metió en la cama. El ventilador, el crujido de las sábanas, el vaivén de una puerta a merced de la corriente, los coches sonámbulos, el repicar de unas palmas lejanas… Todo sonaba ajeno, desde una realidad vecina. Lo único que Cora escuchaba cerca era un corazón fuera de compás. Pensó que solo había una sensación que superase en intensidad a la del amor: la de su rememoración. Cuando se está viviendo la historia, la noción de uno mismo estorba, paraliza, entumece. No es hasta que la escena pasa al descampado de la memoria cuando la sensación brota del todo libre.

Se cambió de costado media docena de veces, suspiró, fue al baño, se miró al espejo para verse como la había visto él, volvió a la cama, cerró los ojos y volvió a abrirlos huyendo de los envites de la oscuridad. Las imágenes, cientos de ellas, se atropellaban con virulencia tras el telón de los párpados. Vio sus ojos inquisitivos, puros y atormentados; alguna vez suplicantes. Le vio tensar las vértebras al escuchar una pisada atrasada en una calle solitaria, y volvió a sentir la seguridad que le creaba ese gesto, la sensación de que con él no había peligro, pues conocía como nadie los atajos del

infierno. Escuchó el rumor de su soledad tras el humo de un cigarro. Le oyó leerle con timidez la última hoja de un cuento parándose a cada rato, como pidiendo permiso para seguir o abandonando
sin más cuando una duda le había hecho sentir ridículo. Volvió a
enamorarse de su sabiduría callejera, de cómo abría las botellas
con los dientes o le pelaba los higos cuando aún estaban verdes
porque «la piel blanca es la que está dulce». Lo vio mirándola de
lejos, con fijeza, asombrado de su propio sentimiento y maldiciéndose por tenerlo.

Pero fue precisamente lo que no vio —no lo haría hasta muchísimos años más tarde—, lo que le condenó a él de por vida. Chino
no era un hombre, era un río. Un caudal desbocado que avanzaba
hacia la desembocadura sin detenerse y arrastrando hasta sus
aguas todo lo que quedaba a su paso. Sin elección, sin conciencia.
Con un instinto salvaje e ineludible; con una de esas inteligencias
primitivas que no necesitan de ningún análisis para conocer con
exactitud el trazado de su destino.

Cora se fue quedando dormida con los primeros rayos de sol.
Lo último que oyó fue el tañido de una campana.

Durante el rato que estuvo absorta, la iglesia se había ido llenando
de feligreses vestidos de domingo. Niñas con puntillas y lazos, ancianos enchaquetados para su negociación semanal con el cielo,
mujeres de militares, viudas, gitanos de Santa María y un puñado
de hermanas de la Caridad de las que asistían en el manicomio de
Capuchinos. Menos las monjas, enfrascadas ya en sus plegarias, todos los demás se giraron en sus bancos cuando una tos enferma
desde la trasera del templo volvió a quebrar el silencio. Cora se dio
la vuelta también y entre las sombras del confesionario distinguió
el perímetro cetáceo de Lolo Parodi, vendedor de sultanas de coco
y primogénito de una familia de flamencos de alcurnia. Era célebre
en la ciudad su manera de chasquear la lengua por bulerías.

Cora, demasiado agitada para quedarse a escuchar la misa, se
arrastró hasta el otro extremo del banco para no cruzárselo al salir:
no estaba a la altura de sí misma esa mañana.

La claridad de la plaza le obligó a entornar los ojos cuando pisó
la calle. Un corrillo de chavales liquidaba la noche dando palmas
por tangos en la esquina con Jabonería, el viento del sur agitaba las

palmeras y en el centro de la plaza medio centenar de palomas se arremolinaban a las faldas de una anciana que les echaba miga de pan con la misma atención que si estuviera dando de merendar a sus nietos.

Cora sacó del bolso unas gafas, se cubrió del sol y cruzó la plaza hacia el puerto, donde apenas quedaba ya nadie. Caminó despacio junto a la verja que separaba el malecón de la acera y a lo lejos distinguió dos o tres figuras que hubieran podido ser la de él, pero que sin embargo no eran. «Casi mejor», se dijo. Le quería aún más cuando lo veía de lejos, y ya tenía bastante con lo que tenía.

Eliminada ya toda posibilidad de un reencuentro fortuito, aceleró el paso. Eran casi las nueve y media y había quedado a desayunar en casa con su primo Curro, a quien lo único que enfurecía era tener que esperar.

Mientras desandaba la empinada cuesta hacia su casa, volvió a enfadarse con su madre que antes de irse de viaje le había dejado encargado recibir a unos holandeses, amigos de su padre, que estaban de visita en Cádiz. «Qué pesadez», pensó apretando los dientes y reduciendo entre jadeos la marcha. Menos mal que Curro estaría con ella. Y Juan.

Cora no había sabido de la existencia de los tales amigos hasta el domingo anterior cuando, al bajar a desayunar, se encontró a su madre leyendo una carta en el oscuro vestíbulo de mármoles y caobas de Cuba que había junto al comedor.

Fernanda ya estaba perfectamente vestida y peinada. Llevaba un traje de seda, un cinturón de charol fino y unos zapatos con solapa de flecos y puntera picada; todo de color negro. Aunque se había quedado viuda once años atrás, solo hacía tres desde que, salvo en días pontificales, se había quitado el luto. Si prolongó tanto el duelo no fue por guardar las apariencias ni ante el mundo ni ante Dios. Fernanda estuvo de negro exactamente los mismos años que su corazón. De todos a quienes quiso —padres, hermanos e incluso hijos—, a ninguno quiso tanto como a su marido.

Se conocieron, ya mayores, en una cena que ofreció el embajador de Alemania en su casa y a la que ella fue acompañando a su tía Micaela, con quien vivía desde que se trasladó a Madrid. A su derecha en la mesa habían sentado a un gaditano diecisiete años mayor que ella, guapo, buen conversador y con talento para la risa, la propia y la ajena.

Había desarrollado gran parte de su carrera militar en Marruecos, donde ocupaba el cargo de delegado de Asuntos Indígenas, y tenía fama de ser un hombre excepcionalmente valiente que no agachaba la cabeza cuando las balas le rozaban la oreja. El embajador les contó en un aparte que el rey le tenía en muy alta consideración.

A Fernanda, que nunca había dedicado mucha atención al amor y no estaba, por tanto, predispuesta a encontrarlo, el coronel le gustó aquella noche de un modo ligero y un tanto *naïf*. Como una *mousse* de chocolate. Él, en cambio, tenía ya la edad suficiente para saber lo difícil que resultaba conocer a alguien que te hiciera desear, casi en el acto, que el resto del mundo saliera de la habitación. Había estado enamorado solamente una vez, por tierra de moros, pero de eso hacía ya más de quince años, y aunque no pasó solo todas las noches desde entonces, no había vuelto a sentir nada reseñable por ninguna otra mujer. Así que mucho antes de terminar la cena estaba más que decidido a seguir viendo a aquella señorita culta, caprichosa y original a la que, como ya intuyó esa noche, nunca terminaría de entender del todo.

Tras un cortejo de siete meses que la madre de Cora encontró, sobre todo, tremendamente divertido, se casaron en un pueblo de piedra llovida entre los montes de Vizcaya.

Con el paso de los años y de los éxitos, Fernanda se fue enamorando del coronel con una hondura impropia de una mujer tan cerebral. Cora aún recordaba —y recordaba muy poco de aquel día— sus sollozos de animal herido en el coche que seguía al féretro de su marido por la carretera de Tánger a Tetuán. Solo abrió la boca cuando en el horizonte, trepando por la ladera del Dersa, como un puñado de palomas blancas, se vislumbraba la ciudad que había sido su hogar.

—¡Ojalá hubiera sido yo en lugar de él! —dijo en un murmullo. Después volvió a taparse la cara con las manos para seguir llorando su soledad.

Al verla aquella mañana de domingo, tan vertical, con cada pelo en su sitio y la cara empolvada, Cora pensó que el desorden de la noche no pasaba nunca por ella.

—¡Qué lata lo de estos holandeses! —exclamó su madre sin levantar la vista de aquella cuartilla gruesa enmarcada por cinco pares de uñas rojas con media luna.

Al terminar, dobló la hoja por la mitad e hizo un gesto de desgana.

—¿Qué holandeses? —preguntó Cora sin mucho interés, creyendo por un momento que se refería a algún asunto político. O a la selección de fútbol, deporte del que su madre era una gran aficionada.

—Pues unos pesadísimos que me han escrito trescientas veces para venir de visita. Por lo visto eran muy amigos de papá.

—Qué raro que papá tuviera amigos en Holanda, ¿no? —dijo Cora mirando hacia el claustro y pensando que cuando terminara de desayunar iría a recoger naranjas para hacer mermelada amarga. Quería regalarle un tarro a Chino.

—Igual de raro que en cualquier otro país —zanjó su madre con un gesto de la mano con el que daba carpetazo a los comentarios que le perturbaban—. Dicen en la nota que están ya en Madrid. Que esta semana van a visitar Toledo y El Escorial, y que el sábado o el domingo estarán en Cádiz. Una falta de tacto presentarse así.

Mientras su madre seguía hablando, Cora se fijó en que una de esas moscas atontadas de finales de verano acababa de aterrizar en su lustroso zapato izquierdo. Aquello distrajo su atención un rato y solo alcanzó a oír la última parte de lo que decía Fernanda.

—Yo me voy el jueves a Ceuta al homenaje que le hacen a papá, así que vas a tener que recibirlos tú.

—Pero, mamá, yo el fin de semana pensaba irme al Puerto, a una fiesta que dan los Caballero.

—Pues si pensabas ya no lo pienses porque no vas a ir —decretó su madre cogiendo una de las pequeñas cartulinas que había sobre la mesa y en las que apuntaba a mano el menú del día para su familia política, a quienes invitaba a comer a casa todos los domingos. Ponía las tarjetas en cada uno de los platos, y, los tíos y primos de Cora, poco acostumbrados a semejante boato, se sentían muy halagados con tanta atención.

El silencio hosco de Cora, todavía de pie frente a ella, le hizo levantar un momento la cabeza. Miró a su hija con curiosidad, impaciencia y brevedad.

—No pongas esa cara, seguro que te resulta exótico —dijo volviendo al menú.

Cora se ató más fuerte el cinturón de la bata, y, enfadada, puso rumbo al comedor para desayunar. Antes de que abriera la puerta de doble hoja, su madre le pidió:

—Le avisas a Benigna que venga, por favor.

Benigna era su doncella, una vallisoletana agria que en esa guerra abierta que mantenían entre los diez de servicio que había en la casa, usaba las artimañas más sucias para ir subiendo en importancia.

—Ah, y vístete rápido, que nos vamos al cementerio en diez minutos.

Fernanda iba todos los domingos, sin excepción, a llevarle flores a su marido y rezarle un rosario. A Cora le gustaba acompañarla, era como trasladarse al más allá. Mientras su madre y *miss* Alberta anunciaban los misterios con los ojos cerrados, ella observaba la estampida de decenas de cucarachas pardas que desfilaban saciadas y sigilosas hacia la puerta del panteón. «El final de todos los egos —pensaba ella—. Cucarachas, aves marías y en otros casos solo el olvido».

Cora cambió de dirección para ir a avisar a Benigna, pero antes de que desapareciera por la puerta que comunicaba con la zona de servicio, su madre volvió a llamarla:

—Tose antes de entrar en la cocina, seguramente estén hablando mal de mí.

Empezaba a nublarse el día cuando Cora llegó a casa sofocada y de mal humor. Abrió la cancela de la puerta grande y cruzó el camino de tierra hasta la entrada principal. Las moreras se recortaban violetas contra el suelo, los loros revolvían las hojas de las palmeras y cientos de caracoles blancos vencían sus lechos a ambos lados del paseo.

Aunque su madre no estuviera en casa, la rutina de limpieza había empezado tan temprano como siempre, y por las ventanas abiertas de la primera planta el olor a lejía se mezclaba con las bocanadas leves del jazmín de la entrada.

La casa, blanca por fuera y umbría por dentro, tenía en medio de la fachada un torreón de piedra con una veleta oxidada. A su izquierda estaba la azotea que comunicaba con el vestidor de su madre. Tenía un suelo de piedra roja que había que enfriar con la manguera dos veces al día y una vieja buganvilla que se descolgaba por la tapia. Cora pasaba mucho tiempo allí, pues era el único sitio desde el que podía verse el mar. Desde el resto de las habitaciones solo se veía el jardín y, de fondo, entre los huecos de la vegetación, una hilera de casas bajas y blancas.

Subió los escalones de piedra hasta la entrada principal, custodiada por dos adelfas, pero cuando estaba abriendo la puerta con la llave, pensó que seguramente su primo estaría atrás, en su estudio de baile.

Durante muchos años, mientras aquella zona de la ciudad no era más que un puñado de huertas, el estudio era un zaguán en el que hacían queso y mantequilla, pero al comprar su padre el terreno quedó en desuso.

Cuando Cora empezó a bailar flamenco convenció a su madre de que le dejara usar el viejo establo como sitio de ensayo. Compró un par de espejos grandes, enteló unos colchones viejos que arrimó a las paredes como si fueran sofás árabes y dibujó brujas de colores y gatos con los ojos amarillos en las paredes.

Además de las horas que pasaba allí ensayando los pasos de baile que le ponía su profesora, Matilde Ortega, Cora usaba aquel sitio como punto de encuentro con sus amigos. Se llamaba El Aquelarre.

Curro estaba ya allí; y como Cora había supuesto, de mala leche. Era de una estirpe de tensión baja y muy vulnerable al calor.

—¿Has llegado hace mucho? —preguntó con cara culpable.

—Veinte minutos lo menos —contestó el otro sin mirarla—. Si lo llego a saber hubiera acompañado a mi madre al *mercao*, que la pobre está fatal de la pierna.

Curro era el hijo pequeño de la tía Pastora, la única hermana de su padre. Cuando el coronel murió y su familia se trasladó a Cádiz antes de instalarse definitivamente en Madrid, Pastora se desvivió por crear a sus sobrinos sentido de calor y pertenencia; sobre todo a la niña, por quien siempre había sentido predilección. Sus ojos huérfanos le recordaban dolorosamente los de su difunto hermano.

Cada vez que Cora iba a su casa, la recibía con un abrazo larguísimo y un poco adormecedor, pues tenía el pecho tan grande que enterrar allí la cabeza era como meterla en un almohadón. Pastora era una mujer cariñosa, resuelta y de luto perpetuo. Vivía con sus «cuatro varoncitos» en un piso de la plaza de las Flores que olía a limpio y a puchero. A Cora, acostumbrada a los silencios del mármol, le encantaba aquella casa sencilla en la que todos se querían, se besaban, se reñían y gritaban. Pero sobre todo, vivían. Mientras su tía pelaba las papas del puchero, Cora se sentaba en una mecedora que había junto a la ventana del salón, cerrada a cal y canto hasta que caía el calor, y se entretenía escuchando los ruidos que llegaban desde la calle: las peleas de los niños, el alboroto de las vecinas a la hora de la radionovela o el carillón lejano del ayuntamiento.

Se hubiera podido narrar el Cádiz de aquel entonces con los ruidos que se enredaban en aquella persiana somnolienta.

Como pasaba allí mucho tiempo, se hizo muy amiga de sus cuatro primos, sobre todo, de Currito, que fue el que más empeño puso en ganarse los favores de aquella prima exótica y mayor. Callado, curioso y lleno de imaginación, escuchaba a Cora con los ojos muy abiertos cuando ella le hablaba del zoco, del león que le habían regalado los hombres azules del desierto una Navidad o del día que fue a comer a su casa el inventor de la Coca-Cola y se la dio a probar por primera vez:

—Me pareció lo más delicioso que había tomado en mi vida.

Para Curro, que se supo diferente desde muy niño, Cora fue la primera grieta en el grueso tabique de la provincia. Se asomó a otra vida a través de ella y de algún modo, la visión de otros mundos apaciguó la extraña zozobra que le perseguía desde que tenía uso de razón y que le llevaba a encerrarse durante horas en la iglesia del colegio huyendo de sí mismo.

Pasaron tantas horas juntos mientras crecían que su visión del mundo se unificó en una retina común. Lloraban juntos —compartiendo pañuelito— cada domingo de coros frente a aquellas carrozas de gaditanía y dignidad; se dejaban la voz y la noche en la recogida del Nazareno, al que más de un Jueves Santo siguieron en penitencia descalzos; compartían boniatos en el cine Caleta y les gustaba nadar hasta dejar de oír la playa.

En ese unificarlo todo —admiraciones, desprecios, ingenio y hasta entonación—, compartían también fijaciones. Una en concreto de la que nunca hablaron a nadie: las marías o amas de casa típicas gaditanas. Eran infinidad las tardes en las que, después de muchas vueltas y muchas bolsas de pipas, acababan en el Centro de Salud, lugar de reunión por excelencia de la maría, y se sentaban en la sala de espera comentando con disimulo cada detalle: el relojito fino, siempre parado; las chanclas de goma; la faja asesina o el bolsito negro de escay agarrado con vehemencia. Se inventaron un catálogo de nombres para denominar sus peinados más habituales —modelo casco de madera, modelo fresquito un poco más suelto que el de madera, moño alto de verano, y bajo de Todos los Santos...— y jugaban a adivinar el mal que aquejaba a cada una. Los más repetidos eran artrosis, vesícula, alergias y, por encima de todos, los nervios.

—¡Qué les gusta un ambulatorio! —decía Curro mirándolas con fascinación—. ¡Pero si no hay enfermedad capaz de atravesar esas carnes!

Tan cerca estuvieron siempre que dejaron de verse con perspectiva. Es la única manera de explicar que Cora, tan intuitiva, no encontrara sospechosa la sensibilidad turbada de su primo, su intuición, su empatía o la ternura con la que cuidaba a su madre. Habrían de pasar muchos años hasta que se diera cuenta de que tras aquella ironía, a veces hiriente, sangraba su propia vida, una identidad sexual silenciada por verdugos ancestrales.

A la una y media de la tarde los holandeses seguían sin dar señales de vida. Cora y Curro se habían trasladado a la casa grande para tener el teléfono a mano. Juan había llegado hacía un rato. Hicieron tiempo curioseando en las habitaciones cerradas de la casa: el antiguo despacho del coronel; el museo en el que se guardaban sus condecoraciones; el desván en el que, según las habladurías, había una puerta que llevaba a las cuevas de María Moco. Polvo y carcoma, no encontraron mucho más.

Decepcionados y aburridos, se sentaron a beber limonada en la terraza de la primera planta. Pegada al claustro y en una esquina en la que rompían los vientos, era allí donde la madre de Cora organizaba sus meriendas de los viernes, pues era la más fresca de la casa. En las paredes, como dibujadas en relieve, vivían tres salamandras.

117

La mañana se había nublado y una brisa fresca agitaba la morera. Cora, sentada en el balancín, sintió la mordedura de la tristeza. El verano se iba; Chino se iría con él.

Juan, imperturbable tras un fino sudor de resaca, rompió el silencio:

—Pero vamos a ver, ¿estos gachós de qué conocían a tu padre?

—Pues yo qué sé, Juan, será de Tetuán —dijo Cora con desgana.

—¿De Tetuán cómo va a ser, si allí holandeses no hubo ni quesos?

Curro, que miraba al infinito desde hacía un buen rato haciendo notar su silencio, preguntó con impaciencia:

—¿Y seguro que no le mencionaron a tu madre a qué hora venían?

—No sé; solo que por la tarde.

El primo de Cora lanzó un bufido y se encendió otro cigarro.

—O sea, que nos vamos a pasar aquí el día esperando a los guiris de los cojones.

—Oye, si quieres vete —gruñó Cora harta ya del mal humor de su primo.

Después de un silencio incómodo que Cora olvidó enseguida, sugirió muy animada:

—Podemos hacer espiritismo.

—¿Otra vez espiritismo, hija? —exclamó Juan—. Tenemos a los espíritus aburridos ya.

Un pajarillo se posó en la mesa y empezó a picotear los restos de pan que Rosita, la cocinera, les había puesto con el queso.

—¡Sccccchhhhhhh! —les sobresaltó Cora llevándose un dedo a la boca. El pajarillo se asustó y dejó a medias el festín.

Levantándose nerviosa del balancín y mirando a Juan con los ojos muy abiertos, dijo:

—Juan, está sonando el teléfono. Corre, cógelo, que van a ser ellos.

—¿Yo cómo voy a coger, chiquilla?

—Hombre, pues porque eres el único que habla bien inglés —contestó ella agarrándole de la mano y tirando de él. Corrieron hasta el comedor de diario y Juan descolgó el auricular.

—¿Sí? *O hello, no. It´s a friend of the family* —dijo con perfecto acento británico. Después, tapando el teléfono con la mano susurró—: Que ya están aquí, qué les digo.

—¡Yo qué sé!, que vengan como a las seis, ¿no? Así nos echamos una siesta.

—*Sorry* —continuó Juan disfrutando de la admiración que causaba en los otros su dominio del idioma—. *Six would be ok for you? Yes, here at Mrs. Fernanda´s home.*

—¿Qué te han dicho? —preguntó Cora nerviosa cuando colgó.

—*Na*, que a las seis están aquí.

—¿Y qué más?, ¿simpático?, ¿hombre o una mujer?

—Un hombre.

—Pero cuéntame mejor, hijo mío, con todo lo que hablas de tonterías, qué misterioso estás.

—Yo qué sé Cora, han sido dos minutos. Pues muy educado. Ha dado las gracias trescientas veces…

—Ea, pues vamos a comernos unas acedías y nos venimos prontito —interrumpió Curro a quien por fin le habían empezado a brillar los ojos con el *caldeo* de la visita.

Mientras caminaban por el paseo marítimo, ella, un poco rezagada —pues como le había dicho Chino una vez tenía «andares de procesión»—, volvió a repasar uno a uno los acontecimientos de la última semana: el baile del sábado, el encuentro con la madre de Chino, el paseo por la Alameda.

Cora había ido a la fiesta del balneario de la Palma con Dámaso Orellana, hijo de un importante ganadero de Jerez al que conocía desde niña y que, de todos los amigos que su madre insistía que frecuentara, era el que mejor le caía. Por ocurrente, por impasible, y porque no la pretendía.

El balneario, que se levantaba sobre una hilera de pilares esbeltos y blancos en la arena de la Caleta, estaba más lleno que nunca. Cuando Cora llegó con su amigo, la pista de baile era ya un hervidero de hormonas frenéticas olisqueándose al ritmo de la orquesta.

—Creo que son buenísimos —le susurró Dámaso al oído mientras señalaba con la barbilla a los cuatros chicos que con chaqueta blanca y pajarita tocaban merengue en el escenario.

Apoyadas en la balaustrada, unas cuantas parejas miraban al mar en ceremonioso silencio de amor. Ellos, buscando en la playa un rincón oscuro y sin viento desde el que avanzar por la carne hasta el manotazo; y ellas, reconociéndose en las letras de los boleros, anhelando brisa y abrazo, estremeciéndose de futuros con la luz intermitente del faro.

En las mesas todavía quedaba gente cenando. Cora reconoció a varios socios del Náutico, a una pandilla de El Puerto de Santa María y a dos estudiantes de Salus Informorum de las que se había hecho amiga en misa y que estaban feísimas con el moño de peluquería.

De pronto, Cora sintió que el tedio le aflojaba los párpados. El runrún de la noche, el velo de la luna en las barcas, las bromas, los bailes, las caras… Se lo sabía todo. Eran escenas de una película, sucia y con grano, mil veces rebobinada. Su humor cambió de signo solo un instante después; cuando, al ir a coger la copa de *champagne* de una bandeja, alzó la vista hacia el camarero para dar las gracias y se dio cuenta de que era Periquito. Se reconocieron al mismo tiempo.

—*Quilla*, ¿qué? —exclamó su amigo un poco cortado—. ¡Qué guapa estás!

Miró a Dámaso sin disimulo y después, acercándose mucho a Cora, le dijo:

—El Chino está por ahí. Le he *colao*. Y al Monchi también.

A Cora se le aceleró el pulso. La película acababa de cambiar el guion en mitad de la historia.

—¿Pero cómo no me habéis dicho que ibais a venir? —preguntó, buscando a Chino entre el gentío.

—Porque me ha *salío* el curro en el último momento, tú sabes… —explicó Periquito antes de despedirse nervioso, pues un camarero de barriga monumental, debía de ser el jefe, le hacía señas furiosas desde la otra esquina de la terraza.

Cora tardó un rato en localizar a Chino. Supuso que, como buen fumador, estaría en la terraza; pero no, hablaba con Monchi en el único rincón solitario del salón. De espaldas al banquete, parecían discutir algo serio. Cora hizo muy despacio el último tramo hasta ellos para escuchar la conversación. Quizás estuvieran hablando de ella.

—Mira, yo lo he pensado mucho, Chino, y mañana voy a ir a buscar a la Chari. Le voy comprar un poquito de queso payoyo, que yo sé que le vuelve loca y…

—¿Pero no dices que la Chari te odia? —interrumpió Chino mirando a su amigo con inquietud. Le preocupaba que Monchi sufriera; era el más débil de todos ellos.

—¿Tú ves?, hasta *pa* eso tenemos empatía, hasta para odiarnos.

Cora aprovechó ese parón para tocar a Chino en el hombro. Él se dio la vuelta con ímpetu de animal receloso, pero al reconocerla se le iluminó la cara.

—Hombre, ¿qué hay? —dijo con esa sonrisa entre tímida y concienzuda que a Cora tanto le enternecía.

—¡Hola! —sonrió ella exagerada—. Estás muy guapo así peinado.

Chino llevaba el pelo mojado y con raya a un lado.

—¿Sí?, pues acabo de ir al cuarto de baño y me he visto como si fuera a hacer la primera comunión.

Se quedaron un rato allí hablando los tres. De la Chari, sobre todo, dándole consejos a Monchi que en realidad eran mensajes velados entre ellos dos. Al cabo de un rato, Cora se acordó angustiada de que había dejado a Dámaso solo.

—Venid, que os voy a presentar a un amigo.

—Vete tú, Chino, yo voy mientras a pedir otra copita —dijo Monchi sin darse cuenta del gesto que le hacía su amigo con las cejas para que no lo dejara solo.

Dámaso se había encontrado con unos amigos de Jerez y charlaban de gente común en medio de la terraza. Cora, que conocía a algunos de ellos, aunque no recordaba de qué, presentó a Chino sin entrar en detalles. Él los saludó agachando un poco la cabeza con cada apretón de manos.

—Cora, ¿tú vas a ir a la puesta de largo de Carmencita Barón? —preguntó una de las chicas del grupo con esa voz temblorosa de muchos vástagos de la endogamia.

—Yo no voy a Sevilla en verano así me maten —dijo.

—¡Pero si es en septiembre! Estuve en la de Rosario, en Dueñas, antes de verano y no sabes cómo pusieron el palacio. Una maravilla, de verdad. Lo comentamos todos.

—En Dueñas nació Machado —contó Cora para integrar a Chino en la conversación.

—Sí, es verdad —intervino otro de ellos con cierto amaneramiento—. Era el hijo del guardés.

Los más necios de entre ellos dejaron escapar unas risas. Chino sonrió tenso y le dio un sorbo a la copa que tenía en la mano. Cora supo exactamente lo que estaba pensando. Y lo que estaba sintiendo. Dirigiéndose solo a él, dijo:

—Guardés también es una palabra bonita, ¿no?

—A mí me gusta —contestó él mirándola con gratitud.

—Desde luego mucho mejor que criado —concluyó Cora para que la oyeran todos, pero sin quitarle la vista a él.

Se quedaron unos segundos absortos el uno en el otro; sin escuchar, sin existir. Detenidos en medio del puente que conectaba sus dos mundos y por el que solo cruzaban los solitarios y los valientes; los que no necesitaban pertenecer a nada para sentir que eran alguien.

La conversación entre Dámaso y sus amigos siguió, absurda y lejana, al margen de ellos dos. Fue la voz de la chica temblorosa, con una pregunta directa a Chino, la que les sacó de su ensimismamiento.

—¿Y tú qué quieres estudiar? —preguntó con sus mofletes infantiles enrojecidos por el calor.

—Chino es escritor —se apresuró a contestar Cora—. Y la persona con mayor inteligencia natural que he conocido en la vida.

A Chino se le congeló la expresión, y unos minutos después se marchó con una excusa tajante. Cora no entendió por qué.

Fue a buscarlo un par de veces. Le hizo algunas bromas, trató de buscar complicidad criticando un peinado aquí y un baile allá, pero él no siguió la conversación más que con monosílabos. Monchi, que no era especialmente intuitivo y, además, se había bebido ya cuatro güisquis, salvó el silencio con otro soliloquio sobre su Chari.

—Qué *rollaso* tienes, Monchi. Venga, vámonos —dijo Chino cuando el baile había entrado en su pleno apogeo—. Dile *ar* Periquito que lo esperamos en mi azotea.

Mientras se alejaban, Cora escuchó a Monchi decirle a su amigo que estaba pensando en llevar a la Chari a las ruinas de Bolonia, y que si quería ir con ellos.

—Déjalo, *pisha*, que ruina ya he visto yo mucha —contestó Chino.

El viernes siguiente, después de que Chino no hubiera bajado a la playa en toda la semana y sin que ninguno de sus amigos pareciera saber nada de él, Cora decidió ir a buscarlo a su casa. La visita de los holandeses le había dado la excusa perfecta: ella no hablaba inglés y Chino había aprendido a chapurrearlo en el puerto, así que iba a pedirle que hiciera de intérprete.

Chino vivía en la calle Sopranis, en una casa de vecinos, antiguos palacios del XIX que los dueños actuales alquilaban por plantas o habitaciones. Sus padres tenían dos cuartos en la primera planta y, aunque en la mayoría de las casas la cocina era común con un fogón por familia, ellos tenían la suya dentro de casa. Chino se lo contó orgulloso un día que ella le acompañó a por un paquete de cigarrillos que se había dejado a la vista: su padre no sabía que fumaba.

El portón de madera estaba entreabierto, Cora lo empujó, pero se detuvo en el umbral. En el patio de la casa, con suelo de mármol blanco y un pozo labrado en el que recogían el agua de lluvia, había una mujer arrodillada limpiando el suelo con un estropajo de cuerdas deshilachadas.

Cora rezó para que fuera una vecina y poder pedirle que fuera ella quien avisara a Chino. Le daba miedo su padre. Cora entró con cuidado en el patio, tratando de no pisar el suelo mojado. Con un acento que le salió más andaluz de lo que hubiera querido, dijo:

—Perdone, vengo a buscar a Chino, no sé si está por aquí.

—¡Qué va, hija!, ha ido a por un *mandao* —le informó la mujer quitándose un mechón de la frente húmeda y echándole a Cora un vistazo rápido y certero.

—¡Anda!, qué rabia —dijo Cora mordiéndose el labio de abajo.

—¿*Pa* qué lo buscas?

Cora no había visto nunca a la madre de Chino, pero por su modo de hacer la pregunta sospechó que la tenía delante.

—Era para… —titubeó—, bueno, para pedirle un favor.

La madre de Chino se quedó un rato callada mirándola desde el suelo. De repente, sobresaltada por un pensamiento que le agrandó la expresión, preguntó:

—Tú *ere* la de Madrid, ¿no?

Cora asintió insegura. No sabía lo que Chino podría haberle contado a su madre de ella.

—No te preocupes, yo le dejo *recao* de que has venido a buscarlo.

—Gracias. ¡Y encantada, eh!

Cora ya se dirigía hacia la puerta cuando la madre de Chino la llamó con una voz rara:

—Niña, mira una cosa.

Cuando se dio la vuelta, la mujer estaba de pie y se secaba las manos en un trapo. Se tomó ese tiempo largo que precede a lo importante. Después, mirándola fijamente sin acritud, pero con solemnidad, le dijo:

—Tú serás *mu* alta. Pero más alta que él no la hay.

Cora lloró aquella tarde hasta que se le deshidrataron las penas. Vertió lágrimas de impotencia, de frustración y de soledad repatriada. Lloró por la respuesta que no supo dar, por la sensación de final o de imposible, pero sobre todo lloró de vergüenza: la madre de Chino le había hecho sentir que era una caprichosa jugando a bohemia.

Tenía aún la voz atragantada cuando, a la hora de la cena, le llamó Juanito para ir a tomar algo. Le dijo que estaba ya en camisón y que quería quedarse leyendo; pero su amigo insistió:

—Pero, chiquilla, que te vas dentro de *na*.

No hubo manera de convencerla.

Lupe, la asistenta de Morón que su madre había contratado como refuerzo para el verano, le subió la cena poco después. Ensaladilla rusa y boquerones fritos. Cuando volvió a por la bandeja y para avisarle de que tenía otra llamada, el plato estaba intacto.

Cora no se dio prisa en levantarse de la cama e ir hasta el cuarto de su madre a coger el teléfono; pensó que sería otra vez Juanito, empeñado en lo de la cena. No era él. Era Chino.

—¿Qué hay? —saludó seca.

—Me han dicho que has venido a buscarme —dijo él con la voz pausada y cauta.

—Era para una tontería. Ya da igual.

Se hizo un silencio al otro lado de la línea.

—¿Cuándo te vuelves a Madrid? —preguntó Chino.

—El lunes.

Otro silencio.

—¿Por qué? —quiso saber Cora.

—Porque tengo una cosa *pa* ti y quería dártela antes de que te fueras. Tú sabes, para que te acuerdes alguna vez de mí.

«Como si hiciera falta un regalo para que me acordara de ti», pensó ella conmovida.

Quedaron en verse en la Alameda, delante de la estatua «del marqués», una hora después.

La bahía respiraba tranquila, Rota tiritaba al fondo y un rayo de luna líquida rompía en dos abismos el agua. Chino la estaba esperando apoyado en la balaustrada de piedra, con un cigarro prendido en la boca y mirando al mar sin mirarlo.

Era tal la quietud de su espalda, que a Cora le resultó imposible adivinar su estado de ánimo; pero cuando se giró al sonido de sus pasos, ella lo supo triste: una humedad sobria le velaba la mirada. Al llegar a su lado se dio cuenta de que tenía la mano vendada.

—¿Qué te ha pasado? —preguntó.

—Nada, me lastimé el otro día en el muelle —mintió él.

Lo cierto era que el sábado de la fiesta, al salir del balneario, se metió en un callejón oscuro y le dio un puñetazo a un muro. Acostumbraba a hacerlo desde niño; acallar los dolores de dentro con alguno de fuera. Estuvo toda la noche deambulando por la ciudad con la mano sangrando; pensó mucho y al final, cuando ya amanecía, serenó sus asfixias en la humedad de una orilla.

Al pasar por la cervecería El Puerto de vuelta a casa, se cruzó con Aurelio, el dueño del bar, que llegaba cargado con dos cestas de mimbre: una con camarones y otra de *cañaíllas* recién cogidas en las marismas.

—Chinito, ¿qué, unos camaroncitos para desayunar?

Se tomó un cartuchito y se le llenó la boca de mar.

Aurelio, que se había fijado en las heridas de los nudillos, le preguntó desde detrás de la barra, mientras preparaba las cosas para la apertura:

—¿Con quién te has *peleao*?

Chino no contestó; solo hizo un gesto con el hombro quitándole importancia.

—Una pibita, ¿no?

—Algo de eso —contestó sonriendo.

Aurelio dijo entonces algo que, aunque sencillo y sin intención de trascender, a Chino se le quedó grabado para siempre. Una de esas frases mucho más importante en el devenir de quien la escucha que en la memoria del que la expresa:

—Que no te cojan la medida, Chino. Cuando una mujer te coge la medida, estás perdido.

Fueron paseando por la Alameda en dirección al baluarte de la Candelaria. Las bombillas de las farolas anaranjaban el contorno de los jardines y le daban misterio a su espesura. Los troncos nudosos de los ficus, las pérgolas vencidas por el peso de las buganvillas, el murmullo de las fuentes, los bancos de cerámica vidriada, el tintineo violáceo de las jacarandas, la sombra del ombú... Todo era distinto, más hondo y con más aristas, a la luz de la penumbra. «Parecen salones contiguos en lugar de jardines», pensó Cora echándolos ya de menos.

Caminaron en silencio, tan conscientes cada uno de la presencia del otro que no era fácil hablar. Atravesaron el parque Genovés; el parador, flanqueado por palmeras, y casi sin darse cuenta estaban ya en la Caleta. La orilla se hallaba muy lejos, más que nunca, y media docena de barcas se habían quedado encalladas.

—¿Cómo te gusta más la marea, alta o baja? —preguntó Cora.

—Alta —contestó él sin dudar.

—¿Sí?, ¿por qué?

—No sé... —lo pensó unos segundos—. A los hombres no nos gusta la playa, Cora, nos gusta el mar.

Cora se quedó callada. Después, con un deje de melancolía, dijo:

—A mí me gusta mucho más bajita. Que haya que andar un rato hasta el agua.

—¿Y si quema la arena?

—Bueno, así hace más ilusión llegar.

Un poco más adelante, cansada y expectante, Cora propuso que se sentaran un rato en el muro de la playa. Habían estado allí muchas tardes comiendo pipas y viendo a los niños tirarse de las rocas o a los pescadores que volvían de faenar. Todas aquellas veces el verano parecía eterno; sin embargo, aquella noche se cernía sobre ellos la inminencia del final.

Chino, que le había prestado la chaqueta durante el paseo porque la brisa tenía ya presagios de otoño, le pidió que se la quitara.

—Solo un momentito, ahora te la devuelvo.

Metió la mano en el bolsillo del forro y sacó un paquete envuelto con cuidado en celofán. Se lo tendió sin decir nada; le daba vergüenza regalar. Cora abrió el papel con la prisa de una niña en la mañana de Reyes y sacó de dentro un colgante del tamaño de una nuez. Era un jorobado de perfil, con chaqueta de circo y chistera. Tenía un pie adelantado y la cara medio borrada.

—Lo encontré ayer en la arena —contó Chino—. Me ha dicho un vecino que vende antigüedades que es un amuleto antiguo.

Cora se quedó callada. Le habían entrado unas tremendas ganas de llorar.

—Es para que te dé suerte —siguió Chino, avergonzado de regalarle algo tan barato.

Ella seguía callada, con el amuleto en la palma de la mano y tratando de encontrar las palabras.

—Es de latón, pero algún día te lo regalaré de oro.

Un sofoco le subió a Cora por la garganta y ya no se pudo controlar. Chino le cogió la cara por la barbilla y se acercó despacio. Ella notó su olor a colonia, a mar, a juventud; pero cuando lo tuvo muy cerca, se asustó: un puñado de imágenes confusas le anegaron la conciencia. Le vino a la mente el cuadro que había encima de la cama de su madre, en la que un corro de pecadores prendidos en llamas extendía los brazos hacia una Virgen que los miraba impasible desde una nube. Vio también las bocas severas de las monjas del colegio, las rendijas del confesionario y en mitad de todo eso, se acordó de aquella mañana en que fue a despertar a su padre a la cama.

—¿No viene la princesa a darme un beso? —había dicho él al notar su titubeo en el umbral. Ella corrió hacia la cama, pero se detuvo en seco al darse cuenta de que su padre tenía el torso desnudo.

—¿Qué pasa? —preguntó él con fuerte acento gaditano.

—Que me da miedo.

—¿Que te da miedo el qué, chiquilla?

—Los hombres —susurró Cora.

Antes de que se diera cuenta, él había alargado el brazo arrastrándola hasta su costado.

—¿Qué miedo ni qué miedo?, ¿te va a dar miedo tu padre, hombre?

Escuchó la última parte bajo las sábanas, con la cara enterrada en la tripa de su padre y en una oscuridad viril y aterradora que se le quedaría pegada al subconsciente toda la vida.

Cora giró la cara a un milímetro del beso y cerró la mano con el jorobado dentro. Chino se quedó un rato mirándola confuso. Después se levantó, se metió las manos en los bolsillos y sin decir una palabra se marchó hasta perderse en la noche.

Los holandeses aparecieron a las seis y dos minutos de la tarde en la primera limusina que pisó Cádiz. Cora, Juan y Curro los vieron llegar escondidos tras la ventana de uno de los dormitorios. Curro, que era el que mejor visión tenía, pegó un grito cuando el coche se detuvo delante de la entrada principal.

—¿Esto qué es? ¡Si son la familia de Bruce Lee!

Cora le dio un empujón y lo apartó de la ventana. Justo en ese momento, una niña de unos doce años se bajaba la última del coche. Llevaba un vestido blanco de muñeca y la cabeza llena de lazos. Sus padres, también de blanco categórico, la ayudaron a apearse. Efectivamente, los tres eran asiáticos y de piel oscura.

—¡Pero estos no pueden ser los holandeses! —exclamó Cora dándose la vuelta con esa risa arrugada de cuando estaba nerviosa.

—¡Yo no bajo! Juan, ¿por qué no los recibes tú y dices que eres mi hermano?

—Tú estás *majarona* perdida —contestó Juan, que seguía mirando por la ventana con los ojos como platos.

—¿Pero esta gente quiénes son? —dijo al volverse provocando otra carcajada histérica en Cora y su primo, que llevaba un buen rato secándose las lágrimas tirado en la cama.

El timbre sonó dos veces con timidez. Cora alzó las cejas con angustia y se mordió el labio. Trató de empujar a Juan hacia la puerta, increpó a su primo y, finalmente, en un arranque de entereza, cruzó la habitación en dirección a las escaleras.

Los invitados, que aguardaba ya en el vestíbulo perfectamente alineados, alzaron al unísono la cabeza cuando ella empezó a bajar los peldaños. Abrieron mucho la boca, como si fuera una aparición. En cuanto llegó abajo y sin darle tiempo a saludar, el hombre y la que debía de ser su mujer, se precipitaron a abrazarla. Cora, que no podía evitar envararse con las muestras de afecto de quienes no le importaban, se sintió muy ridícula, tan tiesa, en medio de aquel estrépito sentimental.

—*My dear, Cora* —dijo el hombre con un soniquete lastimoso y un cogerle la mano entre íntimo y reverencial—, *we are soooo excited to meet you*.

—Que estaban locos por conocerte —tradujo Juan, que acababa de aparecer a su lado en el vestíbulo.

—Nos van a secuestrar —susurró ella sin mirarlo ni alterar el gesto.

Se presentaron con besos, tropiezos y varias torpezas más y cruzaron el inmenso recibidor hasta el antiguo despacho del *sheik*.

—¿Queréis algo de tomar? —preguntó Cora con tono de anfitriona hospitalaria.

Juan tradujo y los adultos declinaron con la cabeza. La niña, callada hasta entonces, abrió su minúscula boca y con vocecilla de riachuelo, dijo:

—Jamón jabugo.

Cora no quiso mirar a Juan para no estallar en carcajadas. Lo inesperado de los acontecimientos había creado ese clima de hilaridad contenida en el que una tecla mal pulsada podía hacer saltar la educación por los aires.

—Voy a ver si tenemos —dijo Cora con cara de guasa y dirigiéndose a la cocina.

Como había supuesto no había jabugo, así que le pidió a Rosita que cortara chorizo y un poco de queso. Mientras volvía al despacho se cruzó con Curro, que llevaba todo aquel rato espiándolos desde escondites distintos. Le dio un empujón.

Los invitados se habían sentado muy juntos en el sofá que había bajo la ventana; Juan y Cora en las dos butacas enfrentadas. No fluía aún la conversación cuando, para terminar de enrarecerlo todo, el hombre se llevó las manos a la cara y ocultándose entre ellas, empezó a llorar. A Cora le llamó la atención el poco ruido que hacía. Solo una leve agitación de los hombros, eso era todo. Su mujer le apoyó la mano en el muslo y, mirando a Cora lastimera, dijo:

—Lleva tantos años esperando este momento.

Esperó a que Juan tradujera su comentario y enseguida, metió la mano en su bolso y sacó un sobre muy fino que le tendió a Cora.

—*Please.*

Dentro había una nota con una letra que a Cora le resultó vagamente familiar. Juan notó, que mientras iba avanzando en la lectura, la cara de su amiga iba perdiendo color y poniéndose dura como una máscara. Cuando alzó la vista y le pasó la nota a él, no quedaba en su expresión ni un solo vestigio de la anterior comicidad.

Juan leyó la carta dos veces. Era un mensaje del padre de Cora en el que le pedía a su hija que se reuniera con él en Holanda. Por lo visto, mucho antes de casarse con Fernanda, había conocido a una coreana con la que tuvo una aventura. Ella se quedó embarazada de un niño —el coreano que había ido a entregarles la carta—, y él, presa del sentido de la responsabilidad, los había ido a visitar muchas veces a lo largo de los años. Primero a París, luego a Hamburgo y, finalmente, a Ámsterdam, donde ahora residían. Se encariñó tanto con la madre y con el hijo que al final decidió fingir su muerte e irse a vivir con ellos. «No encontré otra salida», se justificaba. La carta terminaba diciendo que estaba enfermo y que quería verla una última vez antes de dejar este mundo.

Durante el transcurso del largo silencio que sobrevoló la lectura, los espasmos del coreano habían ido remitiendo. Cuando Juan dobló la cuartilla en dos y volvió a meterla en el sobre, el hombre se puso en pie y abrió los brazos en disposición de abrazo.

—Cora, *I am your brother* —dijo con los ojos empañados.

—Dales puerta ya —le susurró Juan a Cora.

Pero ella no lo escuchó. Inmersa en una tormenta cerebral que argumentaba a favor y en contra con toda la maquinaria pesada de su lógica, Cora decidía si aquello podía ser o no verdad. Recreó el funeral de su padre con un grado de detalle como no había hecho nunca. El coche fúnebre entrando en la casa de Tetuán con la representación del cuerpo de Regulares y de los tres ejércitos aguardándole; el canto de la plegaria de los árabes, que sonó a animal herido cuando el coche pasó por delante; el salón del trono, donde velaron el cuerpo con los crespones negros en las paredes; el incienso ardiendo en los pebeteros y aquellos velones de cera quemándose en vida. Volvió a ver el severo dosel, el enorme crucifijo de madera y a los pies del ataúd los reclinatorios de terciopelo y caoba por donde fueron pasando los cientos de personas que habían ido a despedirlo.

—Mire, señor —dijo al fin—, a mi padre lo velaron una noche entera; y por delante de su cuerpo pasó esa noche medio Marruecos. Pero no solo eso; yo misma lo vi muerto. Lo vi en el féretro con la túnica de franciscano.

«Y esa cara encogida, vacía y barata que se les queda a los muertos», pensó para sí.

—No sé qué pretenderán ustedes con esto, pero les aseguro que no van a sacar un duro.

Después se puso en pie dando la reunión por concluida. El que se decía su hermano hizo lo mismo, y con una cara entre suplicante y dolida lo intentó por última vez:

—Cora, *come with us. He is waiting for you.*

Dudó un instante. No terminaba de entender el propósito de aquella gente. Su padre no era tan famoso como para que hubieran oído hablar de él en Corea. O en Ámsterdam. Pero se recompuso enseguida.

—¿Y cómo sabía él que era yo quien iba a recibiros en vez de mi madre o mi hermano? —preguntó antes de salir definitivamente de la habitación.

Fue Juan quien les acompañó a la salida. Se quedó esperando en el umbral hasta que la limusina desapareció tras el portón verde de la entrada.

Eran las tres menos cuarto de la madrugada cuando Cora miró el reloj por última vez. Se había metido temprano en la cama, pero todo parecía confabularse para que no lograra dormir: el ruido del ventilador, la moto que no acaba de pasar, el mosquito que va y viene, la cara menguada de su padre muerto, los ojos plañideros del coreano, los encajes de su hija y, al fondo, como un latido débil, la carta de Chino. Su testamento.

Se la había llevado Lupe al comedor cuando iba a empezar a cenar. A ella se le aceleró tanto el corazón cuando reconoció la caligrafía esforzada en el sobre que decidió no leerla. Su madre estaba a punto de llegar y no quería que la encontrara deshecha en llanto. «La leeré esta noche en la cama —pensó—. O mañana, en Madrid. Allí ya todo será irreversible».

Pero cuando la campana de la iglesia sonó solitaria a las tres y media de la madrugada, supo que no iba a poder dormir hasta que lo hiciera.

Se levantó de la cama, encendió la lámpara de la mesilla de noche y fue al baño a buscarla; la había escondido en su bolsa de aseo. Con la carta contra el pecho, salió al balcón y se sentó en el suelo. El frío de la loseta alivió un poco los calores de la incertidumbre.

Dentro del sobre había dos hojas de papel fino y amarillento. El encabezamiento le dio esperanza, pero aun así, leyó cada línea con cautela, tratando de estar preparada por si le revolcaba la ola.

Querida Cora:

Son las seis y pico de la mañana y la vida se despierta como el gemido de un gato. Las barcas vuelven a la orilla con su corte de gaviotas encima, el vapor cubre como un velo el castillo de San Sebastián y no hay casi olas en el mar. Vas a poder nadar mucho hoy, hasta el infinito si quieres. Me gustó eso que dijiste el otro día de que nadar hacia lo hondo es una forma de suicidio, de ir dejándolo todo atrás, de avanzar hacia el silencio.

Estoy sentado en el Campo del Sur, tú sabes, donde siempre, a la izquierda de la catedral. Debajo de mí, entre las rocas, hay un tablón de madera. Debe de llevar poco tiempo ahí porque está bastante entero. Desde hace un rato solo pienso que me gustaría ser él. Y no sentir otra cosa que el azul del amanecer, el calorcito del mediodía y la caducidad de las olas. No quiero sentir nada más. No quiero quererte. No quiero ahogarme. No quiero mirar las casas de colores de mi derecha y ver tu cara fantasiosa diciendo que te gustaría vivir ahí porque estás segura de que si vivieras en una casa de colores tendrías sueños de colores.

Cora, yo no sé quererte con paz. Solo sé quererte con desconcierto. Con una clase de sentimiento dañino y autodestructivo que me está volviendo loco. El otro día, en el baile, cuando te vi con uno de esos señoritos blandos y repeinados —¿cómo los llamaste?, muñequitos de celofán—, y me di cuenta de que lo mirabas como me miras a mí, de que te reías como te ríes conmigo, lo único en lo que podía pensar era en salir de allí y reventarme la mano de un puñetazo. Por *carajote*, por ingenuo, por pensar que soy otra cosa que un rompecabezas con más piezas de las que estás acostumbrada a juntar.

Entonces pasan las horas; respiro, y me acuerdo de la manera en que te agarras a mí cuando vamos a cruzar una calle con muchos coches, temblando, clavándome las uñas en la carne como si mi brazo fuera el único tablón en el mar de tu soledad, y me digo que no se agarra con esa urgencia a alguien a quien no se quiere. O me acuerdo de aquella tarde en las rocas, unos días después de que fuéramos solos a cenar. Esa vez me hablaste desde muy adentro, más que nunca. Dijiste que habías bajado el telón del escenario donde se suponía que tenías que vivir, y que eso no era de egoísta, sino de mártir. Que nadie se podía imaginar lo que te habías torturado replegada en ti misma, en tu pequeño cuadrado de papel sin apenas dimensiones.

No te lo dije entonces, pero mientras hablabas tuve una sensación muy rara, como si tu voz me llegara desde un sitio remoto y familiar. Pensé que quizás en otro tiempo habíamos sido una misma persona: yo la cabeza y tú el corazón.

Este verano me he metido muchas noches en la cama pensando que nuestra historia era posible, que podríamos salirnos tú de tu cuadrícula y yo de la mía, y crear una geometría común, pero hubo una cosa en el baile que me hizo darme cuenta de la realidad. No fue el niñato ese con el que bailaste y que en el fondo sé que nunca te podría gustar. Fue una frase que dijiste sin maldad, incluso queriéndome echar un piropo, pero que era tu inconsciente desnudo: «Chino es la persona con más inteligencia natural que conozco». ¿Qué otro tipo de inteligencia hay además de la natural, Cora? ¿Tú sabes lo que encierra esa frase? Lo que querías decir, sin darte cuenta, es que a pesar de mi incultura y de mi pobreza no soy un imbécil.

No te digo esto para culparte de nada. Toda esta semana que he pasado sin verte me he dado cuenta de que las diferencias no nos afectan solo en una dirección. Los hombres tradicionales tenemos unas leyes que tú nunca entenderías. Unas leyes más históricas que lógicas, unas leyes incluso sádicas a las cuales rendimos un culto falso por miedo, quizás, al de al lado, que también la cumple sin entenderla. Mis leyes te harían infeliz. Y a mí tu incumplimiento.

Eso era lo que iba a decirte anoche cuando te regalé el jorobado. Quería decirte adiós y desearte suerte. Pero entonces te vi llorar con esa cara de desamparo, de niña perdida que yo no había visto en mi vida y la lógica me dio igual. Tu mundo, el mío, las tradiciones; todo se diluyó en la necesidad urgente de besarte, de consolarte, de obligar a tu boca a decir de un vez la verdad.

Cora, que me quitaras la cara no fue más que la rúbrica de una carta que yo ya había leído. Cuando fui anoche a la Alameda ya sabía que esto no era posible. No ahora, al menos, mientras tú estés en la primavera de tu vida. Quizás algún día, cuando pase el tiempo y las cuadrículas asfixien menos, podamos volver a encontrarnos. Quizás cuando llegue el otoño. Allí, en la última esquina, te estaré esperando.

Chino

Inocente conducía despacio. Fernanda le había llamado la atención después de que cogiera dos baches con tanta brusquedad que todos botaron en el asiento.

—¡Qué horror!, vaya usted más lento que no somos sacos de patatas —le había dicho mirándolo enfadada por el espejo del retrovisor. Desde entonces, *miss* Alberta, sentada en el asiento del copiloto, no quitaba ojo al velocímetro.

Salvo por ese pequeño incidente, Fernanda llevaba todo el camino de muy buen humor. Lo había pasado muy bien en Ceuta, y parloteaba con entusiasmo de lo encantador que había sido todo el mundo con ella, de lo que querían «a papá», de lo bonita que le había parecido la Virgen de África y de todo el catálogo de recuerdos que tenía de la ciudad.

Cora escuchaba solo a medias. Por la ventanilla, las hileras de árboles se despedían volando, hombres y mujeres sin rostro definido recogían la uva en el campo y los niños de los pueblos jugaban en los caminos hasta que la bocina los apartaba. Después del susto, agitaban sus manitas polvorientas en el aire saludando a la comitiva. Cora siempre pensó que la alegría de los niños pobres tenía una frescura que no existía en los de su clase. Tal vez fuera la esperanza. Entre triste y perpleja notaba que con cada kilómetro que se alejaba de Cádiz, Chino se difuminaba un poco en su memoria. Esa mañana, antes de cruzar el puente Carranza, su imagen era nítida y próxima. Ahora, solo unas horas después ya había empezado a perder definición, como si el tiempo y el espacio tuviesen un pacto para vincular lejanías.

Metió la mano en el bolso para tocar su carta y sentir lo único físico que quedaba de él. Eso y el jorobado, que se había colgado al cuello en una cadenita de oro.

Se preguntó, por enésima vez desde que habían emprendido el viaje de vuelta, si volvería a verlo algún día, si él la olvidaría, si ella lograría olvidarlo a él… Los siempres y los nuncas son los grandes héroes de esa tragicomedia que es la adolescencia.

La hucha de neón de la Caja Postal, con sus monedas cayendo neuróticas, señaló la llegada a Madrid. Lloviznaba, y todo cambió de color.

Cuando llegó por primera vez procedente de Cádiz la ciudad le había parecido gris, confusa y violenta. Con el paso del tiempo, se acostumbró, incluso llegó a cogerle cariño. Le hacía pensar en uno de esos hombres feos que te acaban conquistando por simpáticos. Sin embargo, cada vez que volvía después de un tiempo fuera, también volvía la gotera de las primeras impresiones.

Agradeció el aire fresco al salir del coche. Mientras Inocente bajaba las maletas, tuvo incluso un chispazo de entusiasmo. Septiembre era el mejor mes de Madrid. Todo volvía a empezar y lo hacía con ese brío desmesurado de cuando el descanso ha durado más de lo necesario.

Aquella noche, durante la cena, su madre estuvo extrañamente silenciosa. Fernanda no hablaba de intimidades, pero hablaba sin parar de otras cosas: los carpetovetónicos, el paso de las Termópilas, los cigarrillos de la reina Victoria Eugenia o la calidad de los coches franceses. El silencio no era habitual en ella. Tampoco lo era el modo en el que al terminar el postre, le cogió la mano a su hija y acariciándole el dorso con el pulgar le dijo:

—Cora, te vas a Suiza dentro de unas semanas.

Ante la expresión atónita de su hija, Fernanda se sintió obligada a explicarse:

—Quiero que aprendas idiomas… Y no solo por eso. Es un mundo cosmopolita y distinto en el que creo que te vas a encontrar a gusto. Todo es menos formal allí, más abierto.

En aquel momento, Cora supo con claridad que a pesar de su aparente no saber nada, su madre lo sabía todo.

Somos de quien no nos quiso

¿Qué pasaría si en lugar de elegir uno mismo a su pareja lo hiciera gente especializada en los requisitos particulares de una convivencia feliz?, ¿por qué si se delegaba en manos de profesionales todo aquello de lo que no éramos capaces —y de estos nos habíamos revelado mayoritariamente inválidos—, no podía delegarse la pareja también? ¿No sería, como decía Chino Montenegro, de una ingenuidad delirante edificar la sede de la familia sobre las arenas movedizas del enamoramiento? Y por último, ya desde la perspectiva del bien común, ¿no habría muchas menos personas infelices, frustradas y con sus sueños expropiados si la pareja fuese una garantía en lugar de un asunto del azar?

Yo creía que sí. El gobierno de la Isla de *Los muertos felices,* también. «Salvo un puñado de mentes preclaras o de carambolas cósmicas, la gente no elige bien a sus parejas. Su criterio está contaminado por cientos de motivos que imposibilitan el éxito: inercia, prisa, cobardía, escapismo, indefensión, contagio, vanidad, flacidez anímica, una buena cama, estructuras sentimentales dañadas desde la infancia» y, sobre todo, lo que según Montenegro era lo más peligroso: la noción errónea de uno mismo, «lo que la gente cree que les hace felices y lo que realmente les hace felices no suele coincidir».

En la Isla había una organización que ayudaba a la gente a identificar sin necesidad de ensayo-error lo que de verdad necesitaba. Se llamaba el Centro Gemelar, buscaba —a quien lo pidiera— un compañero de vida y su método, perfeccionado a lo largo de muchos años, era prácticamente infalible. Mientras que en el resto del mundo uno no podía mirar a los matrimonios de su alrededor —salvo a los muy católicos— y poner la mano en el fuego por los siguientes seis meses de ninguno de ellos, en la Isla las uniones eran de metacrilato.

Todas las mañanas a las siete en punto dos autobuses recogían a los empleados en la entrada del puerto. Puntuales y bien dormidos, un centenar de los mejores cerebros de la Isla emprendían un viaje de casi dos horas por la sinuosa carretera que llevaba al Centro, escondido en un valle entre las Montañas Azules.

El edificio, del que nadie recordaba su aspecto original pues hacía ya muchos años que se lo había comido la vegetación, tenía una palapa de paja que hacía de comedor y un jardín voluptuoso lleno de caminos en sombra por si alguno de los especialistas pensaba mejor caminando.

Javier Amores, el director, vivía con su mujer y sus dos hijos pequeños en la casa del otro lado del río, aunque, muy a su pesar, se veía obligado a viajar a menudo para actualizar las delegaciones de «las colonias», pues su Método Par se revisaba y pulía constantemente.

Para aquel que no haya leído *Los muertos felices*, podría decirse que lo esencial del Método, lo más importante a la hora de constituir un tándem sólido, era el equilibrio de fuerzas. Amores había demostrado empíricamente que las parejas jerárquicas, es decir, en las que uno era manifiestamente superior al otro en el conjunto de las cosas, resultaban siempre fallidas. Además, y en contra de lo previsto, solía ser el de abajo quien acababa rechazando al de arriba. «Vivir en condiciones de inferioridad no es solo un ejercicio insoportable, sino también un sinsentido. ¿Por qué se debería obligar a nadie a mirarse un día tras otro en un espejo que le devuelve una imagen de sí mismo menguada y vencida?», preguntaba Amores al auditorio de sus insignes conferencias. A continuación pasaba a demostrar con unos cuantos casos prácticos que la felicidad marital pasaba, indefectiblemente, porque de vez en cuando, alguna mañana al despertar, en una conversación íntima o en el transcurso de una cena entre más, brillara en los ojos del otro la luz de la admiración. O cuanto menos, la del agradecimiento.

Cuando en un proceso de emparejamiento se lograba finalmente esta simetría de fuerzas que exigía el Método Par, el Centro estampaba un curioso membrete en el archivo correspondiente. Era un sello rectangular de tinta roja y letra entrecortada que equivalía a un «Archivado» y en el que se leía: «Enemigos a la altura».

Cada vez que llegaba a esta parte del libro me venía a la cabeza mi amiga Bárbara, que pese a los muchos que la quisieron, seguía igual de sola que yo. Cuando leí *Los muertos felices* entendí su problema. O mejor dicho, le puse nombre: Bárbara nunca había encontrado a un enemigo a la altura.

Al principio de sus relaciones, cuando aún no estaba muy segura del terreno que pisaba y se mantenía en perfil bajo, las cosas funcionaban más o menos bien. Les reía las bromas, los potenciaba en público para que les quisiéramos y trataba de convencerse de que los pequeños desperfectos que iba notando acabarían por no importar. Pero antes o después se hartaba de los pompones de animadora y de hacer concesiones a lo precario; así que de un día para otro ponía fin a la contención y desplegaba las alas de su poderosísima singularidad. A partir de ese momento el hombre que tuviera al lado empezaba a encoger hasta convertirse en una mota de polvo en la solapa.

Su penúltimo novio, redactor jefe de un importante periódico económico y con fama de frío, no aguantó en el *ring* ni siquiera tres meses. Era un chico culto, con los ojos muy juntos —«eso es señal de que es tonto», decía ella— y un humor tan sofisticado que nadie le entendía las gracias. A ella le irritaba su torpeza social —también que dijese «que aproveche» cada vez que salían a comer—, pero creo que hubiera podido perdonarlo de haber tenido una intimidad estimulante. No fue el caso.

Una mañana, a las ocho ni más ni menos, me dejó un mensaje susurrado en el buzón de voz: «Ali, llámame urgente. Este tío, ¡ajjj, qué asco! No te cuento por aquí porque creo que me espía detrás de la puerta. Pero vamos, ar-ca-das». Bárbara separaba las sílabas cuando quería enfatizar.

Cuando por fin hablamos me contó que la noche anterior, en un arrebato de pasión, él había dicho algo, no recuerdo ya qué, sobre sus «pezoncitos». Ella que, pese a sus muchas vanguardias, intoleraba con la vulgaridad, saltó de la cama espantada.

—Mira —le dijo con el cuerpo cortado—, a mí, te lo pido por favor, me tratas como si fuera Escarlata O'Hara, ¿te queda claro? ¿Le hablarías a ella de sus pezoncitos? Bueno, pues lo mismo a mí.

Salí con ellos un par de semanas antes de la ruptura. Fuimos a un bar de copas de luz azul y sudores bien perfumados, y en un momento de la noche les acompañé a pedir a la barra. Él, que con cuatro copas encima se debió de olvidar de la pelea, le agarró el culo con ensañamiento mientras llegaba el *gin tonic*. Bárbara se la apartó de un manotazo.

—Escarlata, ¿recuerdas?, ¡Es-car-la-ta! —le susurró furiosa.

Unos días después dio la relación por terminada. Él se quedó tan destrozado que tuvo que pedir en el periódico una baja por ansiedad.

—No entiendo cómo no lo veía venir —me dijo con repulsa mal contenida el día que me lo contó.

Antes de aquello había salido un par de años con un belga al que conocí siendo un chico alegre y fácil. Se lo pasaron muy bien el tiempo que duró la relación. Fiestas, karaokes, cervezas en el Rastro, domingos de chimenea y cordero… Hasta que un verano, después de un viaje que hicieron juntos a Brujas, él le dijo que estaba pensando instalarse definitivamente en España, buscar un trabajo e irse a vivir con ella. Bárbara, que solo anhelaba lo definitivo cuando resultaba imposible, decidió que había que liquidar la historia antes de que él diera todos aquellos pasos en falso.

El belga pareció encajar bien el golpe, pero dos meses después de la ruptura mi amiga me llamó muy agitada para contarme que la policía lo había encontrado encerrado en un baño del AVE. Después de varios trayectos negándose a salir, el revisor acabó llamando a la policía, que tuvo que tirar la puerta abajo para sacarlo. Los agentes se lo llevaron a rastras, con el otro asegurando a gritos que los masones le habían puesto un chip en la oreja para seguirle y que el AVE era el único sitio en el que no podían detectarlo.

Solo hubo un hombre que, al menos durante un tiempo, logró hacer frente a Bárbara: Quique, su exmarido. Era un chico fornido, callado y de sonrisa partícipe, que pese a su aspecto de portero de discoteca tenía una gran lucidez en sus instintos. Fue el único que entendió que no había que tratar de entenderla. Marcó sus fronteras sin negociaciones, sin más argumentos que la ternura y la determinación. A Bárbara aquello le serenó.

Las personas demasiado inteligentes viven saltando, pues su lógica les permite llegar a todo y a su contrario también. Además, descubren muy pronto que la verdad, en general, no es más que una vaga impresión. Un estado de ánimo. Para acotar ese campo infinito que es su cabeza, el argumento sirve de poco, solo sirve el sobresalto. Una autoridad que de verdad lo sea, una personalidad que no lleguen a entender o alguien capaz de vencerles en otro terreno de juego, el de la afectividad. Fue ahí donde Quique se hizo fuerte. Detectó que Bárbara necesitaba la imagen de un padre, que saltar le agotaba y que de algún modo, cuando él la sepultaba entre sus poderosos brazos de agricultor, anticipando que de allí no se podía pasar, ella se sentía en paz.

Se habían conocido en Barcelona, donde Bárbara fue un verano a hacer prácticas en una agencia de publicidad. Mientras estuvieron allí todo fue bien. La vida era fácil y generosa por aquel entonces. Quique trabajaba en el departamento de recursos humanos de la agencia y ganaba lo suficiente para darle esa vida de restaurantes con velas, paseos en lancha y hoteles de piedra antigua que tanto le gustaba. Bárbara compensaba estas atenciones llenando de pirotecnias la previsibilidad de la buena vida. Se integró enseguida en el grupo de amigos de él, que poco después de conocerla ya no concebían sus noches sin ella. Sus anécdotas, puesta en pie y de una mímica disparatada, su imaginación, su ingenio, su traer a la mesa lo que todos pensaban pero nadie sabía decir, el trazado de un pensamiento tan imprevisible como aplastante —«pensamiento lateral», lo llamaban sus jefes de la agencia—, la risa rasgada de cabeza hacia atrás agarrándose la tripa para no hacerse pis y, sobre todo, su destreza creando complicidad hacía que todos se pelearan por tenerla al lado en la mesa.

Había otra cosa de ella que generaba fijación en los demás: su volatilidad. Bárbara tenía días apoteósicos, pero también otros muy sombríos. Cuando estaba de mal humor o algo le atormentaba se quedaba replegada y silenciosa en su silla, balanceándose de adelante hacia atrás sin estar donde estaba y mascando decepciones con cada músculo de la cara. Esos días, sus amigos, su novio, yo, todos nos esforzábamos hasta el ridículo para que dejara de sufrir. Nunca he visto a nadie suscitar semejante empeño, pero era tan luminosa cuando lo era que su oscuridad era el doble que la de cualquier otro: no se trataba solo de la opacidad que proyectaba, sino de la luz que dejaba de emitir.

Mientras estuvieron en Barcelona, Quique asumía con admiración y tranquilidad el protagonismo de su novia. Aquella era su tierra, su idioma, sus amigos, su territorio ancestral; tenía el viento a favor. Todo cambió cuando decidieron irse a Madrid después de que a Bárbara le ofrecieran un puesto de creativa en la mejor agencia de la capital. Al pasar a jugar en el terreno de ella, todo se desestabilizó.

Él se sentía inseguro en aquella ciudad nueva, sin trabajo, sin pasado y sin aplomo de ganador. Durante un tiempo, Bárbara trató de resistirse a la desilusión que empezó a brotar en su interior —su humor le resultaba ahora local, le contrariaba tener que estar pendiente de él a todas horas, pasó a encontrarlo limitado y sin mundo y a no soportar sus silencios—. Pero el desenlace fue el que suele ser siempre que luchamos contra nuestra naturaleza: acabó sucumbiendo a sí misma.

Se separaron a los tres años exactos de haberse casado. Quique regresó a Barcelona, se compró una casa en la montaña, puso un huerto y no se volvió a saber mucho más de él.

Sintetizado en un folio y medio, es fácil darse cuenta de que el matrimonio de Bárbara se rompió porque se alteró el equilibrio de fuerzas. Podía imaginarme a Javier Amores poniéndolos como ejemplo entre los casos prácticos de sus conferencias: «Si uno de los valores de la tabla se altera hay que buscar enseguida una forma de compensación».

El director del Centro Gemelar había desarrollado, dentro de su Método Par, un sistema de medición con el que era posible valorar la compatibilidad a largo plazo de una pareja. El procedimiento se basaba en la correlación de dos tablas.

La primera de ellas correspondía a la naturaleza del individuo, es decir, a sus características esenciales e inalterables o médula ósea de su personalidad —algo así como el *hardware*—. En la segunda de las tablas estaban los atributos adquiridos —el *software;* o los adornos, como los llamaba él en el libro—.

El Centro Gemelar había constatado a través de los años que lo importante para que una pareja funcionase era cierta paridad en la primera de estas tablas, en la que se valoraban cuestiones como la inteligencia —abstracta, intuitiva, empática, práctica—, la fortaleza intrínseca, la capacidad de adaptación al medio, la extroversión, la estabilidad mental o la pureza. Lo determinante no era que los solicitantes tuviesen una puntuación similar en cada uno de los rasgos, sino que su nota global fuese parecida. Si, por ejemplo, el postulante varón era más inteligente que su potencial Gemela, ella debía contrarrestar este déficit con una ventaja significativa en otro de los rasgos de la primera tabla.

«La bondad, por ejemplo, sería un magnífico contrapeso —aseguraba Javier Amores—, pues la bondad, la de verdad, la que no es sumisa sino reflexiva, la que hace que quien la posee contemple el mundo con la indulgencia de quien se esfuerza por comprender, es el valor supremo. Ante ella se rinden todos los demás. Es la característica humana que más puentes es capaz de tender. La que permite conectarlo todo: razas, culturas, sensibilidades y, por supuesto, inteligencias en una misma consonancia única y sagrada».

En la segunda tabla estaban aquellos rasgos de la personalidad que no eran nativos, sino adquiridos, los que se manifestaban solo de vez en cuando o resultaban de sumar dos elementales de la primera tabla —extroversión + estabilidad = liderazgo; introversión + inestabilidad = ansiedad, etc.—. Aquí, la equivalencia no era importante. En ocasiones ni siquiera deseable. De hecho, el Centro jugaba, en lo que con toda seguridad era la tarea más complicada en ese encaje de bolillos que era la creación de parejas, con un sistema de pesos y contrapesos que se había demostrado poderosamente eficaz. Tímidos, indolentes, imaginativos, ansiosos, coléricos, controladores, descarados u obsesivos funcionaban mucho mejor con sus contrarios que con sus análogos.

Había una tercera tabla en el programa madre de Javier Amores que, aun siendo decisiva en los criterios de compatibilidad, se consideraba la menos interesante en términos científicos y, sin duda, la más fácil de evaluar y resolver. Era la tabla del «lugar en el mundo» —belleza, cultura, dinero, posición social— y funcionaba con los mismos parámetros que la primera. De no haber equivalencia, debía haber compensación.

Las fortalezas de Quique mientras duró su matrimonio estaban sobre todo aquí. Las de ella en la primera. Nunca hubieran pasado el test de compatibilidad del Centro Gemelar.

Quien sí se sometió al test de verdad —y con un resultado sorprendente— fue Félix Santamaría. Solo dos días después de su pisoteada declaración de amor, llamó al Centro Gemelar. Quería arrancarse a Lili de dentro cuanto antes, adelantarla y, en sus desvaríos de mutilado, dolerle a ella como ella le había dolido a él.

Le dieron cita para el día siguiente. Le recogerían a las ocho de la mañana en el puerto y tenía que llevar consigo un cardiograma reciente, el certificado de Estabilidad Emocional, la última declaración de la Renta y el libro de dedicatorias del último año de colegio.

Cuando llegó allí, un poco mareado después de las trescientas curvas cerradas de la carretera, salió a recibirle su guía gemelar, un chico joven y risueño que le llevó de paseo por el jardín para asegurarse, antes de nada, de la firmeza de su propósito. Por lo visto, se habían dado casos de postulantes que se echaron para atrás en mitad del proceso, lo cual suponía una enorme pérdida de tiempo y recursos.

Después de la caminata y un copioso redesayuno en el comedor del techo de paja, su guía le condujo a una de las cabañas que bordeaban el río para que se instalase allí durante los dos días que duraría la evaluación. Era una habitación austera, con el aire algo viciado, un suelo frío y dos lámparas de queroseno en las mesillas de noche. Frente a la cama, más cómoda de lo que insinuaba, había un escritorio que tenía algo de pupitre, con una silla delante. Eso era todo. Lo único reseñable del dormitorio era la imponente vista de las Montañas Azules.

Antes de despedirse, su guía le señaló el escritorio y le dijo que en el cajón de la derecha encontraría un cuestionario que debía rellenar antes de la cena.

A Félix le sorprendió que le dieran tanto tiempo para una tarea tan simple, pero lo entendió cuando al abrir el cajón se encontró con un *dossier* con más de cien hojas. Leyó algunas de las preguntas al azar: «¿Cuál es su temperatura medioambiental perfecta?; ¿en qué defecto suyo le insistían más sus padres?; ¿cree que el placer y el dolor están relacionados?; del uno al diez, ¿cuánto necesita de las manifestaciones físicas de afecto para sentirse querido?; si su pareja contrae deudas económicas, ¿estaría dispuesto a asumirlas?; ¿qué aficiones o inquietudes ha pensado posponer para cuando llegue la madurez y ya no pueda dedicarse a salir, a beber o a los deportes extremos?; en una situación de enorme dolor causado por otra persona, ¿de qué estaría usted más cerca: del suicidio o del asesinato?».

Félix tardó algo más de cuatro horas en rellenar el formulario. Fue todo lo honesto que pudo, pues sabía que era mucho lo que se jugaba. De las casi dos mil preguntas, solo hubo dos en las que mintió. Le dio entre miedo y vergüenza confesar la verdad y, además, pensó que mentir en aquello no podía afectar en modo alguno a la elección de su Gemela. Las preguntas en cuestión eran: «¿Está usted enamorado?, ¿lo ha estado alguna vez?».

Empezaba a atardecer cuando el chico risueño tocó su puerta. Tras unas cuantas preguntas de cortesía, cogió el cuestionario con cuidado, lo metió en un maletín y le pidió que le siguiera.

Mientras caminaban hacia el comedor —completamente vacío, pues todos los empleados habían cogido ya el autobús de vuelta a casa—, su guía le comentó en un tono inexpresivo que habían notado alteraciones recientes en su cardiograma. Félix improvisó algo sobre una tía muy enferma y muy querida, pero tuvo la sensación de que el otro no le creyó.

Cenaron crema de remolacha y un salmón fresquísimo que el guía dejó casi intacto en su afán de rellenar una y otra vez la copa de Félix con Ambrosía del Cardenal. Con el paso de la noche había ido dejando de ser tan joven y tan risueño para convertirse en un trabajador cansado que alternaba de modo automático preguntas frívolas, preguntas trampa y otras de insultante intimidad. Félix contó lo que quiso, o quizás algo más, pues cuando se despertó a la mañana siguiente con unas abultadas bolsas bajo los ojos, la cena no era más que un montón de chatarra en el desguace de la desmemoria.

Se duchó, se vistió y esperó a que le recogieran para la segunda fase del proceso, la sicaliptica, en la que el Centro se aseguraría la atracción sexual entre los dos miembros de la futura pareja. Este asunto también exigía un pulso finísimo, pues tan importante era no llegar como no pasarse. Habían comprobado que en las relaciones excesivamente apasionadas de inicio era más fácil sumirse después en una especie de hastío vital.

El guía le recogió a las ocho y media en punto y le llevó por el jardín —Félix no llegó a entrar nunca en el Centro— a una habitación llena de aparatos médicos y tan oscura como un cuarto de revelado.

El guía encendió una luz quirúrgica, le hizo un gesto a Félix para que se sentara en la butaca giratoria que había en medio de la sala y después sacó una libreta de la bata en la que anotó los rasgos físicos del solicitante: estatura media, ojos castaños y separados, cejas pobladas, nariz pequeña y ligeramente torcida hacia la derecha, dientes blancos y parejos, mentón pronunciado... Félix, sintiéndose bastante vulgar con aquella descripción que el otro iba narrando en voz alta, quiso saber el objeto de tales anotaciones. Por lo visto, existía cierta atracción física entre las personas que se parecían.

Cuando hubo terminado, el guía gemelar arrastró hasta la silla de Félix una mesa portátil con un oftalmoscopio que, según le explicó, permitiría observar la reacción de sus pupilas ante distintos estímulos olfativos. Volvió a apagar la luz, puso en marcha el aparato, lo pegó a los ojos de Félix y le fue pasando por la nariz unas pequeñas cartulinas con olores diferentes. Aunque a Félix muchos de ellos le resultaban familiares, tardó en identificarlos. Aquellos cartones no olían a flores, ni a cítricos ni a brisa de mar. Eran el olor de gente. «Exacto, son feromonas de personas distintas», confirmó el guía.

La última prueba, también con la luz apagada, consistía en que el guía pasara diapositivas de mujeres en un proyector, mientras unas ventosas colocadas en el pecho y en la cabeza medían las reacciones de su cerebro y su corazón con cada una de las imágenes. Había mujeres de todo tipo: carnosas, delicadas, con largas melenas o aire andrógino; de expresión indiferente, vacilantes o agresivas; mujeres reales y otras de cartón piedra, jovencitas que acababan de asomarse al mundo y caras curtidas en el desengaño. El guía pasó más de un centenar de diapositivas sin que Félix notara con ninguna de ellas ninguna pulsión especial. Entonces, con la penúltima de las imágenes, la pantalla de la pared se llenó con el primer plano de una pelirroja de piel jugosa y gesto ausente. Félix cerró los ojos.

El Centro Gemelar tardaba una media de tres meses en encontrar pareja para un solicitante. Si en la base de datos no había nadie que encajara milimétricamente con el perfil o los *twin hunters* que tenían repartidos por la Isla no daban con el gemelo perfecto, había que esperar a que este apareciera.

Los futuros novios, aunque inquietos y anhelantes, sobrellevaban aquel preludio con la entereza que da la fe, pues sabían que cada día tachado en el calendario era un paso hacia la perfección. Sobra decir que esta espera, como todas las esperas, aumentaba mucho el valor de la pieza. El transcurrir de los días desplazaba los miedos iniciales e iba dando paso a la luz cegadora del deseo, pues el anhelo acaba imponiéndose a todo cuando las promesas tardan en llegar. Cuantas más horas pasara el solicitante fantaseando con su Gemelo, cuantas más fueran las noches en que se acostara imaginando el rostro que pronto ocuparía el otro al lado del colchón, cuantas más veces se despertara en el destemple de la madrugada y se calentara por dentro con la certeza de que aquellos eran los últimos fríos del amanecer, más fácil resultaría el proceso de adaptación.

A diferencia de los otros solicitantes, Félix Santamaría no llevó la espera ni con paciencia ni con ilusión. Solo con urgencia. Necesitaba que Lili supiera que se había casado, que seguía de una pieza, que ya no la sufría ni tampoco la soñaba. Afortunadamente, su espera no fue de las largas.

Dos meses después de su evaluación, al volver una noche a casa después del trabajo, encontró un mensaje del guía en el contestador pidiendo que lo llamara. Eran casi las ocho de la tarde, pero decidió probar suerte. Su benefactor aún seguía allí. Con esa voz alegre y risueña que a Félix le sonaba cada vez más a muñeco de guiñol, le anunció que ya tenían Gemela para él. Félix manifestó su sorpresa ante la rapidez de la decisión, pero el otro le tranquilizó diciendo que el suyo había sido uno de esos casos evidentes que todo el equipo había visto claro desde el principio: su Gemela le encajaba como una chaqueta a medida. Antes de colgar, le informó de que al día siguiente recibiría en su buzón un sobre con las instrucciones del encuentro.

El día de la cita Félix tardó mucho en vestirse. Había dormido mal y las ideas le flotaban ingrávidas, como polen, en el limbo cerebral. Se puso unos pantalones de lino y una camisa blanca, pero al mirarse en el espejo no le gustó lo que vio. Había adelgazado mucho y la ropa le quedaba tan grande que parecía una marioneta: cabeza y tela. Sin embargo, no se cambió. Decidió que era mejor resultar más guapo cada día que al revés, así que después de ponerse colonia, salió a la calle, respiró hondo y caminó.

Las instrucciones del sobre eran precisas. Seis y media de la tarde en el tercer banco, contando desde la entrada, del jardín de los Abedules. Cuando cruzó la puerta del parque, el corazón le cabalgaba. Se secó el sudor de las manos en el pantalón y pensó que en lugar de ir por el camino de grava iría por detrás, por el césped. Así tendría la oportunidad de examinarla antes de que ella lo viera a él. Se acercó sigiloso evitando las hojas secas que habían empezado a caer de los árboles. Divisó su figura a lo lejos, pero ella llevaba un sombrero de ala ancha y estaba leyendo un libro, así que lo único que sacó en claro fue la sombra de un perfil y unos huesos de galgo. Cuando llegó al banco, cogió aire y tratando de controlar el temblor en la voz, dijo sencillamente:

—¡Hola!

La chica del banco se giró. Se bajó las gafas de sol y con una cara de desconcierto que Félix no le había visto jamás, Lili, su Lili, exclamó:

—Hombre, si eres tú.

Félix respiró hondo. De todas las características que Javier Amores valoraba en sus tablas había una, una sola entre un millón, para la que no existía ningún tipo de compensación. Que uno estuviera enamorado y el otro no.

De todas las ideas, las románticas son las que envejecen peor. No importa su dimensión ni su ímpetu. Domésticas o universales, aguerridas o mansas, la mayor parte de ellas acaban agrietadas como una piel demasiado expuesta al sol. O al frío. Desde que la vida empieza a enseñar los colmillos, dejando claro que en cuanto a apetitos, el suyo es el único que cuenta, va cuajando en el pensamiento la posibilidad de que el dibujo biográfico quizás no tenga nada que ver con nuestro boceto inicial. Cuando se toma conciencia de eso, los sueños empiezan a caer al vacío como estrellas muertas.

Durante la adolescencia, siempre que me veía a mi edad actual lo hacía con una familia. No era ni siquiera un sueño, sino la anticipación en mi cabeza de algo que daba por hecho. No sucedió, y aunque durante bastante tiempo me obstiné en suspirarlo —creyendo que la suerte respondía a invocaciones—, un buen día, no sé cómo ni por qué, me encontré reconciliada con mi desacertado destino.

En el momento de conocer a Cora hacía ya muchos años que no fantaseaba con un gran amor. Los besos heridos, las conversaciones efervescentes, los paseos por cualquier otoño, la gabardina oscura, una espalda caliente templando el frío perpetuo del amanecer… Todo aquel imaginario amoroso que durante tanto tiempo llevé en los bolsillos, los cientos de romances que viví a solas y con los ojos cerrados fueron desdibujándose poco a poco en la bruma de lo concreto.

Ya solo de vez en cuando, al ver una película de amor que me conmovía —cada vez eran menos— o cuando tenía delante a una de esas parejas que paran el tiempo al mirarse —también eran cada vez menos—, volvía a sentir los coletazos del viejo sueño. Pero la ráfaga ya no era caliente, sino templada, pues se había apoderado de ella la nostalgia. Nostalgia de lo que no tuve. Nostalgia de lo que fui. Nostalgia de lo que quise haber sido.

En medio de aquella desidia sentimental, Cora fue un revulsivo. Volví a sentir el amor a través de su mirada, a emocionarme y a acordarme de Julián.

Cuando empecé a trabajar en el colegio de Prosperidad, entró casi al mismo tiempo que yo un chico de Jaén que se llamaba Julián Marchamalo y que iba a hacer una suplencia en Educación Física. Era un chico de felicidad fácil, nariz grande y antebrazo de leñador que nada tenía que ver con ese hombre taciturno y existencialista con el que yo había proyectado mi felicidad.

Como Julián era muy simpático con todo el mundo, costaba notarle predilecciones; sin embargo, era mi cara la que buscaba cuando hacía una broma en el claustro y tenía una manera única de decir mi nombre, como si fuera un viento. En los picos de esperanza me decía a mí misma que no se podía pronunciar así de bonito un nombre sin estar enamorado.

—Tenéis que ser muy buenos con la seño *Alisssia*, que hay una reina muy mala que le quiere cortar la cabeza —les decía a mis niños cuando nos cruzábamos con él por los pasillos.

Algunos días, al salir del colegio, nos fumábamos un cigarro en la plaza de al lado escondidos tras los matorrales para que no nos vieran los alumnos ni sus padres. Durante aquellas charlas cómodas en las que él se esforzaba mucho por hacerme reír, la mitad de mí le atendía y la otra buscaba en cada gesto una pista de reciprocidad: el pellizco en la mejilla, un rubor mudo, el «¿tú no estás más *delgá*?…».

Un jueves, después de carnaval, fuimos a cenar a un restaurante peruano cerca de la plaza de Prosperidad. A los dos nos tocaba trabajar por la tarde ese día, así que no fue una cita, sino un prolongar la charla de después. Salió bien. Él pareció divertirse y yo terminé de enamorarme a pesar de confirmar mi sospecha de una inteligencia más bien mediana. Repetimos el jueves siguiente; y al otro también, y aquel peruano humilde que olía a una mezcla de modestia y desinfectante, acabó siendo el gran santuario de mi memoria.

Comíamos ceviche verde y ají de gallina y bebíamos como se bebe cuando se está imbuido de eternidad. La conversación solía ser ligera, entre otras cosas porque yo lo prefería allí: se le notaban menos las carencias. Además, me había dado cuenta de que para Julián no había mayor manifestación de intimidad que la risa.

Una de aquellas noches, después de cuatro pisco sour y una lluvia torrencial, acabamos en mi apartamento haciendo el amor. Cerré los ojos para no notar el desconcierto en mis paredes virginales, y disimulé como pude que pese a mis treinta y dos años era la primera vez.

Después de aquello, él siguió a la misma distancia de antes. Me hacía bromas entre clase y clase, silbaba cuando me ponía una falda corta y pagaba las cuentas de las cenas sin dar opción. Para eso era muy tradicional. Pero nunca me habló de aquella noche ni nunca me habló de amor.

Cuando llegó el mes de junio se le acabó la suplencia y no le hicieron contrato, así que después de buscar otra cosa sin mucho entusiasmo decidió volver a casa. Aquel primer verano me escribió varios mensajes; aún guardo en el teléfono el que más me conmovió. Por la hora —de madrugada—, y sobre todo por la infinidad de ilusiones a las que daba lugar. El mensaje era una interrogación, solo eso. O todo eso.

En otoño los mensajes empezaron a espaciarse, pero me llamó alguna vez. Después, no había vuelto a saber casi nada de él. Solo un corazón el día de Santa Alicia y dos el de Navidad. Pasaron los años y me fui olvidando de él, sin embargo, quise contarle la historia a Cora para conocer su opinión. Supongo que también para reivindicarme. Me escuchó muy atenta y al final concluyó:

—Cuando te pasas el día preguntándote si el otro te quiere, la respuesta suele ser que no.

—Ya, eso pensaba yo.

Durante todo el mes de junio una lluvia pálida y caliente reblandeció la pulpa de la ciudad. La lluvia febril, la llamaron los hombres del tiempo. Nadie recordaba ninguna otra ocasión en la que hubiera llovido tanto tiempo seguido en Madrid. El asunto, que a principios de mes irrumpió con fuerza en conversaciones de taxis, colas y ascensores, se convirtió con el paso de los días en un tema recurrente incluso entre la gente que sí tenía de qué hablar. Desde hacía una semana ya era tema de portada en los periódicos y ocupaba gran parte de la parrilla de los telediarios; y aquel día, cuando iba a entrar en la boca del metro, una argentina vestida de blanco y con cara de iluminada me dio un panfleto que anunciaba el Apocalipsis. El diluvio universal, proclamaba la circular. «La gente sola siempre está buscando un gran desastre que les conecte de algún modo con el resto de la humanidad», pensé.

A mí no me importaba la lluvia. Los climas melancólicos estaban más en consonancia con la frugalidad de mi espíritu.

Ese día, influía también que había salido del colegio llena de emoción. Había vivido algo único con los niños de mi clase y estaba deseando llegar a casa de Cora y contárselo.

A nadie le había interesado nunca mi trabajo tanto como a ella, que desde que vio en mi teléfono una foto del mural que había hecho con mis alumnos el Día de la Paz, no dejaba de repetirme, muy seria, que era una artista. Y que debería hacer una exposición. Aunque traté de quitarle importancia, lo cierto es que aquello me ilusionó tanto que pasé a esforzarme mucho más. Enriquecí los colores de los fondos murales y trabajé sobre todo la sensación de movimiento. En el de los fondos marinos conseguí simular corrientes de agua con algas torcidas y unas olas de pinceladas cortas y gruesas; en el de la primavera, el sol era una masa imprecisa de rojos y naranjas concéntricos con rayos difuminados; para celebrar la llegada del verano reproduje una franja de arena con veinticuatro toallas distintas bajo sus correspondientes sombrillas... Hice otro fondo con caminos aéreos y bicicletas; y uno con enormes paraguas de colorines y gotas de lluvia gorda. Cuando los niños recortaban y pegaban allí sus dibujos —autorretratos, peces o margaritas gigantes—, el resultado era de una enorme potencia visual.

La semana anterior, siguiendo el curso de la actualidad, había decidido hacer con ellos un trabajo sobre los refugiados. Pinté un mar oscuro con plastilinas distintas que desdibujé con los dedos y pedí a los niños que dibujaran balsas con gente dentro para pegarlas encima. Además, tenían que escribir una pequeña redacción sobre el tema, lo que ellos quisieran. El mural quedó muy bonito; sin embargo, al leer las redacciones me di cuenta de que aunque la mayoría de ellos sabía lo que era un refugiado y las causas que le obligaban a partir, no había sentimiento en sus textos. Ni la más mínima emoción.

Me había pasado el resto de la semana dándole vueltas al asunto y tratando de encontrar la manera de hacerles empatizar con la pérdida. Finalmente tuve una idea.

Aquella mañana al entrar en clase les dije:

—Niños, hoy vamos hacer un trabajo relacionado con el de los refugiados de la semana pasada. ¿Os acordáis? El ejercicio consiste en lo siguiente. Cerrad los ojos. Ahora imaginaos que vuestros padres, los dos, se tienen que ir un año fuera porque les ha salido un trabajo muy bueno en otro país, pero no os pueden llevar. Durante ese tiempo, vosotros os quedáis en casa de vuestros tíos o de vuestros abuelos. Estáis bien, ellos os quieren y os miman, tenéis comida, una cama caliente, caprichos... Sin embargo, os faltan papá y mamá. No están para hacer los deberes juntos, no os pueden consolar si os duele la tripa o estáis tristes, no juegan con vosotros ni os leen un cuento de noche. ¿Os lo estáis imaginando? Seguid con los ojos cerrados y pensad ahora que por fin ha llegado el día en el que vuelven. Después de todo ese año sin verlos, vais a recogerlos al aeropuerto. Ahora quiero que abráis los ojos y escribáis en vuestro cuaderno lo que les diríais a vuestros padres al verlos salir.

Los niños se habían puesto a escribir muy concentrados. Cuando llegó el momento de leer en alto las redacciones, aquella clase de baldosas frías e ingenuidades intactas se salió del espacio y del tiempo. Desde las entrañas de lo cotidiano emergió un silencio nuevo, un aliento divino que unificó a todas las sensibilidades allí congregadas en un latido común. Los niños fueron leyendo uno a uno sus añoranzas y sus miedos, describieron cómo les acariciaban sus padres la espalda o la manera en que sus madres les hacían las trenzas. Recordaron despertares, cosquillas y los desayunos de los domingos. Se acordaron de una canción, del trayecto hacia el colegio o de esa mano que cura al tacto una tripa dolorida.

A algunos se les caían las lágrimas mientras leían sus textos en medio del desacostumbrado silencio de los demás. Cuando sonó el timbre de salida, todos ellos se quedaron quietos en sus sitios esperando a que el último de los niños terminara de leer.

Antes de que se fueran les pedí que esa tarde escribieran tres líneas sobre los refugiados acordándose de las sensaciones que habían tenido en clase.

Cuando llegué a casa de Cora la encontré enfrascada en uno de esos álbumes misteriosos que guardaba en el salón del sofá negro y que, a pesar de mi insistencia, nunca me terminaba de enseñar. Decidí postergar mi historia hasta más tarde y me senté a su lado en el sofá mientras ella iba pasando las hojas. En una de las primeras había una foto grande y gastada de una plaza cuadrada con suelo de mosaicos, un quiosco en medio y ocho palmeras.

—Cada una se llamaba como una provincia de Andalucía —me explicó.

Podría haber sido una plaza cualquiera de la España de antes de la guerra. Madres con niños de pecho aprovechando el último sol de la tarde; chiquillos jugando a la pelota; novios bajo las palmeras, ellas con las manos en los regazos y ellos echándoles un brazo por encima… Debajo, con su letra pequeña e inclinada Cora había escrito: «Plaza de España al atardecer. Tetuán. 1950».

En la página de al lado había un retrato de una mujer recia, de mandíbula cuadrada y sonrisa comedida. «Mise muy contenta con sus medias de seda nuevas. Primavera de 1951», había escrito debajo.

—Era de un pueblo muy pequeño de Vizcaya, casi una aldea, pero ¿a que tiene una pinta fantástica? —me dijo Cora con los ojos cargados de emoción—. Cuando era pequeña me parecía la mujer más guapa del mundo. Por las tardes nos sentábamos las dos en una cafetín de la plaza y yo me quedaba mirándola como hipnotizada. «Mise, ¿a que tú nunca te vas a echar novio?», le preguntaba un día sí y otro también. Todas las noches le pedía a la Virgen que por favor no la separara de mí.

Cora pasó el dedo con suavidad por encima de la foto acariciando sus recuerdos.

—Era hija de dos padres ciegos, ¿sabes? Yo creo que por eso era tan lista y tan intuitiva, porque durante muchos años tuvo que ser los ojos de los demás.

Había fotos de su padre con Jorge Negrete, que se había alojado en su casa cuando estuvo de visita a Tetuán, otra de su madre con un precioso vestido blanco junto a un árbol de Navidad y una muy bonita de los dos cortando la cinta de inauguración de unos cines.

También había fotos de Cora y su hermano de muy niños. En una de ellas, Bruno, con el flequillo muy recto y dos grandes orejas enmarcándole la cara, miraba enfadado a la cámara.

—Aquella mañana se había puesto pesadísimo con que nos midieran a los dos a ver quién era más alto. Antonia, su niñera, nos puso en el quicio de la puerta y resultó que, aunque yo era dos años más pequeña, le sacaba casi dos dedos. Como tenía muy mal perder, empezó a dar gritos como un loco hasta que se cansó y se fue corriendo al jardín. Se subió al árbol más alto que había y allí pasó el resto de la mañana gritando: «¿Quién es más alto ahora, eh?».

Me llamó especialmente la atención una imagen en la que se veía a Bruno con unos seis años vestido con chaqué y sombrero de copa. Encabezaba el cortejo de una novia árabe que llegaba a la boda en una carroza cargada por cuatro hombres. A pesar de lo elaborado del maquillaje de sus ojos, se le notaba el terror en la cara.

—En ese momento acababa de ver por primera vez a su novio, que era de los hombres más feos que he visto en mi vida. La pobre se pasó la boda llorando sin parar, pero creo que luego fueron muy felices.

Al lado de Bruno, en el cortejo, iba un niño árabe que miraba a la cámara con curiosidad.

—Es Youssef —me dijo. No explicó más.

Casi al final del álbum, Cora se detuvo en el retrato de una señora mayor, de regio luto que posaba con la espalda muy recta en una butaca de estilo francés. Tenía la mirada cargada de ironía, como riéndose hacia dentro de lo absurdo de su postura.

—Es la madre de mamá —me aclaró Cora—. Qué cara con más personalidad, ¿verdad? Era la mujer más alegre que he conocido. Y eso que se quedó ciega con cuarenta años; pero tenía lo que ella llamaba el gen de la felicidad. Mamá contaba siempre que cuando la marquesa de Carrión, una de sus íntimas amigas, le contó, obligada, pues ya era la comidilla de la ciudad, que su marido se veía con una viuda francesa, ella, después de escuchar con calma y pensarlo un rato, exclamó: «Chica, es tan pesada la cruz de la alcoba que casi es un alivio poder llevarla entre dos».

Terminamos de ver el álbum, le conté la historia de los refugiados que ella escuchó con los ojos húmedos y cenamos tortilla de patatas y una botella de vino.

A las diez menos cuarto de la noche el timbre de la puerta sonó con urgencia. Desde el salón no se escuchaba bien la conversación, pero distinguí con claridad la voz de un hombre. A Cora, que las visitas repentinas le creaban entre desasosiego y mal humor, dijo como para sí:

—¡Qué pesadez! ¿Quién será a esta hora?

Jaqueline entró rotunda en la sala de estar.

—Es el señor don Juan —dijo con una mueca de desagrado.

—¿Y por qué lo dices con esa cara? —preguntó Cora.

—¡Ay, porque ese señor sí es grosero, doña Cora! La otra vez que vino me dijo que había tenido una amante dominicana y que las dominicanas éramos tontas y calientes. ¡Ah!, dijo también que esas dos cosas solían darse mucho juntas.

—¡Qué desagradable! —exclamó Cora con un brillo en los ojos que desmentía la crítica—. ¿Le has dicho que estoy?

—Sí, es que yo no sabía si…

La disculpa se quedó a medias, pues en aquel momento con grandes zancadas y grandes resoplidos, Juanito Muller cruzó la puerta del salón.

—Ya sé que es de malísima educación presentarse así, pero si no, no hay manera de verte, querida.

Me quedé boquiabierta con la visión de aquel hombre; sin duda alguna, el más pintoresco que había visto jamás. Tenía cuerpo de tenor, los ojos grises, pequeños y vivísimos, y una barba en el mismo tono que le ocupaba dos tercios del rostro. Cubría su cabeza con un sombrero negro de ala ancha tan elegante y anacrónico como la casaca de terciopelo color vino con puños negros de encaje. Sujetaba, con la mano derecha, un bastón con una cabeza de marfil en la empuñadura.

Cora se levantó y sonrió coqueta. No dejaba de sorprenderme lo rápido que cambiaba su ánimo hacia las cosas.

—Juanito, ¡qué ilusión!, ¿qué haces aquí?

—He venido al funeral del duque —dijo Juan cariacontecido—. Me ha entristecido una barbaridad su muerte. Era uno de los hombres más interesantes que he conocido nunca. Siempre me decía al verme: «¡Algún día será usted joven, Juanito!».

—¿Y ese bastón? —preguntó Cora cambiando de tema—. ¿Te has roto algo?

—No, pero lo encuentro elegante, ¿no te parece? Y practiquísimo. Me sirve para azuzar a la gente cuando se me acercan demasiado —dijo, agitándolo en el aire con inesperada agilidad.

Después de la pirueta, fue a sentarse al sofá, donde se acomodó con esfuerzo entre su enorme barriga y los cojines de terciopelo.

—¿Puedes pedirle a tu mucama que baje a buscar al *chauffeur*? —pidió con perfecto acento francés. Después, mirándome por primera vez, apostilló—: Es torpísimo. Se pierde siempre.

—¿Has venido en coche? —preguntó Cora.

—Sí. Desde Moscú. Iba a bajar directamente a Cádiz, pero cuando supe lo del duque decidí parar aquí.

—¿Qué tal Moscú?

—Mucho borracho, mucha puta y mucho frío. Pero unos museos magníficos. Te encantaría. Podemos ir juntos la próxima vez, porque veo que sigues aquí encerrada como una comadreja.

—Sí, cada vez que salgo concluyo que no hay ninguna necesidad de hacerlo; me acaban doliendo muchísimo los pies, tengo que aguantar unas conversaciones pesadísimas y encima, cuando llega la cuenta, siempre me toca pagar.

—Eso te pasa por relacionarte siempre hacia abajo —provocó él sonriendo con malicia.

Cora empezó a dar golpecitos rápidos con el pie derecho y a mirar por la ventana. Cualquiera que la conociera un poco sabía que era un gesto de irritación previo a la embestida.

—Tú te relacionas siempre hacia dentro y también te toca pagar —contestó afilando los ojos y la boca.

Él estalló en una risotada que le hizo ponerse mucho más rojo de lo que ya era. Le agarró la mejilla con fuerza, cariño y admiración.

—¡Qué va, querida! Estoy terriblemente solo desde el otoño. La colombiana se volvió a su país.

—¿La trapecista?

—Sí, una lástima, la verdad, porque tenía un pubis esponjoso y cobrizo francamente maravilloso —dijo con el mismo tono ensoñador que si hablara de un cuadro de Veronés—. Lo malo es que resultó ser muy aburridora. Quería casarse. Se puso pesadísima con eso.

—¿Y por qué iba a querer casarse contigo con lo viejo que eres?

—Porque soy un amante delicadísimo ahora. He descubierto una planta india —aseguró con cara de confidencia pasando la mirada de Cora a mí y de mí a Cora varias veces— que deja en pañales a la Viagra.

En el mismo tono que un presentador de circo que anunciara el siguiente número, exclamó:

—La camarga. —Después, mirándome con súbito interés, preguntó—: ¿Y esta muchacha tan adorable quién es?

—Alicia. Es hija del mejor oncólogo de España.

—Uy, qué mal fario, ¡por Dios! —dijo haciendo un gesto de pavor.

Juan me estudió entornando sus pequeños ojos grises y después de un rato, preguntó:

—¿Y a qué se dedica usted, muchachita?

—Soy profesora de Infantil.

Con una mueca de espanto mucho más exagerada que la anterior, volvió a preguntar:

—¿No tendrá piojos? Creo que hay una plaga peligrosísima que viene de Canadá. Antonio Bores tiene cuatro o cinco desde hace ya meses en esa parcelita de pelo que le queda en la nuca.

—Es una chica validísima —me socorrió Cora—. No sabes los trabajos tan impresionantes que hace con los niños. Es una artista. Enséñale alguno, ¿no los tienes aquí?

—No.

—Tiene usted cara de manceba, muchachita —me dijo Juan con exagerada dulzura. Yo me ruboricé. Dando dos palmadas en el aire y con cara de gozo, continuó—: Nada hay tan encantador como el rubor de una señorita.

—Está escribiendo mi vida —le contó Cora orgullosa.

—No me digas, ¿de verdad?

Entonces, Juan, con cara de travesura miró a Cora y preguntó:

—¿Y ya le has contado el final?

La buhardilla

Madrid, 1973

Cora tuvo que agacharse para verse la cara en el espejo de su dormitorio, tan pequeño que había que elegir qué tercio del cuerpo mirarse. No le gustó lo que vio. El rojo del vestido le pareció vulgar y fatuo, no valiente, como le había parecido en la tienda. Además, le hacía mucho pecho. «No hay manera de ser elegante con estas dos tetas», pensó quitándose el cinturón para atenuar sus formas. Pero con el raso rojo cayendo cilíndrico y un poco tornasolado, se recordó a un salmonete. No entendía cómo el otro día en la tienda le había gustado tanto. «Todo por hacerle caso a Currito, que se cree que es Saint Laurent», se dijo enfadada y poniéndose de perfil en busca de consuelo. Tonuca, su amiga más íntima de los últimos tiempos, le había recomendado el negro.

—Yo lo veo muy fino —dijo en voz baja, insegura de su noción de elegancia.

—¿El negro? —inquirió Currito arrugando la frente con desprecio—. Nadie se acuerda nunca de un vestido negro.

Su primo se había ido a vivir a Madrid hacía dos años. Había cambiado el Curro, que le parecía taurino y regionalista, por Frasco, que tenía «más rollo». Se había dejado el pelo hasta media espalda, llevaba abrigos de piel de marta que un amigo suyo robaba en las casas del barrio de Salamanca y se lio con un director de cine de Mánchester que se pasaba los días y las noches fumando canutos y encuadrando escenas con las manos. Trató de deshacerse de todo rastro de gaditanismo, incluso del acento, y ahora ha-

159

blaba con una cadencia lánguida y frívola que le había quitado mucha identidad.

—No entiendo por qué te tienes que disfrazar así —le había dicho Cora una vez—, es tan absurdo como que yo fuera todo el día vestida de piconera porque me gusta la copla.

El comentario le había costado seis meses sin verlo, así que desde entonces eligió con más cuidado las verdades. Echaba de menos a su antiguo Currito, profundo, rápido y autocrítico; pero se agarraba a lo que quedaba como a un clavo ardiendo, pues con Bruno, aún en Roma, y su madre sin querer verla más que lo imprescindible, él era la única familia que le quedaba. Así que cuando el día que fueron a comprar el vestido y él le contó, como una gracia, que hacía tres meses que no pagaban el alquiler porque el dueño era un ricachón que necesitaba el parné mucho menos que él, tuvo que hacer verdaderos esfuerzos para controlarse y no decirle que él no era así. Que él era decente, íntegro y mucho más auténtico que ese personaje guay en el que se había empeñado, y que él mismo, desde su pasado, hubiera despreciado tanto.

Pero no quería agrandar la brecha prima rica, primo pobre. Aunque ella viviera en Lavapiés, en pecado y sin un duro, Cora notaba que Currito había empezado a verla como una burguesa, y que del mismo modo que a ella le crispaba su modernez, él despreciaba sus pudores de niña bien. Pero a pesar de todo, se seguían queriendo. Y sobre todo necesitaban un cordón umbilical, al menos uno, con todo lo que se fue. Así que cuando se veían —lo que sucedía cada vez con menos frecuencia—, se esforzaban por mantener el espejismo y pretender que las cosas no habían cambiado tanto. Por eso ella se había comprado aquel vestido matón. Para darle un sitio.

—Estás divina —le había dicho él—. Y mira que el rojo emputece, ¿eh? Pero a ti te queda finísimo.

Cora miró de reojo a su amiga Tonuca. «Qué tío con más poco tacto», pensó. Aunque su amiga fuera discretísima con su oficio, aunque no hiciera nunca en su vida un comentario sexual, aunque con aquellos hombritos estrechos y las piernas llenas de venas azules pareciera una virtuosa costurera, los dos sabían casi desde que la conocieron que Tonuca era una mujer de mal vivir. Vamos, puta.

Al final decidió llevar el vestido sin cinturón. Se bajó el escote hasta medio hombro para que se le viera bien la clavícula, se puso unos pendientes dorados muy grandes y se pintó los ojos como una actriz italiana. Había que desviar la atención.

—¿Qué tal estoy? —preguntó entrando en el minúsculo salón y parándose en la mitad con una mano en la cadera, sin reparar en que el gesto era exactamente el mismo con el que hacía la pregunta su madre.

Chino se dio la vuelta desde su mesa de trabajo. La tenía puesta contra una pared de ladrillo. Decía que eso era una metáfora de lo que era ser escritor.

—Impresionante —contestó con esa seriedad socarrona con la que decía los piropos—. Una mezcla entre Ava Gardner y la Paquera de Jerez.

—No, en serio, ¿estoy bien o me hace gorda?

—¡Qué *pesá* con la gordura! —se enfadó.

Luego, suavizando el gesto y llamándola con una palmada en la pierna, dijo:

—Ven aquí a darme calorcito, que me estoy quedando como un pollo del Simago.

Aunque sus amigos del barrio les habían regalado una Dimplex con termostato por el cumpleaños de Chino, la buhardilla, en invierno, era un congelador. La ventana que daba al tejado era viejísima y a veces la corriente era tal que los papeles de Chino volaban por el salón.

Cora se le sentó en la pierna y él aspiró su olor a jabón barato y juventud. La abrazó por la cintura y le dijo:

—Tú no estás gorda, vida mía, tú tienes cuerpo de mujer.

Salvo por el frío del invierno y el calor irrespirable del verano, la buhardilla era acogedora. La habían alquilado recién pintada, tenía bastante luz y, aunque todo era diminuto, estaba bien distribuida. Cora tenía una amiga cubana en el Centro Social de Vallecas al que iba algunas mañanas a enseñar a leer a los niños, que le decía que una casa pequeña era de gran ayuda para mantener vivo el amor:

—Cuando ustedes dos se enfaden y él vaya a la cocina a por agua mientras usted fríe un huevo en la sartén, no tendrá más remedio que rozarse con su trasero. Y entonces, ay, aaaaaamiga

—decía dando una palmada muy fuerte en el aire—, ¡ahí se acabó el problema!

Cora había decorado las paredes del apartamento con fotos que arrancaba de las revistas y cientos de flores de cartulina que recortaba y pintaba ella misma.

—Chiquilla, no cuelgues ya más flores que nos va a dar alergia —le había dicho Chino el día que la vio subida a un taburete para llenar de margaritas el techo del baño.

Aunque tenían muy poco dinero —solo lo que él sacaba de los cuentos y artículos que vendía a revistas menores y lo que ganaba ella dando clases de sevillanas a algunas vecinas del barrio—, Cora nunca había sido más feliz en su vida. Y nunca le había gustado tanto una casa como aquel altillo ruinoso que cobijaba su amor con promesas desmedidas. Cuando por las noches se acostaban, abrazados y con muchas mantas encima, el silencio de la casa, como un ángel de la guarda, les susurraba al oído que la vida sería siempre así de bonita. Que el desamor, la amargura y la muerte eran los tres mentira.

Habían pasado diez años desde que se conocieron en el tren, y aunque muchos de ellos estuvieron separados, se dieron cuenta al reencontrarse de que la vida sin el otro no tenía mucho sentido. Así que se lo saltaron todo a la torera: las convenciones, el qué dirán, los augurios de fracaso, la angustia de la madre de ella y las inquisidoras tradiciones de él.

—La tradición debió inventársela un loco sádico —le dijo Chino a Cora cuando ella volvió de Suiza.

Montreux resultó ser una pulcra ciudad de la suiza francesa en la que no había pobres, ni basura ni cielos plomizos. Situada en una retirada bahía del lago Lemán y protegida por las cumbres nevadas de los Alpes a un lado y por suaves laderas de viñedos al otro, tenía un clima mucho más suave que sus ciudades vecinas. En el azul inverosímil de sus inviernos brillaba la mayoría de los días un sol polar que al caer la tarde llenaba de filamentos dorados las aguas del lago. Contaba la leyenda que había sido allí donde se inspiró Tchaikovski para su más célebre *ballet*.

Destino de moda entre la nobleza europea del XVII, sobre todo la inglesa, la ciudad conservaba aún la elegancia perezosa de la *belle époque*. Sus edificios, pequeños palacios de época o chalés de madera con tejado a dos aguas y flores en los balcones, se agrupaban en torno a una calle principal en la que carísimas *boutiques* alternaban con *pâtisseries, boulangeries* y otras varias ies de las que hacen la boca agua. En sus mesitas redondas y esmaltadas, señoras de labios rojos y pulseras doradas merendaban café con *croissant*, mirando al infinito. Algunas tardes, en el escaso rato libre que tenía entre las clases de francés y la cena, Cora se sentaba en alguna de esas pastelerías a releer las cartas de Chino y comer pasteles de limón.

La ciudad tenía un casino que no vivía ya sus mejores tiempos, un pintoresco casco antiguo de calles angostas y viejos *ateliers;* y un hotel de época a orillas del lago, con toldos azules, lámparas de araña y camareros con pajarita. En él vivieron Nabokov y su mujer hasta el final de sus días. Cora se lo contó a Chino en una carta, pues sabía que admiraba mucho al escritor.

Pero lo más célebre de Montreux, la primera parada de todos aquellos turistas cultos y centroeuropeos que habían descubierto la ciudad gracias a Rousseau, era el *chateaux* de Chillon, un castillo medieval a orillas del lago que había pertenecido a los Saboya y en el que se inspiró Lord Byron para su famoso poema *El prisionero de Chillon*.

En primavera era una delicia bordear el lago hasta allí. Los jardines del paseo, que eran el orgullo de la ciudad, se llenaban durante esos meses de pensamientos, tulipanes rojos y flores exóticas de todos los colores. Familias enteras de patos batían las alas en los muelles de madera que se sucedían cada diez metros. A medio camino, Cora solía hacer un descanso, se sentaba a tomar un té en la terraza de algún café y contemplaba el deslizar de los barcos de rueda por aquel lago oceánico que conservaba en su semblante ese algo insondable de antiguo glaciar. Trataba de llegar al castillo con las primeras luces del atardecer, cuando el reflejo del castillo en el agua parecía prender fuego a su leyenda.

Durante los primeros meses, aquella vida apacible e higiénica le resultó mortalmente aburrida. Echaba largas siestas, comía todo el chocolate que caía en sus manos y se pasaba horas y horas en el balcón de su cuarto, frente al lago y las montañas, inventándose distintos reencuentros con Chino. Todo, con esa somnolencia que suele producir el tedio.

Pero con el paso de los meses el cuerpo se le fue acostumbrando a esa rutina acicalada y sin sobresaltos. Además, vivir con tantas chicas de su edad tenía su encanto, sobre todo para ella, que había estudiado con una institutriz y no fue al colegio hasta los catorce años. Para entonces, los grupos de amigas eran fortificaciones inexpugnables. Y si lograbas entrar, no dejabas nunca de sentirte extranjero.

Así que ahora disfrutaba mucho con esas reuniones de chicas en las que se había erigido una especie de sacerdotisa. Sus más amigas, tres sudamericanas solitarias y sin las extravagancias de sus congéneres ricas, la escuchaban fascinadas cuando, después de cenar, subían a alguna habitación y Cora les explicaba los palos del flamenco, les hablaba de Chino o de su infancia en Tetuán.

Hablaban también de política, de la universal, de la que brota espontánea de la primera noción de desigualdad. El nivel de gasto de sus compañeras de colegio, muchas de ellas de países tercermundistas, llegaba a resultar ofensivo. Entraban en las carísimas *boutiques* de la ciudad y compraban cantidades ingentes de ropa sin ni siquiera probársela, iban a cortarse el pelo a París, volvían de Moscú pagando exceso de equipaje por los kilos de caviar y hablaban horas y horas por teléfono con Monterrey, Caracas o Bogotá.

—Luego quieren que no haya revolución —decía Gloria, una peruana sarcástica y sentimental que había llegado al colegio en el segundo trimestre y hablaba mucho para ponerse pronto a la altura de la intimidad de las demás.

Los sábados por la noche, único día que tenían permiso para salir, Cora las maquillaba a todas en su cuarto de baño y les prestaba sus pendientes. Solían ir a los guateques que organizaban los internados de chicos y que terminaban noche sí, noche también, con confidencias excitadas en el autobús de vuelta y la piel erizada por el frío y la conquista.

Las árabes no podían ir a esos bailes, pero no parecía importarles. Se quedaban en el colegio jugando al escondite, comiendo los dulces que les enviaban semanalmente sus familias y bailando la danza del vientre. En una de las cartas que escribió a Chino, le habló de ellas y de lo felices que parecían: «Es increíble la cantidad de problemas que desaparecen cuando uno no tiene que ocuparse de elegir». Durante el tiempo que estuvo allí, fue testigo de cómo tres de esas chicas concertaban matrimonios entre sus hermanos y sus nuevas amigas.

Pero la que sin duda se convirtió en la persona más importante de sus años allí, la que ejerció el papel de familia, fue Margarita, su compañera de cuarto.

Marga era una niña bien de Zafra, educadísima, hipocondríaca y de una bondad inquebrantable. Tenía unos ojos almendrados que se asombraban con facilidad, una nariz pequeña y respingona que se arrugaba con el frío, y una piel muy esmerada que cuidaba cada noche, sin saltarse una, con un arsenal de cremas distintas.

—Yo prefiero que se me caiga la cara a pedazos que esa esclavitud —le decía Cora desde la cama cuando su amiga llevaba veinte minutos en el baño dándose toquecitos en las mejillas para que la crema penetrara bien en la piel.

Margarita, que era muy obediente, vivía azarada por el carácter desafiante de su amiga, a quien quería con devoción y se empeñaba en guiar por el buen camino.

—Cora, por favor, no salgas ahora con las castañuelas que te van a castigar —le pedía angustiada cuando la veía ir hacia el comedor haciendo ria, ria, pitá con los palillos.

—¡Bah!, estoy deseando que me echen.

Margarita le reñía si una noche no cenaba, si se olvidaba de llamar a su madre o de ir a misa. Cuando su amiga decía una impertinencia en público, se apresuraba a traducirla para que no sonara tan mal; y abría los ojos como platos cuando, al sentarse en una cafetería, Cora se ponía a hablar con los camareros. Muchos de ellos eran emigrantes españoles a quienes había visto en las estaciones de tren calentando sopa en sus hornillos cuando llegó al país. La imagen de esos hombres y mujeres extirpados, asustados y temblando de frío le volvería una y otra vez a la cabeza a lo largo de su vida.

Margarita era de una lealtad como Cora no había visto nunca, y vibraba, más incluso que ella, con cada una de sus alegrías. Cuando recibía carta de Chino, por ejemplo, batía las palmas con tanto entusiasmo que a Cora le daba vergüenza.

En el colegio repartían la correspondencia los viernes después de comer. Mientras las chicas tomaban el postre, madame Cloutier, la profesora de piano, iba leyendo en alto los nombres de las que habían recibido correo. Al oírse nombrada, la afortunada lanzaba un ridículo grito, corría a por su carta y salía disparada a su habitación del brazo de la amiga más íntima.

Aunque hacía como que no le importaba, aunque fingía no inmutarse cuando veía su letra en el sobre, lo cierto es que cada vez que recibía carta de Chino, Cora flotaba durante días. El enclaustramiento, sea del tipo que sea, pone un cristal de aumento sobre todo lo que queda fuera. Las costumbres, en las que nunca se reparó hasta perderlas, se recuerdan como liturgias; el paisaje más cotidiano se convierte en literario; y a los que se quiso siempre con sencillez se les pasa a querer declamando.

Como era de esperar, Cora quiso a Chino con locura durante aquel primer año fuera. Pero no fue solo el encierro lo que magnificó el sentimiento. Chino, lejos de sucumbir a los reclamos amorosos de ella —los sabía engañosos—, escribía unas cartas muy bien medidas que basculaban entre el desinterés y la añoranza. Le hablaba de su madre, que se había caído en el *mercao* y se había roto la cadera, de las gracias de Periquito, de la ternera y la mantequilla que les habían regalado los marineros ingleses, de sus angustias literarias y de otras trescientas cosas que a ella le daban igual. Lo que Cora quería, lo que buscaba renglón tras renglón, era amor y desesperación. Solo muy de vez en cuando hacía él alguna concesión.

Aunque no mencionaba sus éxitos nada más que de pasada, Cora sabía por Juanito que Chino escribía cada vez más a menudo en el *Diario* y que en Cádiz había ya mucha gente que hablaba de él con admiración. Adjunto a sus cartas, su amigo le mandaba los recortes de todos sus artículos, que ella leía y releía hasta que se le quedaban las manos manchadas de tinta. Su talento le creaba una sensación agridulce. Por un lado le emocionaba su modo de escribir. Chino manejaba con sobriedad y elegancia el lenguaje preciosista del sur, la metáfora imposible y los juegos de palabras. Aunque firmemente anclado a su idiosincrasia idiomática, lo reinventaba todo, como un campesino que con una mano agarrara las raíces de la tierra y con la otra fuera escarbando.

Había conseguido su propósito de hacer desaparecer la técnica, de modo que el contenido iba directo al corazón sin tener que pasar por la cabeza, como la música; sin embargo, su narrativa no era solo emoción, también era inteligencia, una visión del mundo y del alma humana que lograba iluminar sus misterios.

Cuando Cora terminaba de leer aquellos artículos, pensaba estremecida que la mano que los había escrito era la misma que la había acariciado a ella. No obstante, toda aquella admiración tenía una cara oscura, un reflejo turbio en sus instintos. La genialidad de Chino le deslumbraba, pero también despertaba en ella un impulso de crueldad. Como si la escritura fuese otra mujer. Cuanto mejor escribía él y más éxito tenía, más daño necesitaba hacerle. Empezó a hablar en sus cartas de las cenas a las que le invitaban, de la gente nueva que conocía, las noches en el casino y todos los pormenores de esa vida tan fuera de su alcance. Las cartas de él se fueron espaciando, las de ella también, y, en una sincronía perfecta de los tiempos, la nueva vida de Cora fue desplazando a la anterior.

Una tarde de principios de verano del segundo año allí, sucedió algo que vino a alterar el argumento lento y apacible de aquella etapa de su vida. El cielo estaba lleno de nubes que parecían pelucas de un rey francés, y Cora y Margarita repasaban en la terraza de un café un examen de gramática que tenían al día siguiente. Cuando empezó a refrescar, la amiga de Cora alzó la cabeza para anudarse mejor el pañuelito que llevaba siempre al cuello, pues tenía la garganta «muy *delicá*».

—Hay uno ahí que no para de mirarte —dijo en voz muy baja—. Vamos, que me está dando hasta miedo.

Cora se dio la vuelta en la silla y efectivamente, se encontró con la mirada fija de un chico bronceado y bien vestido que de haber sido animal habría sido pantera.

—Te mirará a ti, yo no lo conozco de nada.

—¿Ah, no? Pues se ha levantado y viene derecho hacia aquí.

—Bueno, pero no hagas esas cosas con la cara, hija —dijo Cora sin inmutarse—, que parece que no nos ha hablado un hombre en la vida.

Unos segundos después, una voz con fuerte acento árabe preguntó:

—Cora Moret, ¿verdad?

Cora alzó la vista. El chico llevaba un jersey gris de cuello vuelto, un *blazer* azul marino y unas gafas de sol en las que se reflejaban las montañas. El contraluz dificultaba la visión, pero Cora calculó que tendría más o menos su edad.

—Depende —sonrió ella.

—¿No te acuerdas de mí, no?

Cora estaba a punto de contestar otra impertinencia cuando el desconocido se quitó las gafas. Tardó unos segundos en reconocer aquellos ojos de color ámbar, y cuando lo hizo, dejó de ser hoy y fue ayer. La desinfectada Suiza pasó a oler a comino, a sardinas asándose, a cuero recién tintado y fruta podrida. Las aguas plateadas del glaciar se habían convertido en el Mediterráneo tetuaní y ella volvía a ser la niña de tirabuzones que sufría cuando pisaba una hormiga.

Aquel chico tan distinguido y cosmopolita era el mismo que la observaba con asombro cuando en los veranos de su infancia les llevaban a pasar el día a Río Martín, la playa de las casetas de colores, las rodajas de melón y los altavoces con música francesa.

Su hermano Bruno y ella, que iban siempre en el tercer coche de la comitiva, detrás del de sus padres, tenían que esperar un rato en el interior del vehículo a que bajasen a montar la jaima en la que se instalaría la familia. Todos los niños de la playa se acercaban a verlos pasar cuando, de la mano de las niñeras, salían del coche y recorrían los escasos veinte metros que separaban el camino de la tienda. Cora, que pasaba muchísima vergüenza con todo aquello, hacía el trayecto mirando al suelo. Aun así, había visto ya varias veces al niño de los rizos subido en un montículo de arena mirando al cortejo embrujado. Y mirándola a ella también.

Una de aquellas veces, mientras iba del coche a la jaima, notó que alguien le tocaba el hombro. Al darse a vuelta se encontró con el muchacho de los ojos amarillos tendiéndole su lazo.

—Se te ha caído esto —dijo, y salió corriendo.

Cora notó una punzada de lástima cuando lo vio alejarse.

—Pobre. Está muy delgadito —le dijo en voz baja a Mise al reanudar el paso.

—¡¿Pobre?! —exclamó Mise divertida—. ¡Pero si es el sobrino del rey!

168

Lo volvió a ver unos meses después, el fatídico día que a Bruno y a ella se les ocurrió escaparse a la medina. Solo había dos sitios en la ciudad a los que les tenían prohibido ir: el café Nipón, que «estaba lleno de anarquistas y masones», y la medina.

—Es un laberinto —les repetía siempre su padre—, es muy fácil entrar, pero muy difícil salir.

Pero Bruno, que siempre tuvo fijación con lo prohibido, decidió un buen día que se iba a escapar a darse una vuelta por el barrio antiguo.

—¿Qué me puede pasar? —le preguntó una noche mientras sus niñeras escuchaban la radio—. Los niños moros están todo el día allí.

Cora, que fue una hija muy obediente, dudó mucho si ir o no con él. Si finalmente se decidió, no fue porque su hermano le hubiera llamado cobardica, ni por la poderosa atracción que el zoco ejercía en ella. Acompañó a Bruno para que no le pasara nada.

Un día frío y claro, poco antes de Navidad, se escondieron en el furgón del lechero y salieron de la casa sin que la guardia mora que custodiaba las puertas tuviera la más mínima sospecha de que dentro se escondían los hijos del *sheik*. Entraron a la medina por Bab Ruah, la puerta del viento que, de todas las entradas, era la más cercana a su casa. En cuanto cruzó el umbral de aquella ciudadela umbría y angosta, Cora sintió que el resto del mundo desaparecía tras ella.

Túnicas bordadas, cazuelas, joyas de plata labrada que parecían encajes, plantas medicinales, jabones, pistachos, alfombras desplegadas en pilastras de lanas distintas que se enzarzaban en dibujos de la más antigua tradición bereber… Los puestos se agolpaban incongruentes y oníricos en las dos orillas de la colina. Los hombres que los atendían, con gorro de lana, chaqueta oscura y pantalón de pana, llamaban la atención de los caminantes con entusiasmo e ironía:

—Eh, amigo, el de la barba, aquí más barato que en ningún sitio.

—Tenemos todo: alfombras, bolsos, también veneno para envenenar a la suegra.

Bruno y Cora, viviendo cada uno su propia fantasía, recorrieron en silencio aquellas calles empedradas llenas de recodos, casas sin fachada y callejones sin salida. De vez en cuando una puerta verde se abría y lograban ver la comisura de un horno, de una fragua o de una casa patio en la que, como en un espejismo, brillaba al fondo la luz del día.

Las mujeres, con chilaba de lana y velo atado bajo la barbilla, llevaban sobre sus cabezas pan recién horneado o el dulce de la chuparquia. Aquí y allá, alguien empujaba un carromato por entre cuyas ruedas cruzaban gatos tiñosos seguidos de sus escuálidas crías. Gallos, burros, conversaciones de vecinas, música árabe, niños corriendo, carne colgada entre moscas, musulmanes caminando sin rumbo o apoyados en la paredes viendo pasar la vida... Cuando de mayor recordaba aquel zoco, la voluptuosa imaginación de Cora lo convertía en intestino; las entrañas de la humanidad palpitando sin rendijas.

Estuvieron muchas horas dando vueltas a la deriva, y empezaba a anochecer cuando llegaron a Suica, el barrio más antiguo de la medina. La oscuridad le dio a todo una dimensión distinta. Las tiendas fueron cerrando y las sombras ocuparon su sitio. Cora empezó a tener miedo y le agarró la mano a su hermano. En ese momento, un hombre se levantó de una cavidad en los bajos de la pared. Tenía un muñón mal terminado. Cuando hubo dado dos pasos hacia ellos, un rayo de luna le iluminó la cara y Cora se dio cuenta de que sus ojos estaban vacíos y cubiertos de una membrana blanca. Pero debió de olerlos u oír su respiración entrecortada porque los llamó:

—Eh, *ninios*, ven... —Después, señalando un hueco tapado a sus pies—: Ahí, las mazmorras. Piratas tetuaníes y argelinos guardar ahí sus prisioneros. Cobrar mucho dinero por rescate. Muy ricos piratas tetuaníes. ¿Quieres entrar? Yo sé cómo. Dame un dírham y yo llevaros a ver a los cautivos...

Cora ya estaba temblando cuando, en una alianza de fatalidades, una anciana jorobada emergió de las tinieblas de una calle y puso rumbo a ellos.

—Bruno, mira, es Aisha Kandisha —le susurró a su hermano clavándole los dedos en el brazo.

Aisha Kandisha era el hombre del saco en Marruecos. Según un mito judeo-bereber, Eva no fue la primera esposa de Adán, sino que antes existió Lilith. Esta quiso ser igual que el hombre ya que le indignaba la prepotencia de Adán y el modo de exigir las cosas. Lo abandonó, y el Creador, enfadado, convirtió a Lilith en una diablesa mataniños. Cuando los niños no querían comer o no se portaban bien, la sola invocación de Aisha Kandisha les hacía cambiar de opinión.

Cora cerró los ojos muy fuerte con esa absurda esperanza de que las cosas desaparezcan si dejamos de mirarlas. El miedo le había paralizado. Bruno le apretaba fuerte la mano y le decía en voz baja:

—No te preocupes, yo te defenderé.

Pero cuando la anciana estaba tan cerca que hubieran podido tocarla, tiró de la mano de su hermana y echó a correr. Se escondieron en un pequeño orificio que había en una pared, y, así, quietos y callados, escuchando solo el bombear de su corazón, estuvieron hasta que se hizo noche cerrada.

Cuando una mano se posó con delicadeza en el hombro de Cora, la niña tuvo que hacer un verdadero esfuerzo por no gritar. Pero no era Aisha Kandisha, sino Monsef Benali, el famoso primo médico del rey. Su padre le tenía en alta estima y hablaba mucho de él, de su humanidad, pues al salir de trabajar en el hospital recorría cada tarde la medina para asistir a los más pobres y más ancianos. Agarrado de su mano llevaba al niño de rizos de la playa.

—¿Qué hacéis aquí a estas horas? —les preguntó alarmado.

Los niños guardaron silencio.

—¿Os habéis perdido?

Más silencio.

—Venga, que os llevo a casa. Vuestros padres deben de estar preocupadísimos.

Pasó delante de ellos sin soltar a su hijo de la mano. Durante el camino de regreso, el niño, que iba dando saltitos porque sus cortas piernas no eran capaces de seguir el ritmo de su padre, se daba la vuelta una y otra vez para mirarlos. Cora recordaba aún aquellos ojos infinitos buscando respuestas bajo la luz anaranjada de la noche tetuaní.

Cuando llegaron a casa, su padre los recibió furioso. Les hizo pasar al despacho y después de imponerles un castigo tibio, pues le costaba mucho castigar, les preguntó:

—¿Sabéis por qué os castigo?

—Por haber desobedecido —contestó Bruno redicho.

Su padre negó con la cabeza.

—Bueno, también, pero hay algo incluso peor que ser desobediente —se quedó unos segundos callado eligiendo bien las palabras—. Hijos míos, lo que más me preocupa de esto es que no supieseis calcular vuestras fuerzas. Eso, en la guerra y en la vida, es la causa de las mayores derrotas.

—Youssef —balbució Cora cuando se recuperó de la impresión. Margarita nunca había visto a su amiga tan lenta en reaccionar.

—¿Puedo? —preguntó el chico señalando una silla vacía.

Se sentó con elegancia, pidió un chocolate caliente y empezó una de esas conversaciones ágiles y cómodas de las personas bien entrenadas para desenvolverse con soltura en cualquier reunión. Les contó que estaba estudiando en Le Rosey y que acababan de mudarse a Rolle para la temporada de primavera. No tuvo que explicar mucho más. En el mundillo estudiantil de los internados suizos todo el mundo sabía que Le Rosey, uno de los colegios más prestigiosos del mundo, tenía centro de invierno y centro de verano. Los estudiantes pasaban el invierno en Gstaad, la famosa estación de esquí, y se trasladaban al lago durante los meses de calor para practicar todo tipo de actividades acuáticas. El deporte era el buque insignia de aquel internado decimonónico en el que, además de una larga lista de reyes árabes y europeos —el colegio de los reyes, lo llamaban—, habían estudiado los Rockefeller, los Rothschild y muchos retoños de Hollywood.

Cuando Cora se hubo repuesto completamente de la sorpresa, acabó enseguida con aquella charla insustancial. A diferencia de sus bien entrenados congéneres, ella no toleraba hablar por hablar. A cambio, había desarrollado un encanto demoledor para preguntar lo impreguntable. Así que, como si tal cosa, le preguntó a Youssef por qué no se había casado —y si no empezaba a estar viejo para ser soltero en Marruecos—, si eran racistas en el colegio y si su prima Habiba —íntima amiga de Cora de niña— seguía sacando un cuchillo cuando le hacían trampa a las cartas.

—Acaba de separarse —se rio él—. No sabes las palizas que le pegaba al pobre marido. Ahora se ha ido a vivir a Larache y ha abierto una peluquería. Creo que le ha quemado el pelo a todas las vecinas del barrio. ¡Un desastre!

Cora se rio durante mucho rato. Mientras, él la miraba como tratando de convencerse de que no era una alucinación, que de verdad estaba allí frente a él.

Cuando hubieron terminado de pasar lista a sus recuerdos en común, Youssef, muy consciente de que las buenas maneras obligaban a integrar a todo el mundo en la conversación, pasó a hablar de cosas menos excluyentes. Les preguntó por ellas, por su vida en Suiza, por sus proyectos... Todo en el orden previsto. Después les contó que tenía pensado irse a Londres a estudiar Medicina cuando acabara ese año el instituto. Quería ser internista, como su padre.

—¿Qué hace exactamente un internista? —preguntó Cora.

—Pilotar la nave —contestó él.

Empezó a oscurecer y Margarita cayó en la cuenta de que el último autobús estaba a punto de salir hacia el colegio, así que se despidieron a toda prisa de Youssef. Él amarró el siguiente encuentro invitándolas a cenar el sábado siguiente a una *brasserie* en la montaña «que tiene la mejor *fondue bourguignon* de Suiza».

—Ya no se puede ser más educado y más encantador —le dijo Margarita agarrada a su brazo mientras iban camino al autobús. Y después de un silencio dubitativo, concluyó—: Parece mentira que sea..., bueno, ya sabes, que sea moro.

Cuando se subió a la furgoneta Cora buscó a Youssef tras la ventanilla. Seguía en el mismo sitio donde lo habían dejado. Inmóvil, insondable y con la vista clavada en ella. Su mirada parecía llegar desde la otra orilla del tiempo.

Aquel encuentro dio el pistoletazo de salida a un verano lleno de fuegos artificiales que recordarían a menudo en las horas muertas de la vejez.

Youssef las recogió en un modelo de descapotable que Cora no había visto nunca en España. En el asiento del copiloto iba Hussein Kalayci, un compañero suyo del colegio feo, arrollador y con la chaqueta mejor cortada que Margarita hubiera visto nunca. Cora estaba segura de que aquella chaqueta de geometría perfecta fue decisiva para que su amiga se enamorara tan pronto de él.

Hussein era libanés e hijo del propietario de una de las cadenas de hoteles más importantes del mundo. Había vivido toda su vida en Londres y era sofisticado hasta durmiendo. Dueño de esa educación verdaderamente elevada en la que los modales tienden puentes en lugar de crear abismos, saludaba a los *maîtres* de los restaurantes con una afectuosa palmada en el hombro, preguntaba a los camareros por sus familias, bromeaba con los aparcacoches y si en una conversación alguien incurría en un error, lo corregía con tal sutileza que no se notaba la corrección. Cuando estaba relajado no había nadie más escandalosamente divertido que él, y si la cosa se ponía fea —peleas de discoteca, tensiones en una mesa o una mujer defraudada—, jamás perdía el control. Lograba sofocar cualquier fuego con un solo gesto, pues su modo de levantar la mano derecha desprendía una autoridad que se acataba por inercia. La misma fuerza incontenible que usaba para seducir, la usaba para aplacar.

La *brasserie* a la que las llevaron a cenar era un restaurante sin pretensiones, con mesas de madera, manteles de cuadros y loza de barro. Pero tenía unas vistas impresionantes sobre el lago y, como les había dicho Youssef, la carne era mantequilla. La conversación fluyó entre los cuatro con esa energía caprichosa que se instala en ciertos grupos, en ciertos encuentros, en ciertas noches, y en otras no. Hussein contó varias anécdotas muy divertidas sobre los chicos del colegio y sus desbarres. Tuvo mucho éxito la de Barry Landon, un *playboy* inglés que le estaba poniendo los cuernos a su novia en el Beau-Rivage de Lausana, cuando le llamaron de recepción para comunicarle que una chica rubia estaba subiendo en el ascensor a su habitación. No habían podido detenerla. El inglés, a quien su padre llevaba toda la vida diciéndole que si te pillaban una infidelidad había que negarlo hasta el final, se cubrió con un albornoz y cuando su novia entró en el cuarto hecha una fiera y llamando «puta china» a la japonesa que se tapaba asustada en la cama porque no había tenido tiempo a esconderse, él dijo con ojos de no entender nada: «Pero mi amor, ¿qué dices? ¿A quién insultas? ¡Si aquí no hay nadie!».

—Lo más increíble de todo es que casi consigue convencerla —terminó Hussein entre aplausos.

La noche se fue deslizando ajena a cualquier cosa que no fueran ellos cuatro. Después del segundo plato y ya con el vino arriba, Cora empezó a hacer esa clase de preguntas con las que conseguía descolocar al de enfrente y hacer emerger lo más recóndito de su ser. Supieron así que Hussein había estado enamorado solo una vez, de una vecina suya de Beirut. La chica era judía y la historia no pudo ser. Supieron también que Youssef, en cambio, estaría dispuesto a renunciar a su familia por el amor de una mujer.

Durante las dos horas y pico que duró la cena, Cora consiguió dejar a un lado esa tristeza intermitente que padecía desde que recibió la última carta de Chino hacía ya más de cuatro meses. Juan le había dicho que ya no vivía en Cádiz.

Solo hubo un momento en el que se acordó de él. Fue al mirar por la ventana, entre los postres y el café, y ver las lucecitas temblorosas de Évian al fondo. Aquello podía ser Cádiz, las luces podían ser Rota, pero aquel mundo de purpurina era todo menos él. Instintivamente se tocó el jorobado que seguía llevando colgado al cuello y volvió a arrepentirse de no haberse dejado besar. Le dio un trago a la copa de vino e hizo un esfuerzo por volver a la conversación. Cuando lo hizo, se encontró con la mirada pensativa de Youssef.

Después de cenar fueron a tomar una copa rápida al casino, pues ellas tenían que estar a las doce en el colegio. Hussein se sentó junto a Margarita, de modo que a Cora no le quedó más remedio que hacerlo junto a Youssef. Le molestó aquel reparto tácito, así que estuvo bastante impertinente el resto de la velada. Tampoco ayudaron las risas descontroladas de su amiga ni su repentina falta de identidad.

Aquella noche, metidas las dos en la cama y con la luz apagada, Margarita le preguntó a Cora como quien no quiere la cosa:

—Cora, ¿un musulmán se pude casar con una cristiana?

—En general, no.

Cora y Margarita descubrieron Suiza durante aquellos dos meses mucho más que en todo el año anterior. Como los chicos tenían coche, iban todos los fines de semana a un sitio distinto. Una tarde las recogieron con un cesto lleno de quesos, pan y mermelada, y las llevaron a cenar a un viñedo de Lavaux. Otro día fueron a Gruyères, un pueblo medieval en lo alto de una colina con castillo, museo y un mercado en el que probaron un queso que les gustó mucho más que el oficial. Visitaron Lucerna, Berna y las cataratas del Rhin; pasearon por un glaciar, hicieron barbacoas al borde del lago, fueron al *ballet* en Lausana y se hicieron ahogadillas en la piscina del Grand Hotel du Lac.

Con el paso de las semanas, la relación entre Margarita y Hussein avanzó hacia algo indefinido entre noviazgo y amistad. Paseaban cogidos de la cintura, se decían cosas al oído, compartían los helados y se reían sin parar. Día sí día también llegaban al colegio unos maravillosos ramos de flores que ella recibía con cara de *starlette*. Sin embargo, Hussein nunca hacía ningún plan más allá del sábado siguiente.

Por las noches y desde el baño, mientras se ponía las cremas en la cara y se peinaba hasta llegar a cien, Margarita preguntaba sin saber muy bien a quien:

—Ay, Dios mío, ¿qué voy a hacer? No puedo darles este disgusto a mis padres. ¡Se mueren!

—Haz lo que quieras. Yo solo te doy un consejo. Ni se te ocurra acostarte con él.

Temiendo verse contagiada por el germen del apasionamiento, Cora marcaba mucho las distancias con Youssef. Trataba de mantener sus conversaciones en el ámbito de las ideas, esquivaba con mordacidad cualquier sentimentalismo y ridiculizaba todo el tiempo el espectáculo amoroso de sus amigos. La única vez que Youssef intentó cogerle la mano, acabó desistiendo ante su rigidez.

Una noche, al volver de una cena en barco por el lago, Hussein les dijo que un amigo de su padre iba a estar en Ginebra el fin de semana siguiente y que quería ir a visitarlo. Propuso que fueran todos juntos el sábado, cenaran allí y volvieran después.

—Es un personaje muy peculiar —terminó diciendo sin explicar mucho más.

Cuando llegaron a Ginebra, fueron directamente al hotel donde se alojaba el amigo del padre de Hussein. La recepción estaba absolutamente vacía. Cuando Margarita expresó su extrañeza, Hussein les contó entre risas que el amigo de su padre había reservado todo el hotel. La mitad para el servicio y la otra mitad para las cabras y para él.

—¿Las cabras? —preguntó Cora divertida.

—Sí, tiene casi un centenar y las lleva a todas partes.

Hussein subió a saludar y el resto esperaron tomando una Coca-Cola en el bar. Cuando bajó, media hora después, dijo que le quería enseñar la ciudad a Margarita y que por qué no se encontraban para cenar un par de horas después. Youssef y Cora se fueron a pasear por el lago y después a la *Place du Bourg-de-Four*, donde habían quedado en verse. La plaza, con una fuente del siglo XVIII en medio, músicos tocando en las terrazas y bullicio de juventud, era más Montmartre que Suiza. Sentada con Youssef en Chez Ma Cuisine, uno de los restaurantes más antiguos de Ginebra, Cora disfrutaba relajada del ambiente hasta que vio acercarse a Margarita con la cara desencajada. Hussein la seguía unos metros por detrás. Cuando llegaron a la mesa, él los saludó como si no hubiera pasado nada. Pidió un vino de la casa y después de servirles a ellas, le llenó la copa a su amigo.

—Aprovecha que en diez días se nos acaba —le dijo.

—¿Empezáis ya el Ramadán? —preguntó Cora.

Hussein asintió con la cabeza.

—Pero por la noche podéis comer y beber, ¿no?

—Alcohol, no.

—No entiendo qué sentido tiene el Ramadán —intervino entonces Margarita, callada desde que se había sentado—. Me parece una estupidez.

—Es para que los que siempre tienen comida a su alcance entiendan de verdad lo que significa no tenerla —explicó tranquilo Hussein.

—¡Bah, qué tontería! —insistió Margarita—. Eso es como si te tuvieran que cortar la pierna para que supieras lo que es dolor. O como…

Se quedó callada sin que ningún otro ejemplo le viniera a la cabeza.

—No sé —concluyó—, me parece que estáis llenos de estupideces. Como lo de que sean tus padres quienes elijan con quién te casas.

Mientras su amiga seguía batiéndose en una conversación que le quedaba grande, Cora intuyó que aquel había sido el motivo de su pelea. Ella debía de haber tanteado futuros y no le gustó lo que encontró. Trató de hacerle un gesto con la cara para que se callara, para prevenirle con la mirada de que aquel debate público y precipitado no era lo más sensato cuando te jugabas tanto. Pero Margarita estaba demasiado enfrascada en su alegato para atender a nada más.

—Pues a mí me parece bien —dijo Hussein untando mantequilla en un pedazo de pan.

—¿No poder elegir a alguien importante en tu vida te parece bien? —le increpó Margarita cada vez más acalorada.

—Tú tampoco elegiste a tu padre y a tu madre —contestó él sin mirarla—. Ni a tus hermanos. Ni elegirás a tus hijos, y probablemente los querrás más que a nadie. Las personas para toda la vida no se eligen, están y punto.

Margarita se levantó de la silla, lanzó su servilleta contra el plato sin acertar y salió corriendo del restaurante. Cora fue detrás.

Hussein no volvió a recoger a Margarita al colegio nunca más. Su amigo lo disculpaba un sábado tras otro con excusas muy largas. Cora y él siguieron viéndose un tiempo, pero la ausencia de los otros evidenció su sinrazón. Mientras habían podido fingir que eran un grupo de amigos con sus lógicas inclinaciones, mientras Cora y Youssef distraían sus aprietos ejerciendo de testigos de los otros dos, mientras existió la opción de cambiar de interlocutor si se aburría de Youssef, aquello tenía sentido; pero mano a mano, él le creaba claustrofobia: sus tribulaciones, sus silencios extasiados, su querer hablarle de amor… De modo que cuando un día, sentados en el muelle y con los pies en el lago, Youssef le dijo que estaba dispuesto a dejarlo todo por ella, Cora contestó:

—No, pues no dejes nada.

Cuando acabó el verano se fue a Londres a estudiar Medicina. Cora fue a despedirlo a la estación con una mezcla de remordimiento y liberación. Fue un adiós silencioso. Youssef, con la mirada hecha añicos, le entregó una hoja doblada por la mitad y le pidió que no la leyera hasta que el tren hubiera salido. Cora desdobló la nota apenas escuchó el pitido de la locomotora: «Si tú no fueras tan niña y yo no fuera tan cobarde te diría tantas cosas que nunca te dije».

Eso era todo. No pudo evitar la decepción. Esperaba algo más elaborado y lacrimógeno; un escrito arrebatado que ensalzara las virtudes de ella y el desconsuelo de él. Una carta que pudiera leer a sus amigas al llegar al colegio. Y que ellas lloraran hasta sorberse los mocos. Y que la admiraran todavía más.

«Bah, bastante acomplejado el tal Youssef», se dijo molesta por el trasfondo reprobatorio del «tan niña». Sin embargo, cuando el tren desapareció tras la curva del horizonte, sintió un calambre de tristeza, de duda, de codicia. Una especie de último estertor.

Cora se quedó un año más en Suiza. Encontró trabajo en una editorial de Ginebra para la que tradujo tres densos manuales de economía del francés al español; y a finales de junio empaquetó los tres últimos años de su vida, volvió a Madrid y sin tener muy claro por qué, se matriculó en Derecho.

Durante el tiempo que estuvo fuera, la ciudad había terminado de romper el cascarón. En la facultad, el impulso romántico de la juventud había cambiado de objeto —y dimensión—, sustituyendo la antigua clandestinidad amorosa por una clandestinidad política que gorgoteaba en los pasillos como el hervir del mar antes de la tormenta.

En las interminables charlas de la cafetería, Cora y sus amigos hablaban de París, Tito y Polonia entre mordisco y mordisco al bocadillo de mejillones. Al salir de clase, ella se iba andando sola hasta la esquina, un rincón oscuro bastante alejado del campus para que no la viera nadie, en la que le recogía cada tarde Inocente, el chófer.

Salió unos meses con un dirigente de las FUDE, la organización estudiantil antisistema con más fuerza del momento. Joaquín, hijo de un conde al uso, era un orador brillante que olía un poco a leche agria. A ella le gustaba sobre todo cuando iba a oírle hablar al aula magna. Sus discursos incendiarios le creaban entre miedo y admiración.

Los viernes se reunían en un minúsculo apartamento que él había alquilado en la calle Leganitos, y debatían acalorados sobre los posibles itinerarios del cambio. Cora, partidaria siempre de la humanidad, insistía en que no tenía ningún sentido moral sustituir una tiranía por otra. Pero las palabras prudencia, reflexión e indulgencia no caían muy bien en los crispados ímpetus de aquella madriguera helada.

Aunque Cora admiraba intelectualmente a Joaquín y le parecía valiente —y consecuente— que se hubiera enfrentado a su familia y renunciado a sus comodidades burguesas para vivir en aquel cuchitril, no tenía con él ninguna afinidad epidérmica. Le daba dentera su piel lechosa, el ramaje violáceo de las venas subiendo por los brazos y aquellos lunares negros y en relieve que le daban a su espalda aspecto de bata de cola. A ella le gustaban las espaldas morenas y con pecas, como la de Chino.

Aunque durante un tiempo él respetó su tirantez cuando intentaba acariciarla, pues conocía de cerca las secuelas de los colegios de monjas, la ausencia total de contacto físico empezaba a resultar insostenible.

Una tarde de verano, tumbada en la cama hojeando una de las revistas del campus universitario, Cora leyó en un recuadro algo que le hizo incorporarse de un salto. En el colegio mayor San Juan Bautista iba a celebrarse una conferencia sobre el sentimiento de culpa en la literatura; entre los ponentes estaba Chino Montenegro.

Hacía cuatro años que no sabía nada de él. Sus amigos de Cádiz le habían dicho que se había ido a México a dar clases de literatura en un barrio bohemio del D. F., pero no era más que un rumor. Cora buscó la fecha del evento y prácticamente se tiró de la cama al darse cuenta de que era esa misma tarde.

Tardó en arreglarse más de lo previsto, pues le costó un buen rato encontrar su peluca rubia. No quería que Chino la reconociera, prefería observarlo desde la libertad del anonimato, así que, además de la peluca, se puso unas gafas de sol muy grandes.

En la calle, los vapores del calor empezaban a despegarse del suelo y ascendían en columnas imprecisas hacia el cielo rosado de la rendición. Los caminantes volvían a erguirse en las aceras, los gorriones a piar y ella, a desperezarse de un largo letargo, a sentir de nuevo ese pálpito glorioso de cuando la vida, casi siempre igual, despliega su inmensidad en un crepúsculo cualquiera. En un instante que viene a cambiarlo todo.

Inocente había salido a llevar a su madre a una merienda del comité de la Cruz Roja, así que cogió un taxi para llegar a tiempo. Cuando lo hizo, el recibidor del colegio estaba desierto. Supuso que la charla había empezado ya, pero quiso confirmarlo con el bedel que, muy amable, le acompañó hasta el salón de actos.

La habitación estaba a rebosar de estudiantes que se dieron la vuelta en sus asientos con el chirrido de la puerta. Chino, que tenía en ese momento la palabra, interrumpió su discurso. No fue una pausa larga; cuatro segundos, cinco quizás, justo el tiempo que Cora necesitó para divisar un hueco vacío en la tercera fila y abrirse paso por el lateral de la sala hasta allí. Chino siguió con la mirada todo el recorrido y cuando ella estuvo sentada, cogió aire y volvió a hablar.

«Es imposible que me haya reconocido», pensó Cora, agitándose nerviosa en su butaca y sin quitarse las gafas. Pero enseguida la voz de él fue sumiéndola en una especie de líquido amniótico que aplacó cualquier resto de inquietud, y aunque su ponencia, centrada en *Crimen y castigo*, era realmente interesante, Cora no recordaría nunca una sola palabra de lo que dijo. Tenerlo allí delante, real al fin, después de tantos años soñándolo, le creó una profunda impresión.

Estudió su cara con detenimiento. Los pómulos se le habían afilado, el pelo era más escaso, tenía la mirada más sólida y los dientes igual de blancos. Sus gestos habían perdido timidez, quizás también ternura, pero aquel magnetismo incipiente del chavalillo de Cádiz era ahora una fuerza incontenible que, como un agujero negro, atraía a su interior hasta la última partícula de luz.

Cuando la charla hubo terminado, Cora esperó a que saliera todo el mundo para no tener que encontrárselo. No estaba preparada para que el hechizo se rompiera con un reencuentro frío, aséptico o desganado.

La sala se quedó vacía y ella siguió en su butaca haciendo que leía un folleto que había cogido a la entrada. Pero cuando el bedel abrió la puerta para asegurarse de que no quedaba nadie antes de cerrar con llave, se vio obligada a salir.

Chino seguía aún allí. Charlaba con un grupo de gente en el recibidor. Cora aprovechó que estaba de espaldas a ella para tratar de escabullirse por su retaguardia, pero justo en el momento en que le pasaba por detrás, Chino se dio la vuelta y con expresión divertida, dijo:

—Qué fea estás de rubia, hija mía.

Cora se detuvo en seco, lo miró sonriendo y contestó:

—Y tú que tópico con las gafas de pasta.

No se volvieron a separar.

Desde que se habían ido a vivir juntos hacía tres años las cosas resultaban más fáciles que cuando eran novios y estaban llenos de interferencias. Seguían peleándose hasta odiarse, pero tardaban menos en perdonarse: la indulgencia es mayor cuando se ha elegido que cuando se está eligiendo.

Chino se levantaba a las cinco y media para escribir, pues había leído en algún sitio que Hemingway empezaba a esa hora. Cora se quedaba un rato más en la cama, aunque la mayoría de las veces no conseguía volver a dormirse. Acurrucada bajo la caterva de mantas, componía la escena con los ruidos que llegaban del salón. La tos bronquial, el chasquido del mechero, el traqueteo de las teclas o el crujido de los huesos hasta la nevera. Sabía, por la frecuencia o la intensidad de aquellos ruidos, si estaba inspirado o no, y, cuando al fin se levantaba de la cama, lo hacía con una idea exacta del humor que iba a encontrarse cuando entrara en el salón.

Desayunaban juntos en una mesa redonda que había bajo el tragaluz. Ella café con tostadas; y él, pan de pueblo, aceite y sal. Normalmente Chino le leía algo de lo que hubiera escrito esa madrugada. Una frase, un párrafo, un final de capítulo; y ella daba su opinión.

—Son demasiadas cosas buenas juntas —decía, por ejemplo—, hay que dejar a la gente respirar.

Después recogía la mesa y se metía en la ducha dejándolo a solas con sus tachones y sus dudas.

Chino se había impuesto escribir ocho hojas al día, tardara lo que tardara. Estaba terminando una novela que empezó cuando Cora se marchó a Suiza y tenía la sensación de que o se obligaba a esa disciplina o no la acabaría nunca. El amor le tenía muy disipado.

Los días que no iba a Vallecas a enseñar a leer a los niños del Centro Social, Cora bajaba a darse un paseo por el mercado de Antón Martín. Quizá era porque los relacionaba con el zoco, o porque de niña había acompañado muchas mañanas a la tía Pastora a la plaza, el caso es que los mercados le creaban una extraña plenitud.

Le gustaba caminar despacio frente a aquellas frutas tan tersas y bien ordenadas, acercarse a los racimos de verduras y descubrir rastro de tierra en las raíces, olisquear los quesos y, sobre todo, observar cómo manejaba el cuchillo el de la caseta de la carne. Había algo entre primario, circense y nauseabundo en la destreza con la que troceaba espaldas, morcillos o carrilladas. Cuando se paraba allí delante, no podía evitar acordarse de su primo Currito, que cuando hacía cola en la carnicería, le decía siempre:

—Vamos, no me lio yo con un carnicero así me maten. ¿Tú qué crees que es lo primero que le viene a ese nota a la cabeza cuando se pelea con la mujer después de llevar todo el día rebanando caderas?

Después de comprar algo para la comida, Cora se tomaba un segundo café con Tonuca en algún bar del barrio para que le diera el último parte del vecindario. Su amiga era muy madrugadora y cuando llegaba al café, andando ligera y con el abrigo muy apretado, ya se había enterado de todos los chismes del barrio.

—Vengo de la plaza y no sabes la que había allí formada. Nada, un loco que le ha prendido fuego a su casa. El incendio lo han sofocado rápido, pero a él no había manera de encontrarlo. Dos horas ha tardado la policía en dar con él. ¿Sabes dónde estaba el mentecato? Escondido en el desván.

Otro día:

—No hay derecho a lo de Baltasar Bachero. ¿Te has enterado de que el Ayuntamiento le quiere quitar la calle, no? Y ponerle Salitre, como antes. Pobre Bachero, ¡qué injusticia!, ¡qué desmemoria la de este país nuestro! Ese hombre fue un héroe, un pobre calesero que salvó a unos niños de morir arrollados por un coche de caballos. ¡Hay que ver!, jugarte así el pellejo y que te amarguen la gloria cuatro politicuchos descerebrados.

Tonuca era una gran conversadora. Sin ser culta, tenía esa sabiduría refleja de las mujeres de barrio. Cora suponía que, además, su oficio le había dado una noción muy profunda del ser humano. Ella nunca hablaba de eso; de hecho, ni siquiera hacía bromas de índole erótica, pero cada vez que se levantaba para ir al cuarto de baño, Cora se preguntaba cómo sería la mecánica de su trabajo. Si saludaría a sus clientes con dos besos o con un apretón de manos, si charlarían después de hacer el amor envueltos en el humo tenue de un cigarro, como en las películas francesas, o si sería todo una transacción rápida y aséptica, como cuando te dan las vueltas en la frutería. Un intercambio, como tantos, del que no quedaba registro.

Solo un día, en el Rastro, tuvo Cora un encontronazo con la vida secreta de su amiga. Al salir de una tienda de antigüedades, Tonuca se paró en la acera a sacar un cigarro de su bolso de charol negro. En ese momento, un señor medio calvo, medio gordo y con traje de vendedor de rango medio cruzó por delante de ellas. Cuando Tonuca alzó la cara, sus miradas se encontraron y hubo en ese instante, porque no fue más que un instante, toda una crónica del dolor. A él se le llenaron los ojos de deseo, desprecio y posesión; ella apartó la mirada con una mezcla de vergüenza y mansedumbre. En cuanto el otro hubo pasado, miró a Cora y dijo algo rápido e insustancial. No hacía falta decir más. Cogió del brazo a su amiga y siguieron viendo muebles.

Cora subía a casa con el tiempo justo para hacer alguno de los platos de cuchara que tanto le gustaban a Chino: berza, garbanzos con bacalao o un pollo con ciruelas. Cuando él terminaba de escribir, comían, hablaban de todo y nada, y se bebían una copita de vino para que les entrara sueño y echarse la siesta en el sofá. Por las tardes, si Chino no tenía que seguir escribiendo se echaban a las calles. Iban a ver una exposición, una película en la Filmoteca o a visitar, por enésima vez, la casa de Embajadores 35 que soñaban para cuando tuvieran niños. Era una casa holgada, «con terrazas a mediodía, agua caliente y parqué», decía el anuncio, y que daba a una plaza ajardinada. Un piso perfecto para tener familia, pero costaba quinientas mil pesetas; y muchos cuentos tenía que vender Chino para poder pagar aquello.

Cora tampoco insistía demasiado en el asunto, pues estaba llena de dudas con el tema de la maternidad. No se planteaba tener hijos sin casarse porque su madre se moriría, pero su madre se moriría también si se casaba. Nunca le habló a Chino de estas angustias que le hubieran resultado humillantes, aunque sí lo hizo con Tonuca, que tenía un hijo de veintidós años al que muy a su pesar, apenas veía. De amiga a amiga, le desaconsejó completamente el asunto.

—Tener hijos te convierte en vieja de un día para otro. Te llenas de miedos y te crece un peso aquí —decía señalando un lugar indeterminado a la derecha del corazón— que no se te quita nunca. Ya puedes estar viendo la mejor película del mundo, borracha como una cuba o corriendo para coger el autobús. El peso va contigo. Perpetuo. Como el zumbido de la nevera.

Después de darle un sorbo a la cerveza y una chupada al cigarro, Tonuca remató así su alegato:

—¡Ah! Y de los hombres, olvídate. Cuando eres madre ya no te desean. Y el que menos de todos, el padre de la criatura. No sé, será que pasas a recordarle a su madre. O lo que es peor, a la tuya —y después de un silencio pensativo—, aunque yo lo que creo es que piensan que se te ha quedado «eso» muy dado de sí, como una braga vieja.

Cora y Chino tenían una pandilla en el barrio con la que quedaban muchas noches para tomarse unos vinos, ir al *music hall* de la calle Tribulete o jugar a los billares en Gran Vía. Salvo por Periquito, que se había ido a vivir a Madrid y ahora era policía, lo demás eran parejas. Alguien de entre ellos había bautizado al barrio como el Barrio del Amor.

En la calle de detrás de su casa vivían Blanca y Carlos. Ella era una chica retraída de un pueblo de Cáceres que había llegado a Madrid hacía un par años a estudiar secretariado. En el pueblo dejó a un novio de toda la vida con el que pensaba casarse al volver, pero al poco de llegar a la capital conoció a Carlos en una copistería y se enamoró locamente de él. El susodicho, un profesor mexicano que daba clases de Antropología en la facultad de Filosofía y Letras, la convenció de que era una mujer brillante y llena de posibilidades; así que, además de dejar al novio, Blanca dejó secretariado y se fue a vivir con él a un apartamento de la calle Olmo.

Carlos era un tipo grande y simpático que se ponía muy trascendente para decir cosas que no estaban a la altura de sus gestos grandilocuentes. Vanidoso e ingenuo, era sin embargo un hombre generoso que se alegraba de verdad con el éxito ajeno. Descorchaba un tequila cada vez que había algo que celebrar, invitaba a enchiladas en su casa cuando al resto les daba pereza invitar y tenía una risa volcánica que lograba contagiar su humor a los demás.

Blanca vivía en admiración de él. Parpadeaba muy rápido con sus exabruptos, lloraba cuando él se quejaba de nostalgia patria y se ruborizaba y desruborizaba al compás de unos calores internos de los que era imposible participar. Hablaba tan poco que cuando lo hacía el resto reaccionaba entre sorprendido e importunado. Sin embargo, siempre le prestaban total atención; en parte por sentido de culpa y en parte por las altas expectativas que suelen crear los silenciosos.

En plena plaza de Lavapiés, enfrente del cine Olimpia, vivían Manuel y Milenka, violinista ella, poeta él y con pinta de sucios los dos. Milenka era una rusa desgarrada, con cuerpo de serpiente, pelos en el sobaco y comunista radical. Hablaba con auténtico odio de los ricos, a los que sacaba a pasear con sospechosa insistencia. Cora y ella no se caían del todo bien. En su cumpleaños anterior, Cora los había invitado a todos a cenar a un restaurante muy caro con el dinero que le había dado su madre de regalo.

—No se puede cenar en estos sitios y ser de izquierdas —dijo Milenka nada más sentarse.

—Salvo que invites a toda la mesa —contestó Cora sin pestañear.

Nunca se lo confesó a nadie, ni siquiera a Chino, pero le ponía un poco nerviosa estar cerca de aquella mujer. No podía evitar pensar que en otro momento de la historia, Milenka habría disfrutado enormemente cortándole la cabeza y clavándola en una pica.

Manuel, también del Partido Comunista, era más inteligente que su novia y, por tanto, más moderado, menos tópico y con más tacto. Hablaba suave, separando bien cada sílaba y alargando las palabras lo suficiente para que nadie perdiera detalle de la belleza de su lenguaje. Lo cierto es que hablaba muy bonito; definía las cosas con esa musicalidad quirúrgica con la que definen los grandes poetas. Chino, menos lírico pero mucho más brillante argumentando, lo admiraba muchísimo. Creía que era un genio. Cora nunca compartió esa visión.

—Le falta originalidad —le decía a su novio cada vez que terminaba de leer algo de él.

Lo pensaba de verdad, pero también había en su crítica un subconsciente de destrucción. Una cruzada encubierta a la que se había visto obligada para desmitificar la peligrosa adulación del poeta, que admiraba a Chino incluso más de lo que Chino lo admiraba a él. Cada vez que Chino, con humildad genuina, decía una de esas frases suyas tan afinadas y tan definitivas que se quedaban suspendidas un rato en un silencio asombrado, Manuel lo miraba con desmayo. Le reía las gracias más de lo que se merecía, lo citaba al hablar y trataba de copiar su humor serio y provocador.

—A este le haces tú caso y deja a «la Pasionaria» en menos que canta un gallo —le decía Cora cuando llegaban a casa.

Él medio enfadado, medio riéndose, le contestaba desde detrás de su eterno cigarro:

—Cuando te mueras te van a tener que hacer dos cajas, una para ti y otra para tu lengua.

Las noches de verano, cuando llegaban a casa después de aquellos encuentros de intensidades cruzadas, salían al tejado con un colchón.

—Madrid, como más bonito es, es desde el cielo —decía siempre Chino.

Se tumbaban sobre las tejas antiguas y jugaban, como juegan todos los enamorados, a bordar de imposibles el horizonte.

—¿Qué te gustaría más, que te comprara un palacio en el Bósforo o en Venecia? —le preguntaba él.

Ella pensaba mucho rato la respuesta.

—Yo creo que en Venecia, ¿a ti?

—A mí no.

—Es que el Bósforo está lleno de medusas —se ratificaba Cora.

—Las medusas son preciosas. Y me han dicho que Venecia huele a perros muertos.

Ella se quedaba callada imaginándose las dos cosas, y cuando estaba a punto de cambiar de idea, él acababa cediendo.

—Bueno, pues cuando gane mucho dinero te compraré un palacio en Venecia y nos casaremos allí, ¿te parece?

—¿Y si no ganas bastante para un palacio?

—Entonces te compraré un chalé.

—Vale. Pero que tenga balcones —se reía ella apoyada en el pecho de él.

Y Chino le besaba el pelo y después, como para sí, decía bajito:

—Muchas veces te me pierdes, Cora. Y me cuesta tanto encontrarte…

Era imposible que supieran, tumbados al abrigo de las estrellas y los fuegos fatuos del porvenir, que aquellos serían los años más felices de su vida. Que todo lo que vino después no sería sino el galopar furioso hacia un horizonte que quedó atrás.

Mientras Chino se duchaba y se vestía para ir a casa de Carlos y Blanca, Cora metió el guiso de pollo con patatas en un envase de plástico con cuidado de no mancharse el espantoso vestido rojo. Iban a celebrar el fin de año en casa de sus amigos con una cena «de traje», como decía Carlos:

—Yo traje esto, tú trajiste aquello.

Era una noche muy fría. Una fina capa de hielo cubría los capós de los coches y la alegría estaba llena de narices rojas.

—¡Qué frío hace en esta ciudad, cojones! —se quejó Chino frotándose las manos y acelerando el paso hasta el portal.

Al verlo pasar delante, encorvado y con el mismo abrigo de lana azul de los últimos cinco inviernos, Cora sintió una descarga de amor. «¡Qué gusto haber hecho ya las paces!», pensó.

Tres días antes habían tenido una pelea muy gorda. Estaban terminando de cenar en un asturiano de la calle Olivar y él llevaba toda la noche muy callado. No era un silencio hospitalario, de los que provocaba a propósito cuando quería oírla hablar, sino un silencio acechante. Cuando llegó el segundo plato, Cora ya estaba segura de que hablase de lo que hablase se iban a pelear, así que decidió enfrentar lo inevitable.

—¿Qué te pasa? —preguntó con esa voz imperativa que él detestaba.

—Que estoy desesperado con el libro —contestó con ese tono victimista que ella detestaba—, lo tengo que entregar ya y estoy escribiendo como una mierda.

—Tú no escribes mal ni a propósito —dijo Cora mirando a las dos chicas que acababan de entrar por la puerta.

Él se dio cuenta de que Cora no le estaba prestando atención, pero siguió:

—No sé, esta mañana pensaba que no es bueno sentir tanto para escribir. Que cuando se siente mucho se escribe mal.

El camarero pasó con un arroz con leche y ella lo señaló golosa.

—Mira que…

Ahí fue cuando él se le abalanzó.

—¿Que mire qué? —gritó con los ojos fuera de las órbitas—. Te estoy hablando de algo importante.

—¡Ah!, perdón.

Un silencio mucho más violento que el anterior se instaló en la mesa. Fue ella quien lo rompió.

—Ya, pues qué vamos a hacerle —dijo con una pretendida indiferencia—, tendrás que escribir un poco peor, o sentir un poco menos.

Chino la miró con un odio tan exagerado que ella tuvo que hacer esfuerzos para no reírse.

—A ti te da igual ¿no? —siseó él—. Claro, ¿a ti que te va a importar?, como tú no tienes que pagar la renta, ni la luz, ni el pedazo de carne que te estás comiendo… Ponerte los rulos y pintarte los ojos como si fueras a debutar, eso es todo lo que haces tú.

Hacer. Otra vez el maldito verbo. Aquella cinta métrica con la que los medio tontos —los tontos enteros usaban la de tener— tasaban a los demás. En su opinión, solo la gente que no matizaba, que no intuía, que no iba más allá de lo evidente, definía a los demás por lo que hacían. ¿Qué pasaba con aquellas mentes poderosísimas que por culpa de un complejo, o de una naturaleza indolente, o de una total falta de entendimiento entre su entorno y su identidad no salían jamás de los muros del pensamiento?, ¿qué pasaba con los tetrapléjicos?, ¿o con esa mujer de inteligencia extraordinaria que fue madre demasiado pronto y ya nunca pudo dejar de fregar los baños de un colegio? Lo que se hacía o no en la vida era un indicativo, pero a efectos definitorios, solo era una parte del todo: la puesta en común del Ser, su experiencia compartida. Y el Ser, verbo por excelencia y del que nadie parecía acordarse, a veces no se compartía.

Estuvo a punto de decírselo. De acusarlo de simplista y preguntarle si no sería de mal escritor pasar aquello por alto. Se planteó decirle también que a partir de ese momento el dinero de las clases de sevillanas y el que le daba su madre de vez en cuando se lo iba a gastar en lo que a ella le diera la gana. Sin embargo, no dijo nada de aquello. Cora no era de defenderse, era más de atacar:

—¿Sabes lo que creo? —dijo al fin, echando el cuerpo hacia delante y mirándolo con todo el desprecio del que fue capaz—. Que no estás escribiendo mal porque estés enamorado. Estás escribiendo mal porque estás más tonto. ¿Y sabes lo que creo también?, que ya está bien de mitificar la escritura, la creación y la madre que los parió. ¿Qué hacéis vosotros, los artistas?, ¿acariciar un ratito el alma, aplacar los nervios, crear belleza? Nada que no haga un masajista. O un peluquero.

Cuando hubo terminado de hablar, se levantó, le tiró un billete de cien pesetas que llevaba arrugado en el bolsillo del abrigo y se fue a casa.

Estuvieron los tres días siguientes sin dirigirse la palabra. Cuando había algo imprescindible que decir, Chino le ponía «esquimo» delante a la frase. Era una palabra que había inventado para esas situaciones y que venía a significar, «aunque te hable, no te he perdonado».

Pero esa mañana, mientras ella calentaba la leche para un café, él fue hasta a la cocina, la agarró por la cintura desde atrás y le dijo:

—Ponte hoy los rulos, que me vuelve loco tu pelo *rizao*.

Carlos y Blanca habían puesto el salón lleno de velas rojas, espumillón y unas flores doradas y cursilonas que Blanca había hecho con papel de seda. Manuel y Milenka, con vaqueros y camisetas para demostrar que nos les importaba la Navidad, ya estaban allí cuando llegaron. Solo faltaba Ricardo, que había ido a pasar las fiestas a Madrid —sus padres vivían ahora allí—, y que se había apuntado a la cena porque, después de varios años sin hablarse con Chino, estaban en plena euforia de reconciliación.

Hacía ya muchos años, antes de que Cora volviera, Chino y Ricardo habían salido a tomar algo en Cádiz con dos chicas alemanas. A Chino le gustó una de ellas, pero su amigo se puso tan pesado con que era tarde, con que tenía que madrugar al día siguiente y con que la gachí que le había tocado a él en suerte era «boca retrete», que terminó por amargarle la noche. Lo llevó a su casa en coche y cuando el otro estaba abriendo la portezuela para bajarse, Chino, con ese tono suave que usaba para demostrar empatía, le dijo:

—Ricardo, *pisha*, ¿tú por qué no asumes ya que te gustan los hombres? Si no pasa *na*…

Por lo visto, Ricardo se había puesto muy rojo, había dado un portazo y no lo quiso volver a ver. Ahora tenía un novio coronel.

Manuel acaparó a Chino en cuanto se hubo quitado el abrigo.

—¿Qué, cómo va la novela, figura?

De vez en cuando usaba palabras que le sonaban andaluzas para crear afinidad.

—Ahí estoy, volviéndome loco.

—Pero la tienes ya, ¿no? No te pases puliendo que la frescura es importante.

—Sí, es verdad —le contestó Chino sin ganas de ponerse a profundizar en el tema.

Cora, sentada ya en el sofá y con un pedazo de tortilla de patatas en una mano y un tinto con casera en la otra, preguntó mirándolo fijamente, como si estuvieran solos ellos dos:

—¿Qué te da más miedo, no deslumbrar o no conmover?

Chino la miró con admiración.

—No conmover, claro.

La cena transcurrió más apagada de lo que la fecha exigía. Las conversaciones se agotaban pronto, las risas sonaban forzadas y a más de uno se le escapó un bostezo. Para colmo, estalló un fusible de la cocina y no hubo manera de calentar la comida. En ese clima desalentador, Cora, que era incapaz de aburrirse de manera prolongada, contó algo que consiguió animar la reunión. Una de esas historias inverosímiles que relataba con la misma seriedad que si estuviera hablando del IPC. Carlos y Manuel se habían enzarzado en una conversación sin posibles sobre lo incongruente de que los animales —de los que a todas luces procedíamos— no tuvieran alma. Cora los interrumpió:

—Pues yo tengo una amiga bióloga que se fue a Tanzania a estudiar a los gorilas, se enamoró de uno y tuvo un hijo con él.

—¿Cómo va a tener un hijo con un gorila, Cora? Eso no puede ser —dijo Ricardo mirando de reojo a Chino como diciéndole, «nos vamos a reír».

—Pues lo tuvo, yo qué quieres que te diga. Además, creo que él estaba loco de amor por ella. Pero, claro, mi amiga un día se hartó de tanta selva, tanto pelo y todo eso, y una noche, mientras el marido y el niño gorila estaban durmiendo, se fue al puerto y se subió a un barco de vuelta.

Chino la miraba fascinado. A él nunca le había importado si lo que ella contaba era verdad o no. La veracidad era una insignificancia frente a su asombrosa imaginación y su capacidad de improvisar, de inventarse esas cosas sobre la marcha sin titubear.

—A ver, ¿cómo se llama tu amiga? —preguntó dándole cuartelillo.

—Titina.

—¿Y por qué no la conozco?

—Porque es anterior a ti. Bueno, ¿me dejas terminar o no? —dijo Cora con un gesto impaciente en las manos—. El caso es que cuando estaba ya subida al barco, apoyada en la barandilla de fuera, vio aparecer en el muelle al mono con el niño en brazos. Creo que la miró con un odio que no se le ha podido olvidar. Después levantó a su cría como si fuera a entregársela a los dioses y la estrelló contra una roca.

Chino estalló en carcajadas.

—¿De qué te ríes? —preguntó Cora haciéndose la enfadada.

—No, de nada, de lo hijo de la gran puta que era el mono…

Todos empezaron a opinar atropelladamente, a hacer chistes de Titina y del mono y por fin la cosa pareció cuajar. Cuando se acabó un poco la algarabía, Chino dijo:

—Yo nunca me creí las cosas que contaba hasta que un día, yendo en coche por la Castellana, se nos cruzó un burro. El coche se subió en lo alto del animal y, así, encima del burro, estuvimos lo menos diez minutos.

Cora se estaba desmaquillando y comentándole a Chino sus impresiones de la noche cuando el timbre del portal sonó con una serie de pitidos cortos y avergonzados. Miró a Chino a través del espejo con cara de preocupación. Él fue al telefonillo y abrió.

—¿Quién es? —le preguntó desde el baño.

—Me ha parecido Tonuca, pero no sé si he entendido bien.

Unos minutos más tarde Tonuca apareció en la puerta, blanca como la pared. Mirando suplicante a su amiga murmuró:

—Cora, me encuentro mal, me encuentro muy mal.

Cora, asustada, fue a buscar una manta para echársela por encima y al hacerlo notó que estaba temblando.

—¿Pero qué te ha pasado? —preguntó angustiada.

Tonuca no contestó.

—Ven, siéntate aquí —le pidió Cora llevándola despacio hasta el sofá.

Chino, que se había quedado detrás de ellas dos, se dio cuenta de que Tonuca tenía un enorme manchón de sangre en la parte trasera de la falda. Miró a Cora haciéndole una señal con la cabeza.

—Quédate aquí tumbadita —dijo esta poniéndole a su amiga un cojín debajo de la cabeza—. Voy a traerte un poco de Coca-Cola, ya verás cómo te sienta bien.

Cuando estuvieron en la cocina, Chino le contó lo de la mancha de sangre y a continuación, murmuró furioso:

—Me cago en los muertos del carnicero que le haya hecho eso a esta pobre mujer.

A Cora tardó un rato en hacérsele la luz.

—¿Pero tú crees que…? —preguntó abriendo muchos los ojos.

Mientras Cora trataba de reaccionar, Chino cogió una botella de Coca-Cola de la nevera, llenó un vaso, le quitó el gas removiendo con una cuchara y se la llevó a Tonuca. Sentado junto a ella en el borde del sofá, se la fue dando a sorbitos. Cuando notó que el color empezaba a volverle a la cara, fue a la estantería, cogió un libro y de regreso a su lado le dijo:

—Tú no hables, no pienses en nada. Quédate así, tranquila, que te voy a leer un cuento para que te entre sueño.

Empezó a leer muy suave, como si el cuento en vez de cuento fuera nana:

—Vanka Yúkov, un chico de nueve años enviado tres meses antes como aprendiz del zapatero Aliajin, no se acostó la noche de Navidad. Esperó a que los amos y los oficiales se fueran a la misa del gallo, y entonces sacó del armario del patrón un frasco de tinta y una pluma con la plumilla enmohecida, puso delante una hoja arrugada y comenzó a escribir: «Querido abuelo Konstantín Makárich».

A Tonuca se le fueron relajando los músculos mientras escuchaba la lectura. Se tumbó de costado para prestar más atención, pero enseguida se le empezaron a cerrar los ojos. Hacía esfuerzos por volverlos a abrir, hasta que en una de esas, se quedó definitivamente dormida. Justo antes de hacerlo, pronunció en un murmullo:

—Gracias. Nadie me había leído nunca un cuento.

Ya en su habitación, metida en la cama y arrancándose pellejos de las uñas como hacía siempre que estaba preocupada, Cora preguntó:

—Chino, ¿no deberíamos llevarla a un hospital?

—No. No ha vuelto a sangrar, me he estado fijando. Además, si ha venido aquí es porque no quiere ir al médico. Vete tú a saber… —suspiró él.

Cora se quedó mirando al techo con la angustia arrugándole el ceño. De pronto, un pensamiento forastero le hizo incorporarse con entusiasmo.

—Anda, casi me olvido… —exclamó contenta—. Tengo un regalo para ti.

Chino, a quien habían regalado muy poco en su vida, puso cara de niño.

—Hombre, qué alegría —dijo frotándose las manos.

Cora fue al armario y estuvo un rato rebuscando detrás del estante de los zapatos hasta que sacó una bolsa pequeña y elegante atada con un lazo color vino. Se la llevó a Chino, que se había sentado a esperar a los pies de la cama. Después de mirarla entre agradecido e interrogante, desató el lazo con cuidado. Los nervios no le aceleraban los gestos.

Dentro de la bolsa había una caja pequeña envuelta con un papel de seda azul que le pareció muy bonito. Chino se quedó mirando un rato la caja antes de abrirla despacio. En el interior, tendido en una almohadilla de terciopelo, había un jorobado exactamente igual al que él había regalado a Cora en su primera despedida. Solo que este era de oro y con los ojos de zafiros.

—He fundido todas mis joyas para hacértelo —dijo Cora nerviosa ante el silencio de él—. Es para que te dé suerte con la novela —murmuró al fin.

Chino, paralizado hasta entonces por la intensidad de sus emociones, le cogió la cara con fuerza y se la besó por todas partes queriendo metérsela dentro, asustado con la ya inapelable certeza de que si ella se acababa, él se acabaría también.

Dos meses después publicó su novela. Dos meses después se convirtió en Dios.

La calle de los lobos

Una noche de principios de julio lenta y caliente como morir en la hoguera, Bárbara me llamó con la voz muy agitada. Hacía tiempo que no nos veíamos. Había empezado a salir con un escultor, un tal Juan Carlos —«llámale Juan, no puedo con los compuestos»—, y llevaba un par de meses confinada en el perímetro amurallado de la conquista.

—Churra, ¿dónde estás? —me preguntó con voz muy baja.

—En casa, ¿por qué?

—No te vas a creer lo que me acaba de pasar —todavía susurrando—, espera.

Al otro lado de la línea, bulla de bar, frenesí de verano y el chirriar metálico de su silla.

—¡Alucinas! —exclamó ya en un tono normal, alejada del gentío—. Estoy en un indio de Lavapiés con Juan, que supercielo me ha invitado a cenar porque he tenido un mal día; ya te contaré. Y no te vas a creer quién se nos ha sentado al lado.

Bárbara hizo una pausa para crear expectación, pues ni ella esperaba que acertara ni yo acertar.

—Montenegro —sentenció.

—¿Qué dices?

—Te lo juro. Yo supervolada. Casi me acerco a saludarle. Hemos hablado tanto de él que para mí es como si fuera de toda la vida, ¿me sigues, no?

—¿Con quién está?

—Solo. Con una gorra y fumando un cigarro detrás de otro. Si te das prisa lo ves, acaba de pedir.

La plaza de Lavapiés, a la que llegué en metro media hora después, estaba tan abarrotada que tardé un buen rato en localizar a Bárbara. Niños noctámbulos jugando en un arenero, corrillos de senegaleses en las esquinas, bancos de madera con sus *hippies* y sus perros, erasmus coqueteando con los camareros paquistaníes de las terrazas, actrices desnutridas de «tía y método», mendigos comiendo bocadillos en las escaleras del teatro Valle-Inclán, señoras con carrito apurando los últimos minutos del supermercado, y desde una tasca de esquina, la voz de un cantante de boleros llenando de nostalgia el vino tinto. Apenas quedaba ya nada en aquella babilonia moderna del Lavapiés de bandidos y zarzuelas que fue el barrio alguna vez. Solo la hondura de lo antiguo.

Bárbara estaba apoyada en una farola con un cigarro en una mano y un botellín en la otra. Me enterneció la urgencia de su cara buscándome entre la gente. Me recordó a su madre, que lo miraba todo con esa avidez de sorpresa con la que miran los niños. Solo que Mina, la madre de Bárbara, no buscaba en lo nuevo, ella se buscaba a sí misma.

Fue una mujer frágil que se pasaba el día envuelta en unos enormes chales de lana entre los que se arrebujaban, siempre fríos, sus huesos de pajarillo. Alegre, afectiva, y con ese resplandor quebradizo de quienes tienen el alma a la vista, no llegó a adaptarse nunca a la aspereza de lo real. A veces, cuando mamá venía a recogerme de noche a su casa y ella nos despedía agitando mucho el brazo desde la escalinata de entrada, yo pensaba que Mina no estaba del todo viva. Que era una corriente de aire, un reflejo o un espíritu atrapado en una dimensión distinta.

Cuando iba a su casa por las tardes nos preparaba de merienda unos deliciosos dulces polacos que no he vuelto a comer nunca más. Eran una especie de lazos de harina fritos con azúcar por encima que según explicaba ella eran «como las telas de *colorres* que en mi país los *hombrrres* regalaban antes a sus *enamorradas* para sellar su compromiso». Hacía siempre dos platos: uno grande para nosotras y otro pequeñito para ella que no podíamos probar porque llevaba «medicina».

A mí me encantaba estar con ella. Se reía mucho de sus propias bromas que, a decir verdad, yo casi nunca entendía, pues a pesar de los muchos años que llevaba en España seguía teniendo un fuerte acento del este. Pero no importaba, eran tan contagiosas sus carcajadas llorosas que me hacían gracia igual; y cuando yo me reía, ella me atraía hacia su costado como queriendo calentar sus huesos con mi risa.

Las malas lenguas decían que Mina bebía, incluso algo más, pero yo, que había pasado muchas tardes en aquella casa, no noté nunca nada más que calor y alegría. Si se drogaba, era solo contra ella misma.

La vi por última vez el sábado del festival del colegio. Me tocaba bailar una canción de Parchís y había conseguido ir vestida como Tino, de quien estaba secretamente enamorada. Nos la encontramos en la puerta del salón de actos, un poco pálida, pero tan sonriente como de costumbre.

—Alicia, estás muy guapa con ese *disfrrraz*. El *rrrojo* es tu *colorrr*, acuérdate siempre —dijo, pasándome el índice por la mejilla.

Murió aquella noche, en algún momento indeterminado entre los títulos de crédito de una película en blanco y negro y los primeros rayos del amanecer; con su hija durmiendo al lado y un brazo camino del teléfono. Su marido estaba de gira y Lurdes, la interna, en su día libre.

Cada vez que los mayores hablaban del asunto después —y lo hicieron durante mucho tiempo—, yo notaba que algo turbio enrarecía el ambiente: acusaciones veladas, miradas cómplices, silencios abruptos e incluso citas bíblicas. «El que juega con fuego», clamaba el dedo acusador de los virtuosos, tan presto a señalar el pecado del otro para señalar sobre todo, la propia virtud. Parecía, además, que el hecho de que hubieran acertado en el pronóstico mitigaba la tragedia. Como si lo previsible fuera el árbitro de lo justo.

De los detalles no se habló, al menos en público. Salvo los pormenores de la enfermedad, no hay nada de peor gusto para la gente educada que los pormenores de la muerte. Bárbara se fue a Asturias a casa de sus abuelos paternos justo después del entierro y, cuando volvió, ya no era oportuno preguntar. Tardé muchos años en saber lo que pasó aquella noche.

Un viernes de verano —tendríamos dieciséis años—, aprovechamos que mis padres se habían ido a pasar el fin de semana a la finca de unos amigos para robar del mueble bar una botella de ron que llevaba años precintada y bebérnosla a escondidas en mi habitación. Encendimos unas velas, nos sentamos en el suelo y nos pusimos a planificar un viaje a Londres que, aunque nunca llegó, nos dio muchas horas de ilusión. No sé a santo de qué, supongo que debí de preguntarle si creía que su padre le iba a dar permiso, o dinero, qué más da; el caso es que de pronto se puso seria y me contó que creía que su padre se iba a casar.

Marcos, el padre de Bárbara, había sufrido tanto con la muerte de su mujer que se le deformó la cara. Se le cayeron los párpados, los pómulos y la hombría, y ni siquiera cuando hacía esfuerzos por reírse lograba invertir el arco pétreo del dolor. Cada vez que lo recuerdo en aquella época me viene a la cabeza la misma imagen. El salón medio a oscuras y él, agarrotado en el sofá, con una bata escocesa y la mirada perdida frente al televisor. Cuando llegábamos a casa y Bárbara le llamaba desde el umbral, nos saludaba aturdido, como si le hubiéramos arrancado de otro huso horario, hacía algunas preguntas torpes, nos revolvía el pelo y se volvía a sentar.

Estuvo solo muchos años después de quedarse viudo. Dejó de representar a artistas, pues siendo él el único responsable de Bárbara, ya no se podía permitir giras tan largas como las de antes, y pasó a hacer producción en un programa de la tele.

Un año atrás había llegado una redactora nueva a los informativos de la cadena, separada y muy parecida a Mina —aunque sin su resplandor— y empezaron a salir. Ni Bárbara ni yo nos habíamos planteado que la cosa fuera seria hasta que un día le dijo a su hija que iba a organizar una cena para presentársela. Aunque a mi amiga le cayó bien y, además, quería que su padre fuera feliz, no pudo evitar esa sensación de expolio que suelen sentir los hijos con los segundos matrimonios.

—Me horroriza pensar que otra mujer duerma en la cama de mi madre —me confesó con la mirada fija en la llama de una vela la noche de su confesión.

Después, se abrazó las rodillas y reprodujo, con todos los detalles, la noche infausta que cambió el curso de su vida y probablemente, de su identidad.

Cuando el festival del colegio terminó, su madre y ella se fueron a comer unas hamburguesas al centro comercial de su urbanización. Pasaron la tarde en casa haciendo lo que solían hacer los sábados sin importancia: jugar al parchís o a las películas y, a última hora, darse un baño juntas y preparar palomitas para ver aquella serie de hombres lagarto que les ponía el pelo de punta.

Aquella tarde en concreto, jugaron a los bailes. Mina se vistió de hombre con un traje viejo de su marido y le prestó a Bárbara uno de sus vestidos largos que recogió en la espalda con una goma de pelo para que no arrastrara. Pusieron un disco de Frank Sinatra, encargaron una pizza y estuvieron bailando hasta que llegó la cena.

Su madre, inusual en ella, pues era muy friolera, decidió que cenarían en el jardín. Puso la mesa en el porche, cogió la manta de pelo y una botella de vino. Según Bárbara, apenas comió y encendía cada cigarro con las brasas del anterior.

Había luna llena esa noche, y mi amiga me contó que su reflejo esbozaba un charco en mitad del césped. Mina, que de vez en cuando parecía perderse en confidencias con lo infinito, se quedó mirando aquel círculo espectral y murmuró como para sí:

—Cuando nosotras ya no estemos, ella seguirá allí.

Bárbara, entendiendo sin entender, preguntó:

—Mami, ¿cuándo se muere la gente?

Su madre la miró de un modo que ella no supo descifrar y dándole la mano le dijo:

—No te preocupes, mi *amorrrrr*, la gente solo se *muerre* cuando ya está *harrrta* de *vivirrrr*.

Volvieron a entrar en casa e hicieron palomitas. Yo las había hecho cientos de veces con ellas, así que me imaginé perfectamente la escena. La modernísima cocina blanca, el olor a caramelo en el fuego y las dos trabajando como en una operación militar.

—Coge las palomitas. Échalas aquí. Vamos a *meterrrrlas* en el micro y hacemos *mientrrrras* el *carrramelo*.

Nadie hacía las palomitas como Mina. El caramelo se quedaba como una costra sobre el maíz caliente y no nos dejaba tocarlas hasta que estuviera del todo duro.

Se llevaron el bol a la cama y encendieron la tele para ver la serie. Cuando terminó el capítulo, Bárbara no tardó en quedarse dormida, pero su madre siguió despierta. Según mi amiga, viendo una película antigua.

—Recuerdo entre sueños la luz azulada del televisor y esas voces amortiguadas de película en blanco y negro. La sentí moverse mucho en la cama.

Cuando Bárbara despertó, «la habitación flotaba en una niebla de invierno y en el baño se oía el goteo de un grifo mal cerrado».

No supo decirme qué fue lo que le creó la sensación de alarma, si un olor raro o que las persianas estaban levantadas y la calefacción aún sin poner. El caso es que en cuanto abrió los ojos se le puso el cuerpo en guardia. Se giró hacia su madre que estaba de espaldas a ella en una postura rara, como más hundida en el colchón de lo normal. Bárbara le tocó en el brazo, pero no se movió. La zarandeó llamándola en voz muy alta y entonces, como si la hubiera oído, su cuerpo inerte volcó hacia ella. Tenía una mano en el pecho y la otra cayendo fuera del colchón.

—Lo que más me impactó fue la mirada. Parecía prendida en el más allá, como si hubiera muerto siguiendo la estela de su propia muerte.

Tenían un juego entre ellas, del que a veces fui testigo, en el que su madre se hacía la dormida y Bárbara tenía que despertarla con un beso de «amor verdadero»; así que mi amiga se puso de rodillas y le dio un beso en la frente, fría y dura como el granito. Tampoco se movió.

Bárbara no avisó a nadie, no salió a la calle a tocar el timbre de las casas búnker de la urbanización, no llamó a su padre, ni siquiera lloró. Fue al baño, empapó una toalla en agua hirviendo y volvió al cuerpo de su madre para pasársela por los pies, por las muñecas, por la sien. Una y otra vez. Le peinó el pelo hacia un lado, le puso una horquilla, un collar y las sandalias de verano, porque con los zapatos cerrados el empeine sobresalía tumefacto. La besaba todo el rato: en la cara, que se le había llenado de manchas violáceas; en las manos, cada vez más hinchadas, y sobre todo en el pelo, que era lo único que seguía siendo igual. La besaba con fuerza, casi con desesperación. Y por si acaso su madre no hubiera oído su llamada secreta, repetía entre beso y beso, «es verdadero, es verdadero, es verdadero, créeme, por favor».

Fueron pasando las horas. Intentó darle palomitas del día anterior por la hendidura de la boca, pero no terminaban de pasar o se caían por los lados, como a las muñecas. Le echó colonia para que no oliera mal.

Empezó a anochecer y aunque la habitación se había quedado helada, Bárbara me dijo que no lo notó, o más bien, que el frío no estaba fuera de lugar. De vez en cuando se deslizaban por la pared los faros de un coche, llegaban hasta la cómoda y luego desaparecían. Bárbara rezaba para que fuera su padre.

Cuando ya estuvo muy oscuro dejó de calentar el cuerpo de su madre con la toalla, se acurrucó en el hueco que quedaba entre ella y el borde de la cama, y colocó el brazo colgante entre su espalda y el vacío. Fue su último abrazo.

Cuando a la mañana siguiente llegó Lurdes, la chica, Mina llevaba un día y medio muerta. Una parada cardíaca, dictaminó el forense. Bárbara ingresó en el hospital en una especie de estado de *shock* y no fue al entierro. Unos días después su padre se la llevó a Asturias a casa de sus abuelos. Estuvo allí hasta después del verano, y, al regresar no era la misma Bárbara que yo conocí.

Al localizarme finalmente entre el gentío, tiró el cigarro por la mitad y corrió a mi encuentro.

—¿Qué te pasa? Tienes una cara rarísima —me dijo cogiéndome de la mano y tirando de mí excitada—. Corre, date prisa, que cuando me he ido estaba pidiendo ya el café.

Atravesamos la noche pegajosa hasta una de las esquinas de la plaza, iluminada por una farmacia, aún abierta, que alguna vez fue botica. En la calle Lavapiés las terrazas de los hindúes se confundían unas con otras en una pendiente de mesas metálicas y lenguas extranjeras que rompían contra la frontera oscura de la loma.

Cuando llegamos a nuestra mesa, saludé distraída a Juan Carlos buscando a Chino entre la clientela. Bárbara me cedió el sitio que había ocupado, el de mejor visión de la mesa, y se sentó en la silla que dejó libre su novio, pues Juan Carlos, entre disculpas y rubores anunció que había quedado con no sé quién en cuanto llegué yo.

Entonces lo vi. Solo, quieto, absoluto. Estaba sentado en la mesa más oscura de la terraza, debajo de un árbol y con la cabeza hacia abajo. Llevaba una gorra negra y leía un libro minúsculo que había apoyado en la rodilla derecha, cruzada en ele sobre la izquierda. Toda la cara le quedaba en sombra, pero incluso así, opaco y esquinado, era el epicentro del restaurante, un campo magnético que lo imantaba todo. Hasta el aliento.

Lo habría reconocido aun sin saberle allí, estoy segura. Su quietud de peñón, los pómulos esquemáticos, la gorra calada y el eco de la voz de Cora:

—Chino es siempre el faro; esté donde esté.

De pronto alzó la vista y clavó sus ojos negros en la nada. Me impactó. Nunca había visto a nadie divagar con la mirada tan fija, tan poderosa, tan concienzudamente posada. Le dio un sorbo al cortado sin dejar de calibrar el mundo por encima de la taza y observé que, efectivamente, se le notaban los años. Tenía unas arrugas profundas en la frente, las mejillas descarnadas y ese aire cansado del escepticismo viejo, de quien ya lo ha dudado todo. En cualquier caso, el tiempo era una anécdota en la inmensidad de su semblante. Un dato sin importancia en la historia que contaba.

Cuando dejó la taza en la mesa, algo pareció sobresaltarle, se palpó el bolsillo del pantalón y sacó un viejo Motorola con tapa. Entornó los ojos mirando al aparato, descolgó y un segundo después estalló en una carcajada vibrante e inmóvil que le llenó la cara de vida. La conversación duró tres o cuatro minutos en los que él apenas habló, solo sonreía. Cuando colgó, se le quedó la risa a rastras.

En ese momento un chico con gafas de intelectual y mucho pelo en los brazos se acercó a su mesa con discurso largo y precipitado. Desde mi posición solo veía al admirador de perfil, pero se le notaba el éxtasis en cada gesto. Los ojos desorbitados, la atrofia del cuerpo, las palabras atropelladas. Chino le miraba con una media sonrisa y asintiendo despacio con la cabeza, como si tratara de recordar algo. Me pregunté si estaría escuchando o si tendría la mente en otro sitio: en la conversación del teléfono, en el cigarro que se consumía en el cenicero, en la cuenta… Me pregunté también si le seguiría creando alguna sensación el halago. Si aún se le agitaría algún nervio cuando le llamaban maestro. Si no le crearía ternura, o piedad, que aquel muchacho que sudaba tratando de decir algo distinto fuese a recordar ese momento como uno de los más importantes de su vida. Supuse que no; que a esas alturas, la única sensación ante aquello era la de intimidad interrumpida.

El chico sacó un libro de la bolsa que llevaba al hombro y se lo tendió tembloroso como una jovencilla enamorada. ¿Hasta dónde sería capaz de llegar por Chino?, pensé. ¿Abandonaría a aquella novia que le esperaba tímida en la mesa si él se lo pidiera? ¿Estaría dispuesto a dejar su trabajo, su casa y su integridad si su mito insistiera lo suficiente? ¿Se dejaría torturar? Había algo angustioso en la idolatría. Era un desquiciado intercambio en el que alguien ofertaba a gritos su alma a un comprador sordo. Mientras Chino escribía una dedicatoria corta en la primera página, el chico engullía aquel segundo inolvidable en el que la cabeza de su ídolo se había detenido en él.

Chino le devolvió el libro ensanchando la sonrisa y el otro se fue flotando. Montenegro se fumó un cigarro más, llamó al camarero con la mano, pagó en metálico y se levantó con agilidad. En un acto reflejo, yo hice lo mismo.

—¿Vas a seguirlo? —me preguntó Bárbara entre avergonzada y orgullosa.

No contesté, me marché tras él como los ratones de Hamelin.

Chino, que había puesto rumbo al vértice negro de la cuesta, andaba rápido y mirando al suelo. Un hindú que fumaba en la puerta de una tienda de telefonía móvil le saludó al pasar. Él devolvió el saludo con una amable inclinación de cabeza. La calle se fue despojando de ruido y luz con cada metro que avanzábamos; pero aunque en cualquier otra situación me hubiera dado miedo caminar sola por allí, estar cerca de él me creaba seguridad.

Cuando hubo alcanzado la cima, giró a la derecha y se metió por una calle más abandonada aún que la anterior. Salvo el cuchicheo entrecortado de un televisor por la ventana abierta de un piso alto, no se escuchaba nada. Ni siquiera mi respiración. De pronto, Chino se dio la vuelta con brusquedad. Fue un gesto rápido, de lobo al acecho, de depredador en la noche. La luz de una farola le iluminaba los ojos, clavados en mí. No había sombra de duda en su mirada; ningún permiso a la equivocación. Lo único que había en aquellos dos pozos negros era constatación. Y advertencia.

Después de un segundo infinito, retomó su trayecto como si nada, a la misma velocidad que antes, con la manos en los bolsillos e idéntico arqueo de espalda. Sin embargo, no hizo falta más. Aquella mirada tajante fue suficiente para terminar de entender por qué Cora lo había dejado todo, por qué nunca quiso a nadie más, por qué, incluso, dejó de creer en Dios.

Seguí detrás de él por inercia y por dignidad, pero buscando ya una desviación para volver al restaurante hindú. No hubo necesidad. Unos metros más allá, Chino se paró delante de un edificio con escudo de armas, sacó las llaves y entró. No volvió a mirar atrás.

Llegué a casa a las dos menos cuarto de la madrugada y tan agitada por el encuentro que era incapaz de dormir. Después de cumplimentar todos mis rituales nocturnos con menos rigor que de costumbre, me metí en la cama con la ventana abierta y *Los muertos felices* abierto por la primera página. La dedicatoria, «A Cora, por ponerlo todo en duda», tenía ahora una dimensión distinta. Ya no era una frase abstracta, un mantra universal que cada uno pudiera acomodar a su anhelo particular. Ahora había una historia tras las palabras. Unas caras, un latido privado, una forma concreta de mirar.

Busqué la hoja doblada en la esquina cerca de la segunda mitad, y al empezar a leer, el rostro agotado de Chino Montenegro se dibujó entre las páginas. Sus rasgos no eran exactamente los de él, tan frescos en aquel momento en mi cabeza, sino que se fundían con los que yo le había inventado a Félix Santamaría. Las angustias de uno y otro —esas sí fueron siempre las mismas— jadeaban a través de aquellas líneas que bailaban borrosas ante mis ojos. Pero aunque no era capaz de enfocar, había leído tantas veces aquel capítulo en particular que las letras no eran ya tinta, sino voz. La voz de la desesperación.

En la Isla, los matrimonios eran contratos de cinco años renovables. Al cumplirse esa fecha, el Centro Gemelar citaba por separado a cada miembro de la pareja para una sesión de dos días con su guía. Hacían una valoración de la vida en común, repasaban los desperfectos, identificaban cuáles de los problemas eran propios y cuáles ajenos —en esto había siempre una enorme confusión— y ponían sobre la mesa los reajustes precisos para que la relación siguiera avanzando.

Uno de los asuntos en los que más se incidía era en fomentar la búsqueda de pequeños proyectos comunes: la redecoración de la casa, un viaje, una afición común. Ensueños menores. Tablones a los que agarrarse para sobrevivir al naufragio de las grandes ilusiones.

Al final de su estancia en el Centro, decidían si firmaban por otros cinco años más o no. Casi todos lo hacían. Apenas un dos por ciento de las parejas decidía disolver su relación en estas revisiones matrimoniales que Javier Amores llamaba «las fronteras efectivas».

El director del Centro Gemelar había establecido el plazo de los cinco años para controlar los dos grandes peligros de las convivencias largas: la desidia y la falta de flexibilidad.

Según había podido comprobar, en torno al tercer año de relación se iniciaba en las parejas una curva descendente que era preciso enderezar antes del punto de no retorno. En ese momento de crisis, el hecho de tener un horizonte relativamente cercano que creara incertidumbre, obligaba al esfuerzo. Eso, a los que querían prorrogar. Para los que dudaban, también era beneficioso vislumbrar una meta. Era un incentivo para seguir corriendo.

—En contra de lo que pueda parecer —aseguraba Amores—, el hecho de saber que si a los cinco años uno se cansa de la convivencia puede deshacer su matrimonio sin traumas ni condenas es, para la gente que tiende a sentirse asfixiada, un incentivo en la durabilidad. Lo que ahoga a los que tienden a ahogarse no es quien tienen al lado, sino que esa persona no tenga fecha de caducidad. Por otra parte, en las crisis que surgen cada cierto tiempo en todas las parejas, saber que hay una fecha límite les impulsa a aguantar hasta allí. «No voy a separarme ahora, espero un año o dos, no renuevo y ya está». Para cuando llega ese momento, la crisis suele haber pasado.

La cláusula de los cinco años no solo amortiguaba la inercia del desgaste. Además, obligaba a la pareja a redefinirse, a hacer un parón y preguntarse si los principios constitucionales de su relación seguían siendo válidos. Javier Amores llamaba a esto «ajustar los niveles de oxígeno». El grado de tolerancia a la infidelidad, la equidistancia entre los miembros, el reparto de obligaciones y derechos, la necesidad de caricias… La vida tenía su propio movimiento de traslación, un particular cambio de estaciones que exigía adaptarse al medio del mismo modo que el invierno obliga a abrigarse más.

Para el Centro Gemelar la pregunta más importante que tenían que hacerse los gemelos en este revisar vínculos era si a pesar de las nuevas circunstancias, cualesquiera que fueran, seguían siendo positivamente enemigos.

En caso de que por cualquier azar de la vida uno de los miembros de la pareja se hubiera debilitado hasta caer a los pies del otro, el psicólogo guía les ayudaba a reequilibrar la situación. Si bien dar cintura a las relaciones estaba indicado, lo que no podía alterarse nunca era la identidad inicial de cada uno: los valores de la primera tabla. Si esto se desajustaba, se desajustaba toda la ecuación. En esos casos, el Centro se encargaba de hacer un trabajo de terapia con la persona afectada para reparar la grieta y devolverla intacta a la casilla de salida.

Había un momento especialmente peligroso en el largo viaje matrimonial: la cima, esa edad en la que los individuos llegaban a la cumbre de su vida. Eran muchos los que una vez allá arriba, desde donde solo se veía bajada y el fondo, el valle definitivo, se daban la vuelta desesperados intentando como fuera volver a la pendiente de subida. En ese momento confuso, de rebelión del hombre contra su inexorable destino, era una tendencia muy frecuente tirar la mochila al abismo. El dos por ciento de las personas que decidían no renovar los contratos solían decidirlo en la cima. Salvo Lili.

Aún les quedaban siete meses para cumplir los cinco años de casados, pero Félix sabía a ciencia cierta que ella no iba a renovar. Él lo había intentado todo. Durante una época trató de fingirse solo su amigo. No funcionó. Probó con la indiferencia, la frialdad y hasta el desprecio. Ella se alejó aún más. Al final, completamente vencido, jugó la carta de la compasión. Nada dio resultado. El amor, como le dijo un amigo un día, no se puede esconder. Es como el miedo, expele una especie de olor. E igual que los perros atacan a quienes les temen, el animal que hay en nosotros detecta infalible a quienes nos quieren y a quienes no.

Sea como fuere, el hecho es que Lili no había sido feliz durante aquellos cuatro años y medio. Al principio, quizás un poco. Félix, en la primera de la interminable lista de concesiones de quien se sabe no querido, dejó Candelaria, la capital, y se mudó a la cabaña del manglar. A pesar de ceder en esto, lo cierto es que durante los primeros meses no se entregó del todo. El rechazo de ella le había dejado resaca y, además, el curso de los acontecimientos le había confundido tanto, había levantado tal polvareda en su cabeza, que apenas conseguía ver nada. Fue la única época en la que no tuvo que fingir desamor. Fue la única época en la que ella le buscaba la mano al despertarse.

Ahora recordaba aquellos meses con la misma amargura con la que recuerda la sobriedad el alcohólico que ha recaído. No hacían nada especial. Madrugaban, iban a trabajar y al volver a casa se contaban el día. Cuando no había muchos mosquitos cenaban en el porche frente al mar y bebían botellas y botellas de Ambrosía del Cardenal.

En el *dossier* de instrucciones que el Centro daba a las parejas cuando firmaban su vínculo matrimonial, la primera y más extensa era la obligación de hablar. De lo que fuera. Una anécdota en la cola de la cafetería, la noticia política del día o la tapicería del sofá. Javier Amores había escrito en el *dossier* que la conversación era un músculo que había que trabajar.

—Cuando está poco definido se debe empezar con ejercicios fáciles, charlas cómodas que cada miembro de la pareja tendrá que ir ajustando al interés del otro mediante ensayo-error. Con el tiempo, este hablar por hablar acabará siendo solo un preludio, el precalentamiento de esas conversaciones vómito con las que se consolida la intimidad.

Fueron aquellas sobremesas de largo recorrido las que lo complicaron todo otra vez. Félix, al escucharla hablar como para sí misma, volvió a recordar por qué se había vuelto loco por aquella mujer. Era tal la lucidez de sus análisis, tan microscópica la lente de su mirada, que a veces tenía la sensación de que Lili era una emigrante de la posteridad. Una viajera del tiempo que traía en su equipaje las respuestas a los misterios que llevaban toda la historia volviendo loca a la humanidad.

El amor arrancó a trompicones, como un motor que se hubiera quedado frío, y en cuanto ella escuchó las bujías volvió a su opacidad. No podía decirse que hubiese ira en sus silencios, sino más bien una resignación fría. A veces también, sentido de culpa. Cuando en alguna ocasión daba una respuesta desagradable a una pregunta neutral, se mordía la esquina del labio y no tardaba en ir a acariciarle la mejilla con las yemas de los dedos. Pero Félix sabía que el gesto era sobre todo una caricia a su conciencia.

Aquel equilibrio frágil duró hasta el episodio de la bañera. Fue un malentendido, un desagüe al dolor contenido de él, un grito desesperado… Quién sabe qué fue, pero desde ese momento Lili se sintió legitimada para despreciarlo abiertamente.

Sucedió una tarde fresca de otoño. Ella estaba en la bañera porque le relajaba el agua y él estaba arreglando una bombilla que parpadeaba en el salón porque le relajaba arreglar. Sobre la mesa de madera de la cabaña, en tres hileras simétricas, se desplegaba una baraja del tarot. Lili, que saltaba de afición rara en afición rara para apaciguar los sofocos de su inteligencia desmedida, se había comprado un libro de adivinación hacía un par de meses y estaba aprendiendo a echar las cartas. No creía en su poder profético, pero le atraía el lenguaje cifrado de aquellos naipes del siglo xv, su simbología, los dibujos inquietantes. A Félix, en cambio, el asunto no le interesaba lo más mínimo, así que Lili había desarrollado en solitario la afición.

Cuando hubo desmontado la lámpara estropeada, Félix se dio cuenta de que necesitaba una pieza complicada de encontrar, así que cogió el teléfono para llamar a uno de sus colegas del Centro de Iluminación y preguntarle si por casualidad tenía alguna en su casa para pasar a buscarla. Al descolgar, le sobresaltó la voz de un hombre al otro lado del auricular.

—Bueno, entonces el miércoles, ¿no? ¿A las ocho te va bien? —preguntó el desconocido.

—No, a las ocho y media llega mi marido y va a ser muy precipitado. A las siete, mejor —contestó Lili en voz muy baja.

—Pero, ¿nos va a dar tiempo?

—Sí —se rio ella—, ya sabes que yo soy muy rápida.

Félix se quedó petrificado. Las sienes se le desbocaron, el entendimiento también y cuando entró en el baño no era hombre, sino bestia.

—Tienes un amante, ¿verdad? —gritó.

—¿Qué? —dijo Lili confundida y aún con el teléfono inalámbrico en la mano.

—No te hagas la tonta, joder. Te acabo de oír —Félix hacía esfuerzos por no llorar.

La cara de Lili pasó por varios estadios. Desconcierto, súbita comprensión y, finalmente, una profunda expresión de desprecio.

—No me gusta que me espíen —siseó saliendo del agua y cogiendo una toalla. Se envolvió en ella, se acercó mucho a él y con esa tranquilidad indeleble de cuando no se siente nada, continuó—: Estaba quedando con un compañero de trabajo para practicar con las cartas. Como te molesta tanto lo del tarot, tengo que hacerlo a escondidas.

Cuando iba a salir del baño se resbaló con el charco de agua y estuvo a punto de caerse. Lo odió con toda su alma.

Félix estuvo expiando aquel pecado los tres años siguientes. En aquel exabrupto de amor, o de celos, o de desesperación, Lili encontró un asidero lo bastante sólido para justificar su frialdad y desde entonces se había sumido en un desdén silencioso que reptaba día y noche por las paredes de la relación.

Empezaron a vivirse sin ruido, llenos de intuiciones anónimas. No hablaban más que de logística urgente y cuando no les quedaba más remedio que hacer algo en común, ella arrastraba los pies. Arrastraba los pies tras el carro de la compra, al bajar los escalones de la cabaña hacia el coche o al desnudarse para hacer el amor.

Félix trataba de hacerla reaccionar sacando constantemente a relucir los días que fueron casi felices:

—¿Te acuerdas cuando te caíste de la barca la noche de tu cumpleaños? —preguntaba riéndose con exageración.

O:

—Venga, vamos a por un pescado a la lonja y te lo preparo como te lo hacía antes, con lima y guindilla.

Pero ella no reaccionaba a nada. Una sonrisa pálida desde otro lugar mental. Ese era el mejor escenario.

Una noche en la que él había bebido más de lo normal se atrevió a preguntarlo:

—¿Tanto me odias?

—¿Odiarte? —contestó ella asombrada. Después, con una sonrisa dulce, suspiró—: ¡Ojalá!

Así que a solo siete meses de tener que renovar, Félix decidió que lo haría; tomaría las pastillas. La única alternativa que le quedaba era dejar de sentir.

Volvió al Samatorio, donde le atendió de nuevo el doctor Poderós, que le recetó una píldora todas las noches antes de dormir.

Cuando estaban a punto de despedirse, le dijo desde su tarima de indiferencias:

—No la culpe. A usted le pasaría lo mismo. Tener a alguien subyugado genera desprecio; es duro, pero es así. Y en el fondo, es usted quien le ha fallado. Ella quería un enemigo a la altura, es lo que pidió. Sinceramente, ¿cree usted que lo es?

Félix no tomó una pastilla aquella noche, tomó dos. Y la noche siguiente otras dos. Y así hasta que el oleaje de sus sentimientos se convirtió en un agua mansa y cómplice y dejó de quererla por fin —a todo el mundo en realidad—. Su antigua obsesión se redujo a un aleteo lejano, apacible y fraudulento. Lili renovó el contrato.

El verano pasó rápido e incoloro. Me fui a Galicia desde mediados de julio hasta finales de agosto y, salvo por una semana de sol que aprovechamos como si fuera el preludio del Apocalipsis, el resto del verano hizo mal tiempo. Fuimos de excursión a Portugal, dimos algún paseo en barco con sudadera y los labios morados, y el resto de las vacaciones comí y dormí. Cuando regresé a Madrid y subí a ver a Cora, lo primero que me dijo fue:

—¿De dónde vienes así de blanca, hija mía? Parece que has veraneado en un velatorio.

Ella, que había estado la mitad del verano en Cádiz y la otra mitad en una isla griega con Juan y otra amiga de la que yo nunca había oído hablar, estaba morena y guapa. Tenía los ojos más verdes y brillaba en ellos una determinación nueva, como si hubiera usado las vacaciones para redefinir lo importante.

La segunda semana de septiembre mi madre organizó su tradicional cena de *rentrée*. Hacía muchos años que yo no iba porque sus amigos me aburrían, pero cuando me contó que esa vez iba a invitar solo a colegas de papá, le pedí que me incluyera.

Tenías ganas de ver a Joaquín Buendía, compañero de la facultad de mi padre al que conocía y admiraba desde niña. Durante algunos años soñé en secreto que de mayor me casaría con él. Joaquín, al que todos llamaban Quino, era un neurocirujano reflexivo y cultísimo que desde hacía ya muchos años pasaba todos los veranos en la India, un mes y medio en un *ashram* y el resto del tiempo en Kalighat, el centro de enfermos terminales que la Madre Teresa tenía en Calcuta. Desde que descubrió la meditación era incluso más inteligente que antes. Más lúcido, más empático y con una asombrosa exactitud en la definición de los grises. Él estaba convencido de que meditar le había permitido modificar el cableado neuronal.

Habían invitado también a Luis Arbolí, un microbiólogo asturiano que llevaba años investigando una técnica genética que permitía modificar los genes con una precisión y una sencillez asombrosa —esto me lo contó papá—. La primera vez que coincidió con él en un congreso hacía diez años y Luis le explicó las infinitas posibilidades que este método ofrecía para la prevención —incluso curación— de muchas enfermedades degenerativas y, por supuesto, del cáncer, mi padre estuvo a punto de volverse loco. Al margen de los simposios en los que coincidieron desde entonces, cenaban juntos en Madrid al menos una vez al trimestre. Yo le había visto solo en dos ocasiones y no me pareció tan fascinante como a papá, pues lo encontré relamido y sin sentido del humor, pero las cosas de las que hablaba resultaban sin duda interesantes.

El último de los invitados era el nuevo director del Anatómico Forense, un tal Moisés, a quien solo conocía de oídas, pues su amistad con papá era reciente. Habían coincidido dando clases en la Autónoma, y, según mi padre, era una de las personas más capaces con las que se había encontrado a lo largo de su carrera profesional. Nos avisó también de que podía resultar brusco. Por lo visto, los días que estaba de mal humor, la gente del Anatómico se encerraba en el cuarto de baño al oírlo llegar rugiendo por los pasillos.

Cuando llegué a casa la mesa del comedor estaba puesta para ocho. Mamá nunca daba cenas para más gente, decía que ese era el número límite para que todo el mundo pudiera participar de una misma conversación.

—¿Quién viene solo? —pregunté al pasar por delante del comedor y hacer las cuentas.

—Moisés. Se acaba de divorciar —me contestó papá.

—Por tercera vez —intervino mamá, que correteaba por la casa presa de esa histeria que le poseía antes de recibir.

La pobre Gladys, que había sustituido a Josefa cuando se jubiló, iba detrás de ella tratando de dar respuesta a sus órdenes confusas y atropelladas.

—Gladys, por favor, primero la copa del agua, luego la de blanco y luego la de tinto, ¡te lo he dicho un millón de veces! —gritaba desde el comedor antes de volver al salón y cambiar por enésima vez la disposición de las flores en el aparador.

No había notado lo mal que trataba al servicio hasta que conocí a Cora. De niña sufría mucho cuando montaba en cólera con Josefa porque se olvidaba de almidonar los cuellos de las camisas de papá o le echaba pepino al gazpacho; pero suponía que aquello era normal. Ahora que había visto otras formas, no solo me daba pena, me daba también vergüenza.

Papá, sentado en el sofá, miraba su teléfono completamente ajeno al barullo de la organización.

—Se ha pasado con las hortensias, ¿no? —me preguntó cómplice cuando me senté a su lado en el sofá.

—¡Totalmente! —sonreí—, te hubiera salido mucho más barato invitarlos a cenar al Ritz.

Papá se rio, y por primera vez en mi vida lo vi mayor. La vejez no es progresiva, no es un camino cuesta abajo que te vaya despojando paulatinamente de la juventud. La vejez son pequeños barrancos a los que cae uno de cuando en cuando. Al ponerse de pie para seguir caminando, lo hace con tres, cinco o diez años más. Papá acababa de caerse por uno de esos precipicios. Le observé con detenimiento tratando de precisar qué era lo que había cambiado. No eran las arrugas, tenía las mismas de siempre. Era la gravedad, que le tiraba del rostro hacia abajo en ese reclamo previo que hace la tierra de todo lo se acabará por tragar. Y también la lentitud. Tardaba más en empezar a reírse, en terminar de hablar, en dejar las gafas sobre la mesa o en sacar el tabaco del bolsillo del pantalón. Se me hizo un nudo en el pecho de ternura, compasión y angustia. No era capaz de concebir la vida sin él. Metí la mano en mi bolso y saqué un cigarro.

—Tienes que dejar de fumar —dijo.

—Y tú.

—Yo ya soy viejo. Dejar de fumar a mi edad es más peligroso que no hacerlo. El organismo se vuelve loco si después de tantos años le alteras su equilibrio. Pero tú aún estás a tiempo.

El timbre de la puerta interrumpió la conversación. Luis, Joaquín y sus respectivas mujeres entraron en el salón con la euforia torpe de la falta de confianza. Mamá les sirvió vino enseguida para desviar los nerviosismos hacia una indolencia amable y común.

Me senté junto a la mujer de Luis, Conchita, una diseñadora de joyas llamativa, entusiasta y mucho más natural que su marido, que o hablaba de lo que dominaba o no hablaba de nada. Mamá y la mujer de Joaquín, que nunca se terminaron de caer bien, se enseñaban fotos en los teléfonos mientras los tres hombres se quejaban —rivalizando— de la cantidad de horas que habían trabajado aquella semana.

Moisés llegó en el momento exacto en el que empezaba a ser de mala educación no hacerlo.

—Perdón, pero he tardado media hora en encontrar las llaves del coche —dijo con voz de fumador veterano nada más entrar en el salón.

Robusto, con barba de dos días, el pelo un poco graso y esa mirada descreída de quien trata mucho con la muerte, Moisés tenía más pinta de policía de distrito marginal que de médico renombrado. Pero era tan auténtico, tan sin máscaras, que se convirtió enseguida en el centro de atención. En un mundo cada vez más blindado a la intimidad resulta unánimemente atractivo quien participa de sus miserias con gracia y sin pudor.

Cuando le pidió a Gladys el segundo ron ante la mirada inquieta de mi madre, explicó que no le gustaba demasiado el alcohol y que bebía por cortesía hacia el resto, porque sobrio no había quien lo aguantara. Mientras daba sorbos cortos a la copa con la espalda apoyada en el aparador de las hortensias, se enzarzó en un divertido soliloquio sobre lo caro que resultaba divorciarse con sentido de culpabilidad.

—Pero qué le vamos a hacer —suspiró ronco—. No puedo echar balones fuera. Las tres veces que me he separado han sido por cabrón. Tienen todas más cuernos que un reno.

Miré de reojo a mamá, que abrió y cerró la boca varias veces como un pez fuera del agua. Después de pedir disculpas por referirse a tal asunto y hacernos imaginar «en situación» un cuerpo tan abominable como el suyo, justificó aquel pecado con su profesión:

—Nos pasa a muchos forenses. Cuando nos quitamos la bata nos entra una ansiedad terrible por consumir la vida.

Con un oncólogo, un forense y un genetista en la mesa, el tema central de la cena fue, muy a pesar de mamá, la muerte y el más allá.

Joaquín, muy influenciado sin duda por sus temporadas en la India, aseguró que cada vez creía más en la reencarnación. Contó que un colega suyo, jefe de Psiquiatría del Monte Sinaí de Miami, usaba la hipnosis regresiva en sus terapias y había conseguido llevar a algunos de sus pacientes a escenas anteriores a su nacimiento.

—Hay investigaciones ahora que aseguran que eso tiene una explicación —intervino Luis con las pupilas dilatadas, como siempre que hablaba de su profesión—. Por lo visto el ADN tiene memoria. Hay impresiones, imágenes que se quedan grabadas en los genes y se transmiten de una generación a otra. Eso explicaría los *déjà vu*, por ejemplo, y también lo que cuenta tu amigo sobre las otras vidas.

—Joder, qué interesante —exclamó Moisés con la boca llena de *vichyssoise*—. Otra prueba más de que Dios, los santos y sus vecinos no son más que un ganar tiempo hasta que la ciencia dé con la tecla de la inmortalidad. No creo que estén muy llenas las iglesias cuando consigamos vivir mil años.

—Mil años no es lo mismo que la inmortalidad —dijo sereno papá, a quien la ciencia no había alejado nunca de una fe profunda y convencida—. En el infinito, mil años siguen sin ser nada, no son representativos. Además, y lo sabes tú igual que yo, el infinito en matemáticas es un imposible, siempre es infinito menos uno. Lo único infinitamente posible es Dios.

—Como concepto, sí. Pero yo que estoy todo el día con muertos, que abro cuerpos de chavales de diecisiete años que se tiran por la ventana después de haberse tomado un Cola Cao, os aseguro que por mucho que nos pese, esto es principio y final.

Marieta, la mujer de Joaquín, profesora de Filosofía y autora de varios libros sobre el existencialismo alemán, dijo entonces algo que, no sé si por complicado o por distinto, me causó una profunda impresión:

—Es difícil hablar de la muerte sin precisar bien lo que es. O cuándo empieza. Porque, ¿no nos morimos un poco al nacer?, ¿al tomar un cuerpo reducido y opresor, unas normas, unas costumbres y unas circunstancias que nos convierten en seres proyectados o en no seres?

La pregunta quedó flotando en el aire en medio de un silencio confuso que obligó a replantear la conversación. Del concepto metafísico de la muerte, que con la intervención de Marieta había llegado a un grado de abstracción que ya nadie podía seguir, pasaron a su aspecto más mercantil.

Joaquín contó que sus padres se habían muerto con una diferencia de seis meses y que, al ser hijo único, se las había visto y deseado para pagar el tanatorio, el traslado a Teruel —los dos eran de allí— y el entierro.

—Eso lo encuentro indignante —le dio la razón Conchita, la mujer de Luis—. Mucho avance, mucha empatía y mucha humanidad y luego no dejamos a la gente llorar a sus muertos en paz. Los agobiamos con facturas que no hay quien pague y trescientas decisiones absurdas. ¡A quién narices le importará si el féretro es de bronce o de nogal cuando se le acaba de morir un hijo!

—Bueno, siempre está la opción de la incineración —dijo Joaquín, muy dado a las terceras vías—. No sabéis cómo es de impresionante la cremación de los muertos en Benarés, envueltos en sudarios blancos y sobre una cama de troncos.

—También te puedes donar a la ciencia, como pienso hacer yo —intervino Moisés—. Si la ciencia me acepta, claro —sonrió—. Es lo más cómodo. Te mueres, vienen dos señores a recoger tu cuerpo y ya no se sabe nada más de ti. A tu familia le ahorras muchos malos ratos y, por supuesto, un dineral.

Cuando Gladys trajo la *bavaroise* de piña, mamá consiguió por fin llevar la conversación por derroteros menos siniestros, y aunque a todos se nos relajó el cuerpo hablando de si era más bonito Tailandia o Vietnam, lo cierto es que la cena perdió su anterior electricidad.

Acabábamos de levantarnos de la mesa para pasar al salón cuando Moisés, como sin darle importancia, preguntó:

—Cora Moret vive aquí, ¿no?

—Sí, justo encima —contestó enseguida mamá—. Es encantadora. Alicia es íntima amiga suya.

Lo dijo mirándome con orgullo, pues para ella aquella amistad era, sin duda, lo más importante que yo había hecho en la vida.

—¿Y cómo está? —se dirigió directamente a mí.

—No sabría decirte —respondí después de pensarlo unos segundos—. Cora es indefinible.

—Siempre lo fue —dijo Moisés con una leve nostalgia en la voz.

—¿La conoces?

—La conocí, sí; era muy amiga de Bernardo Martínez, un urólogo que estudió la carrera conmigo. Coincidimos en algunos saraos y, aunque era bastante mayor que yo, la encontraba fascinante. Bueno, ¿y quién no? Era la mujer con más personalidad de su generación. No me extraña que Montenegro perdiera la cabeza por ella.

—¿Nunca la has vuelto a ver? —pregunté.

—Sí, una vez, a la salida del teatro. Ella iba con un pintor y yo con una pija ridícula, y para colmo estrecha, a la que había invitado porque no tenía mejor opción. Cora me saludó encantadora, como es ella. La tonta de mi acompañante, que se las daba de original, le dijo cuando se la presenté: «Anda, qué casualidad, el otro día vi a Chino en un avión». Como si lo conociera de toda la vida. Y después, con una sonrisa como horrorizada, soltó: «Llevaba sandalias de cuero». Cora que siempre fue muy rápida de coco y, además, debió de captar enseguida el perfil conservador de la otra, contestó: «Como Jesucristo». Y se fue del brazo del pintor.

Llegué a casa a la una y pico de la mañana. Me desmaquillé, me puse el pijama y salí al balcón a fumar un último cigarro. La noche era todavía agradable y Madrid se retorcía allí abajo como un reptil al que acabaran de azuzar con un palo. Apoyada en la barandilla y absorta en la vehemencia de los septiembres, incluso de madrugada, tardé un rato en reparar en la pareja del otro lado de la calle. Hablaban medio en sombras, así que al principio creí haber visto mal. Pero después de un rato observándolos, de reconocer el vestido de ella y la silueta paquidérmica de él, supe sin atisbo de duda que eran Cora y Moisés.

Estuvieron hablando bajo una acacia algo más de diez minutos; aunque la copa del árbol me entorpecía la visión, tenía el ángulo suficiente para darme cuenta de que no sostenían la clase de charla gesticulante de dos personas que acaban de encontrarse después de veinte años sin verse. Hablaban muy cerca uno del otro, con distancia de conspiración y una gravedad en el rostro solo propia de cierta intimidad. Al final de la conversación, ella le sonrió cogiéndole el brazo con cariño. Después, se fundieron en un abrazo.

Me metí en la cama con cientos de preguntas pisoteándose en mi cabeza, pero hubo una de entre todas ellas que consiguió imponerse a las demás: ¿por qué nos había mentido Moisés en la cena?, ¿por qué había pretendido tener con Cora una relación mucho más remota de la que realmente tenía? Después de una hora y pico de pensamiento circular seguía sin acercarme a ninguna conclusión plausible, así que pensé que lo más sencillo sería preguntarle a ella al día siguiente. Quizás me dijera la verdad.

Encendí la radio y me la metí debajo de la almohada. Era una costumbre de mamá que de niña nunca entendí y que ahora me ayudaba a dormir.

Serían las seis y pico de la mañana cuando escuché su nombre entre sueños. Chino Montenegro. Volví a oírlo una segunda vez. Chino Montenegro. A la tercera, me desperté:

—El genial escritor gaditano Chino Montenegro ha sido hallado muerto esta misma madrugada en su casa de Madrid. Aunque aún no se han confirmado las causas del fallecimiento, todo apunta a que podría deberse a un paro cardíaco. El escritor estaba solo en su domicilio cuando…

La voz de la locutora siguió hablando con su bien modulada inflexión de tragedia. Pero no la escuché. No escuché nada. Incorporada del todo en la cama y con las manos en la cabeza solo podía pensar: ¡Dios mío, Cora…!

PEQUEÑAS Y GRANDES MUERTES

Madrid, veinte años después del tren

El 16 de enero empezó con la sádica normalidad que precede a la tragedia. Cora aterrizó en Madrid a las ocho menos cuarto de una de esas mañanas tan oscura y tan de invierno que hacen pensar que la primavera es mentira, que no existe, que no volverá.

Recogió su maleta en la cinta de equipajes, fue a la casa de cambios a canjear los dólares que le habían sobrado y caminó hacia la salida con la lentitud de los viajeros a quienes no espera nada ni nadie. Las puertas automáticas se abrieron y su sensación de soledad arreció ante la barrera de caras expectantes y abrazos llorosos. Incluso los turoperadores somnolientos con el Mr. & Mrs. Williams en la pizarra de plástico le parecieron mejor destino que el suyo. «Podía haber avisado a Juan para que viniera a recogerme», pensó. Pero siempre le había dado apuro molestar a nadie con esa clase de favor.

El frío de la mañana sacudió de golpe el entumecimiento de los vuelos largos. No fue hasta que puso los pies en la acera, cuando sintió que había llegado del todo a Madrid. Los aeropuertos son tierras de nadie, entreactos de espacio y tiempo.

La llevó a casa un taxista acogedor. No hablaron de nada especial: la lluvia, la recuperación del negocio, la desidia de los funcionarios y la desfachatez de los políticos; sin embargo, aquel hombre de apariencia gris y ambientador de vainilla tenía una noción de las cosas más cabal que la mayoría de los exhibicionistas intelectuales con los que ella solía tratar. Además, abrazaba mirando. Cora le dio una propina generosa por haberle hecho sentir menos sola, salió a las fauces del invierno y arrastró la maleta de oferta hasta el portal de su casa.

Dos años después de que Chino publicara la novela, se habían mudado a un ático en la plaza de Matute, la orilla ilustre de Atocha. Su nuevo piso —para Cora siempre fue nuevo— estaba en un edificio modernista con vidrieras centenarias y balcones de hierro forjado que los japoneses fotografiaban compulsivos. Cora nunca terminó de sentirlo un hogar.

No cabía duda de que era mucha mejor casa que la anterior. Techos altos con molduras, un parqué de espiga tan brillante que parecía un estanque y unas cortinas a medida que habían costado diez meses de alquiler de su antigua buhardilla.

—Todo primeras calidades —dijo ufano el constructor que les había hecho la reforma cuando les enseñó el *jacuzzi* del baño. Ella odiaba los *jacuzzis*, prefería mil veces el silencio.

Lo cierto es que Cora odiaba todo lo de aquel piso. El lujo le creaba desasosiego. Quizás porque lo asociaba con la soledad de su infancia, quizás porque Mise, que era muy refranera, siempre decía que «cambio de jaula, pájaro muerto». Quizás porque desde que no hacía frío en casa, ya no se abrazaban en la cama.

Quedarse en la buhardilla hubiera resultado absurdo; sin embargo, Cora estaba segura de que hubiera amortiguado su alejamiento. Cuando las circunstancias cambian tan bruscamente que todo se tambalea, es importante tener un sitio que te ancle, un símbolo del pasado, unas paredes que testifiquen. Soltar amarras con fuerte viento de proa es mandar el barco contra las rocas.

Cora cogió el correo del buzón, subió hasta el cuarto piso y lidió un buen rato con las llaves hasta que dio con la que encajaba. El cansancio la volvía torpe. Cuando entró en aquel piso frío y vacío, el repuntar de ánimo del taxi se diluyó como tinta en el agua. Encendió los radiadores, fue a la cocina y se hizo un café solo con el absurdo propósito de no dormirse y aguantar hasta la noche, pero entre el cansancio transoceánico y esa melancolía ondulada que le acompañaba desde que llegó a Nueva York, se quedó dormida en cuanto encendió la tele y se tumbó en el sofá.

El grito entusiasta de una presentadora de concursos la despertó a las cuatro y pico de la tarde. Fuera, la oscuridad era igual de triste que la de la mañana. Una lobreguez estirada, sin horas.

Cuando abrió la maleta, la ropa sucia olía a tristeza. Las emociones huelen, se quedan pegadas a la tela en las esquinas por las que se sufrió. Tuvo la tentación de tirarlo todo a la basura, pues tenía una antigua superstición contra las prendas que llevaba puestas cuando había sido infeliz. Pero como la suya no era una tristeza apasionada, sino vieja, no halló en ella la energía del arrebato.

Fue al salón, se asomó a las penumbras violáceas de la ventana, sintió en carne propia el miedo enfermo de una ambulancia que pasó cerca, deambuló por la estancia como un gato sin hambre y, finalmente, cogió el montón de cartas que había dejado en la mesa del recibidor. La mayoría eran para Chino. Aduladores, enamoradas, invitaciones institucionales. Decenas de remitentes esforzados y ávidos de él, de su talento, de vincularse de algún modo a la gloria. Volvió a dejar el montón en la mesa segura de que él nunca leería ninguna. Cuánto esfuerzo inútil.

Sentada de nuevo en el sofá llamó un par de veces a Juan a su apartamento de Madrid. No contestó nadie.

«¿Dónde habrá ido con este tiempo?», pensó Cora con un escalofrío, pues imaginaba sórdida y oscura la intimidad de su amigo. Luces tenues, sofás rojos con quemaduras de cigarros, batas de seda, abrazos enfermos, hostales con desconchones… Con el auricular todavía en la mano tuvo la tentación de llamar a Chino para decirle que había llegado bien. Al final decidió colgar. Tenía un instinto muy desarrollado para saber cuándo las palabras separan más que los silencios.

Lo imaginó tumbado en una de esas camas inmensas y mullidas de hotel norteamericano. Las piernas estiradas, una sobre la otra, la bata japonesa medio abierta y el humo del cigarro subiendo hasta el techo paralelo a su mirada. Le llegó su decepción desde diez mil kilómetros de distancia.

Chino se había quedado en Estados Unidos porque aún tenía que presentar *Sala de espera,* su última novela, en Washington, Filadelfia, Boston, y no recordaba en qué ciudades más. Mónica, la editora, se lo había dicho un montón de veces, pero no prestó atención. No le interesaban demasiado los proyectos de los que no formaba parte.

La idea inicial era que ella le acompañara la segunda parte de la gira. Se reunirían en Nueva York después de que él hiciera Miami y la costa Oeste, y seguirían juntos hasta el final. Pero Cora cambió de planes a la mitad. Se inventó una entrevista urgente para la revista de cine en la que colaboraba desde hacía un tiempo, un actor francés que presentaba película en Madrid.

—¿No puede hacerlo otra persona, coño? —preguntó Chino, sabiendo de sobra que era mentira.

—Soy la única que sabe francés.

El día que él se fue a Washington, ella se volvió a casa.

El viaje había salido mal desde el principio. Cora no había estado nunca en Estados Unidos y no hablaba bien inglés, así que había quedado con Chino en que iría a recogerla al aeropuerto. Él llegaba un día antes.

En la aduana, un agente negro, colosal y con cara de pocos amigos le preguntó algo que no entendió. Ella se encogió de hombros y el agente volvió a hacer la pregunta con el gesto más crispado y el acento más nasal. Finalmente, dando la conversación por imposible, dio un suspiro que le agitó todo el cuerpo e hizo un gesto con la mano a uno de sus compañeros.

El segundo agente, un dominicano bostezante, pero más amable que el anterior, le hizo una serie de preguntas absurdas: ¿Lleva usted armas en la maleta, tiene alguna enfermedad mental, planea atentar contra el presidente de Estados Unidos de América o traficar con drogas en el país? Cora respondió a todo que no con un leve temblor en la voz. La policía siempre le hacía sentir culpable. O mejor dicho, indemostrablemente inocente. A pesar del miedo, su hemisferio analítico no pudo evitar preguntarse si aquel cuestionario habría servido de algo alguna vez, si algún narcotraficante se habría tirado al suelo de rodillas confesando sus delitos y suplicando clemencia. A ella aquellos hombres de camisa azul y pistola en la cadera le dieron tanto miedo que de haber sido delincuente habría confesado.

Encontró con facilidad la sala de equipajes, y mientras esperaba que saliera su maleta, sacó la polvera del bolso, se puso un poco de color y una barra rosa en los labios. Después, con el equipaje ya en la mano y una sonrisa anticipada, cruzó los muros de la capital del mundo.

Al otro lado de la puerta la humanidad ardía en una llamarada de identidades distintas. Corriendo, buscando, charlando o esperando inmóviles en mitad de la nada, los figurantes de ese plató esquizofrénico que era el aeropuerto de Nueva York, componían el mayor caleidoscopio humano que Cora hubiera visto jamás. Ejecutivos reaganianos arrastrando sus *trolleys*, indias con saris, alcohólicos de gabardina, negras con cerezas en el sombrero, locos gritando salmos, judíos ortodoxos, damas de melena blanca y originalidad distinguida y un buen número de americanos de pueblo con una expresión entre ingenua y fanática. Si un extraterrestre hubiese querido hacerse una idea del mundo, le hubiera bastado con asomarse al ventanal de aquel pasillo fronterizo.

Cora buscó la cara de Chino entre el gentío, pero no la encontró. La marea de pasajeros fue empujándola hasta una esquina en la que se quedó parada sin saber qué otra cosa hacer. Cada vez que se abrían las puertas de la calle, el aeropuerto se llenaba de corrientes heladas, bocinazos y restos de nieve sucia.

Siguió buscándolo convencida aún de que aparecería. Que llegaría corriendo y culpando al tráfico o a cualquier otra tontería. Sin embargo, pasaron los minutos y Chino no llegaba.

Cora llevaba la dirección del hotel apuntada en algún sitio, pero se le hacía un mundo llegar sola hasta el centro de la ciudad. No digamos ir hasta una cabina y enfrentarse a una conversación imposible con una teleoperadora de Ohio. Así que esperó. Diez minutos, media hora, una, dos. Cuando al final cogió un taxi después de una cola muy lenta, ya estaba harta de Nueva York.

Le enseñó la dirección al taxista, un hindú con turbante que afortunadamente no hizo preguntas. Después de echar un malhumorado vistazo al papel, arrancó con un acelerón que la lanzó contra el respaldo.

Durante el largo trayecto hasta la ciudad, Cora rumió su decepción acurrucada en la esquina oscura del asiento. Si Chino hubiera hecho aquello hacía diez años, abandonarla así a su suerte, se habría enfurecido, habría llorado y, al final, habría buscado la manera de dolerle con la misma eficacia que él la había dolido.

Pero hacía mucho tiempo que Chino le había ganado la batalla. En las relaciones entre iguales, la hegemonía es oscilante, sube y baja como las astas de un molino. Hay épocas en las que uno quiere más y otro quiere menos. Un éxito profesional, un alguien que se enamora de ti y te hace sentir invencible, un golpe que te vuelve frágil, el nacimiento de los hijos… Son muchas las variables que inclinan la balanza en uno u otro sentido. Pero hay un equilibrio global, una especie de *quid pro quo* que el subconsciente no pierde de vista. «Ahora soy yo quien te necesita, quien se siente vulnerable, quien está inseguro y pide a gritos cariño. Pero mañana serás tú, y ahí nos veremos las caras». Esa noción de precariedad en el gobierno obligaba a tener muy bien cogida la medida del abismo. Sin embargo, cuando se vive con un hombre que ya no es hombre, sino emperador, la asimetría se vuelve irreversible.

Desde que se hizo famoso, Chino tenía una corte que lo trataba como a una divinidad. Se vestían con sus verdades, vivían para detectar la climatología exacta de su ánimo antes que nadie, se peleaban entre ellos por el asiento más cercano y, como sabían que se le ganaba con la risa y la comodidad, se afanaban en ambos oficios hasta dominarlos con naturalidad. Si alguna vez Chino pecaba, aunque fuera contra alguno de ellos, lo achacaban al aturdimiento lógico de la genialidad.

Pese a que ninguno le decía las verdades incómodas, habían perfeccionado hasta el delirio el arte de la media verdad. En mitad de una conversación en la que ya se le había dado mucho la razón, metían una opinión en contra sobre algo que a él le diera más o menos igual. «Pues mí me parece que los boquerones en Málaga los fríen mejor». Desacuerdos sin importancia que alejaban cualquier sospecha de sumisión.

Solo su padre, que murió de repente en plena apoteosis de Chino, y sus amigos de siempre, Ricardo, Periquito y alguno que otro más, lograron mantenerse al margen del deslumbramiento y la relación vertical. Por supuesto, Cora también. Algunas veces se imaginaba a sí misma como en el juego de la soga, tirando ella sola del otro lado de la cuerda y con sus pies arrastrándose poco a poco hacia el epicentro de la derrota, porque aunque Chino asegurase detestar la idolatría, aquel séquito de espantapájaros le acabó creando una relación malsana con la verdad. Para equilibrar la situación, Cora se vio obligada a empuñarla con más crudeza de la que nadie hubiera sido capaz de aguantar.

Cuando el taxi entró en el puente y Manhattan desplegó al fondo sus alas de murciélago, se olvidó durante un rato de todo lo demás. Se sintió trasladada al guion de su propia película, una bobina que avanzaba con los miles de fotogramas de la ciudad que su memoria había impreso sobre un cartón de palomitas y los besuqueos clandestinos de los de la butaca de al lado.

El cristal del taxi era ahora la pantalla, el biombo que distribuía ficción y realidad: nada de lo que quedaba al otro lado del vaho terminaba de tener la consistencia de lo concreto. El humo denso de las alcantarillas, las escaleras de incendios en los edificios de ladrillo, las limusinas kilométricas, los porteros con chistera y las riadas de gente en las aceras acelerando el paso hacia un futuro prometedor. Todo le parecía parte de un plató. Aunque volvería a Nueva York después, siempre que lo recordaba lo hacía con el semblante de aquella primera vez.

Una hora y pico después de salir del aeropuerto, el taxi se detuvo delante del Sherry-Netherland Hotel, un rascacielos de los años veinte con frisos, gárgolas y un pináculo que se perdía entre unas nubes que cruzaban con violencia la luna. Cora supuso que era cortesía de la editorial. Chino nunca hubiera elegido ese sitio. Ella tampoco. A los dos les gustaban más los pequeños hoteles con encanto. A pesar de eso, se sintió reconfortada al entrar. El vestíbulo tenía una luz cálida y la mullida densidad de lo antiguo. Los mosaicos de mármol del suelo y las lámparas de candelabros le daban solera de gran hotel europeo; sin embargo, a los paneles de piedra en relieve y los frescos del techo les faltaba aún mucho tiempo.

En la recepción, un chico pecoso que, por su edad, debía de estar recién salido de la escuela de hostelería, le dijo en un español perfecto que el señor Montenegro no estaba, pero que había dejado dicho que ella iba a llegar esa tarde. Después de un registro lento y esforzado, le dio la llave de una habitación en la planta veinticuatro. Salvo en los aviones, Cora nunca había estado tan lejos del suelo.

El dormitorio, con cortinajes ondulados y butacas de época, tenía ese aire cursilón de todo lo que pretende imitar el xix francés. No obstante, en combinación con el casi insolente confort del lujo norteamericano, resultaba muy agradable. La temperatura era perfecta; el agua del grifo, abundante; la televisión, último modelo; y la moqueta, sin erosiones. La maleta de Chino, tirada en medio del cuarto y a medio deshacer, era lo único que rompía la armonía del conjunto.

Cora se tumbó en la cama con dosel y tomó la decisión de no salir de aquel cuarto hasta que Chino hiciera acto de presencia. Si no volvía, se moriría entre esas cuatro paredes.

Hasta aquel momento la exigencia de sobrevivir en un entorno hostil había distraído su disgusto, pero a salvo ya de peligros, se preguntó por milésima vez en los últimos años, si tenía sentido seguir casada con él.

Después de una boda tensa que organizó la editorial en un castillo con ermita de la Bretaña francesa —pensaron que un sitio tan bonito y tan ajeno distraería de ellos la atención—, Cora tardó cuatro años en quedarse embarazada. Cuando por fin lo logró, perdió el niño una semana antes de llegar al tercer mes. Le volvió a pasar lo mismo la segunda vez: la misma semana, la maldita semana once, algo falló. Cora sufrió tanto con aquello, se le clavaron tan dentro los cristales de sus sueños rotos, que decidió no intentarlo una tercera vez.

Sin hijos que les obligasen a estar por encima de sí mismos, sin una economía subsidiaria —ella ganaba lo suficiente en la revista para poder vivir bien—, ni una religión a la que obedecer, no quedaban muchos argumentos para defender aquella historia cuando a él, obviamente, le resultaba tan fatigoso quererla.

Un frío inexistente se le había metido en el cuerpo, así que llenó la bañera y se metió dentro. Cuando salió del agua tenía sueño y hambre, pero no conclusiones.

Sacó unos cacahuetes y una tónica del minibar y puso una telenovela en el canal latino, pero no consiguió concentrarse. Un pensamiento horrible se le instaló en la cabeza cuando el aullido de una sirena se impuso sobre el resto de ruidos que llegaban desde la calle. ¿Y si le había pasado algo?, ¿y si le habían atracado en alguna de aquellas callejuelas oscuras que había visto desde el taxi y estaba tirado, herido o muerto detrás de un cubo de basura? Se levantó de la cama y empezó a dar vueltas por la habitación. Revolvió la maleta de Chino en busca de alguna pista de a dónde podía haber ido, pero salvo ropa, libros y cartones de tabaco, no encontró nada más. Pensó en llamar a Mónica, la editora, pero no sabía dónde se alojaba. Llamar a la policía tampoco era una opción. ¿Qué les iba a decir? Y sobre todo, ¿cómo se lo iba a decir? No, no había nada que pudiera hacer, aparte de quedarse tumbada en aquella cama aséptica e inacabable imaginándose lo peor.

Cuando a las dos y pico de la mañana Chino entró en la habitación tratando de no hacer ruido, se la encontró llorando. La miró entre asustado y culpable. Al verle los ojos vidriosos y notar el olor a alcohol, Cora se recompuso inmediatamente de su llanto, se levantó de la cama y sin decir palabra empezó a guardar las pocas cosas que había sacado de la maleta. Chino, también callado, seguía sus movimientos como una sombra. Intentó tocarla, pero Cora se desasió.

—Quería haber llegado, te lo juro —empezó a decir él—, pero estos gringos son unos borrachos, se han puesto a beber y tú sabes cómo soy, que no sé decir que no. Luego, ya no había manera de encontrar un taxi.

Cora no contestó, siguió haciendo la maleta en silencio. Le daba igual acabar engullida por las fauces de aquella temible ciudad, que le cortaran el cuello dos chicanos en una calle oscura o acabar con un mono naranja en una cárcel de máxima seguridad. Cualquier cosa menos seguir en aquella habitación.

Chino siguió disculpándose con torpeza hasta que, cambiando a tiempo la estrategia, la cogió por los hombros y le dijo:

—Estate quieta un momento, *joe*.

Ella obedeció esperando que él fuera a decir algo distinto, algo que sirviera. Ni ella misma sabía qué. Pero Chino, que era el rey de la medida, tenía una capacidad asombrosa para hacer que lo inevitable se detuviera en el mismísimo borde del precipicio.

—No te vayas —le pidió mirándola con un desamparo que ella creía extinguido—. Este viaje no tiene sentido sin ti. Yo no tengo sentido sin ti. Me pierdo en cuanto te alejas.

Ella siguió callada, pero notó que los músculos se le relajaban y la furia empezaba a amainar.

—Dame un día —siguió él—. Si mañana por la noche aún te quieres ir, yo te llevo al aeropuerto, pero dame un día, por favor.

Cora se quedó. Como se quedaba siempre. Porque aunque no tuvieran hijos, ni penurias ni fe, él era su apuesta, su familia, su credo y su conclusión.

Cuando se metieron en la cama y apagaron la luz, Chino se le acercó al oído y le susurró:

—Mucha pena, mucho llanto y muchos cojones, pero el minibar te lo has comido entero.

Cora sonrió a su pesar, pero durmió de espaldas a él.

Chino había pedido cuatro días libres a la editorial para pasarlos con ella, así que tuvieron todo ese tiempo para ellos solos. A pesar del frío boreal, casi no pisaron el hotel. Visitaron todo lo que salía en las películas, bebieron mucho café humeante en vasos de papel, entraron en unas cuantas tiendas de barrio y asomaron la cabeza al Nueva York sórdido y violento de aquellos años. Uno de los días cogieron el tren a Long Island, donde vivía un escritor colombiano amigo de Chino que les preparó una deliciosa bandeja paisa. Otro, fueron de excursión organizada al Bronx. Les sobrecogió aquel suburbio despiadado en el que según el guía, la policía llevaba años sin entrar. En las aceras, los más jóvenes detenían su marcha al paso del autobús para mirarles con un odio magmático y paralizante. La furia de los desamparados. De los cautivos. De los que fueron derrotados antes de competir. Algunos les escupían. Otros esquivaban el atropello en la última curva del *crack*. Solo los más ancianos permanecían impasibles a la intromisión grotesca de los turistas. Seguían a lo suyo, lentos y hastiados como los viejos gorilas del zoo.

A Cora le impresionaron los mensajes de los grafitis, testimonio abreviado de aquellas vidas en ruinas. «Willy, vengaremos tu muerte», leyó en una pared de ladrillo contigua a una azotea en la que una banda de chavales bromeaba a empujones y bebía de botellas escondidas en papel de estraza.

Cuando iban a girar la última esquina del barrio, un grupo de niños tiró piedras al autobús.

—¿No nos van a tirar piedras? —le dijo Chino en voz baja—. Me parece horrible esto de venir de excursión a la miseria y volvernos luego al hotel a comer un solomillo.

El último día, una nevada paralizó por completo la ciudad, así que pidieron el desayuno en la cama y decidieron quedarse en el hotel. Chino presentaba el libro esa tarde.

Cuando llegó el carrito con el zumo de naranja, los bollos y el café, él trató de abrir la ventana para fumar, pero no se podía.

—¡Qué obsesión con que no se mate la gente! —se quejó con amargura.

Se fumó el cigarro igual. Tumbado en la cama, con el brazo izquierdo detrás de la cabeza y mirando en silencio al techo.

—¿Estás nervioso con la presentación? —preguntó Cora.

—Un poco —respondió rascándose la cabeza. Luego rectificó—: Bueno, no mucho, ya estoy *acostumbrao*.

—¿Les habrá gustado el libro? A lo mejor te dicen que eres muy malo y que te retires ya.

Chino se rio.

—A lo mejor. Pero la crítica ha hablado bien. Y cuando los dos o tres que se supone que saben dicen que algo es bueno, el resto del mundo se lo cree.

Volvió a quedarse en silencio. Cora miró por la ventana. Cuando se dio la vuelta él la estaba mirando con una expresión borrosa. Con ese tono lento que usaba para anunciar lo importante, dijo:

—Pues estoy preocupado.

—¿Por qué?

—Te acuerdas de Monchi, ¿verdad?

—Sí, claro, cómo no me voy a acordar —dijo Cora—. Nunca lo volviste a ver, ¿no?

—Alguna vez, pero desde que se fue a vivir a Huelva, yo que sé. Me llamó unas cuantas veces, pero ya sabes cómo soy, un desastre.

Chino cogió otro cigarro del paquete que había dejado en la mesilla, lo encendió, le dio una chupada larga y, difuminado entre el humo, le dio a Cora la noticia.

—Se ha muerto.

—¿Qué?

—Sí. Me llamó Periquito a contármelo cuando estaba en Miami. Por lo visto estaba cruzando la calle por detrás de un camión, el camión no lo vio, dio marcha atrás para maniobrar y se lo llevó por delante.

—¡No me lo puedo creer! —exclamó Cora tapándose la cara con las manos.

Chino asintió lejano. Después de otro silencio, en voz muy baja y como para él, dijo:

—Pobrecillo.

Cuando giró la cabeza hacia ella había angustia en su expresión:

—Cora, ¿sabes que no sentí nada cuando me lo contó? Nada. Bajé a la playa, me metí en el mar y me quedé flotando un buen rato boca abajo acordándome de él; intentando sentir pena, rabia, dolor, lo que fuera. Pero no sentí nada. Como si me hubiera *hartao* de pastillas de mi libro y me hubiera quedado sin sentimientos.

Apagó el cigarro en un vaso con agua sin atreverse a mirarla. Cora no supo qué decir.

—Llevo angustiado desde entonces —siguió él con la voz ronca. Y después, mirándola como miraba a su madre de niño cuando no sabía qué escribir en las redacciones de la escuela, preguntó—: Cora, ¿y si Félix Santamaría es mi Frankenstein? ¿Y si me he convertido en un monstruo, en mi monstruo?

A las seis de la tarde una limusina negra les recogió en la puerta del hotel para llevarles al sitio donde iba a presentarse la novela, un antiguo teatro cerrado al público que el Ayuntamiento había recuperado para eventos culturales, fiestas o subastas benéficas. El coche avanzó despacio hacia el sur. Bajo aquella quietud blanca, la ciudad parecía más dócil y menos extranjera. La nieve se amontonaba por todas partes: en las aceras, las barandillas, los capós de los coches y en las ramas despojadas del invierno. De vez en cuando un pedazo maduro se desprendía de una cornisa creando la sensación de que era el universo quien se derretía. Los mendigos aprovechaban la ausencia de testigos para rebuscar sin prisa en las basuras.

Casi una hora después, el coche se detuvo frente a un edificio bajo de ladrillo marrón en el barrio de Gramercy. A sus puertas, una pequeña multitud expectante asomaba sus ojos entre gorros de lana y gruesas bufandas. Muchos de ellos llevaban un ejemplar de *Sala de espera* en la mano; otros muchos, *Los muertos felices*.

A Cora le seguía sorprendiendo la magnitud del éxito de Chino mucho más que a él, que lo vivía con la desgana en la que acaba desembocando cualquier rutina. Ni siquiera aquella aglomeración de gente tiritando por él en el inconquistable Nueva York pareció crearle ninguna satisfacción particular.

—Ofú, ahora con la sonrisa falsa hasta las diez de la noche, a contar otra vez lo mismo, a responder las mismas preguntas… —dijo antes de bajarse del coche.

—Deja de quejarte de la fama. Si mañana te despertaras siendo anónimo te daría un ataque.

Cuando Chino publicó su libro, en febrero de 1976, la reacción del mundo no se hizo esperar. Solo la primera semana vendió ocho mil ejemplares. La prensa extranjera calificó la novela como lo más original que se había escrito en lengua hispana en el último medio siglo. «Montenegro encanta al que no sabe de literatura y vuelve loco al que sabe», decía la crítica de él. Ganó el Chianchiano Aprecia, en Italia; en Francia eligieron *Los muertos felices* como el mejor libro del año; las universidades se llenaron de tesis sobre la obra y en Estados Unidos, el mercado más difícil para un autor español, estuvo varias semanas en la lista de los más vendidos. Sucedió lo mismo en la Unión Soviética y Japón.

En España, cualquiera con un mínimo de vocación intelectual leyó la novela al menos una vez. Subrayaban, hacían notas en los márgenes y debatían acalorados sobre el verdadero significado del libro. Las universitarias se tumbaban bajo los árboles con la novela entre las manos, los inconformistas la colocaban sobre las mesas de las cafeterías como una bandera moral —o sentimental— y hasta las amas de casa llevaban un ejemplar entre las lechugas y tomates de la cesta de la compra. Como bien había vaticinado Cora cuando la leyó antes de su publicación:

—Te va a leer mucha gente. No hay una sola persona en el mundo a la que no le interese el amor.

Le entrevistaron en los periódicos más importantes de los dos lados del Atlántico, en todas las revistas especializadas y, aunque él se resistía mucho a ese medio, también en la televisión. Por la calle le llamaban «maestro» y allá donde fuera la gente se le acercaba con anhelo reverencial. Las mismas personas que en cualquier otra circunstancia se comportaban con inteligencia, gracia o naturalidad, se volvían rígidos y torpes con él. Desposeídos de su identidad, cuando Chino les preguntaba algo o les gastaba una broma tardaban mucho en reaccionar, pues tenían que salir corriendo en busca de sí mismos y encontrar su voz perdida en el limbo de la devoción.

Aunque durante algunos años el éxito le hizo ilusión, se cansó enseguida.

—¿Esto qué tiene de bueno? —le decía a Cora cuando llegaba alguna noche a casa huyendo de sus persecutores—. Que te ahorras las colas y consigues mesa en los restaurantes, nada más. No puedes ir tranquilo a ningún *lao*, no te puedes emborrachar fuera de tu casa… Pasas a deberte a una masa invisible que ni siquiera sabe bien por qué te quiere y que, en general, no valora de ti lo que es de verdad valorable. Probablemente, ni siquiera entiendan lo que haces.

Atravesaron el vestíbulo del teatro en compañía de la pequeña corte institucional que salió a recibirles. En el grupo estaba una tal Astrid, agregada cultural de la embajada de España en Nueva York, guapa, tirando a sofisticada y con la inocencia postiza de las zorras de alcurnia. Ya en su modo de saludar a Chino, con la cabeza de lado y un apretón de manos más lánguido de lo normal, quedó claro su linaje.

Cora la observó con curiosidad. Había tratado tantas veces con aquella clase de mujer, enemiga natural de la mujer, que era capaz de analizarlas con distancia emocional. Conocía al dedillo esa manera de escuchar, pretendidamente atenta y pretendidamente admirada, los movimientos estudiados de la melena, la risa precisa, la gesticulación lenta —y subliminal— de las manos y la boca. Después de tantos años padeciéndolas, sus artificios habían pasado a tener para ella el mismo interés, casi científico, que el ritual de apareamiento del caballito de mar.

Como era sutil y profesional, Astrid se puso a su lado mientras caminaban hacia el camerino que le habían habilitado a Chino para que estuviera cómodo antes de la presentación.

—Nunca me imaginé que fueras tan guapa —le dijo con cara de sorpresa en un momento determinado de la conversación.

Cora estuvo a punto de echarse a reír a carcajadas.

En la habitación, con techo bajo, hilo musical y dos sofás de piel marrón, había también una mesa con bebidas frías y calientes y unos tentempiés muy vistosos. Cora se puso una copa de vino blanco y Astrid le sirvió una a Chino, que miró inquieto a su mujer antes de cogerla. Mónica, la editora, inmersa siempre en su trabajo, se acercó a preguntarle si le parecía bien hacer un par de entrevistas antes de salir a hablar. Él, sentado con indolencia en el sofá, dijo que no, que estaba un poco nervioso y que mejor al terminar.

Cuando Mónica y Astrid salieron de la habitación, le dijo a Cora:

—Esta Mónica qué torpe es. No la he visto con menos tacto en los días de mi vida.

Después de la charla fueron a cenar a un italiano en el Village con paredes de ladrillo y unas sencillas mesas de madera con mantel blanco. Además de Mónica, Astrid y ellos dos, iban Andrés, el escritor colombiano amigo de Chino, y un actor de teatro polaco amigo a su vez de este.

Mónica había reservado la mesa del rincón, bastante apartada del bullicio del local.

—Oye, has estado bárbaro en la presentación —exclamó Astrid nada más sentarse.

Era verdad. Había tenido uno de esos días inspirados en los que la palabra y la idea se alían de manera natural. Definió las cosas con una belleza austera y precisa; aligeró la densidad con ese humor del sur, colorido e imprevisible, que tanto le acercaba al otro; y respondió las preguntas del final como si todas le parecieran importantes, creando una empatía con cada uno de los presentes que solo él sabía crear.

Chino sonrió en señal de agradecimiento.

—He estado a gusto, sí —dijo sin más.

Mientras Mónica pedía al camarero en un aparte y Chino y sus amigos hablaban de una nueva obra del *off-Broadway*, Cora entabló conversación con Astrid, sentada a su derecha. Se enteró de que era de Zaragoza, que estaba divorciada de un escritor sin éxito y que tras aquella pose de mujer de mundo su seguridad hacía aguas por todas partes. Durante un rato le dio pena; pero solo hasta que, de vuelta en la conversación general, la otra, cada vez más liberada de sus decoros de medio triunfadora, empezó a hacer esfuerzos ímprobos para que todos los hombres de la mesa se la quisieran follar.

—Pues me parece interesantísimo el tema de la novela —dijo mirando a Chino con tono de confidencia y afinidad intelectual—, lo de una escuela para enseñar a la gente a morir.

Chino, cansado de hablar de sí mismo, asintió sin decir nada, alternando su mirada entre la de ella y el mantel. Aunque era un hombre carnal, nunca fue coqueto. Los hombres de mucho éxito no necesitan serlo.

—Lo que más me divierte es lo de ir apuntando en una libreta todo lo que no tendrás que volver a soportar cuando te mueras —dijo con una palmada entusiasta—. ¿No os parece una genialidad? —continuó pasando la mirada por todos los de la mesa—. Yo, por ejemplo, llevar tacones. ¡Qué esclavitud! —terminó mirando a Cora en busca de complicidad.

—Entre tacones y andamios hay un término medio —ironizó Cora en referencia a los doce centímetros de tacón de la otra.

Astrid, demasiado excitada con su protagonismo para darse por aludida, siguió hablando y hablando.

—Pues, mira, creo que en tu próximo libro deberías echarnos una mano con eso. Hablar un poco de las torturas a las que tenemos que someternos las mujeres por ser mujeres —«Tortura, tú», pensó Cora con la sonrisa congelada—, de los tacones, los sujetadores o de esos pendientes enormes que nos deforman las orejas. Creo que el tema de la igualdad está muy poco tratado en la literatura.

—Es que yo no creo en la igualdad —contestó Chino rompiendo al fin su mutismo.

Se hizo un silencio expectante, como siempre que hablaba.

—La igualdad no existe, es metafísicamente imposible —continuó—. No hay nada igual en la naturaleza.

—Entonces, ¿en qué crees tú? —preguntó con interés su amigo colombiano.

—En el equilibrio.

Hubo un murmullo de aprobación.

El resto de la cena fue una oda al arte y a la sensibilidad de los artistas. Cuando llegó el tiramisú, Cora, aburrida de tanta complacencia, le dio un giro a la conversación.

—Tengo la sensación de que cuando habláis de lo sensibles que son, equiparáis el término con bondadoso, humano, noble... Es verdad que los artistas son sensibles, que perciben ondas que el resto no. Son como médiums de lo infinito o de lo esencial. Pero he conocido muchos artistas que eran grandísimos hijos de puta.

Un silencio pesado cayó sobre la mesa. Salvo el actor polaco, que sonrió mirando al plato, todos fingieron no haber oído nada.

Chino volvió al hotel sin hablar. Ella tampoco lo hizo. Al día siguiente anunció que se volvía a Madrid.

En la nevera de su casa solo había dos yogures caducados y un pedazo de queso, así que Cora bajó a la calle a por algo de comer. Por la tarde había llovido y la plaza estaba desierta y resbaladiza. Las ventanas de las casas se reflejaban movedizas en los charcos de las farolas y, salvo el silbido del viento rompiendo contra una esquina, no se escuchaba ni un alma. La mantequería de enfrente, donde solían comprar las excepciones, tenía el cierre metálico bajado, así que se metió en un bar de la calle Huertas, pidió un pincho de tortilla y un vino de la casa. No había mucha más gente. Dos hombres mirando entre bostezos las noticias y una mujer sola que bebía algo rojo y fumaba nerviosa.

Cuando entró en su casa, el contestador automático parpadeaba. Era Chino.

—Hola, soy yo —una pausa—. Nada, que ya estoy en el hotel de aquí, de Washington. Hace un frío espantoso. Dime cómo has llegado. Un besito.

Su voz, sombría e impermeable, tuvo el efecto buscado. Cora se sintió mal. Culpable. Precipitada y drástica en su decisión de marcharse.

En ese idioma subterráneo y particular de cada pareja, Cora sabía exactamente lo que aquel mensaje y ese tono significaban: a pesar de tus condenas, a pesar de lo improcedente que estuviste en la cena, a pesar de haberte ido, te perdono.

No le llamó de vuelta. Se quitó los zapatos, se tumbó en el sofá y pensó, triste, en lo que se había convertido su vida. Se acordó de su madre y una frase que decía a menudo y que ella había tardado mucho en entender del todo: «Está el cielo lleno de lágrimas por las plegarias atendidas».

Otra oleada de culpabilidad le encharcó la respiración al pensar en su madre. No la veía desde antes de Navidad. Un amigo de Chino, un director de orquesta ruso, les había invitado a pasar las fiestas en un caserón blanco y rojo que tenía a las afueras de San Juan de Luz. El 24 por la noche, cuando habló con ella, le notó cierta fragilidad en la voz, pero no se preocupó; su madre era invencible. Además, Bruno estaba con ella.

A la una de la madrugada seguía en la misma postura, revolcándose en su soledad e imaginando lo distinto que sería aquel piso con dos niños correteando por allí. Calculó la edad que tendrían ahora. «Seis y tres años», pensó abatida.

Harta ya de su humor plomizo, decidió irse a la cama y acabar con el día cuanto antes, pero había dormido mucho por la tarde, así que cuando se metió entre las sábanas estaba completamente despejada. Cogió una novela que llevaba meses en la mesilla. Como era muy mala, no la terminaba nunca, pero le ayudaba a dormirse. Normalmente, a la segunda página caía rendida.

Llevaba ya veinte leídas cuando, desesperada, se acordó de la pastilla que le había dado Chino para el avión. ¿Dónde la habría guardado? ¿En el neceser? Fue a buscarla al cuarto de baño y, con cierta vacilación, pues no le gustaba tomar somníferos, se la metió en la boca, volvió a la cama y se durmió.

Estaba sumida en la negrura inexpugnable del sueño químico cuando el teléfono de su mesilla perforó la madrugada. Resistiéndose a volver, su cabeza incorporó los timbrazos al sueño que estaba teniendo en aquel momento. Pero el teléfono volvió a sonar. Dos veces. Tres. Finalmente, aún medio dormida, alargó la mano hasta el aparato y descolgó. La voz de su hermano al otro lado le despejó de golpe.

—¿Cora?

Supo inmediatamente que algo terrible había pasado.

—¿Qué pasa?

—Es mamá —dijo Bruno sin poder controlar el temblor en la voz.

Quizás porque a las tres de la madrugada el timbrazo del teléfono es el himno de la tragedia. Quizás por la voz aturdida de su hermano. Quizás porque no hay nada que se intuya con más certeza que las cosas que te van a destrozar la vida. El caso es que Cora lo supo antes de saberlo.

—Se ha muerto —murmuró con una voz que no era de ella.

El silencio de su hermano confirmó su vaticinio.

Chino, atormentado por no haber estado con ella en ese momento, le preguntaría muchas veces después qué fue lo que sintió, pero Cora no se acordaba bien. Solo retuvo impresiones. Martillazos dentro del cráneo, un desfile de geometrías que oscilaban esquizofrénicas entre lo grande y lo pequeño, partículas plateadas que le emborronaban la vista y en alguna esquina entre el tímpano y el desvarío; una esfera sanguinolenta que bombeaba como el corazón de un animal recién abatido. Mientras las paredes de la habitación avanzaban hacia ella, notó que se le abría un boquete en el costillar y empezaba a manar por allí un dolor viscoso. El aire se desordenó, volvió a ordenarse y, al final, después de aquella detonación de secreciones anestésicas, su cama se convirtió en un sumidero sin fondo por el que empezó a caer muy despacio. Trató de ponerse en pie, pero se tambaleaba, así que con la mano que le quedaba libre se agarró fuerte al edredón.

—¿Qué ha pasado? —logró articular.

—No lo saben aún, hay que esperar a la autopsia, pero creen que ha sido una embolia pulmonar. Por lo visto se empezó a encontrar mal después de cenar y se puso muy pálida, así que Benigna llamó a una ambulancia. Cuando estaban en el portal esperando a que llegara cayó muerta. Dice Benigna que no sufrió, que de repente le agarró fuerte del brazo, la miró levantando mucho las cejas y se desplomó.

Cora cerró los ojos y recreó esa última mirada de pánico, de asombro, de despedida. Vio, como si las hubiera visto de verdad, las pupilas desorbitadas de su madre en ese instante aterrador en el que supo que se moría. Aquella imagen le asediaría durante el resto de sus días. Sobre todo de sus noches.

—¿Dónde está ahora?

—En el Rosario. Yo estoy saliendo para allá, pero si te parece voy a decir que la lleven a casa. Creo que a ella le gustaría que la veláramos allí, ¿no?

Hay palabras que son de otros. Velatorio, autopsia, féretro, certificado de defunción… Sombríos jardines por los que pasa uno de vez en cuando y que observa aturdido con la nariz pegada a la verja. Hasta que un buen día la cancela del jardín se abre y las sombras que lo habitan empiezan a caminar hacia quien mira, deformes y huecas.

Cora buscó en su bolso el papel en el que había apuntado los hoteles donde estaría Chino el resto de la gira. Llamó al de Washington, pero respondió una grabación con un inglés muy rápido. Supuso que había marcado mal. Al segundo intento respondió un chico que sabía español y que le pasó enseguida con la habitación. Un tono, dos, tres… Al quinto pitido, la voz somnolienta de una mujer. Colgó. Seguramente le habían pasado a una habitación equivocada, pero ya no volvió a llamar.

Se vistió como una autómata y cuando salió a la calle el frío del alba se le clavó en las piernas como mil colmillos afilados. Se dio cuenta al subir al taxi de que se había olvidado de ponerse medias.

Cora vivió las horas de después como si fuera subida en una barca a merced de la corriente. Para amortiguar el impacto, su cabeza se subdividió en dos planos distintos. En uno de ellos las cosas sucedían atropelladas e inconexas. Pésames, llantos, abrazos que traspasaban y otros que no, la mano de alguien metiéndole un calmante en la boca, el mensajero con las coronas de flores o la papada triple del padre Alberto. Y entre todo ello, imágenes de su madre, cientos, recuerdos tan anárquicos e imprevisibles como el transcurrir de las horas.

En el otro plano, una voz que no era la suya, pero se le parecía, iba retransmitiendo, desapasionada y hasta irónica las menudencias de la desgracia. «¿Habrá alguien que elija este ataúd? —cuando le pusieron delante el catálogo de la funeraria—. Si parece de Elvis Presley». O «Qué limpios trae el primo Carlos los zapatos. ¿Los tendrá siempre así o se habrá puesto a sacarles brillo antes de coger el tren?». Y frente a la caja abierta en medio del salón: «¿Dónde está? Porque esa de ahí ya no es ella. No es su cara. Parece la piel de una ciruela a la que le hubieran sacado la pulpa. ¿Será que es el alma la que da forma al cuerpo? Siempre creí que era al revés».

Esa voz, frívola y absurda, es el mayor analgésico natural que existe cuando el dolor excede nuestra capacidad. Distrae la mente hacia lo insignificante para que no sucumba a lo descomunal.

Chino no llegó aquel día. No había vuelos. Llegó a las siete de la mañana del día siguiente, cuando el coche de la funeraria estaba a punto de recoger a su madre para llevársela a Cádiz, donde iban a enterrarla. Los ruidos cansados de los duelos largos, la tos seca, el arrastrarse de una silla y la charla intermitente del corrillo de fumadores se detuvieron en seco cuando él entró en el salón. Un silencio de respiraciones contenidas sustituyó todo lo anterior. Buscó a Cora con la mirada, se acercó a ella y le llenó de besos la frente.

—¿Cómo estás? —dijo sentándose a su lado en el sofá y cogiéndole la mano.

—Mal.

Él le acarició con el pulgar. No dijo nada.

—¿Qué tal el viaje?

—Bufff, *reventao*. No había vuelo directo y he tenido que venir por París. Allí me han tenido esperando tres horas porque tenían que…

Bla, bla, bla, bla, bla. Cora no escuchó el resto. Sentada frente al ataúd abierto de su madre, solo podía pensar que en unos minutos vendrían unos hombres a cerrar la caja y ya no la vería más. Nunca más en toda la eternidad. Se acercó a ella y le agarró la mano. Le pasó los dedos por el pelo, que tenía ya la aspereza de la muerte. Le acarició las mejillas con el revés de la mano y, por último, pasó el índice por sus labios, apretados y desposeídos ya de ironía, de anécdotas inverosímiles, de su sonrisa de niña.

No fue hasta que estuvieron los dos solos en el coche, detrás del furgón en el que iba su madre tan sola y tan vencida, cuando Cora arrancó por fin a llorar. Con la cara entre las manos y sollozos descuartizados, lloró todas las lágrimas jamás vertidas. Lloró por su infancia, que se moría con ella; por su orfandad, por sus sentidos de culpa; lloró por no tener una religión que le diera consuelo y lloró, sobre todo, por lo que pudo haber sido. Chino, sobrecogido por aquella materialización del alma que es el dolor en estado puro, aminoró aún más la velocidad. Solo cuando los sollozos hubieron remitido un poco, trató de buscar palabras que le calmaran.

—Cora, nos han enseñado que la muerte es mala, pero no tiene por qué ser así. Hay sitios en el mundo en los que hasta se celebra.

Si estuviéramos, yo que sé, en la India, en lugar de llorar estaríamos haciendo una fiesta.

—Ya —sin mirarlo—. Lo que pasa es que estamos en Chamberí.

La mañana que enterró a su madre en Cádiz, Cora enterró también su juventud. Fue uno de esos días cristalinos que parecen fragmentos de la primavera que se han perdido en el invierno. El cementerio, blanco y marinero, estuvo lleno gente: primos, tíos, amigas de su madre, de Bruno y ella… También se acercaron hasta allí un buen número de curiosos que querían ver de cerca a Chino Montenegro.

—Pobrecilla, está *destrozá* —repetía un murmullo anónimo a su paso.

Durante el responso, Cora se sintió aturdida por la placidez del día. El sol, el trajín de las golondrinas, la brisa, el escrupuloso asearse de los gatos entre las tumbas… El universo sin alterar un solo músculo ante la inmensidad de su desgracia. Por otro lado, ¿cómo iba a hacerlo? En el mismo instante en que ella enterraba a su madre, una mujer abrazaba a su hijo recién nacido; dos amantes se buscaban la piel con urgencia; el de más allá metía los pies en alguna orilla mientras que otro, en algún sitio, recibía una paliza. Imbuido cada uno de su propia importancia, los miles de millones de instantes simultáneos creían que el suyo era el definitivo. «Al fulgor del firmamento no somos más que la luz breve de una cerilla», pensó Cora. Cuando los operarios del cementerio levantaron la caja del suelo para meterla en el nicho húmedo del panteón y empezaron a cubrirla con cemento, Cora ya no pudo pensar más.

Decidió quedarse una temporada en Cádiz. Se sentía más cerca de ella allí. Cuando en las largas noches de insomnio deambulaba por el caserón, la veía traslúcida en cada esquina. En la cama con la bandeja de mimbre y las tortitas de Inés Rosales, sentada en el vestíbulo de la entrada frente al consomé de mediodía, mirándose al espejo del tocador con Benigna detrás, haciéndole el pelo; o viendo un partido de fútbol en la tele del comedor «chico» mientras cortaba unas brevas con cuchillo y tenedor.

Iba todas las tardes al cementerio. Cambiaba las flores marchitas por otras frescas y ponía algo de leche a los gatos que custodiaban a los muertos. Le gustaba sentarse en el suelo frío del panteón y contarle cómo estaba la playa ese día, o que se había encontrado a su amiga Leoncia en la calle y le había dicho, emocionada, lo mucho que se acordaba de ella. No le hablaba de sí misma, se le hacía raro incluso aunque no la oyera. Le hubiera gustado contarle de Chino, de su soledad, de sus dudas... Pero luego pensaba que ella ya lo sabía. Detrás de su obviar lo incómodo con una cara fruncida, su madre lo había intuido siempre todo. Nunca dijo una sola palabra al respecto; de hecho, desde que se casó con Chino lo había tratado con afecto y amabilidad. Cada Navidad le regalaba un par de jerséis de *cachemire* que él nunca se puso; y cuando iba a visitar a su hija y él estaba en casa se esforzaba por resultar entretenida y hacerle sentir admirado.

Solo una vez dio muestras de estar al tanto de los problemas del matrimonio. Fue en una de esas visitas que solía hacer a la hora de la siesta siempre sin previo aviso.

Cora se acababa de pelear por teléfono con Chino cuando un timbrazo impertinente anunció la llegada de su madre. Mientras tomaban café, Fernanda parloteaba sin cesar aparentemente ajena al silencio de su hija. De pronto, sin venir a cuento, interrumpió su monólogo. Mirando fijamente a Cora y agitando la cabeza con compasión dijo:

—¡Qué pesadez, los hombres!

Después, sin esperar respuesta, volvió a su charla como si aquella interrupción nunca hubiera existido.

Una duda silenciosa, siempre la misma, ponía fin a los parlamentos mudos de Cora en el cementerio. ¿Qué habría allí dentro?, ¿qué quedaría de su madre?, ¿le habría crecido el pelo? Le obsesionaban las uñas. Se preguntaba una y otra vez si la esmerada media luna sería ya una luna llena.

Chino estuvo muy pendiente de ella los primeros días después del funeral, pero al cabo de una semana dijo que tenía que ponerse a escribir, que allí no se concentraba y que se tenía que ir. Ella, acostumbrada ya a que él huyera de lo incómodo, no trató de retenerlo.

Bruno también se tuvo que volver a Roma.

—No te preocupes —le dijo a su hermano cuando él le dio la noticia, preocupado por dejarla sola—. Estoy bien. Juan me hace mucha compañía.

Su amigo, que seguía viviendo en Cádiz, iba todas las tardes un rato, aunque solo fuera para verla llorar en silencio. Cora se lo agradecería siempre. Aunque su pena fuera intransferible, aunque no se pudiera delegar, le aliviaba mucho alzar la cabeza y encontrarse una mirada amiga que le hiciera entroncar con la realidad.

Además, Tonuca —a quien un jardinero del ministerio de Fomento había retirado hacía ya unos años— se trasladó a Cádiz a pasar con ella una temporada.

Las mañanas que se levantaba sin poderse levantar —había noches que soñaba a su madre con tanta vehemencia que al abrir los ojos la realidad le caía encima como un bloque de hormigón—, su amiga le obligaba a salir de la cama y dar un paseo. Mientras recorrían una y otra vez la tierra fina del parque Genovés, con Tonuca hablando sin parar, Cora iba fijándose en las flores que empezaban a brotar y pensaba, con un nudo en la garganta, que su madre no vería ya más primaveras.

A veces miraba al cielo y la buscaba. En las nubes, en los claros, en los brochazos violetas del atardecer. Una vez creyó ver la sombra de su cara tras un puñado de palomas que alzaron el vuelo desde el alero de un campanario. Hay cosas, intuiciones o siluetas en el aire que, aunque inconcebibles en el trajín de la vida, se vuelven naturales en las inmediaciones de la muerte. El acá y el allá tienen sensateces distintas.

Chino la llamaba cada noche y bajó a verla algún fin de semana, pero estaba ya inmerso en el proceso creativo y su cabeza vagaba lejos, a la caza de lo invisible.

Pasó el tiempo y el mundo fue recuperando su antigua nitidez. Incluso ella, que cuando se miraba al espejo durante esos meses sentía que se había desdibujado, volvió a verse como había sido siempre. Más indiferente, tal vez.

Un día de principios de abril, poco antes de Semana Santa, Juan le pidió que le acompañara a la presentación de un vino nuevo en una bodega de Jerez. Cora, que en todo ese tiempo no había ido a ningún acto público y acabó convirtiendo la soledad en vicio, dijo al principio que no. Pero Juan insistió mucho, así que terminó accediendo. Se lo merecía.

Era una noche bonita, luminosa y templada. Cora se alegró de salir.

Dejaron el coche en el aparcamiento de tierra frente a la bodega, y mientras caminaban hacia la entrada, alguien le tapó los ojos desde atrás. El olor de aquellas manos secas le resultó familiar. Siempre había encontrado angustioso e invasivo ese juego adivinatorio, así que no tardó en librarse, darse la vuelta y encontrarse cara a cara con Youssef.

Después de la presentación, que Cora pasó observando furtiva a su antiguo pretendiente, fueron los tres a cenar a la terraza de una plaza inclinada y rodeada de naranjos. Youssef, más interesante con el descreimiento de la madurez que con los ardores de la juventud, les contó que había ido unos días a la Universidad de Cádiz a dar un curso sobre el uso racional de medicamentos en la atención primaria y que se volvía al día siguiente a Tetuán.

Cuando Juan, que había vivido la historia a través de las cartas de su amiga, le preguntó si se había casado, Youssef esquivó su mirada y negó con la cabeza. Hablaron de la madre de Cora, a la que Youssef había conocido de niño en Marruecos y había vuelto a ver en una ocasión cuando fue de visita a Montreux.

—Era una mujer con tanta fuerza... Parece increíble que la muerte haya podido con ella.

Ya en los postres, como si tal cosa, él preguntó por Chino. Había sabido de la boda de Cora por la prensa. No habían vuelto a hablar después de Suiza.

Cora contestó, sin mucho vigor, que estaba escribiendo su nueva novela en Madrid.

—¿No está aquí? —preguntó Youssef condenatorio.

Cora alzó los hombros concentrada en su sorbete. Fue Juan quien justificó al marido de su amiga:

—Chino no necesita estar para estar.

Antes de despedirse, mientras Juan sacaba el coche del aparcamiento para facilitarle la entrada a Cora, Youssef aprovechó esa intimidad breve:

—Cora, estás en los mejores años de tu vida. Que no te los robe nadie.

Después le colocó el pelo detrás de la oreja y con una sonrisa triste murmuró:

—Todavía te sigo esperando.

Cora llegó a casa pasadas las dos de la madrugada. Se había dejado la ventana abierta y, cuando entró, la habitación estaba húmeda y olía a dama de noche. Se puso uno de esos camisones largos que Chino llamaba de internado y se metió en la cama mirando al techo. El encuentro con Youssef le había zarandeado. Sus sentidos, agarrotados y fríos, empezaron a desentumecerse, a batir las alas en la gruta del olvido.

Era lo suficientemente mayor para saber que la efervescencia no era por amor a él. Cora nunca le había querido y ya nunca le iba a querer. Pero le dio fuerza mirarse en sus ojos. Allí no estaba marchita, ni desvalida, ni era esa caricatura grotesca que exagera sus muecas para que alguien la mire. En la mirada de Youssef era una mujer, aún atractiva, que regresaba de la muerte golpeada pero invicta. Cora no lo supo entonces, pero cuando con el paso del tiempo echaba la vista atrás, interpretaría aquel encuentro como una señal. La primera de las tres.

La primavera fue avanzando, Tonuca se volvió a Madrid y Chino empezó a preguntarle, cada vez con más apremio, por su fecha de regreso. Ella sabía que no podía retrasarlo mucho, pero le angustiaba marcharse de Cádiz. Hay una muerte después de la muerte, es la muerte del olvido. Durante los primeros meses de duelo la presencia de quien se ha ido es más intensa incluso que cuando vivía. Su ausencia está en todas partes, en todas las lágrimas y en todas las risas. Se aparece en sueños, en la reverberación de una bombilla, en una puerta que se cierra sin viento o en un súbito olor a flores. Pero un día empieza a irse. Se le busca, se le invoca, pero ya no se le siente. Se aleja el sonido de su risa, el timbre de su voz y la cara, tantos años vivida, acaba por reducirse a una mancha imprecisa. Hasta que llega un día en el que hay que mirar una foto para recordar el color exacto de los ojos o el dibujo de la sonrisa.

Cuando Cora empezó a notar aquello se obsesionó con aferrarse a su olor, que es siempre el último vestigio de vida. Se trasladó a dormir al cuarto de su madre para sentirla entre las sábanas, y las noches que se desvelaba iba hasta los armarios de caoba del vestidor a sacar los camisones de seda o los pañuelos del cuello y meter entre ellos la nariz.

Una de aquellas noches, el rastreo de su olor la llevó a un pequeño cajón lleno de turbantes de época. Debajo de todos ellos encontró una caja de madera con una llave puesta. La abrió. Estaba forrada en terciopelo rojo y, salvo dos diapositivas de la boda de sus padres y un sobre enmohecido, no había nada más. El sobre no tenía ni destinatario ni remitente, solo una fecha: el 20 de abril de 1951, dos días antes de la muerte de su padre. Cora lo abrió, desplegó una hoja amarilleada por el tiempo y se le encogió el corazón al empezar a leer.

Mi querida Cora:

Te escribo esta carta porque sé que no me queda ya mucho. Se la daré a mamá para que la guarde hasta que te hagas mayor.

No le temo a la muerte, la he tenido siempre cerca, pero esta mañana, cuando te veía jugando con tu corderito, acariciándole el lomo con esos ojos tristes que tanto me conmueven, me ha dolido en lo más profundo tener que dejarte ya. Y saber que no estaré cuando se te caiga el primer diente, cuando recibas la primera comunión, cuando la vida te asombre o te rompan el corazón. Tampoco cuando te digan que ya me he ido. Ojalá pudiera agarrar tu manita en ese momento y decirte que es mentira, que aquí estoy. Que dejo aquí mi alma para acompañarte en la complicada travesía de la vida. Así que cada vez que oigas una voz al fondo de tus pensamientos, un aviso o una recomendación, no creas que es solo instinto. Soy también yo.

Pensaba también esta mañana que, a pesar de la tristeza de dejarte, me puedo morir tranquilo. Solo tienes siete años, pero ya he descubierto en ti pureza, valentía, inteligencia y bondad. Cosas, todas ellas, que nadie te puede quitar.

Así que quizás no necesites nunca esta carta que te escribo con el único propósito de resumirte lo que he aprendido en la vida. Porque habrá algún día, cuando seas mayor y estés confundida, en el que querrías contarme, saber qué pienso, pedirme consejo. No estaré para responderte, por eso esta pequeña guía que espero te sirva en las noches más oscuras de la vida.

Escucha más de lo que hablas, aprende a preguntar y si alguna vez te ves obligada a mentir, que tu mentira sea lo más parecida posible a la verdad.

No infravalores la bondad, es menos llamativa que la inteligencia, pero más difícil de encontrar.

Fíate de la primera impresión; suele ser la acertada.

No traiciones nunca una confidencia.

No alardees, pero no te inclines sin necesidad. Respeta a tus superiores, pero no te dejes doblegar; nadie debe apoderarse nunca de tu identidad.

Ten al menos un amigo del alma y elígelo sin ser muy niña ni muy mayor. Cuando ya lo tengas, cuídalo. Solo hay dos o tres personas en la vida que nunca te abandonarán, no las pierdas de vista. Si se marchan, deja siempre alguna puerta abierta para que puedan volver.

Estudia bien a tus enemigos, no ataques por sorpresa y no te midas en combate con nadie más débil que tú.

Haz algo de ejercicio, come con la cabeza y encuentra una afición que te haga olvidar. Acércate a la naturaleza. Somos animales y necesitamos del agua, la tierra y el viento.

Busca a Dios, te ayudará cuando nadie más pueda hacerlo. A veces cuesta encontrarlo; yo siempre lo hallé en el silencio.

Acuérdate de los desgraciados y sé generosa con ellos. Cuanto más se da, menos peso se tiene.

Olvídate de ti siempre que puedas; el lamento y la vanidad solo debilitan.

Aprende a lamerte sola las heridas, pero no dudes en pedir ayuda si lo necesites. Elige bien a quién lo haces.

Si alcanzas el triunfo dale solo un primer sorbo. El resto del vaso te podría envenenar. Mira a los ojos. Sé cariñosa y natural. Reflexiona todo lo que necesites antes de actuar —casi todo puede esperar—, pero cuando la ocasión merezca la pena, déjate llevar.

No pienses en el futuro más que a la hora de trazar el plan.

No aspires a más de lo que puedas lograr, pero tampoco a menos.

Escribe cartas.

Si el mundo te da la espalda, pregúntate por qué, quizás haya algo que no estés haciendo bien. Cuando descubras tus errores, perdónate, pero no te compadezcas.

Aprende a pedir perdón; es tan importante como saber perdonar. Somos débiles, todos, más de lo que alcanzas a imaginar.

Pelea solo por las cosas que merezcan la pena, no te desgastes en balde. La energía es limitada, no se puede desaprovechar.

Elige bien a quién amar, no te entregues sin más. Y no confundas el amor con el precipitarse del alma por un tobogán. El amor no es un fogonazo, es un destino. Un valle entre montañas al que no es fácil llegar. Cuando te preguntes qué valle merece emprender la aventura, ten en cuenta que a veces, los más frondosos están hechos de flor artificial.

No te fíes de quien asegura que nadie te querrá como él. Te querrán muchos. Lo importante no es que te quieran, lo importante es querer.

No te cases con alguien de naturaleza más fuerte, te destruirá.

Los hombres con la frente pequeña suelen ser tontos; los de los ojos separados, listos; los que tienen los labios muy finos, mezquinos; y los del lóbulo grande, malvados.

Desconfía de los caminos cortos, están llenos de trampas. Y de los que siempre son las víctimas porque acabarán siendo verdugos.

No confundas euforia y felicidad. La felicidad es equilibrio, es serenidad. Lo otro es un estornudo.

Duda. Solo se avanza dudando.

Cuando no sepas qué hacer pide consejos y escucha, pero ten presente que las grandes decisiones hay que tomarlas solo.

Dedica una hora al día solo para ti.

Escucha a Bach. Te hará más inteligente.

La tragedia llegará algún día. Y te hundirá. Y cuando creas que no se puede estar peor, llegará otra tragedia más. Procúrate entonces descanso. Y orden. Lee, acércate al agua y, sobre todo, busca la soledad. El ruido no ofrece respuestas. No te escondas del dolor, forma parte del camino. Vívelo, pero que no pueda contigo.

Admira pero no envidies, y cuando se te presente la batalla, lucha hasta el final. Si te caes, levántate. Vivir siempre merece la pena.

Al final de todo, llegará también la muerte. Recíbela con serenidad.

Hasta aquí llegan mis fuerzas hoy, hija mía. Hasta aquí llega también lo que aprendí de la vida. Ojalá te ayude en la que ahora empiezas, justo cuando la mía termina.

Por último y antes de despedirme quiero pedirte un favor: cuida mucho de mamá, sigue siendo una niña. Seguro que ella te ha hablado de mí. Te habrá contado que fui valiente, que me reía mucho, que tenía mal genio y que luché hasta el final. Lo que no ha podido contarte, porque eso solo lo sé yo, es lo mucho que te quise. Lo que te querré siempre allá donde esté. Más de lo que puedas imaginar.

Un beso, vida mía. No te olvides de mí. Yo no le hecho.

Papá

Tres días después, tumbada en una playa solitaria y cegadora entre los Caños y Conil, Cora seguía pensando en la carta de su padre. Era tan vigente el mensaje y tan íntima su letra que, de algún modo, aquellos pliegos lo habían resucitado.

Durante la larga noche que sucedió al hallazgo —la segunda señal— Cora le fue sacudiendo el polvo a todos los recuerdos que conservaba de él. Volvió a escuchar su voz alegre acercándose por el pasillo de la casa de Tetuán mientras ella jugaba con su escuela de muñecas sentada en el orinal.

—¿Dónde está mi rati monati chati? ¿Otra vez te tienen en el orinal, hombre? —lo escuchaba llamarla de lejos.

Lo decía enfadado al entrar en su cuarto.

—Sí —contestaba ella sin darle importancia—, le estoy enseñando a Margarita la palabra «extrañar».

Con la mano levantada para mostrarle a la susodicha, idéntica a sus seis compañeras de pelo naranja y boca asombrada, le decía a su padre:

—Le he explicado que tiene la ñ, como España.

Él celebraba sus ocurrencias con muchas risas y muchos besos.

—Venga, levántate de ahí ya, que te vas a quedar como una alcayata —le pedía tendiéndole la mano—. Te espero en el billar…

Entonces ella se ponía corriendo el vestido de volantes y una peineta roja que le habían comprado en Cádiz, y corría hasta el pequeño salón del fondo. Al entrar, hacía una reverencia al respetable y, cuando en el gramófono empezaban a sonar los primeros acordes de *La danza ritual del fuego,* se ponía a dar vueltas y vueltas hasta que, mareada y casi en trance, acababa cayendo al suelo.

Se acordó también de la última tarde que pasó con él. Era Jueves Santo y acababan de llegar a Tánger para las vacaciones de Semana Santa. A la hora de la siesta Cora se escapó al jardín con la esperanza de ver algún ciervo —había cientos de ellos en el bosque que rodeaba la casa—, pero lo único que vio, acercándose con esos pasos cortos y tajantes de cuando estaba enfadado, fue a su padre.

De un tiempo a esa parte había adelgazado tanto que la cabeza le había crecido, y tenía esa cara de papel de cuando la muerte se le ha metido a uno dentro. Cora, muy niña para darse cuenta de nada de aquello, solo pensó, asustada, que la iba a regañar. Le había repetido mil veces que no saliera sola al bosque, que los ciervos en berrea podían ser peligrosos. Cuando lo tuvo muy cerca, sonrió con exageración para evitar la reprimenda.

—¿Yo qué te he dicho? —preguntó su padre con todo el enfado que pudo mientras la cogía en brazos.

Cora apoyó la cabeza en su hombro con falso pesar, y solo un segundo después volvió a levantarla agitada.

—Mira, papi —dijo señalando la rama de un quejigo moro.

A él se le ensombreció la cara. Una lechuza blanca les miraba desde allí, inmóvil y apremiante. Con una voz rara, le dijo a Cora:

—No la mires, que esos animales traen muy mal fario.

Dejó a la niña en el suelo y con ella de la mano puso rumbo a la casa. Murió aquella madrugada, poco antes de que empezara a amanecer.

Sola en la playa, Cora volvió a preguntarse por qué su madre no le habría dado nunca aquella carta. Dudaba de que se hubiera olvidado: no era la clase de cosa que se olvida. «A lo mejor no le pareció jamás que me hubiera hecho mayor», pensó, tumbada boca abajo en la arena y con el sol templado de mayo calentándole los huesos.

En cualquier caso, el destino, a veces cómplice, la había hecho llegar en el momento preciso. Cora se congració con la pérdida de su madre; ahora los imaginaba juntos y aquello le consolaba. Además, aquellas letras no solo le habían devuelto la vida a su padre, también se la habían devuelto a ella. El amor, llegue de donde llegue, otorga un inmenso poder a quien lo recibe. Le engrandece y le hace sentir invencible.

Se levantó de la toalla y fue a bañarse donde rompían las olas. Currito, su primo, le había dicho el verano anterior que tuviera cuidado con las aguas mansas, que allí era donde se ahogaba la gente.

Al salir, el viento tibio de la tarde le erizó la piel. La marea había bajado mucho desde que llegó por la mañana, llenando la arena de charcos aislados y una lengua de mar a unos metros de la orilla. Cora se tumbó boca abajo en aquel fragmento de agua caliente y detenida. Y de pronto, como ese sol que florece glorioso después del largo invierno, un instante de felicidad le viajó el cuerpo. Apoyó la cara en la arena y por el rabillo de ojo observó a los diminutos organismos blancos que se agitaban espasmódicos en aquel deshecho de mar. Sus cuerpos gelatinosos se retorcían con desesperación, conscientes, quizás, de que si no subía pronto la marea aquellas serían sus últimas bocanadas.

De algún modo, la visión de aquellas larvas, mínima expresión de vida, luchando por sobrevivir, le dio el empuje que necesitaba. Fue la tercera señal: si aquellas crisálidas fugaces y precarias no se resignaban, ella tampoco lo haría. En ese momento, con media cara apoyada en la arena y una brisa de sentencia erizándole la espalda, tomó la decisión.

Un extraño espíritu invade a las casas que están a punto de ser abandonadas, como si supieran que sus dueños las contemplan por última vez. En la penumbra del que había sido su dormitorio durante los últimos doce años, Cora oyó suplicar al aire, pero no se retractó. Se sentó en el borde de la cama y pasó la mano por la colcha de colores que Chino había traído de un viaje a Bolivia. Al tacto de aquellas telas, tan cómplices de su soledad, pensó que el éxito, para quien convive con él, no es más que un vacío al otro lado del colchón.

El sonido del timbre le hizo dar un respingo.

Corrió hacia la cocina y apretó el botón del telefonillo. Cinco minutos más tarde oyó en la puerta su característico golpe de nudillos: tan ta ra ran tan, una pausa, tan, tan.

Chino tenía los ojos cansados. No era el cansancio irascible de las últimas veces, sino un cansancio de niño al que no han acostado a su hora. Fue así como lo vio aquella noche, como a un niño tenaz y fatigado al que la vida había hecho más regalos de los que podía siquiera abrir. Supo entonces que lo querría siempre. No con aquella pasión arrebatadora de la que hablaban los libros, sino con esa profundidad con la que se quiere cuando después de muchos años y muchos naufragios miras a la persona de enfrente y la ves tal como es. Desaparecen las reivindicaciones, los huecos que no llenó, las heridas, los silencios, y entiendes que quien tienes delante no es más que un ser humano que, sencillamente, hizo lo que pudo. Y un nudo te oprime el pecho. Y quieres con esa clarividencia de cuando quieres a quien quieres a pesar de sí mismo y de ti. Cora lo quiso esa noche como hacía tiempo que no lo quería: con consciencia infinita. También con la anticipación de la nostalgia.

El saludo fue vacilante.

—¿Qué hay? —preguntó él con una sonrisa que no terminó de cuajar.

Se abrazaron y Chino llevó la maleta a la habitación. Venía de Italia y se iba al día siguiente a París. Al volver al salón se sentó en el sofá, cruzó las piernas sobre la mesa y con el gesto más relajado, dijo:

—¡Qué gusto llegar a casa!

Cora había llenado de velas la repisa de la chimenea y abierto las ventanas de par en par. Al otro lado, la noche se deslizaba suave como el lomo de un gato negro. Los árboles hacían sonar sus hojas al compás de un viento que traía en el regazo un poco de verano y un poco de sierra.

—Qué bien huele, ¿qué hay de cena?

Cora, esclava aún de la necesidad de su elogio, llevaba toda la tarde cocinando rabo de toro. Con mucha cebolla y a fuego muy lento, como le gustaba a él.

—Mira, ven —dijo cogiéndole la mano y arrastrándolo a la cocina.

—*¡Oh, là, là!* —exclamó Chino frotándose las manos al destapar el guiso.

—Pruébalo a ver si me ha quedado bien.

Él cogió un tenedor y al meterse la carne en la boca cerró los ojos y agitó la cabeza con esa incomparable escenificación suya del placer.

Cenaron en la mesa baja del salón. Cora sentada en el suelo, agarrándose las rodillas con los brazos, y Chino en el sofá. Habían abierto una botella de oloroso que le habían regalado a él en un encuentro de gaditanos célebres. Salvo por el ruido de algún coche lejano, la ciudad dormitaba.

—Pues vengo fascinado con Italia —contó él mientras comía—. Es increíble ese país. Hay unos pueblos en Sicilia, Cora, que son una locura.

—Te habrá recordado a Andalucía, ¿no? —dijo ella para que no se notara que estaba escuchando solo a medias. Pensaba, mientras él hablaba, en lo mucho que iba a echar de menos aquella voz tan honda, tan andaluza, tan de viejo hombre de mar.

—Sí, tiene cosas. Las plazas con los niños jugando al balón como cuando yo era chico, las campanas, esas alegres, de boda; y siempre hay un perro que ladra al fondo. Pero Andalucía es blanca y Sicilia es roja. Bueno, y que allí te asomas por una ventana medio abierta y ves un fresco del siglo XVIII en el techo.

Mientras él levantaba la copa de vino, Cora se fijó en la esclava de oro. Y le tuvo celos. Pensó que seguiría allí, pegada a él, cuando ella ya no estuviera. Se fijó también en su camisa negra, en el reloj digital, en las sandalias de cuero… Tuvo envidia de todas aquellas cosas que eran lo único que estaban siempre con él.

Chino seguía hablando. Era difícil no escuchar. Lo contaba tan bien todo, con tanta vehemencia y tanto equilibrio entre los gestos y la voz, que era imposible no quedar atrapado en la mímica de su narración.

—Había una vieja en Siracusa que vivía en una casa medio en ruinas en unas rocas pegadas al mar. Cada mañana salía a darse un baño a esa agua tan caliente y tan azul. Yo la veía desde la ventana del hotel y ¡me daba una envidia! Pensaba que no se necesita nada más en la vida.

Le contó después de Nápoles. Y de la que se había formado en una *trattoria* típica cuando empezó a hacer su broma de las migas de pan. Cuando Chino se aburría en un restaurante, o sencillamente tenía ganas de reírse, hacía bolitas con la miga, las mojaba un poco en agua y se las tiraba, sin fallar nunca, al que tuviera más pinta de *sieso* del sitio. Seguía hablando con su compañero de mesa como si tal cosa, sin mirar a la víctima ni de reojo.

Pero de algún modo, notaba la reacción del otro; y si lo veía muy enfadado, repetía la gracia dos veces, incluso tres. Nunca, en todos los años que llevaban juntos, había visto Cora que alguien se diera cuenta de que era él.

—Bueno, pues se me ocurrió hacer la gracia en Nápoles y no sabes lo que fue eso. Acabó todo el restaurante de pie tirándose los bollos de pan y cubriéndose con las sillas.

Cora se rio. Pero fue una risa forzada.

—¿Qué te pasa que estás tan callada? —preguntó él, al cabo de un silencio largo.

Cora sabía que era imposible, pero las millones y millones de veces que repasó después aquella conversación, pensó que él lo sabía. De algún modo furtivo, en el fondo de su alma, pero el modo en que la miró al hacer la pregunta era el de una persona que se teme traicionada.

Aquella noche hicieron el amor con esa hondura de cuando la carne no es más que un trámite. Cora aprovechó para fijar en su memoria cada rincón de su cuerpo porque sabía que cuando fuera pasando el tiempo, los detalles se perderían.

Hubo un momento, por la mitad, en el que empezó a llorar. Las lágrimas se le vertían solas, sin ruido y sin pausa.

—Vida mía —dijo él desde algún sitio que sonó fuera de la realidad.

Después se quedó dormido y ella siguió llorando sin llorar. «Quédate. Vas a sufrir menos con él que sin él», pensó. Entonces su mirada se perdió en la ventana que había frente a la cama y por la que empezaba a entrar la luz incorrupta del amanecer. Se acordó de todas las veces, sola en esa cama, que había maldecido aquella claridad acusadora. Revivió sus duermevelas de zozobras, ambulancias y un reloj de pulsera que no se quiere volver a mirar. Se acordó de la sensación, cuando un ruido te despierta turbada, de alargar la mano medio dormida hasta el otro lado de la cama y que no haya nadie allí. Solo fantasmas. Risas viciadas y pálidas, mundos oscuros y muslos delgados deseando abrirse de par en par.

Se acordó de sus llegadas vacilantes y los rituales de la culpabilidad. El andar sin zapatos hasta la cocina, la puerta breve de la nevera, el carraspeo contenido o el chasquido del mechero para el último cigarro. Volvió a verse a sí misma cerrando los ojos deprisa cuando lo escuchaba caminar por el pasillo hacia la habitación, abrir la puerta con cuidado y quedarse un segundo en el umbral tratando de averiguar, por la profundidad de su respiración, si estaba despierta o no. Mientras él se metía en la cama tratando de no dejar huella, ella se iba espabilando del todo; esperaba a que él sonara a dormido, se ponía la bata y se iba al salón a recibir el día y compadecerse de su vida. A preguntarse otra vez dónde se separaron los caminos, cuál fue el cruce de su biografía en el que él giró en la curva y ella no.

Nunca fue capaz de precisar el momento exacto. No había sido cuando publicó *Los muertos felices*; contra todo pronóstico, estuvieron muy unidos los primeros años de su éxito. Pero un día, instalado ya en sus sueños, se sublevó contra la falta de horizonte. Cuando no se puede mirar hacia delante empieza uno a mirar hacia dentro, a clasificar vacíos, a encumbrar malestares, a enzarzarse con lo ridículo para poder luchar contra algo.

Fue entonces cuando empezó a reivindicar como privado un espacio que siempre había sido común. De forma tácita y sin aspavientos cambió de sitio las fronteras. Ella lo dejó estar. Quizás por orgullo, quizás porque con la lógica creía que era importante respetar la individualidad de la pareja, pero sobre todo porque el mundo que le rodeaba no dejaba de insistir en la necesidad de los artistas de vivir con más intensidad que el resto. De lo extremo bebían y en lo extremo se curaban. Se lo creyó. Aunque en su fuero interno muchas veces pensaba: «¿Y por qué no se van los artistas a vivir solos a una cabaña y dejan de dar por culo?».

Salir de noche empezó a convertirse, además de escribir, en lo que más le apetecía a Chino. Cora pasó a sentirse como una imposición, el regalo de boda al que no se acaba de encontrar sitio en el salón. Las pocas veces que intentó frenar aquella nueva libertad de él, Chino se revolvía como una serpiente.

—¿Es peor persona el que sale que el que no? —decía, simplificando tanto el problema que a ella se le quitaban las ganas de argumentar nada.

Cuando el desencuentro es un vado tan ancho, por mucho que grites, el de enfrente jamás te oye.

Aquella sensación de abandono le fue haciendo frágil. Y cuanto más frágil, más lo necesitaba; y cuanto más lo necesitaba, más la despreciaba él —sin ensañamiento y con culpa— por no ser la mujer invencible que conoció.

«No, no hay alternativa —se dijo Cora—. La única oposición digna que me queda es irme. Largarme de aquí. Coger una maleta, ir al aeropuerto y sacar un billete hacia el primer destino disponible. Si me quedo me va a despreciar cada vez más. Es mejor que sea yo la que decida. Al menos así me quedará en la cabeza la ilusión de una posibilidad. Si es él quien elige, no me quedará nada. Ni siquiera quedaré yo».

En el fondo sabía que lo tenía que haber hecho hacía mucho tiempo, pero nadie claudica de una convicción hasta que lo ha intentado todo.

Se acordó de la carta de su padre para llenarse de fuerza: «Que nadie se apodere de tu identidad, sé valiente, no te enamores de un hombre de naturaleza más fuerte que tú, te destruirá».

A las ocho y cuarto de la mañana el despertador de Chino marcó el final de ese entresueño que es teorizar en la oscuridad.

La despedida fue rápida. Chino no había deshecho la maleta.

—Ya mando lavar la ropa sucia en el hotel —dijo.

Así que después de darse una ducha que llenó de vapores la casa, se vistió, se puso la gorra y caminó hacia la puerta. Cora le acompañó telegráfica, adormecida por la inmensidad. Con el cuerpo desalojado de quien enfrenta el fusilamiento.

—No pongas esa cara tan triste, que dentro de tres días estoy aquí —le dijo Chino acariciándole sin prisa la cara.

Por la ranura del entumecimiento, Cora volvió a notar una sombra de sospecha en su modo de mirarla.

Cuando la puerta se cerró detrás de él, apoyó la espalda en la pared y alzó la cabeza buscando el aire.

No le dio tiempo. En una sucesión vertiginosa de los acontecimientos Chino volvió a tocar, ella abrió, él le cogió la cara con las manos y le dio un beso en la frente que fue disculpa, argumento y obituario. Después, se marchó para siempre.

Cora se metió en la ducha, se sentó en el suelo y, con una de esas súplicas desesperadas de fin de calvario, le pidió al agua que se llevara el dolor, que le arrancara la agonía de la piel y la arrastrara por la alcantarilla hasta el fondo del mar.

Llovía primavera cuando salió de su casa con su vida resumida en una maleta de cuadros. Lloraba. Siguió haciéndolo en el taxi que la llevó al aeropuerto y en el avión.

Tenía los ojos en llamas cuando se despertó a la mañana siguiente en un hotel de Teherán. Ese día cumplía treinta y nueve años.

Puntos suspensivos

Hay dos tipos de cosas raras. Las que lo son inmediatamente y las que no despiertan sospecha alguna hasta que se echa la vista atrás. Es entonces, a la luz de la posteridad, cuando el observador hila de golpe la trama, y con un lento asentir de cabeza, a veces irónico y otras amargo, exclama para sus adentros el «acabáramos» de rigor. En general, cuando las cosas raras que no lo parecen se convierten en raras de verdad, suele ser demasiado tarde para cualquier otra cosa que la resignación.

Supongo que de haber estado menos implicada habría advertido antes que nada de lo que sucedió desde la muerte de Chino fue normal. Sin embargo, hay un «todo vale» asociado a la tragedia que hace muy difícil diagnosticar lo que es lógico y lo que no. Cuando repaso ahora el transcurrir de aquellos meses, no dejo de encontrar señales nuevas, avisos de neón con flechas en el costado, pero entonces no me di cuenta de nada. Estaba demasiado absorta en Cora y su dolor.

Ni siquiera el sueño que tuve la víspera de que desapareciera, y que sin duda fue un sueño extraño, despertó en mí otra cosa que curiosidad psicológica.

Una niña que no se parecía del todo a mí, pero que sin embargo era yo, jugaba a la pelota en un frontón con una altísima pared de espejo. La pelota golpeaba despacio contra el cristal, ascendía hasta perderse en el firmamento y caía después con la inmovilidad de una hoja seca. Al otro lado del espejo, una niña idéntica a mí —esta vez, en cambio, no era yo— jugaba al mismo juego. Su pelota chocaba contra el cristal al mismo tiempo que la de la otra, en el envés del mismo sitio; y volaba en paralelo hacia el cielo para caer después con idéntica ingravidez. La escenografía de los dos lados del frontón era también la misma: el camisón con las tiras de encaje en el dobladillo, el cielo velado, las hortensias que se reflejaban en la esquina de uno de los espejos sin que hubiera en el sueño ningún jardín. Una réplica minuciosa, salvo cuando la cámara se acercaba a la niña que no era yo: tenía cientos de arrugas bajo los ojos, las manos llenas de manchas y dos surcos enfermos que le bajaban de la nariz a la boca. Casi al final del sueño, ya con ella muy cerca, la yo que no era yo clavaba en mí la mirada y su cara, hasta entonces feliz, mudaba en una sobrecogedora mueca de espanto. Con la voz llena de angustia empezaba a gritar: «Por dentro soy una niña, de verdad, soy una niña».

No suelo recordar mis sueños, pero aquel amaneció intacto en mi memoria. Supuse que había sido uno de esos de última hora. Lo que sí tuve claro al despertarme es que la niña anciana era Cora, ¿quién si no? Con ese tipo de deducciones demasiado evidentes para ser verdad concluí que el sueño era la manera en que reaccionaba mi inconsciente al comportamiento de Cora, entre infantil y demencial, desde la muerte de Chino.

De todas las posibles reacciones al impacto de la pérdida —el silencio, el desconsuelo, la ira o la negación— solo había una para la que yo no estaba preparada: la risa.

Cuando la radio dio la terrible noticia, mi primer impulso fue subir inmediatamente al ático, pero eran las seis y pico de la madrugada, así que esperé, como un león enjaulado, a que la mañana se convirtiera en un asunto general. A las ocho en punto llamé a Cora al teléfono de su casa, pero comunicaba. Comunicaba las quinces veces que marqué el número hasta que a las ocho y media me metí en la ducha decidida a subir ya.

Mamá me llamó en un intervalo entre llamada y llamada:

—Te has enterado, ¿no? —dijo con un tono entre el espanto y la excitación—. ¡Qué horror!… Pero llevar esa vida al final tiene su precio… ¿Has hablado con ella?… ¡No sabes cómo está la puerta de prensa!… Yo tenía que salir a hacer unas cosas, pero no me atrevo… Oye, avísame si subes y voy a darle un beso que seguro que lo agradece.

Omito mis respuestas, pues no fueron más que monosílabos y onomatopeyas.

El silencio de la catástrofe espesaba el descansillo de Cora cuando toqué el timbre a las nueve en punto de la mañana. Aunque a esas alturas sabía de sobra que a ella no le gustaba tener testigos de sus dolores, había supuesto que me encontraría la casa llena de gente. Sin embargo, no había nadie. Jackie me abrió ceremoniosa, con las ojeras marcadas y una silenciosa penumbra detrás. Me dijo que la señora había dado órdenes de que no abriera a nadie más que a mí.

Mientras yo cruzaba el vestíbulo hacia el pasillo de los dormitorios, Jackie me llamó en un susurro:

—Señorita Alicia, venga acá un segundito, por favor.

La seguí hasta la cocina. Cuando estuvimos dentro, cerró la puerta con cuidado y me ofreció una silla.

—Déjeme servirle un *chin* de café —dijo moviéndose ligera hasta el aparador. Mientras preparaba esto y aquello me contó que la señora Cora no había llorado—. Ni una sola lágrima desde que lo supo, señorita Alicia. Y eso no es bueno, ya usted sabe. La pena que no sale, mata.

—Bueno, Jackie, es normal. Ha debido de ser tan fuerte el impacto que tardará en reaccionar.

—No, *mihija*, no. Lo que yo vi esta noche no es normal. Se lo juro.

Sentada frente a mí en la mesa de mármol viejo, y removiendo con ahínco el café, me contó todos los detalles de cómo había transcurrido la madrugada.

Con el paso del tiempo fui enterándome de más cosas que rellenaron los vacíos del testimonio de Jackie. Lo que describo a continuación es una versión ya completa de todo lo que pasó entre el momento en que Cora recibió la noticia y la hora en que llegué yo.

Una de las cosas más extrañas que rodeó a la muerte de Chino fue que, a pesar de lo intempestivo de la hora, nadie parecía estar dormido cuando sucedió.

Los tres teléfonos de la casa de Cora —el de la repisa junto a la puerta de la cocina, el de su habitación y el del salón principal—

sonaron fatídicos a las tres y cincuenta de la madrugada. Cora respondió antes del segundo tono. De ser esto una novela policíaca, el dato despertaría las sospechas del lector, pues todo lector de novela policíaca sabe que a esas horas de la madrugada solo los cómplices o los culpables reaccionan a semejante velocidad.

Cora le contó a Jackie que le dieron la noticia sin más.

—¿Es usted Cora Moret? —voz aséptica y un poco fatigada—. Lamentamos comunicarle que acabamos de encontrar a su... —vacilación y carraspeo tenso— marido, Chino Montenegro, muerto en su domicilio.

Fue el vecino de abajo quien llamó a la policía para dar la voz de alarma. Alberto Dávila, un fotógrafo de viajes más joven de intención que de edad, charlatán y con la somnolencia perpetua del canutero, llamó a Chino a eso de la medianoche para tomarse algo con él. Acababa de volver de Chile y no podía dormir. En casa de su vecino la música sonaba alta, así que lo supuso despierto y, por los temas que sonaban, predispuesto. Los dos vivían solos y dormían mal, así que eran muchas las noches que se habían emborrachado juntos. Aunque luego supe por Cora que Chino había dicho de él, «parece inteligente, pero cuando rascas un poco te das cuenta de que solo es un cascarón», tenían esa clase de relación, relajada y confidencial, que tienen los trasnochadores.

Llamó a casa de Chino por teléfono, pero no contestó. Después de un segundo intento también fallido, Alberto decidió subir directamente. Tocó varias veces al timbre, pero nada se movió dentro. Salvo por la música, un disco de flamenco antiguo, no se escuchaba ruido alguno al otro lado de la puerta.

—Aquello me mosqueó. Pensé que a lo mejor había salido y se había dejado encendida la cadena de música, pero luego, no sé, tuve como una mala vibración —explicó al día siguiente vía telefónica en un magacín matinal de la televisión—. Así que volví a mi casa y nada, llamé a la policía.

Al lector de novela policíaca le hubiera gustado saber que Alberto tenía en el armario de su cocina una plantación de marihuana que olía en todo el descansillo al salir del ascensor. Aun así, había llamado a la policía.

Media hora después, un agente, que por edad debiera estar jubilado, forzaba la puerta del escritor. Encontró a Chino tumbado en el sofá con una bata japonesa de dibujos azules, el brazo derecho tras la nuca y un cenicero en la barriga con muchas colillas y un cigarro que se había momificado esperando. Con una de esas coincidencias macabras de la vida, el estribillo de la canción que sonaba en ese momento decía así: «*Pa* cuando yo me muera te voy a dar un encargo, mira que te encargo, oye que te encargo, que con la trenza de tu pelillo negro me amarren las manos».

Jackie no sabía mucho de lo que pasó a continuación en el apartamento de Chino, y tampoco fue mucho lo que pude descubrir yo. Cuando logré hablar con Alberto, meses más tarde, me contó que poco después de que llegase la policía se personó en el apartamento un forense robusto, con barba de dos días y un algo turbio en la cara. Alberto no pudo darme más detalles, estaba medio ido cuando hablé con él; y, además, cuando el forense llegó, la policía acordonó el apartamento y le pidieron que se marchara.

El forense concluyó, lo sé por el dictamen, que la causa de la muerte había sido un infarto masivo, y que al tratarse de una muerte natural no había que hacer autopsia ni, por tanto, molestar al juez de instrucción ni a la policía judicial.

No sé si fue el forense o el policía quien decidió llamar a Cora. En cualquier caso, era la llamada más lógica. A Chino no le quedaba ninguna familia cercana: sus padres habían muerto los dos y su única hermana también; no tenía hijos ni se había vuelto a casar.

Cora recibió la noticia con serenidad.

—No es que fumara, es que vivía para el tabaco —le dijo al policía, y a Jackie, y a no sé cuánta gente más. No tanto para explicar la muerte de él como la calma de ella.

Nada más colgar con la policía, Cora hizo una llamada desde el teléfono fijo. Jackie no sabía a quién. Luego entró en el baño, puso los rulos a calentar y fue a despertar a Jackie, cosa que no tuvo que hacer porque la asistenta llevaba desvelada desde que había sonado el teléfono. Por lo visto recibió su abrazo de condolencia con rigidez e impaciencia, y cuando Jackie la soltó al fin, le pidió dos cosas: la llave de su caja fuerte y un güisqui con hielo. Esto le sorprendió, Cora no bebía güisqui jamás. Cuando Jackie llegó con el alcohol y la llave, ella la estaba esperando vestida de negro riguroso. Abrió la caja fuerte, cogió un sobre amarillo y grande y lo metió en su bolso.

—¿No quiere que la acompañe, mi doña? —le preguntó Jackie preocupada cuando ella iba a salir por la puerta.

—No, gracias, Jackie. Estas cosas hay que hacerlas sola.

Cinco minutos después estaba subida en un taxi rumbo a la calle de su buhardilla, a aquel barrio desvencijado y embaucador en el que había pasado los años más felices de su vida.

Cora nunca nos contó lo que sucedió a continuación. Cabe suponer que dentro del sobre estaba el formulario que Chino había rellenado y firmado para entregar su cuerpo a la ciencia, pues a las cinco y media de la mañana dos hombres asépticos entraron en su apartamento con una camilla y se llevaron el cuerpo sin hacer preguntas. No se volvió a saber de él.

También es una incógnita lo que hizo Cora después de salir del apartamento de Lavapiés, pues no volvió a casa hasta las siete de la mañana. Poco después de hacerlo, sentada junto a una ventana, tuvo el primer ataque de risa. Desde entonces, y según Jackie, había tenido tres accesos más.

—¡Ay, yo creo que enloqueció, señorita Alicia! Ella amaba tanto a ese hombre…

—¿Dónde está, en su cuarto? —pregunté cuando hubo terminado de hablar.

—En el tocador.

Mis botas contra la madera del piso profanaron el himno lúgubre del silencio. Las puertas de las habitaciones del pasillo, generalmente abiertas, estaban todas cerradas, y al recorrerlo, volví a acordarme del temible pasillo negro de las noches de mi infancia.

Cuando entré en el tocador, Cora se dio la vuelta desde la banqueta frente al espejo. Estaba maquillada como una muñeca china y, al verme, su cara se iluminó como si acabara de tener una revelación. Entonces estalló en carcajadas; tantas y tan vigorosas que con una mano se agarraba la tripa y con la otra se secaba las lágrimas.

—Perdón —se disculpó como pudo—. Es que llevo todos estos meses pensando a quién me recordabas y acabo de caer.

Más carcajadas llorosas.

—¿Ah, sí? —pregunté desde el umbral sin saber muy bien qué hacer.

—A Nemesia, la costurera de mamá —terminó atragantándose con aquella risa siniestra y desgarradora.

Jackie alternaba su mirada entre ella y yo sin saber tampoco cómo proceder. Al mirarme a mí lo hacía llena de interrogantes; al mirarla a ella, se le notaban los esfuerzos para no echarse a reír también. Lo cierto es que a pesar de lo impropio de aquella risa y de su trasfondo perturbado era difícil no sucumbir a su fuerza sísmica.

Le pedí a Jackie que hiciera una tila y sin que Cora se diera cuenta disolví en el agua un calmante. La pastilla le dejó de un humor indeciso y tenue, como las huellas de un gamo en la nieve.

Fuimos al salón del sofá negro y estuvimos viendo un rato la tele, pero ella se levantaba cada dos por tres a dar paseos por la casa. Todas las veces que volvía a entrar en el salón parecía molesta al verme. No me di por enterada. La sabía fuera de sí, pero, además, estaba más que acostumbrada a lidiar con aquellas distancias súbitas que creaba cuando tras un bandazo emocional cualquiera, el de enfrente, de repente, le irritaba.

—¡Qué pesadez el teléfono! —decía molesta cada vez que lo escuchaba sonar y sin responder a ni una sola de las llamadas.

Aunque intenté poner un canal que la distrajera, en todos sin excepción acababan hablando de la muerte de Chino. Hacía unas semanas que no pasaba nada demasiado relevante en la actualidad, así que los periodistas se agarraron a la noticia como pulgas a un perro flaco. Dado que no hubo velatorio, ni viuda con gafas, ni personalidades cariacontecidas, los programas tuvieron que tirar de archivo y rellenar el espacio con fotografías viejas mientras algún especialista montenegrino repasaba su biografía y la trascendencia de su obra.

En los magacines más frívolos el gran tema no fue su repercusión literaria, sino su historia de amor. Una rubia bronceada y vehemente que aseguraba haber coincidido con ellos en más de una ocasión —aunque Cora me dijo no conocerla de nada—, hizo una disertación larguísima y enredada sobre lo contradictorio del personaje:

—No deja de ser sorprendente que se haya cargado el amor un tipo que estaba así de enamorado, ¿no? Las veces que lo vi con ella la miraba como temiendo que fuera a disolverse en el aire. Recuerdo que todas las mujeres que estábamos allí ese día quisimos ser Cora. Y supongo que todos los hombres quisieron ser él —terminó con una sonrisa afligida de fundas blancas.

A eso de las cinco de la tarde, Jackie entró muy agitada en el salón.

—Señora Cora, le llama el ministro de Cultura —separando mucho las sílabas de la palabra ministro.

Cora hizo un gesto con la mano que descartaba cualquier intención de responder.

—Dile que estoy descansando, que no me puedo poner. —Mirándome a modo de disculpa, añadió—: ¡Bah!, hasta es un alivio que no te cojan el teléfono cuando llamas a dar el pésame.

Volví a casa pasadas las once de la noche. Al entrar en mi salón, caliente y detenido, la muerte de Chino me golpeó por fin a mí. Era allí, en el sofá de mis destierros, donde solía encontrarme con él. Bajo una manta, con mis gafas de cerca y la respiración encogida le seguía por sus libros hasta encontrarme conmigo. Los pensamientos de un autor son piezas de un rompecabezas, miles de ella, que se despliegan sobre una mesa de papel para que cada uno vaya eligiendo las que le encajan hasta completar el puzle de su propia identidad. Yo me terminé con Chino. Me definí a través de él. Con cada párrafo suyo le fui cogiendo las medidas a las aristas de mi sensibilidad.

Cualquiera que busque alivio en los libros sabe a qué me refiero. Todo aquel que, además de un descorche de belleza pretenda con la lectura encontrarse en alguien más, sabe que cada frase subrayada en un libro es un pedazo de nosotros mismos. Y sabe también que cuando se muere uno de esos escritores íntimos sobreviene un frío de intemperie, una vuelta a la vaguedad, a deambular sin rumbo entre el humo y la verdad.

Me metí en la cama, más vacía que nunca, y abrí su libro por el final, cuando Félix Santamaría moría intoxicado de no sentir.

Toda la parte de la novela que he omitido —desde que Félix decide tomar las pastillas que el doctor Poderós le había recomendado en su primera visita y el día en que, después de una sobredosis, acaba ingresado en el Samatorio en una especie de coma—, es, sin duda, la parte más filosófica de la novela y por tanto, la más difícil de reproducir. En esas doscientas páginas de la segunda mitad de la obra, Montenegro deshoja, una a una, todas las idealizaciones sobre el amor. Con una profundidad psicológica equiparable a la de los grandes escritores rusos, desarrolla la metamorfosis de una naturaleza sentimental y atormentada a una naturaleza muerta y feliz. Y es ahí donde ahonda en los estragos que el sentimiento amoroso provoca en la capacidad de percepción del ser humano, en su lucidez, en su noción del mundo y de sí mismo; y donde lo culpabiliza, entre otras muchas cosas, de haberse cargado la amistad, mucho más limpia y fidedigna, como la gran institución entre los desconocidos. Pero, sin duda, su jugada narrativa más complicada es la de, en paralelo, convertir a Lili en una patología en sí misma: mientras Félix va mutando en muerto feliz gracias a las pastillas, Lili se enamora del desamor. Con una sutileza aclaratoria que no soy capaz de definir, el amor emerge en ese tramo final como un monstruo que se alimenta de su propia podredumbre.

A pesar de todo eso, a pesar de ese esperpento inconmovible que es Félix Santamaría al final, y aunque su desaparición termina siendo el único desenlace posible, Montenegro consigue que su muerte provoque en el lector una profunda impresión.

Las cortinas blancas del Samatorio flotaban ingrávidas entre las ventanas abiertas. Félix Santamaría las escuchaba batirse contra el cristal como las plumas de un colibrí enjaulado. Poéticas, leves, muertas.

Postrado en la cama en alguna postura de la que no tenía noción, supo, por el olor húmedo de la tierra, que iba a empezar a llover.

Ahora veía así. Con el olfato. Con el oído. A veces también con la piel.

Sabía qué enfermera era la que entraba en la habitación por la presión de las suelas contra las losetas blancas. Distinguía el día de la noche por el trasiego de los pasillos. Y reconocía si era Lili quien estaba junto a su cama por el rasguear de sus lágrimas contra las mejillas. No sentía nada al oírla llorar. Solo un poco de frío.

A veces, estando ella allí, el doctor Poderós entraba en el cuarto con el brío de los vencedores.

—Lili, no sufra —decía mientras revisaba el goteo—. Él está preparado.

«¡Qué sabrás tú, cretino!», pensaba Félix con un desprecio remoto. Podía imaginarlo de pie, en medio del cuarto, revisando el cuadro clí-

nico entre aséptico y triunfal. Como si la muerte fuera cosa de otros, como si él no fuera a acabar postrado en alguna cama fúnebre antes o después.

Pero la irritación de Félix no era, como digo, más que un parpadeo. La breve reverberación de un agravio lejano. Además, el médico tenía razón. Estaba preparado para la muerte. «Salvo por esa breve palmada que es la vida, siempre fuimos muerte, antes y siempre lo seremos después», pensaba tranquilo. Y en cualquier caso, prefería mil veces la nada que volver a vivir de rodillas.

Lo supo con claridad la noche que la quiso de nuevo un rato. Aquella noche infausta en la que, al irse a meter en la cama, la encontró durmiendo sobre un charco de luna y con el camisón subido a medio muslo. Se quedó sin aire, como antiguamente, y al notar las manos frías y familiares de sus fantasmas apretándole la garganta, perdió el control de sí mismo. No hay mayor tortura que el regreso de un dolor que se daba por concluido.

Por eso fue al baño y se tomó todas las pastillas que encontró escondidas tras el espejo. Le dieron igual los avisos del médico, su sentido común y el guiño burlón de la muerte. Fue notarlas pasar por la garganta, amargas y acariciantes, y empezar a encontrarse mejor.

Cuando volvió a despertarse estaba en la cama del Samatorio.

No sabía cuánto tiempo llevaba allí. La vida había pasado a ser un interminable plano secuencia de sábanas frescas rozándole la piel; siestas calientes y pegajosas, y luego, la brisa del atardecer avisándole de sí mismo.

A veces iban visitas y él tenía la sensación de que se le había llenado el cuarto de avispas. Hablaban tan bajo que le costaba reconocer quiénes eran. Pero oía sus tópicos, sus chisteos mandándose callar y el torpe hablar en pasado. Le molestaban. Sentía que le robaban el oxígeno. Además, siempre había algún mequetrefe que le cerraba la ventana para evitar corrientes privándole de la felicidad del viento.

Lili iba casi todos los días a mirarle callada. A llorar callada. A azotarse callada. Félix la escuchaba en su mudez, en ese silencio que solo se entiende después de muchos silencios. A veces, para sentirse útil y sentirle vivo, le ponía colonia detrás de las orejas o le hacía un masaje en los pies.

Cuando la noche antes de su muerte Félix Santamaría escuchó el repiqueteo de las gotas contra el cristal de las ventanas, le dio pena no volver *a ver la lluvia, aunque siempre la hubiera odiado. Trató de no pensar, y, durante un instante perpetuo, se sintió parte del universo, de esa música que nos mueve a su antojo en un arpegio infinito.*

Y la noche quiso ser noche y el silencio pidió silencio.

La muerte le entró por los pies con las primeras luces del alba. La notó subir despacio y helarlo todo a su paso, como un manto de rocío.

Aguardó curioso el desenlace. Diez, doce imágenes le había dicho el doctor que rescataría su memoria. No llegaba ninguna. Solo la transparencia del aire tras la lluvia.

Pero, de pronto, un recuerdo empezó a dibujarse en su cabeza. Era la despedida de un compañero del Centro de Iluminación y le habían hecho una fiesta. Lili, que ya le quería, sonreía titubeante en medio de la cafetería. La luz del invierno, blanca y difusa, cubría la escena como la luz de la melancolía. La imagen reverberó y empezó a deshacerse, pero antes de que se fuera del todo Félix vio a Lili mirándole desde la otra esquina de la habitación. En silencio, dibujando las palabras con los labios, dijo:

—Te quiero.

Nunca lo había dicho antes, nunca lo diría después.

Félix pensó que era un bonito recuerdo para antes de morir. Sin embargo, no le provocó nada. Ni ganas de sonreír, ni de abrazar ni de volver.

El goteo de un ruido seco le sacó de su ensimismamiento. «¿Qué diablos es eso?», pensó. Parecían gotas de agua cayendo en un bidón muy cercano, habría jurado que debajo de la cama. De pronto, el ruido se detuvo sin más. Ya se había olvidado de él cuando el goteo volvió a empezar. Félix, que entre ruido y silencio se había ido acurrucando en un duermevela mullido y liberador, no llegó a darse cuenta de que aquel goteo incesante eran los latidos de su corazón.

Para entonces él ya no estaba allí. Acababa de abrir el cerrojo de la cárcel del cuerpo, de aquella última monotonía sin matices ni tregua. Y mientras se desangraba despacio en una acequia de arterias, instintos y amores perdidos, solo era capaz de atender a esa somnolencia bendita que le iba apagando la vida. Lo último que escuchó fue el rumor de sus vísceras. Después, una sábana blanca le oscureció del todo la luz. Pero ahí ya estaba muerto. O quizás no. Qué sabe nadie.

Todas las veces que leí antes aquellas páginas, la muerte de Félix Santamaría había sido un poco mi propia muerte. Aquella noche, su muerte fue la de Chino Montenegro.

Cora no asistió a ninguno de los actos que se celebraron en su honor. No fue al velatorio porque le parecía una absurdez velar un ataúd vacío; tampoco al funeral.

—¿Cómo voy a ir a una misa por él si era más ateo que Lenin? —dijo sin más.

Sin embargo, una tarde de fines de septiembre me pidió que la acompañara a oír misa en San Fermín de los Navarros. Cuando entramos en la iglesia se acercó al altar a prender una vela. Mientras contemplaba absorta la oscilación de la llama, sonreía con serenidad. Me atrevería a decir, incluso, que con agradecimiento.

Después de ocupar las portadas de los periódicos durante tres días consecutivos, de que las cadenas de televisión le dedicaran varios especiales —su falso entierro se retransmitió en directo— y de que las instituciones agitasen sus víveres en la plaza pública de las distinciones —«Pues yo le voy a poner su nombre a una calle en Lavapiés, pues yo a la Biblioteca Nacional, pues yo le haré un homenaje multitudinario, pues yo más»—, la noticia remitió como remite siempre la actualidad.

Desde que Chino murió, subí a casa de Cora todas las tardes sin excepción. Me gustaba cuidarla, arroparla en sus delirios, dejarla divagar a su aire cuando la encontraba mirando con nostalgia una fotografía antigua. Volvía una y otra vez al álbum de aquel primer verano en Cádiz que vino a cambiar el curso de sus vidas. En una de las instantáneas, tomada en una playa de dunas y espigas, Cora, con el pelo agitado por el viento, compartía toalla con tres chicos: Chino, Monchi y Currito. Su primo había muerto hacía diez años de unas fiebres tropicales que cogió en Brasil cuando fue a presentar su última y aclamada colección de moda.

En la foto, los cuatro miraban a la cámara con la cara redondeada de la juventud y ese brillo en la mirada anterior a las heridas. Cada vez que Cora veía esa foto, pasaba el índice por los contornos y murmuraba, como en un rezo:

—Se fueron yendo todos…

Pero salvo por aquellas nostalgias ocasionales y en general, cortas, lo cierto es que a veces, al volver a casa, tenía la sensación de que era mayor el dolor que yo proyectaba en mi amiga que el que Cora sentía en realidad. De hecho, desde que se había muerto Chino, la notaba cautelosamente alegre, liberada, como si se hubiera quitado una astilla del pie que, aunque asumida por remota, le hubiera ido quitando las ganas de andar.

No volvieron a repetirse los espeluznantes ataques de risa, pero su comportamiento seguía sin ser del todo normal. A veces se ponía los rulos solo para sentarse a la mesa a comer. O mejor, dicho, a no comer; pues si hubo algo previsible en su duelo fue la falta de apetito. Yo le insistía a Jackie en que preparara los platos que más le gustaban: huevos fritos con patatas, pollo al ajillo o sopa de cocido, pero después de revolver con desgana la comida, acababa por dejar el plato intacto.

—Toda la vida luchando contra el hambre, y ahora que soy vieja y me da igual estar guapa o fea se me quitan las ganas de comer. Así es todo…

Otras veces se ponía a regar de noche los pensamientos de los alféizares abriendo las ventanas de par en par sin importarle ni la lluvia ni el viento. Al notar mi perplejidad —y mi arrebujarme en la chaqueta—, explicaba con voz cantarina que había leído no sé dónde que el sol hacía efecto lupa sobre las hojas mojadas y podía llegar a quemarlas.

También fue mayúscula mi sorpresa cuando una tarde al subir me la encontré en la mesa del comedor frente a un ordenador portátil nuevo. Ella, que tanto odiaba las nuevas tecnologías, tecleaba con un dedo solitario y afanado.

—Es lo último que esperaba de ti —dije sonando más recriminatoria de lo que pretendía.

—Ya, yo también —sonrió sin quitar la vista de la pantalla—. Es para ver fotos de viajes. Mira, ¿esto no es tu tierra? —dijo girando el ordenador hacia mí y señalando una fotografía de una costa oscura y escarpada.

—Creo que sí.

—¿Hay algún pueblito de pescadores cerca de donde tú vas de vacaciones?

No recuerdo qué contesté.

Pero lo más extraño de todo fueron las llamadas. El teléfono sonaba a horas insólitas y Cora se apresuraba a responder antes de que lo hiciera Jackie. Ni una sola vez desde que empecé a subir a su casa había cogido el teléfono, al menos en mi presencia. Ahora parecía vivir para que sonara; y cuando lo hacía, salía inquieta de la habitación para que yo no escuchara la conversación. Al volver, lo hacía con el parloteo intrascendente de quien no quiere hablar de lo importante.

Definitivamente, Cora no era la misma. Entonces no sabía precisar qué era lo que había cambiado en ella, además de su súbito interés por las comunicaciones. Pero, ahora, al echar la vista atrás, me doy cuenta de que la Cora de aquel otoño era un personaje más abstraído y menos honesto. Ella, que siempre había tenido una presencia ineludible, pasó a estar como ausente. Hablaba menos y sonreía a destiempo con una luz pálida y misteriosa.

El invierno llegó sin hacer ruido; se fue filtrando despacio, como las humedades o el desamor, y cuando lo anómalo empezaba a establecerse como la nueva normalidad, una tarde de finales de noviembre, al subir a su casa, me las encontré llorando a las dos. Al principio pensé que Cora había levantado al fin el telón de su pena, pero me equivoqué de nuevo.

—Señorita Alicia —sollozó Jackie cuando entré.

Después, tratando de recomponerse, me dijo muy seria:

—Tiene usted que prometerme que va a cuidar mucho a doña Cora.

—¿A cuidarla? —pregunté sin entender nada.

—Me vuelvo a mi casa, señorita Alicia. Doña Cora me dio el dinero que me faltaba para construir la casa y usted sabe que... —un nuevo sollozo dejó a medias la frase.

Pero yo no necesitaba saber más. Jackie llevaba ahorrando todos aquellos años para construir una segunda planta en su casa de Santo Domingo y hacer allí dos habitaciones de alquiler. Era su plan de jubilación.

Me alegraba mucho por ella. Llevaba casi seis años sin ver a su familia y trabajando a destajo para que sus hijos pudieran ir a la universidad. Sin embargo, no pude evitar la inquietud. Miré a Cora, que observaba en silencio la escena. Pero ella esquivó mi mirada.

—Te vamos a echar muchísimo de menos, Jackie, pero me alegro tanto por ti... —dije después de un silencio demasiado largo.

—¡Bah!, no hay que hacer ningún drama —resolvió Cora con ligereza—. Ya verás como en dos meses está de vuelta. Cuando vuelven a su país se dan cuenta de que ya no les gusta tanto.

Jackie se marchó a preparar la cena y nosotros fuimos a sentarnos a una sala de estar que no se solía usar mucho porque era bastante oscura. Empapelada en un *toile de jouy*, con un tresillo muy cómodo a pesar de su antigüedad —o quizás gracias a ella— y una alfombra en la que se hubiera podido dormir, la habitación ganaba mucho de noche y con la chimenea encendida.

Cora abrió la ventana y empezó a regar las flores de las jardineras. Rogué para que acabara pronto, pues el fuego, ya solo brasas, no bastaba para contener los envites de aquel diciembre tan frío.

Cuando por fin terminó, se sentó en su butaca y encendió el ordenador para enseñarme un balneario precioso que había descubierto en Hungría. Sabía lo que pretendía: evitar la conversación pendiente, hablar de lo que fuera menos de la marcha de Jackie, así que se lo pregunté directamente:

—Cora, ¿no te agobia quedarte sola?

—¿Por qué iba a agobiarme?, me encuentro divinamente —contestó con cierta insolencia.

No quise ahondar en la cantidad de huecos vacíos que iba a dejar Jackie con su ausencia. En lo silencioso que iba a estar el piso sin sus carreras, sus juramentos y sus sobresaltos; en lo angustiosa que resultaba, para cualquiera que vive solo, la idea de caerse en la bañera y que no hubiera nadie cerca a quien pedir socorro. No quise saber quién iba a hacer ahora la compra, a cocinar, a ventilar las habitaciones y a planchar sus faldas largas. Ni con quién iba a desquitarse cuando, con el café de la sobremesa avistara otra tarde sin compañía, tardes siempre tan quietas y tan largas. Tratando de ofrecer consuelo en lugar de profecías agoreras, lo único que dije fue:

—Tienes razón. Y además, me tienes a mí para lo que necesites.

Cora me miró entonces con una intensidad imprecisa. Con una espiral de vehemencias en la que se mezclaban ternura, culpabilidad y compasión. Entonces, mordiéndose el labio de abajo y alzando la cabeza con ese gesto que pretende contener el llanto, empezó a llorar sin querer hacerlo. Durante unos minutos trató de controlarse, de detener las lágrimas en el talud de sus retinas, pero no pudo, y antes de que quisiera darme cuenta lloraba a borbotones, derramándose. Me impresionó ver a esa mujer tan fuerte ahogándose en sus sollozos, tratando de acomodar su angustia a la angostura del aire.

Me acerqué a ella y le pasé el brazo por el hombro, pero se desasió con suavidad.

—No me des cariño que lloro más —dijo.

Me quedé quieta y absurda en su desconsuelo, sin saber si hablar o callar. No tuve que pensarlo mucho. Cuando logró controlar sus temblores, Cora se puso de pie y dio una vuelta por la habitación para serenarse. Después volvió a sentarse en la misma butaca de antes. Con la espalda muy erguida y algo desgarrador en la voz, dijo:

—Alicia, ¿sabes cuánto tiempo hace que no me acaricia nadie?, ¿sabes la cantidad de años que no escucho cerca un corazón, una respiración; que no siento el calor de una mano en la espalda? Y no hablo de sexo, qué va. Hablo de aliento, de piel, de otra vida crepitando al lado. Porque la vida, la propia, digo, a partir de una edad ya no palpita, solo duele. Es carne pudriéndose sola sin nadie que la consuele.

Hizo una pausa que aprovechó para coger aire y encontrar las palabras que mejor se ajustasen al quejido de sus vísceras. Yo, paralizada por aquel exorcismo súbito, no dije nada. No me moví. No respiré. Seguí escuchando y sintiendo, demasiado estremecida para entender. Cora volvió a mirarme y siguió hablando:

—Alicia, yo no sé cuánto me quedará de vida. Pueden ser diez años o solo una noche. Y quizás exista otro mundo, y quizás haya allí algún espíritu bueno, tan bueno como tú, que me haga sentir de nuevo importante, admirada, especial. Pero no me podrá tocar.

Hizo de nuevo una pausa. Suspiró, y con la expresión más vencida y más honesta que yo le había visto jamás, inició su alegato final:

—Lo malo es que para la caricia no me sirve cualquiera. La intimidad necesita una edad, una estética, una elasticidad. Cuando todo eso se ha perdido, ya solo es digna, al menos para mí, con alguien que te conoce tanto que va y viene de tu alma sin las intromisiones del cuerpo. Alguien que tenga desde hace mucho en la memoria y pueda devolverte a tu juventud cada vez que te mira. Yo, Alicia, necesito eso. No quiero que se me muera la carne de soledad. —Expulsó el poco aire que le quedaba en los pulmones. Después, mirándome con esperanza, preguntó—: ¿Me entiendes, verdad?

Asentí sin estar muy segura de haberlo hecho, pero pensé que daba igual. Había entendido su intención, su sinceridad, su desesperación. Había percibido, en toda su magnitud, el desgarro de su soledad. Solo hubo algo en medio de todo aquello que me confundió: la sensación de que con aquel desnudarse me estaba pidiendo perdón.

Pasaron tres días hasta que volví a subir. ¿Por qué no fui antes?, no lo sé. Imagino que los últimos encuentros con ella habían sido de tal intensidad que necesitaba descansar. Pero la mañana de Nochebuena, después del sueño de la niña vieja, me desperté con sentido de culpabilidad. Me la imaginé allí arriba, lidiando a solas con sus plantas y sus demonios, y decidí ir a verla en cuanto terminase de desayunar. Mientras tomaba el café con la lentitud de las vacaciones, leí en el periódico la crítica entusiasta de una película francesa que acababan de estrenar. Cogí dos entradas por Internet: una para ella y otra para mí.

Recuerdo que mientras me duchaba se me metió entre los músculos un vaivén de debilidad, como si estuviera incubando un virus.

Eran las diez y cuarto de la mañana cuando llegué al descansillo de Cora. De pie frente a aquella puerta señorial, volví a notarme endeble. Las piernas me sostenían sin fuerza, se me había secado la garganta y los pensamientos giraban sin ton ni son. La puerta me pareció más densa; la luz, inútil; y el silencio no fue pausa, sino entonación. Lo achaqué todo a mi enfermedad. Pero quién sabe qué cabos había atado mi subconsciente durante el café del desayuno, porque cuando después de tocar el timbre seis veces, Cora no respondió, el virus dejó de ser virus y se convirtió en premonición.

Sin aquella sensación de alarma habría pensado lo lógico: que Cora había salido a dar una vuelta, que tenía la tele muy alta y no escuchaba la puerta, que estaba en la bañera o que, sencillamente, no le apetecía ver a nadie. De no haber estado incubando la verdad, me habría vuelto a casa y habría esperado unas horas hasta volver a subir. Pero no hice nada de aquello. Del ático bajé directamente al portal para preguntarle a León, el portero de los últimos años, si la había visto salir.

—La señora Cora se fue ayer —me dijo con voz neutral, sin la menor idea del impacto que aquellas palabras acababan de producir en mí.

—¿Cómo que se fue? ¿Adónde? —pregunté intentando que no se me notara la histeria.

—No lo sé, señorita Alicia. No dijo nada. Pero me dejó las llaves del ático porque lo va a poner en alquiler.

Aquel portal señorial con sus lámparas de aplique, el ascensor de jaula y la alfombra carmesí dejó de ser un lugar amable para convertirse en un ataúd. No sentí aún la tristeza infinita que sentiría después, solo noté frío y claustrofobia.

—Gracias, León —conseguí decir.

Cuando me estaba dando la vuelta para volver al ascensor, el portero me llamó.

—Señorita Alicia, la señora Cora me pidió que por ahora no le contase a nadie que se había ido. Solo a usted.

—¿Te dio algún otro mensaje para mí? —pregunté esperanzada.

León negó con la cabeza y esta vez sí, con un gesto de compasión.

—¿Un teléfono?

—Nada. Me dijo que va a ser un amigo suyo el que se encargue del alquiler.

Bruno vivía relativamente cerca de casa, así que decidí ir dando un paseo. Habían pasado dos meses desde la desaparición de Cora y seguía haciendo mucho frío. Los fumadores, cada vez más solos en las puertas de los bares, humeaban encorvados y con la mano innecesaria metida en el bolsillo. Las luces rojas del tráfico iluminaban de vez en cuando su rigidez.

Bruno me había citado a las siete y media de la tarde. Cuando me lo dijo por teléfono me pareció una hora curiosa, pero luego entendí que también era práctica. Podía alargar el encuentro hasta la cena si las cosas iban bien, o despedirme con la excusa de la hora si la charla se le hacía pesada.

Había hablado con él la semana anterior. Encontré su número en la puerta de la nevera —junto al del Samur y el de la tintorería— un día en que, después de insistirle mucho, León me dejó las llaves del apartamento de Cora. Entrar en aquella casa inmóvil fue un mazazo para mí. Las habitaciones olían a polvo viejo, tuberías y naturaleza muerta. El escabullirse de una cucaracha o un ratón, evidenció la hegemonía del silencio y los cientos de flores secas me recordaron a mí. Tan cabizbajas, tan sin dueño y tan sin luz.

Recorrí todos los cuartos de la casa. Los tres salones, el tocador sin las fotos, la cocina de Jackie e, incluso, los baños, buscando cualquier cosa que me diera una pista sobre el paradero de Cora. No encontré nada.

A pesar del tiempo transcurrido, su desaparición seguía siendo una obsesión. La pensaba a todas horas tratando así de retenerla, y cada noche, al meterme en la cama, la oscuridad parecía mirarme con una sonrisa mordaz. «Y creíste que serías tú quien se iría —parecía decirme—. La que acabaría rompiendo la baraja y un buen día encontraría un novio con el que mudarse o un trabajo en otra ciudad. Aquello te parecía lo lógico, lo natural. La juventud moviéndose y la vejez quedándose. Tú, que hasta te habías imaginado con angustia el momento de entrar a su tocador y darle la noticia, que anticipabas tu nueva vida con un peso en el pecho, calibrando cuánto te dolería dejarla sola con sus recuerdos, sus vestidos largos y sus álbumes de fotos. ¡Cómo no lo viste venir! Ella siempre fue mucho más libre que tú».

Después de una búsqueda por la casa que me llevó casi dos horas, me senté un rato en el tocador. Mi cara en el espejo me pareció mucho más vieja de lo que fue nunca la de ella.

Salí al descansillo sin nada que llevarme a la boca de la esperanza. Solo el número de Bruno. Cuando cerré la puerta del ático por última vez pensé que las puertas más difíciles de cerrar no son las que dan carpetazo al pasado, sino las que dejan el futuro detrás.

Enredada en mis pensamientos, llegué al portal de Bruno, un edificio palaciego con fachada rosa, balaustrada y ventanales emplomados. Una mujer contestó al telefonillo y abrió sin dejarme terminar mi atropellada presentación.

En el *hall*, un portero distinguido leía el periódico tras su mesa de oficio. Se puso de pie cuando entré.

—Buenas tardes, ¿a qué piso va? —me preguntó con voz de película antigua.

—Al tercero.

Me acompañó al ascensor, abrió la puerta y se despidió con una inclinación de cabeza. Conocer por fin a Bruno, del que tanto había oído hablar, me creaba una mezcla de expectación e inquietud.

Mientras el ascensor subía lento, me acordé de una anécdota que me contó Cora y que me había hecho mucha gracia. La última Navidad antes de que muriera su padre, habían celebrado un gran baile en la casa de Tetuán. Los dos hermanos, en pijama, se sentaron en el pasillo de la planta de arriba y escondidos detrás de una columna, observaban hechizados la llegada de los invitados. De pronto, Cora notó una punción en la mano. Su hermano le había pinchado con un alfiler y un hilillo de sangre brotaba por la base del pulgar.

—Mira, ves, tienes la sangre roja. —Después, levantándose la manga del pijama y mostrándole a Cora el envés del antebrazo, dijo—: Y ahora mira mis venas, son azules. Vamos, que yo tengo sangre azul y tú no. ¿Sabes lo que eso significa?, que cuando seamos mayores yo daré grandes bailes en este salón, con mujeres muy elegantes y hombres con espadas. Te dejaré mirar por el cristal de la ventana, y como eres mi hermana, alguna vez, en medio del baile, levantaré la mano para saludarte.

Abrió la puerta una señora de mediana edad con uniforme almidonado. Tenía el cutis agujereado, el pelo fosco y la mirada expropiada. Supuse que era la misma persona que había contestado al timbre.

—Acompáñeme, por favor —dijo con un acento que no logré identificar.

La mujer me condujo a lo que imaginé sería el salón principal.

—Ya le aviso al señor. ¿Desea tomar algo?

—Un vaso de agua, por favor.

El salón de la casa podría haber sido el escenario de una película viscontiana. Las paredes, forradas con una tela de rayas en blanco y berenjena, enfatizaban el disparatado colorido de los sofás: uno turquesa y el otro verde limón. Entre ellos, una mesa cuadrada de cristal parecía flotar sobre la alfombra persa que agrupaba el conjunto. Pero, sin duda, lo más espectacular de la estancia eran las piezas de arte. Tres óleos contemporáneos de gran formato e iluminados con focos alternaban con grabados, fotografías tratadas y cuadros en bajo relieve. La escultura de un hombre monumental y taciturno tallado en madera presidía una de las esquinas; en otra, sobre un cactus, un móvil que me pareció de Calder.

La pared de la izquierda era toda ella un ventanal que daba salida a una terraza cuadrada y frondosa. Me acerqué hasta allí para observar de cerca aquel vergel urbano.

—¿Te gusta? —me sobresaltó una voz grave a mis espaldas.

El señor con quien me encontré al darme la vuelta no tenía nada que ver con el niño de la cara traviesa y las orejas de soplillo de las fotos de Tetuán. El Bruno de la actualidad era un hombre rubio, delgado y de elegancia teatral. Con camisa rosa, una impecable chaqueta de cuadros blancos y negros y un pantalón claro, se notaba en él la impronta romana.

—Mucho. Es preciosa —dije refiriéndome a la terraza.

Bruno sonrió y me dio dos besos que apenas me rozaron. Sin embargo, en el ínterin me agarró el brazo con presión afectuosa.

—Sois muy de áticos en la familia, ¿no? —pregunté de camino al sofá.

Después de sentarse, cruzar las piernas y encenderse un puro pequeño, contestó:

—Nos gusta estar cerca del cielo. Para ir acostumbrándonos. Me imagino que sabrás por Cora que voy a ser santo.

No llevaba ni cinco minutos con él y ya me había recordado dolorosamente a su hermana: el mismo modo atípico de entablar conversación y la misma seriedad en la extravagancia.

—¡Ah, no!, no sabía nada —dije intrigada y divertida.

—Pues sí. Cuando era niño se me apareció una noche la madre Maravillas y me contó que yo iba a ser su último milagro. Y el más importante, claro —terminó con una carcajada que tenía algo de gárgara. Al reírse se le convertían los ojos en dos hendiduras azules.— ¿Qué quieres tomar? —me preguntó después, levantándose hacia el mueble bar.

—Agua, pero ya se la he pedido a…

—A María. Las llamo a todas así, duran tan poco que ya no me molesto en aprenderme los nombres.

Después de servirse un Havana Club siete años con mucho hielo volvió a su sitio en el sofá.

—Así que tú eres la famosa Alicia —dijo concentrado en volver a encender el puro—. Cora me hablaba mucho de ti.

María entró en ese momento con una bandeja demasiado grande para el solitario vaso de agua. Cuando salió de la habitación, y después de darle un sorbo, le pregunté directamente:

—¿Sabes algo de ella?

—Prácticamente todo —con sonrisa hermética.

—Quiero decir que si sabes dónde está.

—No —rotundo y seco. Después, suavizando un poco el tono, añadió—: Seguro que en algún sitio con muchas plantas y muchos animales.

La conversación volvió a interrumpirse cuando una morena imponente entró en el salón.

—Hola —dijo alargándome una mano delgada—, encantada, soy Brunela.

Tenía la nariz operada, cadencia de mujer de mundo y las piernas más largas que había visto en mi vida.

Cora me había hablado de ella. Llevaban juntos varios años y, por lo visto, estaba tan ridículamente enamorada de Bruno que se había cambiado el nombre para llamarse igual que él.

—Tú eres la amiga de Cora, Alicia, ¿no? —preguntó tratando de sonar afectuosa—. No sabes lo que nos hablaba de ti.

Después, agitando la cabeza con pesar, exclamó:

—¡Qué horror lo de su desaparición!

Asentí con la cabeza. Tal debió de ser mi expresión de tristeza que Brunela cambió la textura dramática de su voz por un tono más jovial.

—Bueno, pero tú no te lleves tan mal rato que tampoco se ha muerto.

—¡Qué más dará! —interrumpió Bruno cortante—. A efectos prácticos, le da lo mismo que se haya muerto o haya decidido esconderse en Pernambuco.

Brunela, sin hacer caso de la interrupción de su novio, siguió hablando solo para mí:

—Yo estoy convencida de que está en Marruecos, se lo digo siempre a Bruno. No sé por qué no la buscáis allí.

—Pues porque resulta que a nadie le interesa lo que tú creas —contestó Bruno sin mirarla y arqueando las cejas con frialdad.

Ella, a quien supuse acostumbrada y conforme con aquel trato, me sonrió con complicidad.

—Le encanta hacerse el malo. Pero cuando estamos solos es tierno como un gatito.

Esta vez el desdén de Bruno fue manifiesto. Y de tal intensidad que le tensó el cuerpo.

—Ve a arreglarte para la cena, no vaya a ser que el gatito te dé un zarpazo.

Cuando Brunela salió de la habitación con contoneo de pasarela, Bruno le dio otra chupada al puro y me miró con gesto de disculpa.

—Es tonta y pesada, pero eficaz. Me salvó la vida.

—¿De verdad?

—Sí. Hace unos años fui a pasar unos días a Marbella con mi amigo Jorge Trujillo, y uno de ellos salimos a dar un paseo en barco. Estábamos anclados enfrente del Marbella Club, cuando Jorge me propuso hacer una carrera hasta la orilla. El problema es que yo duro muy poco nadando. Mis primeros veinte metros son perfectos, como de medalla olímpica, pero al veintiuno me voy al fondo y me ahogo.

Aquella imagen me pareció tan graciosa que descargó por un momento mi ánimo encapotado. Cuando terminé de reírme él siguió contando:

—El caso es que Brunela me vio desde la orilla y, claro, con esas piernas tan largas, que cuando te las echa encima de noche parece que te ha atrapado una boa constrictor, llegó en dos patadas a salvarme.

La conversación transcurrió casi toda así, con él desplegando un muestrario de anécdotas inverosímiles y yo escuchando fascinada. Bruno tenía la misma imaginación de su hermana: una mezcla de novelería gaditana, infancia solitaria y zoco tetuaní. Y como me pasaba también con ella cuando se ponía a fabular, el tiempo dejó a un lado su rictus de sensatez y empezó a hacer piruetas dos metros por encima de lo previsible, de lo ordinario, de lo secuencial. Fue un reloj de cuco sonando desde otro cuarto lo que me hizo volver a la realidad. Me di cuenta de que era tarde, de que ellos se irían enseguida a cenar y de que se me estaba agotando la última oportunidad de saber algo de Cora.

—¿Tú sabes dónde está, verdad? —interrumpí abrupta.

Bruno me miró pensativo durante un segundo que se me hizo eterno.

—Alicia, déjalo estar. Se ha ido porque quería. No hay manera ni legal ni moral de hacerla regresar. —Volvió a levantarse hacia la mesa donde tenía la bebida. Mientras rellenaba la copa, dijo—: Has tenido lo mejor de ella. Después, todo hubiera sido repetición. Los nuevos afectos explotan en el primer año, se consolidan en el segundo y a partir del tercero empiezan a languidecer. Has vivido el estallido, lo más bonito. Dentro de todo, es una suerte, míralo así.

—Ya —murmuré más para mí misma que para él—. Lo que pasa es que… —me tembló un poco la voz— lo que pasa es que yo no la echo de menos porque me divirtiese estar con ella o porque la admirase o porque no tenga a nadie más. La echo de menos porque se había convertido en mi brújula. Mi estrella de Oriente. Cada vez que me asalta una duda, cada vez que no sé qué hacer, cada vez que tengo un sueño raro sigo pensando «voy a contárselo a Cora, a ver qué le parece». Entonces caigo en la cuenta de que ya no está y me siento a la deriva.

Bruno, de vuelta ya en el sofá, me miró con algo cercano al afecto.

—Chiquitina, cuando conoces mucho a alguien siempre sabes lo que te diría.

—Con Cora no. Aunque la hubieras oído mil veces, aunque repitiera una anécdota, aunque creyeras que ya lo sabías todo de ella, de pronto, en medio de una conversación, decía algo que te volvía a sorprender.

Nos quedamos un rato en silencio. De pronto, me había notado terriblemente cansada, como si acabara de levantarme de la cama después de una larga enfermedad. Me despedí rápido de Bruno, que no habló de volver a vernos, y salí a la noche helada.

Los meses fueron pasando y fiel a su promesa el tiempo metió la pena donde apenas se ve. Como los huesos reumáticos, Cora pasó a dolerme solo de vez en cuando. Me dolía cuando al llegar caminando a casa levantaba la vista hacia el ático y notaba cómo se iba ensuciando el cristal de las ventanas. O cuando al atravesar la cochera que separaba la calle del portal, me acordaba de Bárbara y yo de niñas, hurgando en los buzones y viéndola aparecer como una valquiria en el portal.

Cuando pasaba por delante de mi estantería, el lomo de *Los muertos felices* atraía a veces mi atención. La dedicatoria se dibujaba entonces en mi memoria, melodiosa y traslúcida como una letanía. Y sabía, por el nudo en la garganta, que tendría que pasar mucho tiempo hasta que lo pudiera volver a leer.

Cuando los niños de mi clase terminaron el mural de las cáscaras de nuez que parecían erizos, lo primero que pensé fue en el entusiasmo de Cora cuando lo viera. Entonces recordé que ya no estaba, y el aguijonazo de su ausencia detuvo un instante la vida. Pero fue solo un segundo, nada más.

Y siguió pasando el tiempo.

Bárbara rompió con el del nombre compuesto y venía muchas tardes a casa a preparar mojitos en su coctelera nueva y a contarme las cosas como pasaban por su cabeza, que siempre fue mucho más interesante que como pasaban en realidad.

Papá y mamá siguieron juntos. Del asunto de su amante no volví a saber, aunque lo cierto es que preferí no indagar. Un buen día papá volvió a fumar tabaco normal y dejó de mirar al vacío con languidez de utopía.

—No es de los que abandonan a su familia —repetía en mi memoria la voz de Cora cuando los veía discutir lo mismo de siempre en las comidas de los domingos.

Un día de principios de verano paré a repostar en una gasolinera rumbo a Galicia. Mientras llevaba a cabo la pesada operativa, un chucho blanco y con un parche marrón en un ojo se acercó hasta mis pies y se sentó sobre las patas traseras mientras yo terminaba de cargar el depósito. Después me siguió hasta la puerta de la tienda y esperó allí sentado a que pagara. Yo lo miraba desde la cola deseando que se fuera y no me obligara a la tortura de echarlo. Cuando llegó mi turno, pregunté al dependiente si era de alguien de allí. Nadie sabía nada de él.

Salí sin mirarle, pero me siguió.

Me metí en el coche y arranqué, completamente decidida a no complicarme la vida, pero cuando lo vi por el retrovisor mirándome de lado y tan perdido como yo, bajé del coche, lo cogí en brazos y me lo llevé.

Le puse Bartolo, como al burro de Cora, y aunque al principio le traté con indiferencia, resistiéndome a la imagen de solterona subyugada a su mascota, Bartolo acabó ganándome con su incondicionalidad. Me sentía necesitada cuando al volver a casa lo encontraba siempre allí, esperándome, con las orejas de punta desde que oía la puerta del ascensor. Al verme entrar me miraba inquisitivo para calibrar mi ánimo y ajustarse a él. Me acordaba entonces de Cora, que un día, en una de esas reflexiones que hacía al aire, había dicho:

—Hay que tener a quien querer. Da igual el objeto, lo importantes es querer. Si no, te vas olvidando de cómo hacerlo.

Lo demás siguió siendo todo igual.

Volví a apuntarme a mi taller de escritura para llenar el vacío de las tardes, a ir a museos, a conferencias y a un curso de francés. Seguí con mis rituales neuróticos antes de dormir, comiendo con mis padres los domingos, fumando en el balcón y acostándome sola en una cama que era cada vez más mía y ya no me acusaba de soledad. Porque sí, mi vida siguió siendo igual, pero yo ya no era la misma.

Cuando la tristeza de Cora terminó de marcharse como acaba yéndose el olor de los muertos de su ropa de dormir, me di cuenta de que de algún modo ella se me había quedado dentro, de que nos convertimos un poco en todo aquel que nos remueve.

Pasaron a gustarme las flores y llené mi casa de ellas. Cuando acercaba la cara para olerlas, sentía que me acercaba a ella. Me acostumbré a comprar bocadillos a los mendigos de los supermercados, como hacía siempre Cora. Empecé a ver los debates políticos y a llevarles la contraria en voz alta; y cuando alguna vez me dolía algo, erguía la espalda, apretaba los labios y seguía caminando.

Me hubiera gustado absorber otras cosas. Su risa, siempre tan fresca; su capacidad de ilusión, esa imaginación amiga que le salvaba de la realidad, pero, sobre todo, el resplandor. Esa luz en la mirada que solo conservan quienes han conseguido salir indemnes de la batalla de la vida.

La mayoría del tiempo la vida es una sucesión de cosas sin importancia; entonces, un buen día, pasa algo que lo cambia todo. Encuentros, historias, tragedias o pasiones de tanta envergadura que distribuyen la biografía en un antes y un después.

Cuando empecé a visitar a Cora pensaba que mi vida y yo éramos las que éramos y que mucho tenían que cambiar las cosas para que algo cambiase de verdad. Cora no solo me cambió, quizás eso fue lo de menos, pero su testimonio dejó evidencia de resurrección, de libertad, de buscar el equilibrio entre la voluntad y el destino.

Seguí echándola siempre de menos, pero era mi nostalgia una nostalgia agradecida. Agradecida de haberla tenido, de que me hubiera dado la luz que me faltó al crecer, de haberme hecho sentir tan querida, tan distinta y, sobre todo, de haberme enseñado a aceptar con alegría que, en la escritura de nuestra historia, no somos más que la tinta.

El 3 de noviembre fue, aunque no lo fuera, el primer día del otoño. El cielo estaba oscuro, los árboles crujían y Bartolo dormitaba en su alfombrilla. Después de desayunar, el timbre de la puerta nos sobresaltó a los dos. Era un mensajero que venía a dejar un paquete sin remitente. Bartolo le ladró mucho, pues hacía tiempo que yo no recibía por servicio postal nada más que recibos, multas y algún catálogo de moda.

Rasgué con los dientes el sobre de plástico y una pequeña caja de cartón cayó al suelo. Me agaché a cogerla. Tampoco allí había ninguna indicación de quién la enviaba.

Entre intrigada y contenta fui a la cocina, dejé la caja sin abrir en la mesa e hice café. Hacía tanto que no recibía un regalo, que pensé que la ocasión merecía su pequeño ritual.

Un golpe de viento sacudió la acacia de la ventana cuando me senté frente a la caja y el café. Bartolo, que me seguía vigilante desde la intrusión del mensajero, se sentó a mis pies mirándome con curiosidad.

Agité el paquete en el aire. Debía de ser algo pequeño, pues golpeaba holgado contra las paredes de cartón. Abrí la caja con cuidado y una bolsita de terciopelo azul oscuro fue a chocar contra la mesa. El corazón me latía deprisa mientras desanudaba la cinta de gasa. No sé, supongo que lo intuí.

Dentro, desgastado por el tiempo y todavía caliente, había un jorobado de oro con chaqueta de circo y una chistera en la mano. Se me confundieron las lágrimas y la risa. Cerré el puño muy fuerte con el colgante dentro y supe, con esa claridad que solo podía nacer de ella, que lo mejor estaba por venir.

LOS MUERTOS FELICES

Bodas, aniversarios, homenajes e incluso muertes. Días esenciales. Fechas clave de nuestra biografía que a pesar de su envergadura transcurrieron ajenos, resbaladizos y leves. Hicimos lo que pudimos. Nos esforzamos por espolear nuestra sensibilidad para que estuviera a la altura, pero no fue posible. Todo pasó por fuera, nada por dentro.

Luego están los días importantes de verdad; los que llegan sin anunciarse, humildes y mansos como un viento de otoño, y llenan de remolinos los claustros del alma. Tiembla un poco el aire, a veces también la luz y la sensibilidad se deshilacha en filamentos de gratitud. También de nostalgia, pues entre los pliegues de la belleza se esconde siempre una profecía de brevedad.

En esos días de verdad importantes, lo cotidiano se resquebraja para alumbrar lo esencial, una noción clara de lo que significa estar vivo y formar parte de algo tan único, tan asombroso. Aquel 3 de marzo fue uno de esos en la vida de Chino Montenegro.

Ya al despertarse y percibir la claridad radiante de la habitación le invadió esa euforia de los habitantes del norte, especialmente si son del sur, cuando la membrana del párpado percibe, antes de abrir los ojos, que el día ha amanecido con sol.

Se puso la bata de algodón que había comprado en Tokio hacía más de veinte años y bajó a la cocina a ponerse el café que Cora había dejado hirviendo en la cafetera. «¡Qué bien huele el café recién hecho! ¡Y qué luz tan bonita!», pensó un poco receloso de aquel estado de benevolencia y plenitud. Abrió la ventana para oler la mañana y escuchar más de cerca el compás de las olas, que parecían dar palmas por alegrías.

Para Chino, que como todos los hijos de ciudad portuaria tenía una relación muy íntima con el mar, vivir en un faro era una especie de lógico desenlace. En las noches de tempestad, bajo el grueso edredón de plumas y con Cora muy pegada a él, se estremecía de miedo y placer al notar en la nuca la bravura del océano. «Es como si estuviéramos en las entrañas de una ballena», pensaba acordándose de Jonás en el vientre del cetáceo. Y durante uno de esos incomprensibles lapsos de la voluntad deseaba con todas sus fuerzas que una de esas noches de viento, abrazados y eternos ya, viniera una inmensa ola y los arrastrara con ella hasta el fondo del mar.

El pan saltó de la tostadora con el chasquido elegante de los electrodomésticos alemanes. Lo puso en una bandeja junto al café, el aceite y la sal, y subió a la torre, donde tenía su estudio. Era un habitáculo redondo y acristalado que no hubiera tenido sentido decorar, pues cualquier atavío desaparecía bajo la circunferencia infinita del océano.

Cuando Cora y él llegaron al faro, un año y tres meses atrás, su estudio parecía el camarote del capitán Nemo. Juan, que era quien lo había encontrado y decorado, había llenado el espacio de objetos náuticos: boyas de cristal, un timón, el clásico cuadro de nudos marineros y un cuelga llaves con estación meteorológica. En la mesa, altísima para escribir, había colocado dos lámparas de latón con cristal esmerilado y una caracola de mar.

«Ya no se puede ser más cursi», pensó Chino al entrar allí por primera vez.

Cora, siempre leal a su amigo, lanzó un grito de admiración:

—¡Qué acogedor!, ¿no te encanta? La verdad es que Juanito tiene un gusto impresionante.

Normalmente Chino la hubiera dejado seguir. No solía llevarle la contraria en las cosas en las que no se jugaba nada, así que, en cualquier otra circunstancia, hubiera asentido en silencio tratando de contener la risa. Pero esta vez, el impulso fue más fuerte que él.

—¿Buen gusto? —dijo mirándola incrédulo—. Cora, es espantoso.

Enfatizando el «espantoso» con una sacudida exagerada de la cabeza.

Salvo un cenicero de piedra blanca que conservó por grande y la alfombra redonda que conservó por redonda, tiró todo lo demás en un contenedor que había a la entrada del pueblo. Compró un calefactor que apenas hacía ruido, una mesa de carpintero robusta y una silla de oficinista contracturado que le había recomendado un eminente traumatólogo cuando empezó a sufrir de las vértebras, y que era tan desabrida como todo lo conveniente. A la izquierda de la mesa colocó una nevera pequeña en la que guardaba cervezas, agua y fruta fresca.

A Chino no le interesaba especialmente la decoración; de hecho, le importaba bastante poco. A los sitios solo les pedía luz y altura. Sin embargo, necesitaba un clima específico para trabajar. Preferiblemente austero. Aunque durante su niñez escribió siempre frente al mar, el resto de su vida lo había hecho contra una pared, convencido de que la belleza del entorno no ayudaba a escribir. Al revés, era una interferencia, creaba unas urgencias narrativas que nada tenían que ver con la trama original.

Pero ahora que después de muerto había vuelto a escribir mirando al agua, ya no estaba tan seguro. Cuando al levantar la vista del ordenador perdía la vista en aquella llanura azul sentía paz, orden, concreción. El horizonte del océano es la única línea recta de la naturaleza.

Desde que estaba allí tenía la sensación de que nunca en su vida había escrito mejor. A veces pensaba que no era por la magnificencia del paisaje, sino por la libertad que le daba escribir sin audiencia. Aunque pareciera un sinsentido, escribir para uno mismo era la única manera de desprenderse de uno mismo. De todas las vanidades, miedos y mentiras exculpatorias que acaban entorpeciendo los escritos.

Otras veces atribuía su inspiración al espíritu del faro. Chino no creía en las fuerzas cósmicas, ni en el poder de las energías, ni en ninguna de esas «chuflerías» que tanto escuchaba últimamente entre los que se habían quedado sin religión. Él, muy a su pesar, no creía en nada, pero le parecía que el cristianismo tenía un sentido mucho más concreto que aquellos nuevos misticismos importados de un oriente ancestral que occidente no lograba siquiera empezar a comprender.

Además, desde la perspectiva moral, le encontraba más envergadura a una religión cimentada en el «amarás al prójimo como a ti mismo», que una que tuviese como propósito la búsqueda del yo.

Sin embargo, a pesar de aquel escepticismo energético, cuando se quedaba escribiendo hasta tarde y el silencio y la negrura se apoderaban de todo, pensaba que había algo místico en el hecho de habitar un sitio que durante tantos años fue guía. Formar parte de una luz que alguna vez salvó vidas.

El faro no era uno de esos faros esbeltos y de linterna pequeña que abundaban en esa costa. Era una torre robusta y achatada con vanos acristalados rodeando las tres plantas.

Un famoso arquitecto local, rendido a sus recuerdos de infancia —su padre había sido el farero—, lo había reformado y convertido en hogar. Vivió allí hasta que, un año y pico atrás, después de tomarse un *capuccino* en un hotel en Milán entró en el cuarto de baño y, encerrado en uno de los servicios, se pegó un tiro en la cabeza.

Pintado entero de rojo, rodeado de escarpadas laderas y en el último cabo de aquel mar de cormoranes y pescadores, a Chino no se le hubiera ocurrido nunca un fin del mundo mejor.

Le dio un sorbo cauteloso al café, aún humeante, cruzó las piernas sobre la mesa y encendió el primer cigarro de la mañana, el que devuelve al cuerpo a su viciado equilibrio natural. Después, contó con urgencia los pitillos que le quedaban. Seis en la cajetilla y medio cartón en el armario del cuarto.

Tenía que llamar a Periquito y pedirle que le mandara más. Solo en Gibraltar se conseguía aquella marca de cigarros largos que fumaba desde hacía unos años.

Periquito era una de las cuatro personas que sabían la verdad.

—Tres —había dicho Chino cuando, al empezar a planificar su huida, se dieron cuenta de que no podían ejecutar ellos solos el plan—. Más es peligroso.

Moisés, el amigo forense de Cora, y Periquito, a punto de jubilarse del cuerpo de policía, estuvieron dentro desde el principio. Eran imprescindibles. Además, como muy bien dijo Chino:

—Son los más de fiar, se juegan casi tanto como nosotros si se descubre el fraude.

Como tercera persona, Cora le pidió contárselo a Juan. Durante un tiempo dudó si hacer cómplice a esa muchacha tímida que vivía en el piso de abajo, pero en uno de esos silogismos que hacía en voz alta, concluyó que su amiga la necesitaba demasiado como para asumir sin más, su partida.

—No, la admiración no es de fiar —concluyó al final.

—¡Ah!, ¿y el amor sí? —preguntó Chino irónico.

—Juan no está enamorado de mí, lo sabes perfectamente.

—No te hagas la tonta, Cora, por favor.

Pero cuando ya estaban ultimando el plan se dieron cuenta de que necesitaban a alguien más: la persona que lo encontraría muerto. Moisés iba a encargarse de fingir la llegada de los dos enfermeros que recogerían el cuerpo. Después, llamaría al director de la facultad de Medicina, de quien era muy amigo, para explicarle que la viuda de Montenegro había cambiado de opinión en el último momento y quería cremar el cuerpo y esparcir las cenizas por la bahía de Cádiz. Pidió absoluta discreción a su amigo:

—Cora es muy suya, y quiere que todo se haga en la más absoluta intimidad.

Pero les hacía falta alguien imparcial que pudiera dar fe de todo el teatro. Chino lo pensó mucho, y al final concluyó que Alberto, su vecino, era la persona perfecta. Cora no estaba muy de acuerdo,

—Es un *colgao* —le dijo, pero Chino insistió en que el fotógrafo era un hombre recto.

Una vez que tuvieron claros a sus aliados, el resto había sido fácil. Como dijo Cora un día, «la gente está más dispuesta a dar la vida por sus ídolos que por sus madres». Chino firmó el impreso para donar su cuerpo e incluyó una cláusula en la que especificaba que su mujer podía revocar el consentimiento. Cora, después de descartar el extranjero por el asunto del pasaporte, eligió aquella costa salvaje para desaparecer, y le pidió a Juanito que hiciera un viaje y les buscara un sitio donde esconderse. Los tres meses entre su muerte —cuya retransmisión siguió encantado en una pequeña pantalla de televisión— y la huida de Cora los pasó en casa de ella, encerrado en la primera habitación del pasillo.

Al pensar en ella la echó de menos. Lo había hecho durante tantos años y con tanta virulencia que la añoranza terminó por convertirse en carne. O en tumor. En un algo viscoso y opresivo que palpitaba en sus entrañas cada mañana que estuvo sin ella al abrir los ojos y volver a la realidad. O cuando terminaba de escribir un párrafo del que se sentía orgulloso. O cuando llovía sin ganas. O cada vez que veía unos ojos verdes.

Habían pasado casi treinta años desde aquella tarde infame en la que al volver de París, descubrió que Cora se había ido. Fue tal su agonía en ese instante, tan espantosa la sensación de vida colándose por el desagüe, que ni siquiera ahora, con ella de nuevo a su lado, era capaz de rememorar la escena con serenidad. Todo le ponía mal cuerpo. No solo el momento en que entró en casa y la supo vacía, sino también recordar los días previos a su huida.

Mientras estuvo en París sentía una especie de náusea cada vez que pensaba en ella. Lo achacó a sus sentidos de culpa. Estaba lleno de ellos: por la gira tan larga, por su ensimismamiento sostenido, por sus puntos de fuga… Lo atribuyó también a lo silenciosa que había estado durante su breve reencuentro en Madrid. Eso le había asustado.

La llamó el segundo día de estar allí, pero Cora no cogió el teléfono.

Había vuelto a hacerlo, desde una cabina en el aeropuerto, justo antes de embarcar. El teléfono sonó muchas veces, pero tampoco hubo respuesta.

Durante las dos horas que duró el trayecto en avión consiguió serenarse un poco. Se convenció de que probablemente ella no había cogido a propósito. La imaginaba acurrucada en el sofá viendo uno de esos telefilmes lacrimógenos que tanto le emocionaban e ignorando con intención la llamada. Disfrutando de crearle inquietud, de llenarle de dudas, de coger escuadra y cartabón y redibujar otra vez las fronteras. Cora solía explicarse —sentimentalmente— con obra u omisión mucho más que de palabra. No creía en el argumento para convencer de ciertas cosas. Él tampoco.

El taxi se abrió paso despacio por el tráfico de la última hora de la tarde. Él, desesperado con la lentitud, miraba por la ventana sintiendo ajena la ciudad, como siempre que volvía. Y recién resucitada. Como si todo hubiera estado detenido mientras él no estaba, como si las ciudades solo existieran cuando estamos nosotros en ellas.

El taxista le dejó en Atocha y cruzó a pie el tramo entre la calle y su plaza. Se acordaba de cada detalle de aquel corto recorrido. Del hombre con corbata que le pidió limosna, de la mujer que fumaba en el balcón con una bata verde de boatiné, del olor a amoníaco del portal y de que había tenido que abrir con la llave la puerta principal porque nadie respondió al telefonillo.

No era capaz, incluso ahora, de precisar cuándo lo supo con exactitud. De lo que sí estaba seguro es de que cuando giró la llave en la cerradura de arriba ya sabía que no la iba a encontrar. El resto fue una constatación. Una bofetada. Una turbina que le succionó por dentro hasta no dejar de él más que piel e impotencia.

La casa olía un poco a cerrada. También un poco a rencor. Mientras recorría las habitaciones y abría todos los armarios tuvo la sensación de estar haciendo una autopsia, de estar diseccionando el cadáver de la que había sido su historia.

Tardó casi una hora en reparar en el papel doblado con prisa que había sobre la mesa del comedor. «Te devuelvo mi cetro de señora de, nunca teníamos que haberle puesto traje y corbata al amor, tú y tus circunstancias, que te vaya bonito».

No recordaba más que algunas frases sueltas. Con el tiempo se arrepintió muchas veces de haber roto la hoja en mil pedazos al terminar de leerla. Pero cuando llegó al final su único instinto fue ese: despedazar. Lo había destrozado todo: la mesa, los jarrones, el espejo. Necesitó armonizar la violencia de dentro con la de fuera. Llamó a Juan, a Tonuca y a Currito, que no le cogió, les gritó, les insultó y les maldijo por no contarle la verdad. Aquella noche se emborrachó tanto que se quedó dormido en el suelo. Al día siguiente puso la casa en venta y empezó a buscar piso en Lavapiés.

La siguió buscando durante un tiempo. Fue a casa de Bruno, que le dijo impasible, el muy cabrón, que su lealtad estaba con ella, no con él; localizó a sus amigas del colegio de Madrid y a las del colegio de Suiza, se plantó en la redacción de la revista en la que colaboraba, pero a Cora se la había tragado la tierra.

Empezaron entonces los años ciegos. Una sucesión de noches idénticamente borrosas, un crisol de delirios, manos distintas, carcajadas histéricas, baños de mala muerte, *suites* de lujo y sensaciones oblicuas que arrasaron cualquier consistencia. A veces se mentía a sí mismo y contaba, fingiendo sobriedad, que aquella vida no estaba tan mal. Que a él, en el fondo, lo que le gustaba era la soledad. Y que si su ausencia le había dolido tanto era porque él era un hombre de costumbres:

—Es como si te ponen una venda en los ojos treinta años. Cuando te la quitan, ya no ves —les contaba a sus palafreneros con un tono íntimo que a los otros les hacía sentir depositarios del Santo Grial.

Estuvo con muchas mujeres, pero no volvió a dormir con ninguna. Después de hacer el amor pedía un taxi, fuera la hora que fuese, y las mandaba de vuelta a casa. No soportaba la idea de despertarse y tener que hablar con alguien que no le importaba, o ir al baño con testigos incómodos de su escatología. Incluso le irritaba notar a su lado el peso de una carne a la que tras la embriaguez sexual, no le unía absolutamente nada. Además, la presencia de cualquier otra mujer no hacía sino enfatizar la ausencia de Cora. La soledad era mucho menos amarga que añorar la ironía de sus ojos en la mirada rendida de sus amantes.

Durante un tiempo dejó de escribir. Se sentía inseguro sin ella corrigiendo sus escritos, pues era de la única persona que se fiaba para el visto bueno. No porque supiera mucho de literatura, que no era el caso, pero tenía un instinto natural para distinguir, al menos respecto a lo que él escribía, lo que era bueno y lo que no. A veces, al leerle algo demasiado barroco, ella cortaba tajante:

—Me he perdido. Y si me pierdo yo, se va a perder todo el mundo.

Entonces, él apuntaba junto a ese párrafo «simplificar». O le decía:

—Está muy bonito escrito, pero le falta profundidad. Lo más interesante de ti es tu vista de pájaro. Esa capacidad tuya de sobrevolar el mundo y definirlo.

Durante los siguientes doce años se hizo viejo y desconfiado. A veces se preguntaba cómo era posible que de niño hubiera soñado con convertirse en aquello. Se consolaba pensando que en la proyección de los sueños se llega a destino intacto. Sin la erosión del esfuerzo, de encarar las propias limitaciones un día tras otro, de ir desintegrándose en la incertidumbre y el desengaño. Cuando en la vida real alcanzas por fin tu destino después de haber pasado por todo eso, el sueño ya no es sueño, es oficio.

Su rutina le fue aburriendo cada vez más. Estar con desconocidos, esforzarse en encontrar una genialidad que lanzar a aquellos ojos hambrientos para que se la pudieran contar a sus amigos; escucharse de nuevo, como una grabación, hablando de sí mismo. Todo aquello pasó a resultarle cada vez más insoportable. Se le fueron quitando las ganas de hablar, de ir al cine, de pasear e incluso de ir a un buen restaurante, con lo que le gustaba comer bien. Los camareros pidiéndole fotos y la clientela sin quitarle la vista de encima o acercándose a por un autógrafo cuando estaba pelando una gamba era un peaje demasiado alto. Había pasado a irritarle, incluso, que le pusieran la cuenta delante por sistema. Como todas las personas a quienes el dinero importa poco, era de natural generoso, pero aquella presunción tácita de que era él quien pagaba también le había cansado.

Hacía unas semanas había salido con Ricardo y unos amigos suyos a cenar. Cuando llegó la cuenta, ni uno solo de los presentes hizo ademán de sacar la cartera.

—En el viejo Oeste no durabais ninguno diez minutos —dijo, sacándola él.

Se fue recluyendo en su casa, que acabó siendo el único sitio en el que se encontraba con quien le apetecía encontrarse. Por las noches siempre pasaba alguien a visitarle. Alberto, su vecino, a fumarse unos canutos y filosofar de saldillo; o Periquito, que buscaba cualquier excusa para no aguantar los gritos de la peluquera de Entrevías con la que se había casado; o Manuel, el poeta, separado ya de Milenka, y cada vez más resentido con el mundo por no estar a la altura de su poesía.

Algunas veces, después de que se fuera todo el mundo, se obstinaba en analizar su incapacidad de sentir. La revelación que le hiciera a Cora en Nueva York después de que muriera Monchi, no solo seguía vigente, sino que se había agudizado. Lo malo es que él no era un muerto feliz como los de su libro, él era un muerto a secas.

Así que en el silencio de sus noches, fumando como un loco, pasaba las horas buscando dentro de sí algo que le provocara un pellizco, una emoción. Ponía una película que en otra época le hubiese estremecido o escuchaba a alguno de esos cantaores de su barrio que de niño le daban ganas de llorar. Pero apenas se le movía nada por dentro. Los días buenos, el eco de un aleteo. Desde que perdió a Cora, se había perdido a sí mismo.

Había una sola cosa que de vez en cuando le erizaba los sentidos: leer. Encontrar una frase original, bonita, afinada; una de esas frases que parecían trascender lo humano.

Fue así como pasó aquellos años impávidos. Tratando de resucitar su yo antiguo y deconstruyendo la historia con Cora, pieza a pieza, para encontrar el cimiento podrido.

Al principio, le echaba la culpa a ella.

Cora había cambiado con los años. Se había vuelto menos alegre, más velada y se le dibujó en la cara un rictus de desengaño. La muerte de su madre, los viajes de él, su maternidad truncada… Las vilezas del destino le fueron quitando lo que había sido su gran seña de identidad: la capacidad de ilusión. Para no asumir todo eso, que no dejaba de ser algo difuso, subjetivo, y en cierto modo denigrante, Cora buscó un cabeza de turco que justificara su inercia a la lejanía. El símbolo elegido fueron las salidas nocturnas de él, pero Chino nunca estuvo dispuesto a ceder en aquello.

La noche era su retiro. El único sitio donde se desvestía de sus servidumbres y podía ser, de verdad, él mismo. Por el día tenía que fingir. Fingir que era un intelectual cuando estaba con los intelectuales, un arrumbador cualquiera cuando estaba con sus padres y un hombre inquebrantable cuando estaba con ella. Por eso necesitaba salir, reírse, emborracharse, estar con sus amigos y no tener que cambiar de lenguaje. Con ellos hablaba un idioma propio y redentor que Cora no hubiera entendido. Por eso habían dejado de salir juntos. Por eso, y porque ella tenía la irritante manía de contar intimidades en público, de revelar secretos, divertidos para el resto, pero que a él le ruborizaban. Trató de explicárselo, pero Cora nunca dio importancia ni a la prudencia ni al respeto. A ella le parecía que se podía hablar de todo, que sacar a pasear lo íntimo era una manera de adelgazar tiranteces.

Poco a poco, y sin ser del todo consciente, empezó a salir solo. Al principio ella lo aceptó. Una noche tuvieron una conversación muy larga en la que él le explicó que los artistas necesitaban esa clase de oxígeno; no por libertinos ni por infieles, ni siquiera para buscar alguna historia que llevarse a la boca. Lo necesitaban para escapar de sí mismos.

Cada vez que Chino se ponía a escribir una novela notaba que, poco a poco, las emociones se le secaban. Había algo monstruoso en el hecho de intelectualizarlo todo. Cuando uno tiene que definir la alegría, la ilusión, la risa o la pureza, arranca todos esos esquejes de un prado salvaje y espontáneo por definición para llevarlos a diseccionar al laboratorio de la razón. No deja de haber algo de sociopatía en esa tarea, en ese destripar con frialdad el corazón. Y la consecuencia, en quien disecciona, es que la pradera de su sensibilidad se va quedando vacía. Incluso estéril.

Eso es lo que le explicó a Cora aquella noche. Que él necesitaba reírse, no pensar en nada, olvidarse de la lógica para que la lógica no le devorara. Ella lo entendió.

Durante un tiempo, incluso, le echaba la pierna por encima cuando él se metía en la cama de madrugada. Pero poco a poco su actitud cambió hacia ese silencio huraño que él había descrito en su libro. Ahora, cuando entraba en el cuarto, se la encontraba siempre de espaldas en un reverso indescifrable. ¿Dormía o fingía hacerlo?, ¿sería la rigidez del cuerpo un reproche o solo la imaginación culpable de él? Cruzar la puerta de aquel dormitorio después de una noche de juerga se convirtió en una tortura. Al llegar a casa se quitaba los zapatos para no despertarla. Después, se fumaba un cigarro en el salón para hacer tiempo, para que, en caso de que ella lo hubiera oído entrar, no se desvelara del todo con su entrada en la cama.

Aun así, a pesar de sus precauciones, Cora amanecía cada vez más lejana. Aun así, él seguía queriendo abrazarla. No hubo un solo día de su vida en el que no quisiera hacerlo. Por eso seguía con ella cuando hubiera podido estar con alguien que no le cuestionara. Porque la admiraba, porque la temía, porque nunca se cansó de no tenerla.

No fue hasta que pasaron los años y Cora se marchó, y él se quedó seco, cuando había empezado a entenderla. Después de perder la batalla, la reivindicación de sus parcelas dejó de tener sentido. Ya no tenía que argumentar a su favor, ni siquiera ante sí mismo. Con su ego fuera de plano le resultó más fácil verla. Comprender su soledad, su desengaño, su sensación de haberlo apostado todo al color equivocado. Pero cuando comprendió todo eso, ella ya no estaba.

Un Jueves Santo, doce años después de que Cora se hubiera marchado, paseaba una mañana por su añorada Alameda gaditana. Había decidido comprarse una casa en su ciudad. Sus padres ya no vivían, sus amigos se habían mudado, pero pensó que quizás allí, cerca de lo que fue su principio, podría rehacerse por dentro. Siguiendo la senda de los «Se vende» en los soportales se metió por las callejuelas y fue a parar a la plaza de San Antonio, que todavía olía a incienso, fervor y cera quemada.

Cuando llegó al centro de su amplia cuadratura sin sombras se quedó parado un rato. Estaba buscando una casa desde la que se viera el mar, pero pensó que tampoco le importaría asomarse cada mañana a esa plaza monumental, de palomas, abuelos y cáscaras de pipas.

Mientras pasaba la vista por los comercios nuevos de San Antonio, que nada tenían que ver con los de su época, su mirada fue a dar con una mujer que le recordó mucho a ella. Llevaba un vestido largo, un chal verde y una cola de caballo. Estaba de espaldas a él, sentada en un banco de respaldo forjado frente a la iglesia, así que no pudo verle la cara.

No quiso hacerse ilusiones. Durante todos aquellos años había creído verla en todas partes.

Entonces, la señora del banco saludó con la mano a alguien que acababa de salir de la panadería. Al ver aquella mano alegre, pequeña y suave como el cuello de un gorrión, a Chino se le paró el corazón. Se fue acercando despacio, ahuyentando a manotazos los gritos de una muchedumbre que le acababa de nacer dentro.

—Hola —dijo sin más cuando estuvo justo detrás de ella.

Entonces, con una cara de sorpresa que él no le había visto jamás, Cora, su Cora, se dio la vuelta:

—Hombre, si eres tú.

Retomaron su relación desde la amistad. Quedaban de vez en cuando en casa de ella, casi siempre de noche y con predisposición desigual: Chino con voracidad y ella con ese andar cuidadoso de quien ha salido de una larga convalecencia.

A veces, después de pasar una noche inmersos en esa afinidad enloquecedora que habían tenido siempre, él se confiaba y aparecía a visitarla al día siguiente buscando prolongar la sensación de la víspera. Pero para su sorpresa se la encontraba distante, sin ganas de hablar o con ganas de herir.

Otras, después de haber quedado en verse, ella le llamaba por teléfono y ponía una excusa atropellada para cancelar el encuentro. ¡Cómo odiaba Chino aquel tono infantil con el que le retorcía el pescuezo!

—No te preocupes, no pasa *na* —se escuchaba decir con una voz átona que se le mezclaba con la bilis en alguna bifurcación de la garganta.

Sabía que la disculpa era falsa, que no lo quería ver, que lo estaba castigando, que a lo mejor había quedado con otro... Sabía también que no tenía más opción que tragar. Por la sencilla razón de que, en aquel epílogo de su historia, él la necesitaba a ella mucho más de lo que ella le necesitaba a él.

Durante los años que estuvieron separados Cora se había reconstruido y volvía a ser la misma Cora deslumbrante e inabarcable de los diecisiete años. Y la única persona capaz de hacerle frente. Chino no se dio cuenta hasta que la recuperó de cuánto había echado de menos tener un enemigo a la altura.

La gloria es una tormenta en el desierto. Es avanzar entre la nada, cubriéndote la cara para que las arenas del elogio no se te metan en los ojos; es gritar en el vacío porque donde tú vives no vive nadie; es reírte de algo sin ganas y que el viento te traiga de vuelta tu risa. Cora había sido su única compañera en el páramo de los elegidos. La única que le obligaba a mirarse a sí mismo cuando se perdía en quejas ajenas, la que señalaba atajos que él no había visto y, sobre todo, la única que le daba una noción clara de quién era, de quién había sido y de en qué se iba convirtiendo. Desde que se erigió en ilustre, fueron sus huellas las únicas que pudo seguir en la arena.

Antes de que se marchara solía quejarse con sus amigos.

—Nunca está de mi parte, diga lo que diga, se pone de parte del otro.

Después de que ella se fuera entendió que los aliados nos son quienes te siguen, sino quienes te mejoran.

Así que durante los años que fueron amigos, quince en total, Chino la buscaba con una vehemencia que no recordaba haber puesto en nada más que en escribir. Enganchado a su lucidez, su humor, su independencia y a su capacidad de ilusión iba noche tras noche, después de que Jackie se fuera a la cama, a aquel ático irreal para sentarse en el salón de la chimenea y arrellanarse en la nada. Veía las noticias, el fútbol o una película desvaída mientras ella coloreaba un cuaderno con dibujos en blanco y negro que según le explicó, le ayudaba a poner la mente en blanco.

Fueron muchas las veces que al verla tan ensimismada sobre aquella libreta infantil, tan a mano y tan lejana, notó esa agonía que crea la proximidad del cuerpo amado cuando no se puede tener. Cada vez que ella se levantaba a por algo y su piel le pasaba cerca, casi rozándolo, notaba que todo su ser convergía en un único pálpito que imploraba escaparse de él para metérsele a ella. Chino pensaba entonces que de todos los ímpetus de la pasión no había ninguno mayor que el anhelo.

No hablaron nunca de su separación. Era una conversación que ella siempre había evitado y en la que él no insistió por miedo a despertar viejos demonios. Además, confiaba en que el tiempo iría oxidando las hojas de aquella charla pendiente.

La Nochebuena antes de la huida, se presentó en casa de Cora poco después de las nueve con una bolsa de quesos, panes calientes y una sorpresa en la cabeza. Su mujer había pasado la tarde con aquella vecina joven, Alicia, así que cuando llegó, estaba contenta y hablada.

—¿Tienes vino por ahí? —preguntó antes de ir a la cocina a colocar en una bandeja los víveres.

Cora había comprado langostinos y Jackie había dejado hecho sancocho, un guiso dominicano con carne de morcillo, papas, yuca y plátano macho. A él le volvía loco.

Cenaron sin ceremonias en el cuarto de estar. Chino habló poco, estaba como inquieto, y en cuanto terminó de rebañar la salsa se puso de pie ligero y dijo:

—Venga, que nos vamos.

—¿Cómo que nos vamos?, ¿adónde? —preguntó ella entre contrariada y seducida.

—No lo quieras saber todo, que eres muy *pesá* —respondió él apremiándola con dos palmadas muy fuertes—. ¡Ah, y abrígate bien!

Bajaron por el ascensor de servicio y cuando llegaron a la cochera que daba a la calle, Chino señaló dos bicicletas que había apoyadas contra la pared.

—Tú estás loco perdido —dijo ella dándose la vuelta hacia su casa.

—No seas floja, que te has puesto *morá* de queso —dijo él agarrándola por el brazo—. Venga, hombre, hazme caso, vamos a dar un paseo.

—Que no Chino, que no, que me he caído en la calle esta mañana y me duele mucho la rodilla.

Él la miró preocupado, pero enseguida le notó en la cara que era mentira, que no le dolía nada.

—Si son eléctricas, no tienes ni que pedalear.

Chino acabó por convencerla. Cora siempre se lo agradeció. Madrid estaba vacío. Inconcebiblemente vacío. La ciudad entera cenaba con sus familias y salvo por algún taxi desvalido, las calles solo existían para ellos dos. Bajaron hasta el Paseo de la Castellana y giraron hacia Cibeles. Chino iba delante marcando la ruta, pero se daba la vuelta todo el rato para asegurarse de que ella iba bien y que no venía ningún coche por detrás. Cora, ajena a cualquier otra cosa que a ese vacío que lo había ocupado todo, pensaba que en bicicleta las cosas pasaban a la velocidad precisa. Ni tan despacio como andando ni tan deprisa como en coche.

Subieron Alcalá hasta su célebre puerta y pararon allí a descansar. Muy arrimados en lo alto de aquella colina de asfalto contemplaron en silencio la que para los dos había sido siempre la vista más bonita de Madrid. La fuente de Cibeles iluminada desde el agua, el Banco de España detrás y, al fondo, venciendo al cielo, la Victoria alada del edificio Metrópolis.

—¿Bajamos, no? —dijo él mirándola con ilusión.

Cora, con la nariz roja del frío y los ojos brillantes de agradecimiento, asintió con la cabeza. Bajar aquella calle desierta, con el viento cortándoles la cara y la Navidad flameando tras las ventanas fue una de las sensaciones más mágicas que habían tenido jamás.

Cuando llegaron abajo, jadeando y henchidos de vida, se sentaron en el bordillo de la acera a seguir bebiéndose a solas la ciudad. Fue entonces cuando, envalentonado por el resplandor de ella, borracho de sensaciones y casi sin pensar, al fin se lo preguntó:

—¿Por qué te fuiste?

Cora no lo miró. No contestó. Se quitó los guantes y empezó a jugar con los pellejos de las uñas.

—¿Fue por lo que yo creo?

Ella siguió sin contestar.

—Cora, no conozco a ningún hombre, ni uno solo, bueno, solo los muy religiosos, que no haya sido infiel alguna vez.

—No digas tonterías, yo sí los conozco.

—Te dicen eso porque te quieren ligar.

—Qué coño me van a querer ligar si soy más vieja que Alberti —protestó ella exasperada.

Después, de vuelta a sus uñas, murmuró:

—No fue por eso además.

—¿Entonces?

—Fue porque un día vi a unos animalillos minúsculos en un charco en la playa. Se estaban quedando sin agua y se retorcían desesperados, buscando como fuera sobrevivir. Y vi mi reflejo en ellos. Me estaba quedando sin agua, Chino, por eso me fui.

Chino sacó la cajetilla de tabaco del bolsillo y se encendió un cigarro. Clavó la vista en ningún lado y con ese hablar discontinuo de quien trata de entenderse a sí mismo en lugar de hacerse entender, dijo:

—Busqué hacerte daño, Cora. No de un modo consciente, claro, pero en el fondo de mi alma quería castigarte. Por ser tan guapa, tan difícil, tan rival, tan imposible de deslumbrar. —Hizo una pausa desde donde quiera que estuviese su cabeza. Impávido y ajeno al frío, continuó—: Creo que también quise enseñarte mis miserias. Eres la única persona en el mundo que me puede ver como soy y, de algún modo, necesitaba tener la seguridad de que, aun viendo lo peor de mí, me seguirías queriendo.

Chino se fumó el resto del cigarro en silencio. Sin mirarla, sin mirar la ciudad, mirando solo hacia dentro. Cuando hubo apurado el pitillo hasta casi quemarse la boca, lo pisó, le cogió la mano desenguantada y con la vista perdida en la caricia, dijo:

—Perdón. —Era la primera vez en su vida que Cora le escuchaba decir esa palabra. Le impresionó—. Perdón por haberte dejado renunciar a todo y soltarte la mano en la cuerda cuando ya no tenías red. Perdón por olvidarme de mis promesas, por ser un mierda, por no verte, por no haber puesto a salvo nuestra pequeña cuadrícula de papel. Por no haberte puesto a salvo de mí.

Cuando terminó de hablar Cora estaba llorando. No de pena, ni de emoción, sino de deshielo.

—Cora, ¿tú crees que me podrías volver a querer? —preguntó él, mirándola por fin.

—Yo siempre te he querido, Chino, desde que te conocí. Pero no podría volver a esa vida. Te lo dije muchas veces, te lo dije incluso en la carta de despedida. Nosotros solo podríamos funcionar en una isla desierta, sin circunstancias, sin interferencias, sin tu personaje.

Chino se quedó pensando un rato. Después, como si acabara de dar con el resultado de una multiplicación muy difícil, resolvió:

—Bueno, pues habrá que matar al personaje.

Se puso de pie y la ayudó a incorporarse. Cuando la tuvo de frente, y ahora con cara de guasa, preguntó:

—¿No se hizo el muerto tu padre?

Y allí estaban, no en una isla, sino en un cabo, rodeados de agua y con el personaje enterrado.

Al mirar por la ventana, a Chino le pareció increíble que el paisaje fuera el mismo de la víspera. El día anterior, tercero de una tempestad que había dejado muertos, los nubarrones habían transformado el cielo en un espeluznante psiquiátrico de engendros. El mar, con olas de hasta doce metros, llegó a salpicar las ventanas del faro y, por un momento, Chino temió que las islas de enfrente acabaran saltando en pedazos.

Ahora, frente a aquel día manso y claro, Chino pensaba que la naturaleza tenía sus propias pesadillas. Y que también despertaba intacta después de un mal sueño.

«Podríamos salir a navegar», se dijo. Cuando Cora mandó a Juan a que firmara la compra del faro, le pidieron que comprara también un velero. La idea inicial era esperar a febrero y cruzar el Atlántico. Pero febrero pasó. Y detrás la primavera, el verano y otro largo invierno. El velero seguía amarrado en un puerto cercano, pero ellos habían dejado de soñar con América. De algún modo, aquella tierra salvaje y anárquica les había acabado enganchando.

La vida allí era agradable. Lluviosa, pero vehemente. Chino empezó a encontrarle su encanto a la niebla y las tempestades, y además, dormía como de niño. Ya al meterse en la cama notaba que esta le recibía con una gravedad distinta.

Se despertaban con tempranura de viejos y él escribía un rato. Cora aprovechaba esas horas para dar un paseo por el pueblo y comprar un pescado fresco. Comían temprano y él le quitaba las espinas como había hecho toda la vida. A veces, se echaban una siesta agarrados de la mano.

Por las tardes daban un paseo. Para evitar que le reconocieran, Chino se había dejado una barba tupida y cana con la que se recordaba un poco a Hemingway. Y cuando iba a salir de casa, se ponía una gorra de visera larga que le dejaba la cara en sombras. Lo hacía por precaución y porque Cora se lo pedía, pero él dudaba, cada día más, que alguien lo reconociera. A los escritores casi nadie les pone cara. Unos cuantos les ponen títulos y los más pedantes, adjetivos. El escritor de los claroscuros, decían de él, y no podía evitar imaginarse a sí mismo como una monja de clausura.

Andaban todos los días una hora o dos: él delante y ella, que era muy lenta, diez metros por detrás. Chino iba mirando al suelo, ella a su alrededor. De vez en cuando se paraba y le gritaba algo: «¿Has visto qué pájaro?, yo no lo había visto nunca, ¿tú?» o «Corre, ven, este cangrejo me sigue cuando le hablo». Aunque le diera pereza dar la vuelta hasta ella, siempre lo hacía. Le seguía fascinando su entusiasmo, su energía, sus preguntas absurdas. Después de toda una vida le seguía intrigando que el mismo cerebro fuera capaz de tanto e incapaz de tan poco.

Cuando Cora se cansaba, que a decir verdad no solía ser pronto, pues a su velocidad no había fatiga posible, se inventaba una enfermedad.

—Para, por favor, que soy una persona mayor. Y ya sabes que tengo mal el corazón —lo decía llevándose la mano al pecho.

—¡Te llevo escuchando lo mismo desde que tienes dieciséis años! A ver, ¿qué tienes en el corazón?

—Pues lo tengo mal, lo que pasa es que no me quejo como tú, que te sale una peca en la nariz y crees que te vas a morir de un cáncer.

—Venga, sigue andando que eres muy floja —se burlaba él reanudando la marcha.

Espoleada en su orgullo, avanzaba unos cuantos metros muy deprisa para adelantarlo. Desde ese momento Chino le calculaba solo diez minutos.

A veces se cruzaban con alguien en el camino, pero nadie les miraba. Seguían su ruta inmersos en su silencio y un poco encorvados, como si llevaran sobre sus espaldas el peso de aquel cielo derrumbado. A las mujeres y hombres de aquella aldea, Chino les daba igual. No existía. Para ellos solo existían las estaciones, la tierra y el mar.

Cuando volvían del paseo, Chino se sentaba delante del faro a leer. Bien abrigado y con una copa de vino en la mano. A veces era tan asombrosa la superposición de cielos que no llegaba a abrir el libro. Y entonces, el viento hacia crujir un poco las ramas del pino de al lado y Chino volvía a acordarse de la carta del padre de Cora: la felicidad no es euforia, es serenidad.

Después cenaban y hablaban. Mucho rato. A Cora le gustaba recordar anécdotas de su vida juntos, y él, que tenía muy mala memoria, escuchaba algunas de ellas como si las viviera por primera vez.

—¿Te acuerdas cuando fuimos a Jamaica y te atacó una cabra porque quería que le dieras de fumar?

O:

—Qué horror la paliza que le pegaste a aquel pobre vendedor de flores porque me cantó lo de «qué bonitos ojos tienes debajo de esas dos cejas».

Esa sí la recordaba. El de las flores, borracho, se la había cantado seis veces. Y él, «déjalo ya, *quillo*, que te estás poniendo *mu pesao*», hasta que no le quedó más remedio que reventarle la cara.

Intentaba que ella no bebiera mucho vino porque entonces acababa llorando acordándose de su madre, de su hermano o de la pobre vecina, Alicia, que tanto la había cuidado.

Otras veces él le leía lo que había escrito por la mañana.

—¿Te sigue estimulando escribir sabiendo que no te va a leer nadie? —le preguntó ella una noche.

—Menos. Pero ya no sé no hacerlo.

—Pero menos, ¿ves? Lo que te digo siempre, el arte tiene mucho de vanidad.

—Que no chiquilla, que por vanidad no es. ¿O pintaban por vanidad los de Altamira?

Después ponían una película y ella se quedaba dormida. «¡Hay que ver lo que duerme esta mujer! —pensaba él envidioso—. Podría tener otra familia sin que se enterara».

Los días que se dormía especialmente pronto y no llovía, se iba a tomar algo a un chiringuito que había allí cerca muy protegido del viento. Era un chamizo con cuatro mesas de plástico y en el que, fuera de temporada, el público más habitual eran pescadores jugando a las cartas. Solo abría de marzo a octubre, preparaban un pulpo de escándalo y a Chino le caía muy bien el chaval que lo llevaba. Se llamaba Andrés, tenía cara de niño, pelo de asiático y una mirada curiosa. A Chino le gustaba pelearse con él por regionalismos. Por cualquier cosa, en realidad.

—¿Cómo puedes poner esta música tan espantosa, hombre? —le dijo un día cuando ya tenían confianza y en el altavoz sonaba un cantante de pop con la voz estreñida.

—¿No te gusta?

—¿Pero esto cómo me va a gustar? —le respondió Chino con incredulidad—. Si no lo he oído más malo en mi vida.

Lamentándose con un largo suspiro, añadió:

—¡Hay que ver el poco arte que hay aquí arriba!

—Ya, es que mientras allí hacéis musiquita y carnavales, aquí trabajamos —se burló el otro.

Chino se rio con ganas. Nunca le había importado que se metieran con él. De hecho, le hacía mucha gracia si el de enfrente lo sabía hacer bien.

—Está bueno —dijo después de beberse de un trago el chupito de licor de café que acababa de servirle Andrés.

—¿Otro?

—No, no —rechazó tentado—, que con esto no hay quien duerma.

El chaval se sirvió uno para él en una copa de balón con hielo.

—¿Todo eso te vas a meter *pal* cuerpo? —preguntó Chino entre envidioso y admirado—. ¡Qué brutos sois en esta tierra!

—Brutos no, jóvenes —sonrió el otro con cara de pillo

Hacía años que Chino no estaba tan a gusto en un bar.

Un par de noches atrás, Andrés le había preguntado a qué se dedicaba. Cosa rara, pues era de preguntar poco. Chino contestó la verdad por inercia y por licor, pero enseguida le entró la neurosis de los fugitivos. Sabía que la gente de esa generación apenas lo conocía, pero su muerte, aún reciente, había causado mucho revuelo y su cara había salido en todas partes.

Su intranquilidad fue en vano. Andrés siguió limpiando la barra como si no lo hubiera escuchado. De hecho, Chino notó un deje de desdén en su comentario posterior.

—Escritor, ¿eh?

—¿Por qué lo dices así, como cachondeándote?

—Es que a mí eso de vivir de juntar una palabra con otra… —dijo haciendo una mueca con la boca.

—Hombre, eso es un poco simplista, ¿no?

A Chino se le hizo raro tener que reivindicarse después de cuarenta años sin hacerlo.

El otro se encogió de hombros y retirándose el flequillo de los ojos con un soplido dijo:

—Pues ya me dirás.

—Tú pescas, ¿no? —Andrés asintió—. Imagínate que te traigo mañana aquí a un ciego y te pido que salgas a pescar algo para que al comerlo se haga una idea de lo que es el mar.

—Te traería una centolla hembra —aseguró el otro sin pensarlo mucho—. Bueno, no, un percebe. Eso sí que es puro mar.

—Pues tú imagínate que después de volverte loco buscando el percebe más gordo y más grande de todos, cuando estás a punto de echarle la mano encima, viene una ola y te tira. Y el mar ya se ha puesto tan fuerte que no hay manera de volver.

—Sí, ¿y qué?

—Que ser escritor es más o menos eso —le explicó Chino no muy convencido con la metáfora—. Simplificar lo inmenso en una cosa que todo el mundo entienda, que se pueda comer. Lo malo es que las ideas, como los percebes, son difíciles de atrapar.

El chaval se le quedó mirando con curiosidad y con un asomo de compasión.

—¡Bah!, hay que tener mucho tiempo libre para eso —concluyó dándole una palmada en la espalda.

De vuelta a casa, Chino tuvo noción de su vejez por primera vez en la vida. Cuando a uno no le molestan demasiado los huesos o las digestiones, y logra evitar los espejos, puede llegar a olvidarse de su edad. Seguir siendo siempre un pensamiento que vaga libre por el universo. Pero hay un día en el que ves tu vejez en los demás. En las caras descolgadas de tus amigos, en el árbol que ya no tiene sentido plantar o en la mirada del chico del bar. Bajo aquel cielo sin estrellas y sumido en una oscuridad total, se dio cuenta de verdad de que el tiempo se le empezaba a acabar.

Bajó a hacer un poco más de café y, mientras esperaba a que la cafetera empezara a hervir, se acordó de la única vez en su vida que había visto a su madre llorar. Era una mañana de invierno, hacía poco que se había muerto su hermana y, aunque no solía hacerlo, estaba durmiendo en la cama con ella. No recordaba por qué. A lo mejor se había hecho pis en mitad de la noche —le pasaba mucho con el frío— y su madre lo había metido allí para no ponerse a cambiar sábanas a esa hora. O quizá tuvo otra pesadilla y había corrido a refugiarse en aquel costado blando y entrecortado.

Se despertó sobresaltado justo cuando su padre, que esa noche terminó de descargar antes que de costumbre, abría la puerta de la habitación. Chino se había preguntado un millón de veces a lo largo de su vida por qué de niño su padre le generaba semejante pavor. No podía decirse que fuera un hombre violento. Jamás le levantó la mano a nadie; de hecho, ni siquiera levantaba la voz. Se movía despacio, casi con delicadeza, y no había en sus gestos ninguna ira contenida: ni siseos, ni mandíbulas apretadas o puños cerrados. Sin embargo, Chino no conoció nunca a nadie cuya sola presencia pudiera provocar un estremecimiento; nadie que, con una mirada fija o una modulación de la voz, lograse marchitar un campo de girasoles.

—¿Qué pasa, yo no desayuno hoy o qué? —preguntó recortándose negro y derrotado en el contraluz del umbral.

Su madre saltó de la cama farfullando una disculpa que no acabó de articular. Cuando su padre dio media vuelta para volver al
salón, Chino corrió hasta la cocina pegado a la pared para que no
reparara en él. Le enfadaba lo enmadrado que estaba el niño. Pero
se enfadaba con ella, no con él.

—Deja al niño tranquilo ya, que lo vas a volver maricón.

El suelo estaba tan frío que quemaba, y la casa parecía esfumar-
se entre el azul incierto del amanecer. Chino se puso a la derecha
de su madre, muy pegado a ella, tratando de esconderse tras su
perfil asustado. Con gestos torpes, Angelita encendió los dos hornillos. En uno puso una cazuela con agua y en el otro una vacía.
Cuando el agua empezó a hervir echó la achicoria primero y el
café molido después. Chino, a quien hipnotizaba ese proceso, no
se dio cuenta hasta un rato después de que su madre estaba llorando.

—¿Qué te pasa mamá? —le preguntó angustiado.

—*Na*, hijo… —se apresuró a contestar secándose las lágrimas
con la manga de la bata.

—¿Y por qué lloras? —insistió él en voz muy baja.

Ella no contestó enseguida. Coló el café con un trapo a la otra
cazuela y después, mirándolo con una tristeza tan honda que no
se veía el fondo, contestó:

—De frío, Chino. Lloro de frío.

«Pobrecita mi madre», pensó con una embestida de nostalgia al
verla pasar por la pantalla de su memoria tal y como era al final,
una de tantas viejecillas de negro que caminaban despacio por las
calles de la ciudad. Frágiles, titubeantes, cada vez más arrimadas a
la pared para evitar la traición empedrada de las únicas calles que
conocieron. Como la mayoría de ellas, su madre no salió nunca de
Cádiz, ni siquiera después de la boda.

—¿Tú tienes *jurdó pa* viajar? No, ¿verdad? —le dijo su padre
después de casarse en un anticipo de lo que iba a ser su realidad.

Durante los casi cincuenta años que duró su matrimonio, su
madre volvió a sugerirlo en alguna ocasión. A los dos años de instalarse Chino en Madrid, le propuso un día:

—¿Y si fuéramos unos *diitas* a ver al niño?

—Son los hijos los que visitan a los padres; no al revés —contestó sin mirarla él.

Otra vez, ya a las puertas de la vejez, volvió a dejarlo caer.

—¿Pero tú *pa* qué quieres viajar, *mujé*? El mundo es la misma mierda aquí y allá —fue la respuesta.

Ella ya no tuvo tiempo de sugerirlo más.

A Chino le consolaba pensar que a pesar de aquella vida su madre no fue una mujer triste. Aunque a veces llorara de noche, por el día se reía; e incluso cuando las fuerzas no le daban más que para largos silencios de mesa camilla, tenía a mano la risa. Bajo aquella carcajada de niña chica se amontonaban sus sueños antiguos: el marido atento, las medias de seda o una hija que le hiciera compañía. Hubiera bastado con una hija viva.

Durante muchos años Chino no entendió cómo su madre pudo conservar durante tantos años la alegría intacta. Había sido ya de mayor, al empezar a entender la vida, cuando se dio cuenta de que a ella le bastaba con saber que «su Pepe» la quería. Que a pesar de su amargura, los reproches al alba y la mirada vacía, él, sobre todo, la quería. Eso fue suficiente para que al cerrar los ojos en la blancura inhóspita de una camilla, se le notaran en la boca las huellas de la risa.

El ordenador parpadeaba apremiante frente a él, pero no se sentía capaz de escribir. No hasta que aquel día de luz quebradiza no acabase de contar lo que había venido a decir.

Cerró los ojos y su pensamiento voló al Cádiz de antes, al de su niñez, al que viajaba siempre con él. Sobrevoló sus plazas, la muralla antigua, los suspiros de sus balcones y las sillas de enea a las puertas. Vio al Periquito travieso de antes de los desengaños, y al pobrecillo de Monchi, con el flequillo enmarcando unas cejas de asombro perpetuo. Se acordó del gallego del ultramarinos de la esquina y de doña Teresita, la maestra. Se acordó, aún con amargura, de su pobre hermana Manuela. Y de pronto, al ver cara a cara aquella infancia suya soñadora, hambrienta y marinera, le asustó la idea de que hubiera un aviso detrás de tanto recuerdo. El destino pitándole ya el último cambio de tercio.

Cuando volvió a abrir los ojos una gaviota le miraba desde el poyete rojo que rodeaba el ventanal. Había inteligencia en sus pupilas amarillas, una especie de estar cogiéndole la medida. Chino ya la conocía. Llevaba una semana volando hasta allí al mediodía para aquel extraño sostenerle la mirada. Era una gaviota vieja sin muchos vuelos por delante. Cuando la vejez le quitara la vista y ya no pudiera pescar, se estrellaría contra las rocas para no morir de hambre, sino de dignidad. Mientras la observaba emprender el vuelo después del careo, Chino se preguntó qué era lo que la gaviota le querría decir. Pero no lo entendió.

Encendió otro cigarro. El sol, templado y amigo, le calentó las mejillas. Pensó que si había que morirse, aquel sería un buen día. Nunca, ni en el mejor de los sueños se imaginó llegar hasta allí. Lo único que le importaba de la muerte era separarse de ella, imaginar toda una eternidad por delante sin poder cogerle la mano.

Fue entonces, con los tendones frágiles de Cora bailándole en la cabeza, cuando Chino Montenegro, el gran escritor, el escéptico, el verdugo del amor, entendió al fin el mensaje que había ido a llevarle el día.

—Así que esto era —pensó con la alegría que produce agarrar por fin de la camisa a esa intuición que lleva años corriendo dos metros delante de ti—. Toda la vida volviéndome loco con el sentido de la vida y resulta que de lo único que trata esto es de encontrar una pieza que encaje en nuestro particular vacío. Un propósito, un credo o un alguien, lo que sea, que transforme la línea de la existencia, por definición finita, en un círculo sin principio ni final.

Después de aquel largo trayecto de idas, venidas y amaneceres de olvido, con el final de su vida ya cerca y desdibujado en su memoria el tren en el que se conocieron de chicos, Chino llegó por fin a destino. A ese claro en el bosque que unos llaman alma, otros inconsciente y otros divinidad.

Se sentó a la intemperie de todo, bañado por el resplandor súbito de la comprensión y sin prisa, con alivio, empezó a desnudarse de todo aquello en lo que siempre había creído. Aquellas teorías grandilocuentes sobre el amor; su Centro Gemelar, el doctor Poderós y Félix Santamaría dejaron de tener sentido en el momento que entendió al fin que del amor no se parte, que al amor se llega.

Se lo había dicho ella en una playa hacía ya tantos años que parecía otra vida:

—Chino, a mí me gusta la marea baja porque me gusta llegar al agua cansada.

Cora, con esa intuición sobrenatural que tuvo desde niña, había sabido que todo lo de verdad importante —la familia, el reconocimiento, la paz, el amor e incluso la fe— eran orillas que se alcanzaban tras una larga travesía.

Él, en cambio, siempre había creído que el amor era un empujón. Una fuerza febril que te arrastraba lejos de ti. Qué de sufrimiento se hubiera ahorrado, qué de escritura inútil, si al verla sentada en aquel tren rumbo a Cádiz hubiera entendido que aquel vendaval que se le levantó dentro no era solo pasión. Qué distintas hubieran sido sus vidas de haber sabido que lo que le gritaban sus vísceras era que aquella chavala que masticaba con torpeza las hebras de su soledad era la pieza que le completaba, su sílaba contigua, su punto final.

La pequeña playa que había junto al faro era, con la luz del mediodía, un caldero de lenguas de plata. La marea estaba empezando a subir y un viento intermitente precipitaba la espuma de las olas aquí y allá. La arena, seca y virgen, era, más que nunca, el lienzo blanco del mar. Chino pensó que era el paisaje perfecto de un sueño. O de un final.

En la orilla, con los pantalones remangados y los pies en el agua, Cora contemplaba el horizonte con la quietud de los que están verdaderamente tristes o verdaderamente felices. Vista desde atrás, redonda, blandita y con el pelo oscuro agitado por el viento, parecía la misma niña del tren. Tenía los brazos en jarras y miraba al horizonte como asombrada aún del aspecto que tenía el mundo.

Caminó sigiloso hacia allá y se paró un poco detrás de ella. La tos bronquial le delató.

—Ven, mete los pies.

Pero él no se movió.

—Yo ya me he acostumbrado al agua fría, ¿y tú?

—¿Cómo te vas a acostumbrar a esto, hombre? —dijo Chino metiendo un poco los pies y escapando ágil hacia atrás—. A esto no se acostumbran ni los pingüinos.

—A mí me gusta. Y es buenísimo para la circulación. Cuando meto los pies noto que se me mueve toda la sangre —dijo Cora haciendo un gesto efervescente con las manos.

—A ver, ¿cómo se te mueve la sangre? —preguntó él entre divertido y fascinado con la poca noción que tenía ella de anatomía.

—Pero, ¿tú quién te crees que eres, Ramón y Cajal?

Chino se rio como a ella le gustaba que lo hiciera, con su risa quieta, fija y verdadera. Una de esas risas que siempre se está deseando arrancar. Por difíciles, por auténticas y porque cincuenta años después, Chino seguía teniendo los dientes muy blancos.

—Vámonos a sentar allí al solecito, ¿no? —sugirió él señalando un charco de luz junto a una roca.

Caminó hacía allí mirando al suelo. Se había puesto uno de sus pantalones de rayas de algodón, la camisa vaquera y la gorra de visera larga.

—¿Has escrito mucho hoy? —preguntó Cora cuando estuvieron sentados en la arena.

— No. Dos páginas solo.

—¿De qué?

—¡Bah!, chuflerías.

Cora se rio.

—¿Sabes lo que estaba pensando hace un rato? —dijo Chino cambiando de tema y con esa cadencia lenta que usaba para lo trascendental.

Ella le miró con curiosidad. Lo conocía tanto que a veces le costaba distinguir dónde terminaba ella y dónde empezaba él; sin embargo, seguía manteniendo intacta la capacidad de sorprenderle. Pero Chino no arrancaba a hablar.

—¿Qué estabas pensando? —preguntó impaciente.

Chino cogió una ramita y empezó a hacer dibujos en la arena. Círculos, palitos, un sol. Después, con la tranquilidad de lo irrevocable anunció:

—Que ya no voy a escribir más.

Alzó la cabeza y la miró con esa cara que se le ponía cuando las cosas habían dejado de tener sentido.

—Pues no va a haber quién te aguante.

—Sí, es verdad que me puedo volver insoportable —se rio él.

«¿Y por qué no quieres escribir más? Ves como eres un vanidoso», estuvo a punto de añadir tratando de restarle intensidad a la declaración. Pero se dio cuenta de que era uno de esos momentos que no admitían rebajas.

Chino la miró y por segunda vez en la conversación tardó un rato en contestar. Sucede en los días verdaderamente importantes que el pensamiento va y viene entre lo concreto y lo irreal. Y a veces, durante un rato, la cabeza se queda atrapada en una telaraña al otro lado. Un recuerdo, una fantasía, unas pupilas verdes que acarician y adormecen. «El amor es inquilino de una mirada precisa», pensó. La que alojaba el suyo era la forma en que ella le estaba mirando en ese momento: las cejas levantadas, el párpado muy pegado a la cuenca con una mezcla de infinitud, súplica e inocencia. Daba igual que el marco fuera ahora una cara con arrugas y sienes blancas. La mirada era la misma, el alma no envejecía.

—¡Oye!, ¿que por qué no vas a escribir más? —le trajo ella de vuelta.

No se atrevió a mirarla por miedo a empezar a llorar; él, que nunca había llorado.

—Porque me he dado cuenta de que todo lo que he escrito en mi vida no son más que tonterías.

Cora, que siempre decía algo, no dijo aquella vez nada. Volvió la vista al mar y Chino le cogió la mano. Se la acarició despacio y profundo, como había hecho cuando todavía eran unos niños y miraban al Atlántico desde la otra orilla. La orilla de la juventud, la de la incertidumbre, la de la eternidad. Y mientras pasaba el pulgar por aquella piel que el tiempo había vuelto fina como las hojas de una Biblia, pensó que esa mano pequeña y siempre fría era su único hogar. Lo único de toda su vida que había sido verdad.